지난 삶을 돌아보고, 성숙한 미래를 그려보는

사진 자서전 쓰기

이 책은 자서선늘 쓰시려는 문늘늘 위한 안내서입니다. 사신늘 보며 기억을 되살리려서, 살아온 날늘 쉽게 기록할 수 있도록 한 사진 자서전 쓰기 책입니다. 1부에 ① 자사전 쓰기의 목적과 유익 ② 자서전 쓰는 방법 ③ 글쓰기 기법 ④ 잘 알려진 자서전 살펴보기 ⑤ 사진 자서전 알아보기, 2부에 잘 알려진 자서전 전부를 샘플로 전재할 수 없어서 부득이 저자의 자서전을 수록하여 독자의 기억을 되살리는 마중물로 삼았습니다.

사진 자서전 쓰기

발행일	2023년 3월 2일		
지은이	안정희		
펴낸이	손형국		
펴낸곳	(주)북랩		
편집인	선일영	편집	정두철, 배진용, 윤용민, 김가람, 김부경
디자인	이현수, 김민하, 김영주, 안유경	제작	박기성, 황동현, 구성우, 배상진
마케팅	김회란, 박진관		
출판등록	2004. 12. 1(제2012-000051호)		
주소	서울특별시 금천구 가산디지털 1로 168, 우림라이온스밸리 B동 B113~114호, C동 B101호		
홈페이지	www.book.co.kr		
전화번호	(02)2026-5777	팩스	(02)3159-9637

ISBN   979-11-6836-732-6 03810 (종이책)   979-11-6836-733-3 05810 (전자책)

(주)북랩 성공출판의 파트너
북랩 홈페이지와 패밀리 사이트에서 다양한 출판 솔루션을 만나 보세요!
홈페이지 book.co.kr   •   **블로그** blog.naver.com/essaybook   •   **출판문의** book@book.co.kr

작가 연락처 문의 ▶ ask.book.co.kr
작가 연락처는 개인정보이므로 북랩에서 알려드릴 수 없습니다.

지난 삶을 돌아보고, 성숙한 미래를 그려보는

사진 자서전 쓰기

안정희 지음

★ 북랩

| 프롤로그 |

사진과 함께 풀어가는 삶의 이야기

저는 위인들의 삶에 관심이 있었습니다. 그래서 여러 유명한 분들의 자서전을 읽으며 소중한 삶의 교훈을 얻기도 했습니다. 그런데 세상을 살아보니 그분들처럼 되는 것은 쉬운 일이 아니었습니다. 그러면 나의 삶은 가치가 없는 걸까? 때때로 자문하여 보았습니다.

그런데 제가 얻게 된 결론은 한 사람의 성실한 삶은 적어도 자기 자신에게 가장 소중하고, 가족과 친지들에게도 그렇다는 사실이었습니다. 왜냐하면 한 사람의 존재는 우주보다 중요하고, 가까이 관계를 맺은 사람에게는 어느 유명인보다 더 소중한 존재이기 때문입니다.

한 사람이 그렇듯 한 사람이 쓴 자서전도 그와 같습니다.

나는 이미 칠순인데 남은 삶을 어떻게 살까? 여러 날 생각 끝에 저는 우선 『사진 자서전 쓰기』란 나름 보기 좋고 읽기 좋은 책을 써서 자서전을 쓰고 싶은 분들께 작은 도움을 주고 싶었습니다. 그리고, 가능하면 자서전 강사와 자서전 대필 작가를 하면서 『시와 산문』의 시인으로서 읽을 만한 시집도 한 권 내자고 다짐했습니다.

이 책은 1부를 사진 자서전 쓰기를 위한 도움말로 구성하였습니다.

'자서전은 왜 쓰는가, 어떤 유익이 있는가, 어떻게 쓰는가?'를 기술했고, 글쓰기의 여러 기법에 제가 창작한 예문도 함께 넣었습니다. 이어서 잘 알려진 자서전과 수필집 중 열 권을 골라서 차례를 정하는 방법과 실제 자서전별로 글쓰기 특징을 간략히 실었습니다. 마지막으로 제가 이름 붙인 '사진 자서전 쓰기'의 방법으로 사진 고르는 법, 사진 스캐닝, 책 편집과 출판, 그리고 전자책 출판을 소개했습니다.

이 책의 2부는 저자의 사진 자서전을 넣어 사진 자서전을 쓰려는 분들의 기억을 되살리는 마중물이 되고자 했습니다. 책을 쓰기 전에 국문학 교수·시인 등 여러 지인에게 조언을 구한 바 백문불여일견(百聞不如一見)이라고 저자의 자서전을 넣어 직접 보여주는 것이 좋을 것 같다고 하였습니다.

그러나 막상 주변의 보통 사람인 저의 자서전을 쓰면서, 저 자신의 부끄러운 삶의 진면목(眞面目)을 다시 확인하게 되었습니다. 마음 깊은 곳에서 울려오는 자성(自省)의 소리를 들어야 했습니다. 그래도 용기를 내어 제 자서전을 이 책에 넣은 것은 '사람 사는 게 다 그렇지 뭐 특별한 업적을 남겼거나, 후회 없는 삶을 살았거나, 인격적으로 완벽한 사람이 세상에 뭐 그리 많겠나?' 하는 마음이었습니다. 그리고 자서전을 쓰실 정도의 독자라면 너그럽게 보아주시겠지 하는 마음이 들어 결국 제 사진 자서전을 넣게 되었습니다.

모쪼록 이 책이 자서전을 쓰시는 분들께 읽으실만한 안내서이자 옛 기억을 되살리는 마중물이 되기를 바랍니다. 사랑하는 아내와 간을 주어 나를 살린 큰딸 진아, 작은딸 민아에게 감사하며, 이 책이 나의 친지들과 손주들에게 작은 선물이 되기를 바랍니다.

나를 사랑하시는 하나님께 영광과 감사를 올려 드립니다. 샬롬!

2023년 봄을 기다리며

차 례

2부

사랑과 감사, 이것이 나의 삶의 결론이다

(著者의 사진 자서전)

1부

사진 자서전 쓰기

1장

자서전 쓰기란?

1. 내가 쓴 나의 삶의 이야기이다

2. 나의 발자취를 쓰는 것이다

3. 살아온 삶을 반추하며 깊이 성찰하는 일이다

4. 나 자신의 치유에 도움이 되는 일이다

5. 자녀들에게 인생의 유익한 경험을 전수하는 일이다

6. 노년에 좋은 창작의 기쁨을 준다

7. 좀 더 나은 사회를 만드는 일이다

8. 사랑과 감사의 편지를 쓰는 일이다

9. 자신을 리빌트(Rebuilt) 하는 데 도움이 된다

10. 자서전 이후의 삶과 죽음을 준비할 수 있다

1.
내가 쓴 나의 삶의 이야기이다

그리고 그 날 아침 두 길은 똑같이 아직 밟혀 더럽혀지지 않은 낙엽에 묻혀있었다.
아, 나는 첫 길은 훗 날을 위해 남겨두었다!
길은 계속 길로 이어지는 것을 알기에 내가 과연 여기 돌아올지 의심하면서도.
- Henry Wadsworth Longfellow -

자서전은 나의 삶의 이야기이다. 그리고 그 이야기는 자기 자신이 쓴 자기의 작품이다. 물론 자신의 이야기를 쓰려고 해도 이미 늙어 기력이 모자라는 경우나, 너무 바빠서 시간이 없는 경우, 녹음하여 타자를 부탁하므로 구술(口述) 자서전을 쓰기도 한다. 기독교계의 지도자로 존경받아 온 영락교회의 한경직 목사는 구술자서전을 남겼다.

자서전과 유사한 느낌을 주는 전기(傳記)나 평전(評傳)이 있다. 이것은 주인공이 쓴 글이나 일화를 모아 전문작가들이 써서 출간한 책이다. 요즈음은 대중들이 좋아하고 사랑하는 분들의 이야기는 감성적인 이름을 붙여 작가들이 여러 출판사를 통해 각각 책을 출간하기도 한다.

그리고 일반적으로 명망이 있거나 경제적 여유가 있는 분들이 남기는 자서전 중에는 대필(代筆) 자서전이나 작가들이 자료를 수집해 쓴 자서전 (傳記)도 많다. 물론 이 경우에도 본인의 삶의 이야기와 인생철학이 반영되므로 굳이 대필자서전이라고 표기하지는 않는다.

대필자서전의 경우는 전기나 평전과 같이 그 시대의 사회상이나 정치적 상황, 예술가의 경우 예술적 조류 등 상세히 조사하여 배경에 넣는 것이 상례이며 표현이 매끄러워 읽기가 좋은 장점이 있다. 그러나 대필자서전은 엄격히 말하면 본인의 작품이 아니므로 본인의 의도와 향취와 느낌이 그대로 표현되기 어렵다는 단점이 있다.

서울대 프랑스 문학과 유호식 교수는 자서전을 이렇게 설명했다.

"자서전(autobiography)이란 용어는 그리스어 어원을 가진 세 단어의 합성어로 알려져 있다. 'auto-bios-graphein'은 '나-삶-쓰다'라는 의미로, '내가 나의 삶에 관해 쓴다.'라는 의미를 담고 있다. 여기에는 행위의 주체인 '나', 서술의 대상인 '나의 삶', 그리고 글쓰기라고 하는 '행위'가 분명히 드러나 있다. 자서전은 자신의 삶으로 하나의 이야기를 만들어내는 행위이다." (출처:『자서전』, 2015, 민음사)

그런데 자서전 외에도 문집이란 형태의 글 모음집이 있다. 이것은 문필가들의 글을 모아 편집하여 한 권 또는 여러 권의 책으로 내는 것이다. 예를 들면 다산 정약용의 『여유당전서(與猶堂全書)』 같은 것이다.

그런데 우리는 문필가가 아닌 경우 가끔 시나 산문을 썼다 해도 문집이나 한 권의 책으로 출간하기 어려운 경우가 대부분이다. 이런 경우 우리가 만드는 자서전은 그런 글을 마음껏 실을 수 있는 공간이 된다. 왜냐하면 자서전은 나의 독자적인 공간이기 때문이다.

자서전은 자기의 삶의 이야기이므로 그것이 진실인 한 다른 이들의 비평의 대상이 되지 않는다. 왜냐하면 개인적인 목적으로 만들어진 자서전을 평(評)하는 것은 남의 인생을 평가하는 것과 같이 무례한 일이기 때문이다.

2.
나의 발자취를 쓰는 것이다

일이 귀하기 때문에 일하는 사람은 그 일의 가치만큼
보람과 행복을 더하게 되어 있다.
일은 이웃과 사회에 대한 봉사이다.
- 김형석 교수 -

사람은 누구나 세상을 살아오면서 보람 있었던 일, 혹은 업적이 있다. 이 보람과 업적은 자서전에 있어서만은 다른 사람의 평가보다는 자기 자신이 평가의 기준이 된다. 그리고 그것을 기록한 자서전은 나름대로 가치를 지닌다. 또한 나에게 성취의 기쁨을 되씹게 한다.

예를 들면, 지옥문의 〈생각하는 사람〉으로 잘 알려진 조각가 오귀스트 로댕(Francois Auguste Rene Rodin, 1840~1917년)은 당시 프랑스 문인협회의 의뢰를 받아 유명한 소설가 발자크(Honor de Balzac, 1799~1850년) 상(像)을 제작하였으나 문인협회 기념사업회로부터 작품이 볼품이 없다는 이유로 인수를 거절 받고 작품료 1만 프랑을 돌려주었다. 사실 이 작품은 사실적인 전통적 조각이 아니라 발자크의 소설가로서의 고뇌와 그의 내면을 형상화한 혁명적인 작품이었다.

나중에 그의 작품은 인정을 받아 〈칼레의 시민상〉, '레 미제라블'로 잘

뛰어난 조각가 오귀스트 로댕과 작품들

알려진 빅토르 위고(Victor-Marie Hugo, 1802~1885년) 상(像)등을 제작했다. 그 수모를 겪는 당시 로댕은 다음과 같이 심경을 밝혔다. "만일 진실이 몰락할 수밖에 없는 운명을 타고난 것이라면 후세 사람들은 나의 〈발자크〉를 파괴할 것이다. 그러나 진실은 영원한 것이므로, 나는 나의 작품이 받아들여지리라 장담할 수 있다. 사람들이 비웃는 이 작품, 마음먹은 대로 부수기가 여의치 않으니까 기를 쓰고 조롱하는 이 작품은, 나의 필생의 역작이며 미학적 동력이다. 이것을 창조한 날부터 나는 새로운 인간이 되었다." (출처:『로댕, 신의 손을 지닌 인간』, 시공사)

우리는 살아오면서 누구나 자기가 일한 분야에서 일의 결과를 갖는다. 그것이 정치적 업적이든, 공무원으로서의 실적이든, 예술가로서의 성취든, 기업인으로서의 성취든, 성실한 노동으로 일궈 낸 농장이든, 필생의 노력으로 가꾸어 낸 숲이든, 학자로서 연구의 결과든, 성직자, 교사, 선교사, 봉사자, 법조인이나 의사, 회사원 등 직업인으로 살아온 삶의 궤적이든, 가족을 부양한 일이든…….

자서전은 나의 성취한 바를 쓰는 것이다. 나의 업적이 오히려 남의 업적으로 나타났거나 오해받은 일도 있을 것이다. 어떤 경우이든 내가 진솔하게 나의 성취를 기록하는 것은 중요한 일이다. 우리는 잘 알려진 사람들의 글이나 편지 등을 통하여 그의 알려진 업적보다 더 많은 일화나 사건들을 알고 감동할 때가 있다.

나의 성취를 내가 써서 공표하는 것이 부끄럽다고 생각할 수도 있다. 그러나 잘 살펴보면 보면 모든 자서전은 모두 그 사람이 성취한 것, 지향하려고 했던 인생의 과정과 목표를 쓰고 있음을 보게 된다.

자서전을 통해 살아온 날의 성취를 진솔하게 써 보시기 바란다.

3.
살아온 삶을 반추하며 깊이 성찰하는 일이다

이게 아닌데 / 이게 아닌데 / 사는 게 이게 아닌데 / 이러는 동안 /
어느새 봄이 와서 꽃은 피어나고 / 이게 아닌데 이게 아닌데 /
그러는 동안 봄이 가며 / 꽃이 집니다 / 그러면서, /
그러면서 사람들은 살았다지요 / 그랬다지요
- 김용택, 「그랬다지요」 -

자서전을 쓰는 것은 살아온 삶을 반추하며 깊이 성찰하는 일이다. 자서전을 쓰다 보면 나와 관련된 지난날의 사건들을 회상하게 되고, 그때의 사건을 다시 해석하게도 된다. 또 어렸거나 청소년 때 미처 몰랐던 부모님의 마음을 자기가 어른이 되어 본 입장에서 공감할 수도 있다. 성년이 되어서 사회생활을 할 때 저질렀던 실수나 잘못했던 일을 반성할 수도 있고, 삶의 또 다른 출발이나 마무리를 앞두고 이제까지 가져온 자기 삶의 태도를 성찰할 수도 있다.

서울대 병실에 입원했을 때 보았던 일이다. 다인실이 없어 2인실에 다른 환자와 함께 있게 되었다. 다른 환자는 80세가 넘은 분이고 수술한 후라 거동이 불편한 처지였다. 하루가 채 되기도 전에 그는 상당히 부지런하지만, 성격은 상당히 모나고 까다로우며 이기적인 사람임을 알 수 있었다. 그는 새벽 3시쯤에 깨어 세면을 하여 나의 잠을 훼방했다.

그는 병구완하는 부인이 TV를 보려고 잠시라도 자리를 비우면, 나갔다 들어 온 부인을 쥐 잡듯이 하였다. 알고 보니 그분은 사업 수완이 좋아 큰 기업을 경영하여 돈을 벌었고, 낙선재 옆에 큰 저택에서 살고 있다고 했다. 자녀들에게 주유소도 차려주고 하여 모두 사는 데는 어려움이 없다고 했다. 그런데 그는 자녀들을 '바보들'이라고 말했다. 그래서 그런지 문병 온 자녀들은 하나 같이 아버지 앞에서 주눅이 들어 있었고 표정도 어둡고 활기가 없어 보였다.

이화여대를 졸업했다는 일흔이 넘은 인자하고 온화해 보이는 부인은 남편의 뜻대로 학교를 그만두고, 사람들과 교류도 별로 못하면서 평생 집안에서 아이들을 키우며 살림만 했다고 말했다.

"나는 평생을 남편에게 쥐어 살았어요. 성격이 얼마나 고약한지 집에서는 폭군처럼 군림하고, 나는 평생 하녀처럼 살았어요. 성격이 고약하여 폭언과 행패를 일삼았구요."

"나는 처녀 때 교회에 다녔는데 결혼 후 저 사람이 무서워서 교회에도 가지 못했어요. 이제 저 사람이 죽으면 나가야지요. 저 사람이 죽는 날이 내가 해방되는 날이에요."

"이제 치료가 끝나면 집에 돌아가겠지만 집에 가는 게 너무도 끔찍해요, 지옥이 따로 없으니까요."

부인이 한 말이다. 너무도 측은하지 않은가? 병석에 있는 그가 평소에 조금이라도 아내나 자녀들에게 친절했다면, 자기를 돌아보는 성찰의 시간을 조금이라도 더 가졌더라면, 사회적으로나 가정적으로도 행복한 삶을 살 수 있었을 텐데 하는 생각이 들었다.

우리는 가끔 자신을 되돌아 보는 성찰의 시간이 필요하다. 내가 너무 독단적이고 이기적으로만 세상을 살아오지 않았는가? 또 가정과 가족과 이웃을 너무 소홀히 여기며 살아오지 않았는가? 반추하고 성찰하며 이제라도 좋은 삶을 살 수 있어야 한다.

이것이 자서전을 쓰는 일의 유익이기도 하다.

4.
나 자신의 치유에 도움이 되는 일이다

자신에 대해 긍정적인 생각을 하는 방법은 긍정적인 행동을 하는 것이다.
사람들은 생각한 대로 살지 않으면 사는 대로 생각한다.
- 폴 발레리 -

　사람들은 자기의 마음속 이야기를 누구에겐가 하고 싶어 한다.

　그러나 노인이 되면 주위에 자기 말을 들어 주는 사람이 점점 줄어들게 된다. 이런 일은 부모가 평생을 살아오면서 터득한 생활의 지혜를 자녀에게 이야기하려 해도 마찬가지다. 부모를 존경하는 자녀도 있지만 대개 젊은이는 부모의 사고가 낡았다고 생각한다. 이런 간극(間隙)이 요즈음의 노인을 외롭게 한다.

　그러므로 은퇴한 사람은 자녀와의 대화도, 알던 사람과의 대화도 점점 줄어가면서 삶의 의미마저 퇴색되는 우울의 늪에 빠지기 쉽다.

　자서전 쓰기는 이런 무료함을 해소하는데도 도움이 되고, 더 나아가서는 살아 온 지난 삶의 가치를 재발견하는 데에 도움이 된다. 자서전을 쓰다 보면 자기가 살아 온 삶이 실상은 가치가 있음을 발견하게 될 것이다. 나로 인해 자녀들이 태어났고 가정과 사회와 국가가 유지되었음을 다시 깨달을 수 있게 된다. 그리고 자기의 가치 있는 삶의 발자취는 자신이나 자녀에게는 기록하여 남겨둘 만한 이야기라고 할 수 있는 것임을 알게 된다.

　우리는 인생을 살면서 부모님을 떠나보내기도 하고, 어떤 분은 사랑하는 배우자나 아이를 일찍 잃기도 한다. 사람 사는 일이 그리 순탄치만은 않은 것은 사람은 누구나 환경의 영향을 받고, 예기치 못한 갑작스러운 사건을 겪기도 하며, 여러 성향을 지닌 주변 사람과 영향을 주고받는 관계 속에서 살아갈 수밖에 없기 때문이다.

　사람은 이런 일들 속에서 원치 않은 상처를 입고 또 상처를 줄 수도 있다. 이런 상처는 마음 깊이 잠복해 있다가 나도 모르게 원치 않는 때에 폭발하기도 한다. 이런 상처는 사회생활을 어렵게 하는 트라우마(Trauma, Mental trauma)가 되어 심한 정신질환이나 조기 치매나 신체적인 질환이 되어 나타나기도 한다.

　자서전을 쓰는 나이쯤 되면 대개 우리는 이런 슬픔이나 고난을 인정하고 받아들였다고 생각한다. 그런데 그렇다고 상처가 치유된 것은 아닐 수 있다. 심한 트라우마나 치매는 전문가의 도움을 받아야 하지만, 그것이 생활하는 데는 큰 지장 없이 내재한 상처라면 우리는 자서전을 쓰면서 과거의 상처를 객관적으로 바라보게 되고, 자서전을 통하여 자신의 심정을 토로할 수 있게 된다. 이것은 마음 깊이 응어리진 슬픔을 이야기하므로 치료를 받는 상담의 효과와 비슷하다.

　자녀들과 떨어져서 스스로 좋은 요양원에서 노후를 보내시는 분들에게는 요양원에 있는 다른 분들과 좋은 관계를 갖고 대화하는 것 못지않게, 자서전을 쓰는 일이 기억력을 증진하고 지나간 상처를 치유하는 데 좋은 효과를 가져온다고 한다.

　결국 사진을 들추어 가며 거기에 담긴 추억을 끄집어내고, 그것을 글로 옮겨 자서전을 쓰는 일은, 나의 마음속 이야기를 하는 것이므로 나도 모르게 마음속 상처가 치유되는 효과를 얻을 수 있다.

5.
자녀들에게 유익한 경험을 전수하는 일이다

부모는 자식에게 생명을 주고도, 이제 자신의 인생까지 주려고 한다.
- 척 팔라닉 -

자서전을 쓰는 것은 자녀들에게 인생의 유익한 경험을 전수하는 일이다. 우리는 대개 살아온 옛날의 경험으로 자녀들에게 가르침을 주려고 한다. 그러나 여간해서는 자녀들과 마주 앉아 자기의 이야기와 삶의 지혜를 도란도란 들려줄 기회가 오지 않는다.

평소에 자녀들과의 소통이 잘 안 되었던 경우에는 늙어갈수록 대화의 기회가 단절되기 마련이고, 자녀가 결혼 전까지는 대화가 잘 되었던 경우라도 결혼 후에 달라지는 일도 있다. 또 소통이 잘 된다고 하여도 막상 잘한 일을 이야기 하는 것은 칭찬을 바라는 것 같아 쑥스럽고, 부끄러운 일로 얻은 지혜는 잘못을 공개하므로 자녀들에게 실망을 주거나 나쁜 평가를 받을까 두렵기도 한 까닭이다.

그런데 우리는 세상을 살다 보면 참 여러 가지 일을 겪게 되고, 또 그 일을 통하여 얻은 삶의 지혜를 가지게 된다. 노인의 생각은 진부(陳腐)한 것 같지만, 때로는 빠르게 변화하는 시대를 살아가는 디지털이나 AI 시대의 MZ세대[1]에게도 아날로그 세대인 부모의 삶의 지혜는 필요하다고 할 수 있다.[2] 젊은이들은 진취적이지만 때로는 충동적이고 자신감이 넘쳐서 잘못된 선택을 하기도 한다. 이럴 때 노인의 지혜는 젊은이들에게

1) M세대(1980년 초반~2000 초반 세대) → Z세대(1990년대 중반~200년대 초반 세대)
2) analogue세대(정보화 이전) → anatal(analogue+digital세대(40대) → digital 세대

도움이 된다.

"글쎄, 괜찮을 것도 같지만, 거의 전 재산이 들어가는 일이니 조금 더 생각해보는 것이 좋지 않을까? 물론 너를 믿지만, 남의 사업이 좋아 보여 경험도 없이 뛰어들었다가 결국은 큰 어려움에 봉착하여 고생하는 사람들을 적잖게 보았으니 말이다."

"네가 그 직업을 갖는 것은 전적으로 자신이 결정할 문제이지만, 내가 경험한 바와 너의 성품과 능력을 고려해 볼 때 장점 못지않게 이런저런 어려움이 예상되니 다시 생각해보는 것이 어떨까?"

물론 노인이라고 그들이 지혜라고 생각하는 것들이 모두 자녀들에게 도움이 되는 것은 아니다. 왜냐하면 지혜라는 것은 끊임없이 경험하고, 견문을 넓히고, 자기를 성찰하고, 공부하고, 편견을 제거하면서 사고와 판단의 수준을 높여 간 결과이기 때문이다. 소수의 창의적이고 진취적인 자녀들은 마이크로소프트의 Bill Gates나 페이스북의 Mark Zuckerberg와 같이 부모의 생각을 뛰어넘어 그들만의 새로운 길을 개척하여 눈부신 성공을 가져오기도 한다. 그러나 경험이 많고 현명한 부모의 지혜는 아직은 세상살이에 미숙하고 경험이 일천(日淺)한 자녀들에게는 적지 않은 도움이 된다.

자서전은 이런 의미에서 자기 삶의 경험을 자녀에게 자연스럽게 전수(傳受)하는 좋은 선물이 된다. 또 자신의 인생관과 신앙관과 교훈을 전하는 수단이 된다. 먼 훗날, 자녀들은 당신의 사진 자서전을 가끔 펼쳐 보며 당신을 그리워하고, 이해하고, 경험을 배우며, 당신이 그들의 부모였음을 감사하게 될 것이다.

6.
노년에 좋은 창작의 기쁨을 준다

인생은 흘러가는 것이 아니라 채워지는 것이다.
우리는 하루하루를 보내는 것이 아니라 내가 가진 무엇으로 채워가는 것이다.
- 존 러스킨 -

자서전을 쓰는 것은 노년에 창작의 기쁨을 준다. 사람들은 남이 그린 그림을 보고, 영화를 보고, 남이 연주하는 곡을 듣고, 글을 읽으면서 살아간다. 자기가 한 일이 예술·방송·저술과는 관계가 없는 경우가 더 많기 때문이다. 예전과는 달리 요즘은 젊었을 때부터 조기 은퇴를 걱정하여 다른 일들을 배우며 일찍부터 노후를 준비하는 사람들이 적지 않다.

그런데 그런 준비가 없이 살아온 은퇴자나 노인들은 막상 현역에서 물러나게 되면 자기가 해왔던 일에서 손을 떼게 되고, 그제야 허탈감과 함께 다른 무언가를 하며 노후를 보내야 하겠다는 생각하게 된다. 물론 아무것도 하지 않고 쉬면서 평소에 가보고 싶었던 곳에 여행을 다니며 맛있는 음식이나 먹으며 즐기겠다는 분도 있지만, 그것도 하루 이틀이지 백세시대인 요즈음에 할 일은 아니다.

은퇴 후에 의욕이 있는 분들은 새롭게 그림이나 붓글씨를 배우거나, 춤이나 악기를 배우기도 한다. 주변을 살펴보면 귀농하여 시골에 집을 짓고 텃밭을 가꾸는 분도 있고, 또 개인택시를 사서 손주들의 용돈을 주고 학비를 보태는 분도 있다. 또 골프를 치거나 등산하러 다니는 분도 있고, 사진을 배워 전국을 누비며 사진을 찍는 분들도 있다. 살아오면서 남을 위하여 작은 일이라도 한 번 해본 적이 없다고 하며 각종 봉사 모임에 가입하여 여생을 봉사자로 사시는 분들도 있다. 노년에 이렇게 자신의 처지나 건강에 맞게 일이나 취미를 갖는 것은 건강한 삶을 유지하는 데 도움이 된다. 자서전을 쓰는 일도 노년에 할 수 있는 많은 일 가운데 하나이다.

일본의 사바타 도요 할머니는 98세에 장례비로 모아둔 돈으로 99세에 『약해 지지마』란 시집을 내고 시인이 되었다. 그녀의 소박한 시집은 많은 독자의 공감을 불러일으켜서 단숨에 일본에서만 160만 부가 판매되어 베스트셀러가 되었다.

우리가 잘 아는 김형석 교수는 백 세가 넘어서도 저술과 강연을 한다. 우리는 주변에서 문학소녀나 문학청년의 꿈을 가졌던 분들이 은퇴 후에 시를 배우고 수필 쓰기를 배워 시집을 내거나 수필집을 내는 것을 심심찮게 볼 수 있다.

그런데 자서전을 쓰는 일은 노년에 할 수 있는 좋은 창작 활동이다. 자서전을 쓰는 것은 깊이 잠재된 기억을 불러내므로 뇌의 활동을 촉진하여 치매를 늦추는 효과도 있지만, 거기에 더해 삶의 보람과 창작의 기쁨을 준다.

글쓰기에 익숙하지 않은 분은 처음에는 하루에 A4지 한 장을 채우기도 쉽지 않지만 글솜씨는 점점 늘어가기 마련이다. 글을 쓰면서 잔잔한 보람을 느끼게 되고, 여러 번의 퇴고 과정을 되풀이하면서 결국 자서전을 완성했을 때 창작의 큰 기쁨을 맛보게 되는 것이다.

7.
좀 더 나은 사회를 만드는 일이다

나에게는 간절한 소원 하나가 있다.
내가 이 세상에 태어난 목적을 밝히며 조금이라도 세상이 좋아지는 것을
볼 때까지 살고 싶다는 것이다.
- 에이브러햄 링컨 -

우리는 TV를 통해 가끔 사람을 주제로 한 다큐멘터리 드라마를 보는 경우가 있다. 열심히 살아가는 가장이나, 자기를 희생하므로 세상을 밝게 하는 이들, 불구를 극복하며 긍정적으로 살아가는 장애가 있는 분들, 또는 어려운 역경을 극복한 예술가나 스포츠 스타, 뒷골목에 숨어 있는 음식의 장인들, 국가무형문화재가 된 분들, 그리고 각계의 정상에 오른 분들을 주인공으로 한 이야기들 말이다.

또 우리에게는 각자가 마음속으로 품고 있는 영웅이 있다. 그 사람은 슈바이처나 예수, 부처나 공자나 노자일 수도 있다. 또는 뛰어난 소설가나 시인, 화가, 무용가일 수도 있다. 혹은 작고한 어떤 대통령일 수도 있다. 그리고 그들의 삶은 부러움의 대상이 되거나, 방송의 조명을 받거나, 자서전을 쓸 만한 가치가 있다고 생각한다.

그러면 그렇게 유명하지는 않지만, 평생을 성실하게 살아 온 사람의 삶은 어떤가? 그의 삶은 자기의 이야기를 써서 자녀들에게 물려줄 만한 가치가 없는 삶인가? 만약 그렇게 생각한다면 그것은 약간 서글픈 일이다. 사실이지 우리는 서로가 서로에게 기대어 살아간다. 자기가 잘 나서 잘 먹고 잘사는 것 같지만 매일 먹는 양식에는 농부의 땀과 어부의 노고가 배어있다. 우리가 입는 옷은 누군가 공장에서 힘들어 일한 결과이고,

우리가 안전하게 사는 것은 한편으로는 건축가나 건설 노동자나 경찰이나 소방관의 노고 때문이다. 우리의 집을 지을 때 어떤 이는 벽돌을 쌓고 어떤 이는 긴 벽지에 풀칠하여 정성스레 도배한다. 많은 가재도구에도 모두 다른 사람들의 노고가 묻어있다. 이처럼 사람은 혼자 사는 것이 아니라 서로 기대어 살아간다.

우리도 이들 중의 한 사람이다. 내가 정치인, 상인, 교사, 회사원, 자영업자, 공무원, 군인, 경비원, 요리사, 기업의 주주, 성직자, 예술인, 방송인, 청소부 등 무엇이든 간에 나의 삶은 모든 사람의 삶과 같이 가치가 있다. 나는 사회에 필요한 존재로 주변에 크고 작은 영향력을 끼치며 또는 받으며 살아왔다. 나의 삶은 이야깃거리가 많은 한 편의 다큐멘터리이다. 나의 직업이 세상에 해악을 끼치는 그리 나쁜 일이 아니었다면 우리의 사회는 나로 인해 그 한 부분이 유지됐다.

사람들은 모두 자기의 인생철학에 따라 살아가고, 또 나름대로 사람들에게 남기고 싶은 경험과 교훈, 그리고 하고 싶은 이야기가 있다.

내가 나의 가문에서 처음 자서전을 쓴 사람이라면 나의 자서전은 좋은 가문을 만드는 하나의 초석(礎石)이 될 수도 있다. 자서전을 쓰는 것은 직·간접적으로 그것을 읽는 가족이나 친지나 이웃에게 읽는 기쁨을 줄 수 있다. 그리고 그것은 그들의 삶에 좋은 영향을 미치고, 궁극적으로는 그들을 통하여 사회에도 좋은 영향을 미치게 된다.

또 자서전에 쓰인 그 시대의 문물이나 시대상은 역사적, 민속학적 자료가 되기도 한다. 자서전을 쓰는 것은 극히 개인적인 일이기도 하지만 이처럼 가문(家門)이나 사회에 도움이 될 수 있다.

8.
사랑과 감사의 편지를 쓰는 일이다

이 세상을 떠나기 전에 하나님 앞에서나 여러 사람 앞에서 드리고 싶은 한마디가 있다.
하나님의 은혜가 감사하다는 것이다.
내 일생에서 정말 감사한 것은 아내를 만난 일이다.
- 한경직 목사 -

가난하게 살아왔던 나의 아버지께서는 임종하시기 전 정신이 반짝 들었을 때 두 며느리를 불렀다. 금반지를 하나씩 나누어 주고, 형수의 어깨를 꼭 안고는 '고맙다'라고 말씀하셨다. 형수는 시아버지가 그렇게 말씀해 주셨다는 사실을 떠올릴 때마다 감사를 느꼈을 것이다. 그리고 그 감사와 격려를 잊을 수 없을 것이다.

처가에서 장인이 돌아가신 후 가족들이 유품을 정리하다가 성경필사 노트와 함께 일기장을 보게 되었다. 일기는 모두 직장 사정상 매주 월요일부터 금요일까지 함께 살았던 효자, 둘째 처남에 대한 것이었다.
'오늘은 병찬이가 오전 8시에 나갔다. 병찬이가 오후 7시에 감을 한 상자 가지고 들어왔다.' 이런 단순한 글이 일기에 하루도 빠짐없이 쓰여 있었다. 동아 마라톤 명예의 전당에 오르기도 한 작은 처남은 이 일기장을 보고 마음이 뭉클했을 것이다. 그리고 장인의 보훈연금으로 살아가시는 장모님과 함께 아버님을 평생 기억하며 살아갈 것이다.
70세의 한 부인은 가끔 외롭거나 슬프거나, 3년 전 돌아가신 남편이 보고 싶을 때는 사진첩을 꺼내 사진을 들추어 보고, 젊었을 때 남편이 쓴 연애편지와 생일 때 받았던 축하 카드를 꺼내어 읽는다고 했다. 그럴 때면 부인은 남편이 '힘을 내 여보! 사랑해!'라고 자신을 위로하는 것 같아 슬픔이 물수제비의 파문처럼 금세 가라앉고, 이윽고 현재의 삶에 감사를 느끼며 의연하게 살아갈 수 있다고 했다.

자서전을 쓰는 것은 어떤 의미에서 소중한 사람들에게 편지를 쓰는 일이라고도 할 수 있다. 고맙고, 사랑하고, 미안해하는 마음은 말로 직접 표현하는 것이 가장 좋지만, 쑥스러워서 하기 힘든 이런 말들을 자서전에 직접 또는 넌지시 담는 것은 좋은 방법이 된다.

'아내는 나와 가정을 위해 평생을 한결같이 살았는데도 "고마워요"라고 두어 번밖에 말하지 못한 것, 제대로 여행 한 번 함께 가지 못한 것이 정말 부끄럽다.'든지 '우리 딸들이 너무도 자랑스럽다. 부모로서 뒷바라지도 제대로 못 했는데 번듯하게 사회의 중견 인물들이 되었으니 정말 고맙다.'라는 글 등이다.

'감사에 인색한 자는 언제나 행복이 메마른 개울가에 산다'라는 말과, '지옥이란 감사할 줄 모르는 사람들이 가득 찬 곳이고 천국이란 감사할 줄 아는 사람들로 가득 찬 곳'이라는 영국의 격언을 들어본 일이 있을 것이다.

자서전이란 편지에 담을 것은 '감사'이다. 잘 생각해보면 가족이나 친구, 선후배나 이웃, 사회나 국가에 감사할 일은 너무도 많다. 한경직 목사의 자서전은 온통 사람과 하나님에 대한 감사의 퍼레이드다. 그 글을 읽으면 언제나 겸손하게 감사하는 그분의 삶에 감동할 수밖에 없다.

자서전은 자기의 이야기이기도 하지만 자서전이 발간되면 당연히 가족들이 가장 많은 관심을 가지고 읽게 된다. 그리고 가까운 지인들이 읽게 된다. 자서전은 그들에게 감사와 사랑의 인사를 하는 좋은 방편이 된다.

모쪼록 자서전에 사랑과 감사의 편지를 많이 담으시기 바란다.

9.
자신을 리빌트(Rebuilt)하는 데 도움이 된다

늙어서도 행복하게 살 권리가 있고 후배들의 존경을 받아야할 의무가 있다고 생각한다.
나 자신도 100세까지 스스로의 행복을 지니고 싶고,
주변 사람들의 고마움과 존경스러움을 받으면서 살아야겠다는 다짐을 한다.
- '백년을 살아보니' 김형석 교수 -

　자서전을 쓰는 분들의 나이는 대개 65세 이상이다. 자서전을 써 보라
는 말은 65세나 80세까지의 삶을 정리하고 삶을 마감하라는 말이 아니
다.『구약성경』〈시편: 90편〉의 저자 모세[3]는 '우리의 연수가 칠십이요
강건하면 팔십이라도 그 연수의 자랑은 수고와 슬픔뿐이요 신속히 가니
우리가 날아가나이다.'라고 했다.

　그러면 우리가 잘 알고 있는 현대의 인물들은 얼마나 살았을까? 한경
직 목사는 98세, 법정 스님은 78세, 정주영 회장은 87세, 김대중 대통령
은 85세, 김수환 추기경은 87세, 넬슨 만델라는 95세, 배우 신성일은 83
세, 지휘자 폰 카라얀은 81세까지 살았다. 그러니 요즈음은 큰 병이나
사고를 당하지 않으면 일반적으로 80~90세 정도 살게 된다고 할 것이
다.

　그러면 65세를 시작으로 얼추 계산해볼 때, 별일이 없다면 그 이후에
도 원하거나 원치 않거나 이삼십 년 정도는 살아야 한다는 결론이 나오
는 것이다. 그러므로 그 이후의 삶을 건강하고 행복하게 살아가야 하는
것은 누구에게나 닥쳐오는 필연적인 과제가 된다.

---

3) 모세(Mose(s)): 이스라엘의 종교적 지도자이자 민족적 영웅, 호렙산에서 이집트에서 노예로 있던 히
브리 민족을 해방시키라는 여호와의 음성을 듣고 갈라진 홍해를 지나 출애굽을 감행하였고, 시나이산
에서 십계명을 받았다. 모세오경의 저자.

그런데 김형석 교수는 98세 때 쓴 글에서 '정신적 성장과 인간적 성숙은 한계가 없다. 노력만 한다면 75세까지는 성장할 수 있다. 나도 60이 되기 전에는 모든 면에서 미숙했다는 사실을 인정하고 있다. 나와 내 친구들은 오래전부터 인생의 황금기가 60세에서 75세가 사이라고 믿고 있다.'라고 했다.

우리는 늦은 나이에 인생의 목표를 달성하고 대성한 사람들을 알고 있다. 『젊은 베르테르의 슬픔』으로 유명한 독일의 문호 괴테(Johann Wolfgang Von Goethe, 1749~1832)는 대작 『파우스트』를 60년 동안 집필하여 사망 한 해 전인 82세에 완성했다. 또 중국에 시장경제를 도입한 덩샤오핑(鄧小平, 1904~1997)은 천안문 사태의 씻을 수 없는 오명은 있지만 93세로 사망하기까지 중국의 사회주의 시장경제⁴⁾의 초석을 놓느라고 노구(老軀)를 아끼지 않았다. 그 결과 중국이 경제 강국으로 부상하게 되었고, 많은 중국인의 존경을 받고 있다.

자서전 쓰기는 은퇴 이후의 시기에 지나온 삶을 되돌아보므로 앞으로의 삶을 더 보람 있고 행복하게 살 수 있게 하는 미래의 이정표가 될 수 있다. 자서전을 쓰면서 자기를 성찰함으로 더 성숙해지는 것, 더 인간미가 있는 사람이 되는 것, 더 품위 있게 늙어가는 것은 아름다운 일이다. '바다에 나갈 때는 한 번 기도하라, 전장에 나갈 때는 두 번 기도하라, 결혼할 때는 세 번 기도하라.'라는 속담이 있다. 그러면 노쇠와 함께 찾아오는 은퇴 이후의 삶을 위해서는 최소한 그 이상 기도해야 하는 것은 아닐까?

자서전을 쓰면서 은퇴 이후의 자신의 삶을 잘 설계하여 멋지게 리빌트 (Rebuilt)해 보시기 바란다.

4) 시장경제(市場經濟): 자유경쟁의 원칙에 의해 시장에서 가격이 형성되는 자본주의 경제. 사회주의 경제인 계획경제와 대립되는 말.

10.
자서전 이후의 삶과 죽음을 준비할 수 있다

내가 지금까지 살아온 삶을 돌아보고, 내 주변 사람들의 소중함을 떠올리고,
주변 사람들을 사랑하며 살도록 일깨워 주는 것이 죽음의 의미이다.
품위있는 죽음은 죽는 순간까지 의미있는 삶을 사는 것이다.
- '해피엔딩' 중 정재우 신부 -

'메멘토 모리(Memento mori)!'는 '죽음을 기억하라!'라는 말이다. 요즈음은 웰다잉(Well-Dying)[5]이란 말도 유행한다.

서울의 한 병실 문간의 침대에 팔십여 세의 노인이 치료를 받고 있었다. 그는 인천 어시장(魚市場)에서 평생 열심히 일하며 돈을 아껴서, 부평역 앞 요지에 5층짜리 빌딩을 가지고 있다고 했다. 그런데 가족들은 자기를 '돈만 아는 못된 사람'이라고 아예 문병도 오지 않는다는 것이다. 재산 모으기는 성공했지만 고독한 상태로 죽을 테니 불쌍한 삶이라는 생각이 들었다.

우리는 죽을 때 TV에서 보는 것처럼 할 말을 다 하고, 가족에게 둘러싸여 행복하게 죽을 수 있기를 바란다. 그러나 호스피스 병동에서가 아니라면 사고사(事故死)나 돌연사(突然死, sudden death)가 아닌 한 대개 중환자실에서 고통스러운 죽음을 맞게 된다. 사랑하는 이들에게 "고마웠어, 사랑해."라고 말할 기회도 없이……

SK그룹 최종현 회장은 워커힐 뒤 작은 자택에서 연명치료[6]를 하지 않고 호스피스의 도움을 받다가 돌아갔다. 시대의 지성 이어령 선생은 연명을 위한 암 치료를 받지 않고 자택에서 생애의 끝까지 글을 쓰다가 돌

---

5) 웰다잉(Well-Dying, Well-Ending): 인간이 품위 있고 존엄하게 생을 마감하는 것을 뜻하는 말. '스스로 준비할 수 있는 죽음, 가족들과 좋은 관계로 끝맺는 죽음, 본인이 생사를 결정하는 죽음'으로 정의할 수 있다.

아갔다. 사람들은 가까운 사람이 죽거나, 자기가 사고를 당했거나, 병들었을 때 죽음을 생각한다. 그러나 죽음은 예기치 않게 찾아온다. 엘리자베스 퀴블로스의 관찰에 의하면 죽는 사람은 "내가 왜 죽어야 하지?" 하고 죽음을 부정①하면서 분노②하고, 도저히 어쩔 수 없음을 알고 의료진이나 신에게 "살려주시면 뭐 뭐 하겠습니다."라고 타협③하다가, 결국 죽을 수밖에 없음을 알고 절망④하고, 마지막에는 죽음을 수용⑤한다고 한다. 그것이 죽음이다.

정진홍 서울대 명예교수는 〈삶의 의미 죽음의 의미〉-각당복지재단, 『웰다잉 교육 메뉴얼』에서 '죽음을 준비하는 일은 다른 것이 아닙니다. 내 의식이 아직 성할 때 정한(情恨)을 다듬는 일, 하던 일을 마무리하고 미처 이루지 못한 일을 잘 나누어 맡기는 일, 성취와 실패를 담담하게 증언하는 일, 온갖 사물과 지낸 삶을 그것이 가진 애환에도 불구하고 근원적으로 승인하면서 감사로 자신의 삶을 증언하는 일, 이런 자세로 구체적인 일들을 글로 말로 행동으로 남기고 전하고 실천하는 일 등이 그것입니다.'라고 했다.

자서전 쓰기는 죽음을 준비하는 일이 되기도 한다. 자서전 이후에 우리는 어떤 삶을 살아야 할까? 가족이나 이웃의 상처를 치유하는 삶, 남을 잘 배려하는 삶, 감사하는 삶, 내가 있어 세상이 조금은 따뜻해질 수 있는 삶, 그런 삶을 살 수 있을까? 자서전 이후에도 우리의 삶은 계속될 것이다. 그러나 우리의 삶이 언제까지인지는 아무도 모른다.

당신은 당신의 남은 삶을 멋지게 살며 당신의 가족과 이웃에게 기억될 자서전을 이후의 삶을 멋지게 완성하시기 바란다.

---

6) 연명의료(延命醫療)결정제도: 회생 가능성 없는 환자의 존엄사를 위해 2018년 정부는 「연명의료결정에 관한 법률」을 시행했다. 성인이면 누구나 사전에 보건소나 의료기관에 연명의료를 하지 않겠다는 의사를 밝히면 의료진 등이 회생 불가능이라 판단하면 가족이 반대해도 연명의료를 받지 않는다.

자서전 쓰기에 대하여

평소에 글을 쓰지 않다가 자서전을 쓰기는 그리 쉽지 않습니다. 그러나 사진을 꺼내 거기 담긴 이야기를 마음 가는 대로 짧게 쓰는 것은 그리 어렵지 않습니다.

노래를 배우거나 춤을 배우거나 골프를 배우거나 악기 연주를 배우는 일도 처음에는 어렵습니다. 그러나 반복하여 하다 보면 나아집니다. 글도 같습니다.

그러나 글을 쓰는 것이 너무 어렵고 체질에 맞지 않는다면 대필작가(代筆作家)에게 의뢰하여 구술자서전(口述自敍傳)을 쓰십시오. 그것도 좋은 방법입니다.

모든 사람이 글을 잘 쓸 필요는 없습니다. 글을 잘 쓰는 사람에게 자서전 쓰기를 대행하게 하는 일은 서로를 돕는 일입니다.

2장

자서전 쓰는 방법 알아보기

1. 친구나 가족에게 말하듯 자연스럽게 써라

2. 기억에 남는 대화 내용을 넣어 실감나게 써라

3. 먼저 큰 줄기를, 그리고 가지와 잎을 붙여라

4. 시대적 배경을 조사하여 양념을 쳐라

5. 인물은 세밀화를 그리듯 생생하게 표현하라

6. 소설같이 꾸미지 말고 사실을 써라

7. 주제별로 단락과 문장을 구성하라

8. 이성과 감성을 조화시켜 균형을 잡아라

9. 지나온 삶의 가장 중요한 일을 상세히 기록하라

10. 자부심을 가지고 쓰되 겸손을 잊지말라

1.
친구나 가족에게 말하듯 자연스럽게 써라

우리는 모두 어렸을 때 숙제로 일기를 썼던 일을 기억한다. 매일 매일 일기를 쓰는 것이 쉽지 않았다. 왜냐하면 매일 일과가 비슷하고 그렇다고 이야기를 꾸며 쓰자니 거짓말이라서 마음이 내키지 않았기 때문이다. 그래서 일기를 쓰기 싫으면 대개는 일기를 대충 짧게 쓰고 만다.

자서전은 일기와는 달리 이야깃거리가 많다. 일기에 비해서 무려 365일에 나이를 곱한 만큼 날마다 겪었던 일이 소재가 되는 것이다.

그러나 평소에 글을 쓸 일 없는 대부분 사람은 자서전 쓰기를 어려워한다. 그런데 이런 분들도 친한 친구를 만나서 자기의 이야기를 잘 들어주면 신이 나서 이야기를 한다. 시간 가는 줄 모르고 이야기하면서 깊은 곳에 있던 기억이 술술 풀려나오는 것이다.

자서전을 쓰는 것은 이렇게 자신의 삶을 이야기를 하는 것이다. 다만 글로 옮긴다는 것뿐이다. 이야기하듯 자연스럽게 자서전을 쓰기 바란다.

어릴 때 친하게 지냈던 친구를 삼십 년 만에 만났다고 하자. 그래서 이야기를 하다 보니 15세 시절의 이야기를 하게 되었다.

"나는 그때 직업훈련을 마치고 정비사가 되려고 소양로에 있는 자동차 공장에 들어가게 되었어, 아마 너도 알 걸, 그런데 거기 기술자가 어찌

나 성격이 고약한지 툭하면 나에게 스패너를 던지고 했어, 내가 크게 잘못한 일도 없는데 말이야. 왜 기술자 곤조라는 것이 있었잖아! 거기다가 일하고 나면 얼굴이랑 손이 온통 기름때에 절어 까맸는데 자기들만 따뜻한 물 데운 걸 쓰고, 나는 얼음이 버석버석한 물을 쓸 수밖에 없었어."

이 대화를 글로 바꾸면 바로 자서전의 내용이 된다. 5W 1H를 알고 계실 것이다. 〈누가, 언제, 어디서, 무엇을, 어떻게, 왜〉를 염두에 두고, 시간의 흐름에 따라 써나가면 된다.

『내가 소양로 4가에 있는 진흥자동차공업사에 취직한 것은 15세 때였다. 그 공장은 당시 춘천에서 제일 컸다. 나는 두 달 전에 청소년직업훈련소에서 엔진정비과정을 마쳤기 때문에 자동차 정비 기술자가 되려는 생각하고 있다. 그러나 그곳에서의 일은 생각보다 어려웠다. 무엇보다 기술자가 성격이 고약하여 툭하면 '야 이 새끼야, 일 제대로 못 해!' 하면서 나에게 스패너를 던지는 등 소위 기술자 유세(有勢)를 심하게 부렸기 때문이다. 거기에 더해 추운 겨울인데도 일이 끝나면 기술자와 선배들은 데워 놓은 물을 모조리 쓰고, 어린 나에게는 한 방울의 물도 남겨 주지 않았다. 나는 당연히 얼음이 버석버석한 물에 손을 넣어 닦아야 했다.』

이렇게 겪었던 일을 그대로 쓰면 된다.

친구나 가족에게 말하듯이 부담 없이 자서전을 쓰자. 말을 글로 옮기듯이 자연스럽게 글을 쓰자. 글을 써 놓고 다시 보고, 보충하고, 고치다 보면 어느새 한 권의 자서전이 된다.

글을 쓰기 싫다면 휴대폰으로 녹음을 하여 텍스트글자로 변환하면 된다. 시간이 날 때마다 휴대폰의 녹음 기능을 켜고 말로도 글을 써보시기 바란다.

2.
기억에 남는 대화 내용을 넣어 실감나게 써라

이 책에서 이제까지 읽은 글들은 대부분 평서체로 되어 있다. 왜냐하면 평서체[1]는 사실을 기술하고 설명할 때 그 단순명료함에서 오는 장점이 있기 때문이다. 그런데 자서전을 쓰다 보면 어떤 분의 한 말이 뇌리에 꽉 박혀있어서 신기하게도 낱말 하나하나가 마치 조금 전의 일같이 잘 기억나는 경우가 있다. 그것을 그대로 쓰는 것이 대화체[1]다.

2016년에 노벨문학상을 탄 미국의 팝송 가수이자 시인인 밥 딜런은 자서전『바람만이 아는 대답』8쪽에 권투선수 잭 템프시(미국의 권투선수로 1919년 세계헤비급 챔피언이 되었다)와 만났을 때 지인 루가 한 대화를 그대로 넣고 있다.

잭은 주먹을 휘둘러 보였다.
"헤비급 선수 치곤 너무 가벼워 보이는데, 자넨 체중을 몇 파운드 늘려야 되겠어, 옷차림에 조금 더 신경을 써보게, 좀 더 세련되게 보여야 하니 말이야. 링에 올라갔을 때 그럴 필요가 없지만, 상대를 너무 세게 때리는 걸 두려워하지 말라구."

---

1) 평서체, 대화체 → 문체는 3장 '글 쓰기 기법' 중 '문체 맛보기' 참고.

"잭, 이 친구는 권투선수가 아니라 작사가야. 이 친구가 작사한 노래를 발표하려고 해."

이 대화를 보면 우리는 잭이 헤비급 선수이며 체중이 조금은 적다는 것을 단번에 알게 된다. 그리고 옷차림이 그리 세련되지 못한 사람이며 상대를 세게 때리는 걸 머뭇거린다고 친구가 생각하고 있음을 알게 된다. 이 글을 평서체로 바꾸면 어떨까? 아마 다음과 같이 쓸 수 있을 것이다.

『루는 세계헤비급 챔피언인 잭 템프시를 나에게 소개했다. 그런데 그는 잭이 몸무게를 몇 파운드 더 늘여야 하고, 링 위에서 두려워하지 말고 더 세게 상대를 가격해야 한다고 이야기했다. 그리고 옷차림에 조금 더 신경을 쓰라고 했다. 그리고 내가 작사한 노래를 발표하려고 한다는 것을 이야기하면서 잭에게 나를 소개했다.』

이 평서체의 읽을 때 왠지 대화체의 글보다 생생한 현장감이 덜 하다고 느껴지지 않는가? 왜 그럴까? 대화에는 대화하는 사람의 성품과 대화자 간의 관계가 그대로(사실적으로) 나타난다. 이처럼 자서전에 있어서 대화체는 음식을 만들 때 넣는 양념과 같다.

이는 마치 우리 고유의 창(唱)에서 대화를 그대로 전달하는 것, 현대의 영화에서 배우가 직접 말을 하는 것과 유사하다. 대화 없이 서술만 있는 소설을 보기 힘든 것도 같은 이치이다.

자서전에 생생하게 현장감이 살아있는 대화를 넣어보라. 그 사람의 성격이 나타나는 말을 꾸미지 말고 그대로 넣어보라. 지방의 사투리도 가감 없이 넣어보라. 당신의 자서전도 군데군데 넣는 대화로 인해 유명 소설처럼 내용이 풍요로워질 것이다.

3.
먼저 큰 줄기를 그리고, 가지와 잎을 붙여라

　나무를 키워보면 어느새 작은 떡잎이 없어지고, 큰 가지가 나오는가 싶더니 이내 잔가지가 생기고 잎들이 무성하게 피어나는 것을 본다. 자서전 쓰기도 나무가 자라는 것과 같다. 자서전을 쓰려면 먼저 그 내용을 크게 구분하여 장(章)을 만든다. 이 장은 자서전이란 나무의 큰 가지들과 같다. 그러므로 이 큰 가지들을 먼저 그려야 한다.

　현대그룹의 창업자 정주영 회장의 자서전을 보면 〈고향, 부모님, 현대의 태동, 나는 건설인, 현대자동차와 현대조선, 중동 진출의 드라마 그리고 1980년, 기타〉 등으로 큰 가지를 세우고 있다. 정주영 회장은 어릴 때를 제외하고는 사건(업적)을 제목으로 하여 라이프싸이클(인생주기)에 따라 큰 가지(장, 章)를 세웠다.

　백범(白凡) 김구 선생의 자서전을 보면 상권에서 〈황해도 벽촌의 어린 시절, 시련의 사회 신술, 실뚱노노의 성년기, 방랑과 보색, 식빈의 시련, 뗑뗑희 밀〉을 큰 가지로 잡았다. 하권은 〈상해 임시정부 시절~조국에 돌아와서〉로 큰 가지를 잡고 있다. 결국 제목 하나만 보면 인생의 곡선을 알 수 없지만, 목차의 흐름을 보면 자서전의 일반적인 흐름인 인생 주기에 따라 큰 가지를 잡고 있음을 알 수 있다.

2018년 노벨상 수상자인 가수이자 문인인 밥 딜런은 〈값을 올려라, 사라진 세계, 새로운 아침, 드디어 행운이, 얼어붙은 강〉으로 Chronicles(역대기)[2]의 큰 가지를 세웠다.

이처럼 자서전은 연대별로 몇 개로 나누어 큰 가지(장, 章)를 세우는 게 일반적이다. 그리고 그 내용을 세분하여 잔가지(절, 節)를 만드는 것이다. 잔가지(절, 節)는 큰 가지(장, 章)를 구성하는 작은 주제들을 만드는 것이다.

예를 들면 위의 '고향, 부모님'이란 줄기에 고향에 관한 이야기, 부모님에 관한 이야기, 소년 시절 이야기, 집 떠나 가출하던 이야기를 작은 제목으로 붙인다. 그리고 마지막으로는 잎(내용, 內容)을 붙여야 한다. 예를 들면 '부모님에 관한 이야기'에서 부모님의 용모, 성품, 부모님이 남기신 일화, 부모님과의 추억을 기억과 감정에 따라 풍부하게 붙이는 것이다.

큰 가지와 잔가지의 나눔이 적당하고, 가지에 돋아난 잎이 풍성할수록 보기가 좋다. 자서전도 이와 같다.

큰 가지(장, 章)를 나무(자서전, 自敍傳)에 보기 좋게 붙여라, 그 큰 가지에 잔가지(절, 節)를 붙여라. 잔가지에 잎(내용, 內容)을 붙이고 또 붙여라. 그리고 멋지게 전지(剪枝)하고 다듬으시기를 바란다.

물론 자서전에 시나 수필, 그림, 사진 작품 등을 싣는다면 그것을 하나의 큰 가지로 하여 잔가지를 붙일 수도 있다. 다만, 먼저 잔가지를 잡고 나중에 그것을 큰 가지에 붙여넣어도 된다.

2) 역대기(Chronicles): 밥 딜런은 차례를 chronicles라고 했다. 이것은 연도의 흐름에 따라 기술한 기록이란 뜻이다. 구약성서의 역대기는 이와는 달리 The chronicles로 정관사가 붙어있는 특정된 책이다.

4.
시대적 배경을 조사하여 양념을 쳐라

    자서전에는 이야기마다 배경이 있다. 어김없이 그 시대의 역사적인 환경, 문화적 조류, 사회상, 인물 등에 대한 배경이 뒤를 받쳐주고 있다. 인생은, 마치 연극 무대에 선 배우의 삶과 같다. 볼거리가 많은 연극일수록 배우가 출현하는 장면마다 배경이 바뀐다.

    지금의 시대와 나이 든 사람들이 살아 온 시대는 다르다. 경제적인 여건도 그렇고, 정서적인 감정도 그렇다. 그러므로 배경에 대한 적당한 묘사와 설명이 필요하다. 노래만 봐도 7080시대의 사람들은 대중가요나 감성이 풍부한 노래나, 가곡, 팝송, 클래식을 좋아했지만, 요즘 젊은이들은 힙합이나 랩, 발라드, 록(Rock), 뉴에이지 음악, 뮤지컬, 전신으로 춤추며 노래하는 것 등 다양한 음악을 즐기지 않는가!

    자서전은 동년배들의 이야기이기도 하지만 후손에게 남기는 삶의 이야기이기도 하다. 영화나 연속극에서 사극을 만들 때는 그 시대의 가옥들과 상섬들과 복색과 생활 용구와 머리 모양과 얼굴 모습이 필요하다. 그 시대의 어법이 필요하다. 그래야 사람들이 현장감을 느끼고 이야기의 전개에 흥미를 느끼고 빠져든다.

    자서전도 마찬가지다. 그런데 자서전을 쓰다 보면 그 시대에 대한 자신의 기억이 빈약함을 느끼게 된다. 이럴 때 기억을 되살릴만한 지인의 도움을 받는 것도 좋고 인터넷 서핑을 하여 필요한 자료를 찾아보는 것도 좋다.

예를 들면 필자의 경우 어렸을 때 호두 크기보다 약간 작은 알록달록한 눈깔사탕을 먹은 기억이 있는데 5환을 주었는지 5원을 주었는지 헷갈렸다. '화폐단위의 변천'이라고 인터넷에 검색해보니 한국민족문화대백과에서 제공한 자료가 떴다. 거기에서 1953. 2. 23. 부터 1962. 6. 11. 까지는 환(圜, 원을 환으로 발음)이 1962. 6. 12. 화폐개혁 이후는 원(순수 우리말)으로 쓰임을 알게 되었다. 그걸 보고 나는 그때가 열 살 이전이니 5환을 주고 사서 먹었다는 것을 알게 되었다.

여러분도 당시의 배경에 대한 기억이 안 난다면 이런 문명의 이기를 써보시기를 바란다. 물론 컴퓨터로 검색하거나, 휴대전화기의 인터넷 검색은 누구나 쉽게 쓸 수 있다. 패티김의 노래를 좋아했는데 제목이 가물가물하는가? 휴대전화에서 1960년대의 디바이자 디너쇼의 여왕 '패티김 불후의 명곡'을 검색해보라. 그녀의 노래가 나올 것이다.

물론 자서전을 쓰는 사람이 시대의 대작 '토지(土地)'3)의 박경리 선생처럼 방대하게 당시의 시대상이나 민속자료에 정통(엄청난 노력이 있었을 것이다)할 필요는 그리 크지 않다. 다만 자서전에도 필요한 만큼만 당시의 배경에 대한 자료를 찾는 노력이 있을 때 자서전의 현실감이 생생하게 살아난다.

자서전에 기록된 때의 배경을 간을 맞추듯 조금씩, 양념하듯 적절한 분량으로 깔아보자. 단 너무 많아 번잡하고 짜지는 않게!

---

3) 토지: 작가 박경리, 총 5부 25편으로 이루어진 20권의 소설, 한 권이 약 400쪽으로 집필에만 25년이 걸렸다고 한다. 현대문학, 문학사상 등 8개의 문학지와 잡지에 26년간 연재되었다. KBS에서 2년간 대하드라마로 방영되었다.

5.
인물은 세밀화를 그리듯 생생하게 표현하라

이 인물화는 조선에서 진경산수화의 꽃을 피웠던 숙종~영조 대에 선비화가 공재(恭齊) 윤두서가 그린 자화상이다. 형형한눈빛, 우뚝하지만 잘 퍼진 콧날, 약간은 붉은 기가 도는 건강한 안색, 뚝심 있게 생긴 얼굴, 한 올도 놓치지 않고 그린 듯한 구레나룻이 일품이다.

당대에 최고의 경지에 오른 시인 서정주[4]는 그의 『어린 시절의 자서전』에서 아버지와 어머니의 모습을 너무도 생생하게 표현했다. (이 책의 '미당 서정주 유년기 자서전 살펴보기'를 참고하시라)

물론 글을 전업으로 쓰는 분이 아니라면 그같이 섬세하게 표현하기는 어려운 것이다. 그러나 잘 생각하여 보면 각 인물에 대해 내가 가지고 있던 심상은, 특히 인상 깊었던 부분이 저절로 글로 나오게 되니 크게 걱정할 일은 아니다.

그러면 구체적으로 인물의 어떤 면을 표현하면 될까? 조금 생각해보자. 사람의 인상이란 것은 여러 가지가 모여 '아 이분은 이런 사람이구

---

4) 故 未堂 서정주 시인: 1915년생, 탁월한 언어 감각과 전통 소재의 활발한 활용으로 대한민국 문학계 (특히 현대시)의 역사에서 큰 획을 그은 탁월한 시인이었다. 하지만 친일, 친독재의 과오도 있었다. 대표작으로 자화상, 국화 옆에서, 춘향유문 등이 있다.

나!'라고 알게 된다. 첫 번째는 얼굴 모양이다. 얼굴 모양은 둥그런가, 이마는 번듯한가, 좁은가? 얼굴색은 밝은가, 어두운가? 광대뼈는 튀어나왔는가, 아닌가? 콧대는 높은가, 낮은가? 매부리코인가, 납작코인가? 인중은 긴가, 짧은가? 볼은 통통한가, 홀쭉한가? 얼굴빛은 흰가, 불그레한가, 검은 편인가? 귀는 큰가, 작은가? 귓불은 통통한가, 빈약한가? 눈은 째졌는가, 아닌가? 눈꼬리는 위로 뻗었는가, 아래로 처졌는가? 입은 큰가, 작은가? 입술은 두툼한가, 도톰한가, 얇다 한가? 입술 색은 붉은가, 발그스레한가, 앵두 빛인가, 희부연가, 검은 편인가? 등 (물론 이렇게 상세할 필요는 없다)

　물론 사진 자서전의 경우에는 그 사람의 사진이 들어가면 상세한 묘사가 없어도 단번에 그 사람 외모의 특징을 알 수 있는 장점이 있다. 그 사람의 계절별 옷차림이나, 걸음걸이, 인사하는 방법이나, 말씨, 어떤 행동의 특성이나 취미까지도 그 사람을 표현하는 데 도움이 된다. 그리고 얼굴보다 중요한 것은 그 사람의 됨됨이나 심성을 나타내는 일화이다. "사람을 외모로 판단하지 말라."라고 성경에 쓰여있지 않은가? '그분은 인품이 훌륭하다.'라는 표현보다 그 사람의 한 일화를 쓰는 것이 더 쉽게 다가온다. 그 사람과의 나와의 관계에서 그렇게 느낄만한 사건이 있었음을 쓰는 것이 더 공감을 불러온다.

　그러면 왜 인물을 생생하게 표현하라고 할까? 그것은 자서전에는 필수적으로 나와 관계가 있는 인물들이 많이 나오기 때문이다. '인간은 관계다.'라고 말한 철학자 쇠렌 키르케고르[5]가 있지 않은가?

　그 사람의 인간관계는 곧 그 사람의 삶이다. 신앙인에게는 그가 믿는 신과의 관계가 그 사람의 삶의 한 면이기도 하지만 …….

---

5) 쇠렌 키르케고르(Søren Aabye Kierkegaard, 1813~1855): 쇼펜하우어, 니체 등과 함께 실존주의 철학의 선구자. 그는 덴마크의 국교인 루터교를 교회가 하나님의 거룩한 경륜을 불경스러운 국가 종교로 변화시키려 한다고 공격했다. 기독교 저술가라고 할 수 있다.

6.
소설 같이 꾸미지 말고 사실을 써라

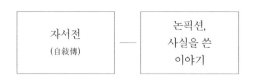

자서전은 논픽션이지 픽션이 아니다. 자서전은 실화(Nonfiction)지 소설 같은 허구(Fiction)가 아니다. 허구는 지어낸 이야기, 인물과 사건의 장면 등이 사실 그대로가 아니라 작가의 상상력에 바탕을 둔 것이다. 픽션의 한 장르인 소설은 내용이 얼마나 사실에 가까워야 하는가에 있는 것이 아니라, 얼마나 그 속에 함축된 진실을 가치로써 승화시키느냐에 따라 우열이 구분된다.

반면에 논픽션은 픽션의 반대되는 개념으로 사실에 기반을 둔 것이다. 실화인 자서전은 주인공인 작가가 겪은 사실을 기반으로 한다는 점에서 소설과 다르지만 기술 방법에 있어서는 소설과 유사하다. 자서전에는 소설과 달리 작자의 풍부한 인생 경험이 직접적으로 담긴다. 자서전을 꾸며서 사실과 다르게 자신을 미화하는 일은 자신의 양심을 속이는 일이다.

어떤 사람이 자서전에 "나는 언제나 불쌍한 이들에 관한 관심을 가지고 그들을 도우려고 애썼다. 적어도 일 년에 서너 번씩 고아원(보육원)에 가서 과자와 과일 등을 전해 주었고, 산동네를 찾아다니며 독거노인들에서 맛있는 음식을 대접했다."라고 썼다 하자. 그런데 그 자서전을 읽은 친구가 이렇게 이야기할 수 있다. "자네, 뻥 좀 심하더라, 사실 고아원 애들 싫어하잖아, 내가 알기론 고아원에 가본 게 한 번밖에 없다며? 그리고 자네가 독거노인들에게 먹을 것을 제공했다니 기가 막힌다. 동네에 옷차림이 추레한 노인들이 많이 살면 아파트값이 떨어진다며?" 물론 이 사례는 허구다. 자기를 미화하기 위한 적극적인 과장도 진실을 왜곡하는 것이라는 말이다.

자기만의 작은 일에 대한 기억은 사실과 조금 다를 수 있다. 전체적으로 그때의 상황과 느낌을 전달하면 된다. 누구라도 몇십 년 전의 대화를 기억하여 똑같이 옮기는 것은 어렵다. 기억을 되살릴 때 생각나는 사실은 이미 자신의 의식과 경험적인 사유에 의해 어느 정도 걸러내어지므로 그것이 다소 왜곡된 기억일 수 있다. 그러나 그것까지 염려한다면 자서전을 쓸 수 없다.

자서전은 다만 기억으로 남은 사실을 충실히 쓰면 진실이라는 명제를 충족한 것이라고 할 수 있다. 그러나 되도록 다른 사람과 관련된 일에 대해서는 확실한 기억을 꺼내어 쓰는 것이 좋다. 그것이 그 사람에게 그리 불쾌한 일이 아니고 오히려 좋은 기억이라면 당사자나 관련된 사람들이 웃고 넘길 수도 있지만, 만약에 그 반대의 경우라면 최악의 경우 명예훼손까지 갈 수도 있다.

자서전은 일종의 고백록[6]이다. 거짓으로 자기를 미화하는 것은 부끄러운 일이다. 어떤 내용을 쓰지 않는 것은 쓰는 이의 선택이나, 쓴다면 그것은 반드시 꾸민 이야기가 아닌, 왜곡되지 않은 사실을 써야 한다.

6) 고백록(告白錄, Confessions): 자신의 허물까지 그대로 기록한 자서전. 聖 아우구스티누스(어거스틴), 장 자크 루소, 톨스토이의 고백록이 유명하다.

7.
주제별로 단락과 문장을 구성하라

김춘수 시인은 수필 〈향수〉에서

'내 고향은 경남 충무다. 한반도의 가장 남단에 자리하고 있다. 유자가 결실할 만큼 따스한 고장이다. 한산도에서 여수로 이어진 이른바 한려수도로 트인 바다가 이를 데 없이 아름답고 잔잔한 고장이기도 하다. 늦봄으로부터 신록철에 이르는 한달 남짓한 바다물빛은 그야말로 초록이고 남빛이다.'라고 여기까지 고향 충무에 대한 글을 쓰고, 일단 줄을 바꾸어 '바다의 표정은 물론 파도에도 있지만, 그건 너무 동적이고 벅차다. 바다의 가장 애절한 표정은 오히려 그 물빛에 있다. (하략)' 이라고 바다에 대해 쓰고 있다. 이런 것을 단락이라고 한다.

글은 한 문장 한 문장이 명사, 대명사, 수사, 동사, 형용사, 관형사, 부사, 감탄사, 조사 등으로 이루어져 있다. 그리고 문장이 모여 단락을 이루고 단락이 모여 주제(소주제)의 내용이 된다.

그런데 문장은 물론 단락의 내용에도 기승전결이 쓰일 때가 있다. 기(起)라 글의 시작이다. 승(承)이란 앞의 문장을 이어 펼치는 것이다. 전(轉)이란 글의 맛을 살리기 위해 글의 내용을 한 번 뒤집는 것이다. 즉 반전시키는 것이다. 결(結)이란 마무리 짓는 것이다.

박이도 시인은 사석에서 '시(詩)에도 전(轉)이 있어야 시의 맛이 산다.'

고 말씀하셨다. 자서전에는 전(轉)까지는 몰라도 글의 앞뒤는 맞아야 한다. 기승전결은 동양의 전통적인 시작법(詩作法)의 한 종류이다. 특히 한시(漢詩)의 시작에서, 절구체(絶句體)의 전형적인 구성법을 지칭하는 용어이기도 하다.

당나라 시인 두보(杜甫)[7]의 오언 절구(絶句)에서 그 예를 찾아보자.

江碧鳥揄白(강벽조유백)	강물 푸르니 새는 더욱 희게 보이고,	- 기
山靑花欲然(산청화욕연)	산빛 푸르니 꽃은 불타듯이 새빨갛다.	- 승
今春看又過(금춘간우과)	금년 봄도 이렇게 지나가 버리려 한다.	- 전
何日是歸年(하일시귀년)	어느 날에나 고향에 돌아가겠는가.	- 결

기승전결은 글쓰기의 구성 전략에서 주요 용어로 사용된다. 이는 소설이나 희곡 등 창작 서사물에서 그 줄거리나 구성을 고안하는 데도 전통적이고 유용한 방식으로 사용되어 왔다.

그런데 논설문이나 신문기사 등 글은 대개 시작(현상과 문제 제기), 전개(논증 및 반론), 끝맺음(결론)이 있다. 자서전에서도 이 방법은 유사하다. 그리고 자서전 쓰기에는 단락이나 문장에 있어서 시작이 있으면 되도록 한 가지 주제로 끝맺음을 해야 한다.

자서전에는 책을 5~10여 개 부분으로 나누어 큰 주제로 하고, 그 아래에 필요한 만큼 소주제들을 둔다. 소주제의 내용(소재)은 소주제 안에서 마무리를 짓는 것이 좋다. 소주제의 내용이 여기저기 산만하게 퍼져있으면 안된다는 말이다. 소주제를 구성하는 단락도 마찬가지다. 완성된 문장이 모여서 단락을, 완성된 단락이 모여서 소주제의 내용을 일관성 있게 구성하는 것을 기억하시기 바란다.

---

7) 두보(杜甫, 712~770): 중국 당대(唐代)의 시인, 시선(詩仙)이라 불린 이백(李白)과 쌍벽을 이루어 시성(詩聖)이라 불렸다. 널리 인간의 심리, 자연의 사실 가운데 그 때까지 발견하지 못했던 새로운 감동을 찾아내어 시를 지었다. 사회적 사실과 전란(戰亂) 등도 시로 썼다.

8.
이성과 감성을 조화시켜 균형을 잡아라

理性	+	感性

자서전을 쓸 때 이성과 감성의 조화가 왜 필요할까?

우선 말의 정의를 알아보면, 이성(理性)은 개념적으로 사유하는 능력을 감각적 능력에 상대하여 이르는 말로 인간을 다른 동물과 구별시켜 주는 인간의 본질적 특성이다. 또 진위·선악을 식별하여 바르게 판단하는 능력이다. 이 책에서 이성을 이야기하기 위해 칸트나 테카르트가 규정한 철학적 개념들을 알 필요까지는 없다. 우리는 일반적으로 "저 사람은 이성적이야."라는 말은 그 사람이 판단력이 냉철하고 합리적인 사람으로 감성보다는 지성이 앞서는 사람이라고 말하는 것임을 알고 있다.

상대되는 개념으로 감성(感性)은 외계의 대상을 오관(五官)[8]으로 감각하고 지각하여 표상을 형성하는 인간의 인식 능력이다. 밝은 빛으로서의 이성에 대비한다면, 감성적 욕망이나 기쁨·슬픔·분노·욕망·불안 등의 정념은 어둡고 비합리적인 힘으로서 내부로부터 폭발한다. 이 감성적 욕망을 이성적 의지로 통어(統御)하지 못하면 정신의 자립성을 유지할 수 없다.

우리가 흔히 "저 사람은 감성적이야."라는 말은 그 사람이 냉철한 이성

---

8) 오관(五官): 시각·청각·후각·미각·촉각의 다섯가지 감각기능을 이르는 말. 3장 글쓰기 기법 중 '오관의 느낌 살리기'를 참고하시기 바란다. 다만 오관 외에도 내장감각, 평형감각도 있으며 불교에서는 의식(意識, 意根)을 제6식(第六識)이라고도 한다.

적 인간이라기보다 다소는 감상적인 사람으로 눈물이 많거나, 슬픔이나 기쁨에 민감하거나, 사랑에 약하거나, 작은 것들의 아름다움에 민감하다는 등의 뜻으로 쓰임을 알고 있다. (참고로 1990년대 뇌 과학이 밝힌 바에 따르면 판단에 중요한 것은 오히려 감정이며 감정과 이성은 딱 분리될 수 있는 정신 작용이 아니라고 한다)

자서전 쓰기에는 이성과 감성이 잘 조화되는 것이 좋다. 자서전을 너무 이성적으로 쓰면 인간미가 없어진다. 예를 들면 "A장관은 매사에 논리적인 사고가 없어 이런저런 잘못된 정책을 채택하여 이러저러한 나쁜 결과를 가져왔으므로, 내가 판단하기로는 장관 자격이 없는 사람이었다."라고 썼다 하자. 이런 글이 좋고 이런 식으로 글을 쓴다면 당신은 이성 쪽으로 기운 사람일지도 모른다.

우리는 음악가나, 시인, 가수들은 감성이 풍부하다고 생각한다. 사실 그런 사람들은 해당 예술 분야에 대해 민감하며 직관이 발달하여 있다. 요즈음은 감성마케팅이 주류를 이룬다. 대개의 광고가 오관(五官)을 자극한다. 이성보다 감성을 자극하는 것이 마케팅에 더 도움이 된다는 것을 알고 있기 때문이다.

이성과 감성9)을 잘 조화시켜 자서전을 쓰시기를 바란다. 빈틈이 없는 글도 좋지만, 인간미를 잘 드러내는 글을 쓰시기를 바란다. 취미나 기호(嗜好)에 관해서도 쓰고, 당신의 잘못과 실수도 드러내라. 업적만이 아니라 기쁨과 슬픔, 노여움과 참음, 질투와 사랑에 관해서도 써라.

독자는 그런 글에 공감하고 저자의 삶을 이해한다.

---

9) EQ(感性指數, emotional quotient): 감성지수는 지능지수(IQ)와 대조되는 개념으로 자신의 감정을 적절히 조절, 원만한 인간관계를 구축할 수 있는 '마음의 지능지수'를 뜻한다. IQ 못지 않게 EQ도 중시되며, 요즈음은 문화정서와 교양을 나타내는 CQ도 언급된다.

9.
지나온 삶의 가장 중요한 일을 상세히 기록하라

자서전을 쓰는 이유 중 하나는 지나온 삶의 중요한 일들을 기록하려는 것이다. 그런데 자서전을 쓸 때는 그 일들을 상세히 기록하라고 권유하고 싶다. 왜냐하면 나는 그 일에 대해 잘 알고 있다고 하더라도 읽는 사람은 그 일에 대한 이해가 부족하여 그 일이 왜 작가의 인생에서 중요한 일인지 모르는 경우가 있기 때문이다. 그렇게 되면 자서전을 읽는 사람은 '도대체 이 사람은 무엇을 쓰고 있는 거야?' 하고 의아해할 수도 있고, 그로 인해 자서전의 가치마저 폄하될 수 있기 때문이다.

지금 자서전을 쓰는 분들은 대개 1차, 2차, 3차 산업[10] 시대를 두루 경험한 분들이다. 직접 경험했거나 간접적으로 경험한 세대이다. 농업·어업 또는 중개나 도소매, 유통업에 종사한 분들도 있고, 금융업이나, 의료계, 법조계, 예술계, 정치계에 종사한 분들도 있다.

국가에서 인정하는 각 분야에서 전통을 이어받은 장인으로 살아 온 분들도 있고, 자동차나 공산품 생산업계의 기술자나 컴퓨터, 화학, 약학, 우주공학, 운송업, 서비스업, 인공지능 전문가로 사는 삶을 살아온 분들도 있다.

10) 4차, 5차 산업: 제4차 산업은 정보 & 통신·의료·교육서비스·사물인터넷 산업 등 지식집약형 산업, 제5차 산업은 취미·오락·패션산업을 묶는다는 생각이나 아직 확정된 개념은 아니다. 다만 발전이 될수록 각 산업의 특성이 혼재하는 산업도 있다.

　세상이란 것이 만만치 않은 것이, 퇴직한 분들이 흔히 '이제는 은퇴했
으니, 시골에 가서 농사나 짓고 살아야지' 하고, 시골에 가서 살아보면
막상 예기치 못한 어려움에 봉착하여 어쩔 줄 몰라 하는 사례를 흔히 보
게 된다. 농사에는 작물의 종류마다 재배와 수확의 기술이 있고 상당 기
간의 경험이 필요한 까닭이다.

　그런데 막상 농사짓는 분에게 "어떻게 농사를 짓나요?"라고 물어보면
"뭐, 하던 대로 짓는 거지요."라거나 농사가 힘이 들어서 그렇지 뭐 그리
대단한 일은 아니라는 투의 대답을 듣게 된다. 그러나 경험이 없는 사람
이 실제로 농사를 지어보면 농사가 그리 쉬운 일이 아니라는 사실을 바
로 알게 된다.

　이것은 내가 해왔던 일에도 적용된다. 내가 항상 해왔던 일이기 때문
에 그 일이 별것이 아닌 것 같고 새로운 것이 없는 것 같지만, 내가 해온
일에는 나 나름의 상당한 기술과 경험이 필요하고, 또 그 과정의 기록은
읽는 이들에게 새로운 간접 경험으로 다가온다. 크레인을 정비하는 기
술자가 크레인에 달린 붐(사다리같이 생긴 긴 팔 같은 것)을 해체할 때는 우
선 붐을 낮게 내리고 붐 위에 올라가 서서 연결부위의 강철 핀을 해머로
쳐서 빼게 된다. 그런데 꽉 끼인 핀은 해머로 여러 번 쳐도 잘 빠지지 않
는다. 그럴 때 능숙한 기술자는 그 부위를 불로 달구고 윤활유를 뿌리면
서 해머 질을 한다. 그러면 그 핀은 기술자가 오랜 경험으로 정확하게 원
심력을 이용하여 탕 탕 때리는 힘으로 붐의 연결구멍에서 툭 툭 빠져나
오게 된다.

　자서전에 중요한 일을 자세히 기록하는 것은 이와 같다. 자세히 기록
된 자서전은 읽는 재미를 주고, 사회적으로도 좋은 자료가 된다.

10.
자부심을 가지고 쓰되 겸손을 잃지말라

자부심	+	겸손

대부분 사람들은 정치인들이 한창 활동할 때 쓰는 자서전을 신뢰하지 않는다. 왜냐하면 그런 자서전은 앞으로의 정치적 도약을 위해 자기를 더 훌륭한 사람으로 과장하는 경향이 많기 때문이다. 그러나, 이런 부류의 자서전과는 달리, 요즘은 나이가 많지 않더라도 한 분야에서 성공을 거두어 사람들의 큰 관심을 받으면 자서전을 쓰는 것을 종종 보게 된다. 사회적 이슈의 중심에 섰다거나 유튜브의 스타가 되는 등의 경우에 출판사에서 책이 잘 팔릴 것 같으니까 자서전 쓰기를 권유하거나, 또 주인공이 자서전 쓰기를 원하는 까닭이다.

아주대의 이국종 의사는 아덴만 여명작전[11]에서 목숨을 건 헌신으로 영웅이 된 석해균 함장의 목숨을 살려 유명해졌다. 그는 이후 긴급한 중증외상환자의 생명을 살리기 위해 초지일관 희생적으로 헌신하고 있는 모습이 알려지면서, 자연스럽게 자서전적 수필『생과 사의 경계, 중증외상센터의 기록 2002~2013 골든아워 1』까지 쓰게 되었다. 그러나 반대의 경우로, 이름이 그리 널리 알려지지 않았지만 좀 더 나은 사회를 만들기 위해 여러 분야에서 헌신해 온 적지 않은 분들은 그 삶의 궤적이 참으로 가치 있는데도, 자서전을 쓰지 않는 경우가 많다고 할 수 있다.

11) 아덴만 여명작전: 2011년 1월, 대한민국 해군 청해부대가 소말리아 해적에게 피랍된 대한민국의 삼호해운 소속 선박 삼호 주얼리호(1만 톤급)를 소말리아 인근의 아덴만 해상에서 구출한 작전이다. 한국군 최초의 해외 인질 구출 작전이다.

성경은 '한 사람의 영혼이 천하보다 귀하다.'라고 했다. 이 말씀이 한 인간 존재의 중요성을 말한 것이라고 해도 큰 무리는 없을 것이다. 자서전을 쓰는 사람은 세상에 하나밖에 없는 나의 삶을 소중히 여기고 자부심을 느껴야 한다.

우리나라는 예로부터 사농공상(士農工商)12)이란 계급 분류가 있었다. 선비는 출사하여 관직에 오르니 귀하고, 농업·공업·상업 중에서 상업이 자기의 이익을 탐하니 가장 천하다는 것이다. 그러나 이런 편견은 옛말이 되었다. 농부나 기업인, 교육자, 의사, 구두나 옷을 수선하는 분들이라고 자서전을 쓰지 말라는 법은 없다. 누구라도 자기의 삶을 돌아보기를 원한다면 또 남기고 싶은 이야기들이 있다면 자서전을 쓰는 것은 좋은 일이다. '직업에는 귀천이 없고 모든 직업은 성직이다.'라는 널리 회자되는 진리를 자서전 쓰기에 적용해 보기 바란다.

그러므로 자서전을 쓰는 사람은 그것이 사회적 해악을 끼치는 일이 아닌 한, 자기가 해온 일에 대해 자부심을 품고 글을 쓰는 것이 좋다. 자부심을 품고 글을 써야 글에서 좋은 기운이 생동하며, 읽는 사람이 그 사람을 존중하며 소중히 여기게 된다. 그런데 자서전을 쓸 때 적당한 업적의 열거는 필수적이라고 할 수 있지만, 너무 심한 자만이나 자기 도취나 오만이 드러나 보이는 글은 읽는 사람을 역겹게 하고, 그 진실성마저 의심하게 만들 수 있다.

자부심을 품고 쓰되 겸손을 잃지 말라 이것이 자서전을 쓰는 사람이 갖춰야 할 인격이라고 할 수 있다.

---

12) 사농공상(士農工商) 봉건시대의 계급 관념으로 士는 선비(문인, 양반), 農은 농부, 工은 공장(工匠), 商은 상인(商人) 순(順)이다. 시대에 따라 이런 분류도 변화한다. 예를 들면 현대의 인기 직업 중 하나인 의사는 공에 해당되는 중인(中人)이었다.

자서전을 쓰기 위한 기억 되살리기TIP

5W 1H를 활용하라

① When(언제) 시간의 흐름에 따라 기억을 떠올려본다.

- 취학 전 유년기(초등학교) 시절, 청소년기(중학교 시절, 고등학교 시절 또는
취업기), 청년기(대학 시절 또는 취업기), 청년기(20~30대, 결혼기, 사회의 각 분
야에서 자리를 잡기 시작한 때), 중장년기(40~60대, 자녀 양육기, 자녀 결혼 시키
는 시기, 사회 각 분야에서 열심히 활동한 때), 노년 준비기(60~69세, 은퇴기, 노
년층 진입기), 노년기(70세 이후, 인생 정리기)

② Where(어디서) 장소에 따라 기억을 떠올려본다.

- 각급 학교 교실과 교정과 운동장, 학교 주변, 동물원, 고궁, 찻집, 교
회, 절, 성당, 놀러 갔던 곳, 고향, 고향의 산과 들, 시내와 강과 바다,
등산했던 산, 주된 일터, 회사, 시장, 신혼여행지, 국내외여행지, 음
식점, 극장, 음악회, 행사지, 초대받았던 곳, 상 받았던 곳, 거래처 등
- 여행 삼아 고향 등 장소에 다시 가보면 기억이 되살아난다.

③ Who (누가, with whom 누구와) 함께 했던 사람을 떠올려본다.

- 구체적으로는 그때, 거기에서, 어떤 사건에 함께 있었던(어떤 일을 함께
했던) 사람을 띠올려본다.

- 어릴 때나 학창 시절·청소년기 친구, 스승, 윗사람, 부모, 형제, 자매, 좋아했던 사람, 싫어했던 사람, 각종 동기생, 직장 동료, 상사·부하, 거래처 사람, 나에게 도움을 주거나 친절했던 사람, 내가 도운 사람, 나에게 해(害)를 끼친 사람, 우연히 만났던 어떤 사람, 내가 존경과 감동을 한 사람, 내 인생의 멘토가 된 사람, 그리운 사람 등.
- 옛 친구나 지인을 만나 이야기를 나누면 기억이 되살아난다.

④ What(무엇, 어떤 일, 어떤 사건) 크고 작은 사건을 떠올려본다.

- 기뻤던 일, 슬펐던 일, 어려웠던 일, 고통스러웠던 일, 절망 같았던 일, 사랑을 느꼈던 일, 미움을 느꼈던 일, 우울했던 일, 감사를 느꼈던 일, 좌절했던 일, 보람이 있었던 일, 잘못했던 일, 성공의 기쁨을 준 일, 크진 않았으나 잔잔한 기쁨이 되었던 일, 남을 도운 일, 도움을 받았던 일, 늘 반복되는 일상의 일, 우연히 만난 사건, 결혼, 이혼, 자녀를 얻은 일, 손주를 얻은 일, 사랑하는 이를 먼저 보낸 일, 늦게 친구를 새로 사귄 일 등

⑤ Why(왜) 그랬지? 그 사건의 원인은 뭐지?

- 이런 마음의 질문은 기억을 구체적이게 하고 자서전을 조리 있게 쓰게 한다. 다만 자서전에서는 왜 그랬냐 하면, 그러므로, 그런 까닭에 등의 표현은 삼가는 게 좋다.

⑥ How(어떻게) ④번 What 속에는 이미 어떤 데(방법)가 들어있다.

  그때 어떻게 했더라? 깊이 생각하면서 글을 쓰면 자서전이 좀 더 충실해진다.

글을 잘 쓰는 방법

사람은 누구나 각기 다른 재능을 가지고 태어납니다. 글쓰기도 그렇습니다. 그러나 평소에 책을 많이 읽으시는 분은 그래도 글쓰기에 유리한 편입니다. 그러면 다소 글솜씨가 부족한 분이 가장 빠르게 글쓰기를 배우는 방법은 무엇일까요?

그것은 자서전의 경우 다른 이의 자서전을 찾아 읽어 보는 것입니다. 그리고 피천득 교수나 김형석 교수 그리고 법정 스님의 수필을 읽고, 군더더기 없는 간결하고 맛깔스런 표현을 배우는 것입니다.

글을 쓰기 싫으시면 음성을 글로 변환하는 앱(무료 또는 유료 앱)을 휴대폰에 깔아 이용해 보시기 바랍니다. 그리고 글 고치기를 반복해 보십시오.

3장은 글쓰기 기법을 정리한 것입니다. 찬찬히 읽어보시면 도움이 될 것입니다.

그리고 오늘부터라도 떠오르는 생각을 짧게라도 정리하거나, 일기를 써보시기 바랍니다. 반드시 글솜씨가 늘 것입니다.

3장

글쓰기 기법 살펴보기

여기에 실은 내용들은 여러 책이나 인터넷을 검색하면 알 수 있는 내용을 모은 것입니다. 그러나, 대개의 예문은 저자가 직접 여러 책에서 가려 뽑거나 창작하여 넣은 것입니다.

1.
우리말과 한자어, 왜래어 쓰기

글쓰기 기법을 활용하여 문장을 다듬어라

우리말, 한자어, 외래어	문체	수사법	오감 (五感)

　순수한 **우리말**을 많이 사용하는 것은 친근감 있게 느껴진다. 왜냐하면 그 말은 한자가 전래하기 전부터 우리가 써오던 말이기 때문이다. 예를 들면 〈길, 개울, 부끄러움, 기쁨, 살면서, 가랑비〉 등과 같이 발음 그대로 한자로 바꿀 수 없는 말들이다. 위의 우리말들을 한자어로 바꾸려면 말 자체가 바뀌어야 함을 알 수 있다. 〈도로(道路), 하천(河川), 수치(羞恥), 희열(喜悅), 생활(生活)하면서, 세우(細雨)〉 등이다.

　그런데 잘 살펴보면 가랑비를 세우라고 표현하면 무엇인가 어색하다는 것을 알 수 있다. 가랑비를 세우(細雨, 가느다란 비)라고 쓰고 장대비를 폭우(暴雨)라고 쓴다면 는개, 이슬비, 보슬비, 먼지잼, 웃비, 여우비, 소나기(소낙비), 장대비(작달비)는 무엇이라고 쓸 것인가? 가능하면 이런 우리말을 잘 살려 써보시기를 바란다. 다만 그렇다고 우리 말만 쓸 수는 없는 노릇이다. 왜냐하면 우리 말의 대부분이 한자어에서 유래한 말임은 국어사전을 몇 군데만 들춰보아도 쉽게 알 수 있기 때문이다. 그런데 한자어는 뜻글자라서 글의 의미가 확실하지만 조금은 무거운 느낌이 든다. 다음으로는 **외래어**에 대한 지식이다. 지금은 그 나라의 말의 음운을 살려 우리말로 표기하는 외래어표기법(1986년 제정) 외에도 각 지역과 나라말의 표기법을 계속하여 제정하고 있다. 예를 들면 '모택동'은 '마오쩌둥'이라 표기한다. 그러나 이미 굳어진 외래어는 관용어로 제공하고 있고,

외래어 표기법도 있으니 한 번쯤 인터넷을 검색하여 확인 후 쓰면 큰 무리는 없을 것이다.

2.
문체 맛보기

자서전을 쓰려면 문체와 수사법은 대략 알고 있는 것이 좋다고 할 수 있다. 이 부분을 두어 번 읽는 것만으로도 크게 부족하지는 않을 것이다.

문 체

화려체	건조체	만연체	간결체	문어체	구어체	강건체	우유체	대화기타

화려체(華麗體)와 건조체(乾燥體)

문장에 화려한 수사를 많이 넣으면 ❶ 화려체, 반대로 잎들이 별로 없이 줄기만 있는 것 같은 문체는 ❷ 건조체다. 수필가 피천득의 『낙엽』이란 수필에 볼 수 있듯이 '한 잎, 한 잎, 대여섯 잎, 떨어지다가 바람이 불면, 앞이 잘 아니 보이도록 쏟아지는 낙엽, 누른, 붉은, 갈색 진 핼쑥한 잎들이 셸리의 '서풍부'를 연상케 하는 낙엽.' 이런 식의 문학적 문체는 화려체라고 할 수 있다. 반면에 법조문이나 판결문, 신문의 사설, 논문 등에는 건조체가 주로 쓰인다. 이런 식의 문장은 감성보다는 이성이, 냉정한 판단과 이치가 우선시 되는 글이기 때문이다. 그런데 자서전을 쓰는 데는 이 두 가지의 적당한 어울림이 필요하다. 화려체가 지나치면 너무 꾸민 것 같이 보여 격(格)이 떨어질 위험이 있고, 건조체가 지나치면 감성이 메말라 보여 인간미가 없어 보이며 글의 풍부한 다양성과 감칠맛이 떨어진다.

만연체(蔓衍體)와 간결체(幹潔體)

문장이 끊어짐이 없이 길어 '인천대공원에 가을이 깊어 낙엽은 붉게 물들고, 바람은 선들선들 시원하게 불어오고, 하늘은 높고 맑아 청량한 기분인데, 삼십 년 지기 친구와 함께 걸어가다 보니 하얀색의 털을 가진 몰티즈를 데리고 산책하는 젊은 여인이 머리에 알록달록한 머플러를 쓰고 걸어오고 있다.'라고 한 문장을 지루하게 길게 쓰면 ❸ 만연체, 반대로 '아버지가 돌아가셨다. 슬펐다. 조문객들도 모두 돌아가니 적막하다. 아버님의 영정을 본다. 그리움이 왈칵 쏟아진다.'라고 짧고 간명하게 쓰면 ❹ 간결체다. 내용은 적지 않지만, 문장을 짧게 끊어 썼기 때문이다. 만연체는 여러 주제나 여러 문장을 이어 붙인 것 같은 문장이다. 이처럼 글이 너무 길어지면 자칫 난삽하거나 질질 끄는 느낌이 들어 자서전에는 적합지 않을 수 있다. 그러나 '아버님이 돌아가셨다.'라고 느낌을 빼고 사실만 쓴다면, 감정이나 느낌이 지나치게 생략된 건조체가 되어 신문이나 보고서를 읽는 느낌을 준다. 자서전에는 건조체가 아닌 간결체가 더 어울리지 않을까 생각한다. 그러나 문체에 크게 구애될 필요는 없다. 왜냐하면 글은 그 사람의 취향이요 그 삶을 표현하는 것이기 때문에 꼭 이것이 좋다거나 저것이 좋다 라고 할 수 없는 면도 있기 때문이다. 그러므로 자서전을 쓸 때도 주제에 따라 이 세 가지 문체를 적절히 잘 조화하여 쓰면 좋을 것이다.

문어체(文語體)와 구어체(口語體)

❺ 문어체는 구어체에 대립하는 문자언어의 한 문체이다. 현대의 일상 회화에서는 거의 쓰이지 않는 말투지만 글로는 쓰는 경우가 있는데, 그것이 옛날 구어일 때, 그 글을 문어문(文語文)이라 하고, 그런 문장 양식을 문어체라고 한다. 협의로는 고전의 문장을 가리키는 수도 있으나 보통은 옛것을 본뜬 의고적(擬古的)인 문체를 가리킨다. '댁내 평안하시고 기체후일향만강 하옵시기를 축원합니다.'나 '이러저러한 이유로 상기와 같이 보고하오니 일람하시고 귀 부서의 고견을 주시기 바랍니다.'와 같이 보통 회화에서 나타나지 않는 문투이다.

최근까지도 공문서와 법령 등에는 지나치게 습관적으로 문어체가 쓰여왔었다. 아직도 고전적 문어체로 쓰인 대표적 책은 성경이라고 할 수 있다. 시대는 변했는데도 가장 최근에 나온 개역 개정 성경마저도 구태의연한 문어체를 쓰는 것이다. 아이들이 성경을 처음 볼 때나 기독교에 처음 접한 분들이 문체가 이상하다고 느끼는 것은 성경이 현대에는 쓰이지 않는 고전적 문어체로 인쇄된 책이기 때문이다. 물론 『우리말 성경』 등을 발간한 출판사의 노력이 있기는 하지만 아직도 대개의 교단과 교회가 문어체의 성경을 사용한다. 세상은 디지털 시대를 넘어 AI(인공지능, Artificial Intelligence) 시대인데 한국은 성경에서만큼은 아직 몇십 년 전의 문체를 벗어나지 못하고 있다.

이에 반해 ❻ 구어체는 현대의 음성언어를 바탕으로 그와 가까운 어투의 문장을 쓰는 것이다. 소설이나 신문 기사의 문장에 이런 문체가 많다. 그러므로 자서전에는 특별한 이유가 없다면 저절로 구어체를 사용하게 될 것이다. 그러므로 '이거 어째, 문장에서 이상하게 구닥다리 티가 나는데?' 하는 마음이 드는 경우가 아니라면 구태여 문어체와 구어체의 구분을 염두에 둘 필요는 없다고 하겠다.

대화, 사투리, 외래어의 사용

나는 당신을 사랑한다고 그녀에게 말하였다 라고 말마저 글로 쓰는 것은 설명이나 묘사가 된다. 그러나 '"나는 당신을 사랑합니다."라고 그녀에게 말하였다.'라고 말을 따옴표 안에 넣으면 대화체를 사용하는 것이다. ❼ 대화체는 문학표현에 있어 대화식 문체를 쓰는 것이다. 소설은 구어체를 근간으로 쓰이므로 대화체가 없는 소설은 거의 없다고 할 수 있다. 특히 연극·영화·연속극의 각본은 대개 대화가 생명이며 기타 배경과 분위기 행동은 지문(地文)으로 쓴다. 맛깔난 대화, 이야기에 적합한 대화는 소설이나 연극을 살리는 데 꼭 필요한 요소가 된다. 이 점은 종합예술이라는 연속극이나 영화에서도 다름이 없다.

예를 들면 소설가 황순원은 〈별〉에서 '아이는 곧 노파에게, 아니 우리 오마니하구 우리 뉘하고 같이 생겼단 말은 거짓마이디요 했다. 노파는 더욱 수상하다는 듯이, 아이를 바라보다가, 그러나 남이 인에는 흥미 없다는 얼굴로, 왜 닮았디, 했다. 아이는 떨리는 입술로 다시, 아니 우리 오마니 입 하구 뉘 입 하구 다르게 생기디 않으시요? 하고 물었다.'라고 썼다. 이 글은 구어체의 글이다. 모든 대화를 따옴표 없이 쓰고 있다.

황순원은 다른 작품 『소나기』에서 아래와 같이 쓰고 있다.

소녀가 걸음을 멈추며,
"너 저 산 너머로 가본 일이 있냐?"
벌 끝을 가리켰다.
"없다."
"우리 가 보지 않으련? 시골 오니까 혼자서 심심해서 못 견디겠다."
논 샛길로 들어섰다. 올벼 가을걷이하는 곁을 지났다.

대화는 따옴표 안에 있고 행동과 설명은 문어체로 썼다. 자서전은 이런 점에서 소설과 유사하다. 나나 상대가 한 말을 따옴표를 써서 넣는 것은 그 느낌이 생생하여 글을 살아 움직이게 한다. 한 번 그렇게 써보시기를 바란다. 자서전에 말의 완벽한 재현이 필요한 것은 아니니 혹시 원래의 대화 내용과 정확히 일치하지 않을까 하여 걱정할 필요는 없다. 느낌이나 뜻이 맞으면 되는 것이다.

글을 쓰면서 피할 수 없는 것이 사투리나 외래어의 사용이다. 글에서는 사투리가 오히려 구수한 느낌, 말하는 이의 출생과 성장 과정, 그 사람됨을 단박에 짐작하게 한다. 문장 자체를 표준어가 아닌 사투리로 쓰는 것은 바람직하지 않지만, 사투리를 쓰는 대화를 따옴표에 넣어 쓰는 것은 당연한 일이다. 외래어도 필요하다면 그대로 쓰라. 다만 외래어는 최근에 제정된 외래어표기법에 따라야 할 것이다. 사람 이름만 해도 '손문'은 '쑨원'으로 표기하고, '모택동'은 '마오쩌둥'으로 '불란서'는 '프랑스'로 '월남'은 '베트남'으로 표기된다. 표기법이 알기 어렵다면 인터넷을 이용하여 네이버 백과사전 등에서 한 번 검색해보기를 바란다. 자서전에는 이런 것들을 적절히 사용하는 것이 좋다.

강건체(剛健體)와 우유체(優柔體)

글쓴이가 웅변하듯 '사람은 도덕적으로 살지 않으면 살 가치가 없다!' 라는 웅변투의 강한 주장은 ❽ 강건체로 독자에게 강박감을 줄 수 있고, 슬며시 부드럽게 이야기하여 감성을 건드리면 ❾ 우유체다. 자서전에는 될 수 있으면 강건체는 쓰지 않는 것이 어떨까 한다.

3.
비유법 맛보기

글의 수사법으로 비유법, 강조법, 변화법에 대해 알아보자.

비유법

직유법	은유법	대유법	풍유법	중의법	활유법	의태법	의성법	상징법

우선 비유법 중 ❶ **직유법**(直喩法)을 조금만 살펴보자. 비유법 중 가장 간단하고 명쾌한 형식으로, 2개의 존재를 비교하여 표현하는 방법이다. 내포된 비유를 사용하는 은유법과 달리 겉으로 드러나는 비유이다. 표현하고자 하는 대상, 즉 원관념(A)을 유사성이 있는 다른 대상, 즉 보조관념(B)을 이용하여 나타내는 기법으로 'A는 B와 같다.'는 형식을 취한다. 대개 '같이', '처럼', '듯이'와 같은 말을 사용하여 직접 비유하는 방법

이다. "칼 루이스는 제트기처럼 빠르다.", "나의 아버지는 엄하기가 호랑이 같은 분이셨다."라는 식의 표현이다.

　직유법과 반대되는 것이 ❷ **은유법**(隱喩法)이다. 직유와 대조되는 용어로서, 암유(暗喩)라 불리기도 한다. 은유는 'A는 B이다'나 'B인 A'와 같이 A를 B로 대치해 버리는 비유법이다. 즉, 은유는 표현하고자 하는 것, 곧 원관념(Tenor)과 비유되는 것, 곧 보조관념(Vehicle)을 동일시하여 다기법이다. '얼굴은 귀신 같지만, 마음은 부처님 같다.'고 '같다.'를 쓰면 직유이지만, '얼굴은 귀신이지만, 마음은 부처이다.'라고 얼굴 = 귀신, 마음 = 부처가 되어 원관념과 보조 관념이 동일시 되니 은유이다. 이러한 이유 때문에 전통적인 견해에서는 은유는 생략된 직유, 곧 직유의 생략형이라고 보았다. 피천득의 『수필』 중에 '수필은 청자 연적이다. 수필은 난(蘭)이요, 학(鶴)이요, 청초하고 몸맵시 날렵한 여인이다.'라는 글은 은유의 맛을 기막히게 살린 표현이라하겠다. 또한 은유는 시인들이 애용하는 기법이기도 하다. 우리가 흔히 들은 말 "그 사람은 부처님 가운데 토막이야!"라는 표현도 은유법이다.

　❸ **대유법**(對喩法)을 곧 환유법(換喩法)이라고 하는 경우도 있지만, 일반적으로 대유법은 환유법과 제유법(提喩法)을 포괄하는 용어로 사용되고 있다. 환유법은 나타내고자 하는 관념이나 사물을, 그것과 공간적으로나 논리적으로 인접한 다른 관념이나 사물을 지칭하는 말로써 대신하는 비유법이다. '청와대는 무엇 무엇하기로 공표했다.'라고 하면 청와대는 대통령을 나타내고, "친구끼리 한 잔했다."라고 하면 한 잔은 술을 나타내는 것이다. "예수는 십자가를 지심으로 인류의 죄를 대속하셨다."라고 하면 십자가는 예수의 죽음과 인류 구원의 표상이 된다.

　　제유법은 어떤 사물의 부분 또는 특수성을 나타내는 단어로써 그 사물의 전체 또는 일반성을 대신한다는 점에서 환유법과 구별되는 비유법이다. 예를 들어, '빵이 아니면 죽음을 달라!'에서 '빵'이 나타내고 있는 것은 '식량 전체'이다. 또한, '칼로 흥한 자는 칼로 망한다.'라는 말도 '칼'은 '무력 전체'를 나타낸다.

　　❹ **풍유법**(風喩法)은 원관념을 완전히 은폐시키고 보조 관념만을 드러내 숨겨진 본 뜻을 암시하는 표현법이다. 우언법(愚言法)이라고도 한다.

　　이 표현법은 비유가 일보 전진한 것으로, 표면상으로는 엉뚱한 다른 말인 듯하면서 그 말 속에 어떤 뜻을 담게 하는 수사법이다. '뱁새가 황새 따라가다 가랑이가 찢어진다.'거나 '개구리 올챙이적 생각을 못한다.', '빈 수레가 더 요란하다.' 등과 같이 교훈을 주는 속담이나 격언은 거의 대부분 이 표현법에 속한다. 한 편의 글 전체가 의인화의 수법을 이용하여 풍자 내지는 교훈의 성격을 보이는 우화 역시 풍유법에 속한다. 「별주부전」, 「이솝 우화」 등이 이에 속하는데, 이 경우는 한 편의 글 전체가 풍유의 기법으로 쓰여진 것이라 할 수 있다.

　　풍유는 표현된 것의 이면에 어떤 우의(愚意, Allegory)가 감춰져 있기 때문에 풍자소설이나 풍자시 등에서처럼 심각하게 현실을 폭로하거나 신랄한 시상(詩想)을 전개하는 데 있어서 없어서는 안 될 중요한 방법이다. 풍유법은 대개 의인화의 과정을 거치지만 숨겨진 원관념이 있고 그 원관념에 날카로운 풍자적 의미를 담고 있다는 점이 단지 무생물의 생명화 내지는 생물의 인격화 그 자체로 끝나고 마는 의인법과는 다른 점이다. 성공적인 풍유를 위해서는 무엇보다도 비유되는 보조관념이 흥미 있는 것이라야 하고, 이 흥미에 비례해서 그 안에 담겨진 풍자적 의미에 공감될 수 있도록 해야 한다.

❺ **중의법**(重意法)은 하나의 표현이 두가지 이상의 의미를 나타내는 비유법이다. '**수양산 바라보며 이제**(夷齊)**를 한하노라.**/**주려 죽을진들 채미**(採薇)**도 하는 것가.**/**비록애 푸새엣 거신들 긔 뉘 따에 낫더냐.**'(성삼문, 「수양산을 바라보며」) 이 시조에서 수양산은 백이와 숙제가 패덕한 군주인 주나라의 무왕 아래서 벼슬을 하지 않겠다며 숨어들었던 곳이다. 사육신(死六臣)으로 알려진 성삼문은 수양산도 무왕의 땅이 아니냐고 이 시에서 백이와 숙제를 비난한다. 그런데 사실 이 시는 조카인 단종을 귀양 보낸 수양대군(세조)을 수양산에 비유하며 자기는 수양대군 밑에서 벼슬을 하지 않고 차라리 죽음을 선택하겠다고 하는 불사이군(不事二君)의 시이다. 수양산이 수양대군이란 또 하나의 뜻을 품고 있는 것이다.

조선 중기의 명기 황진이는 종실 벽계수[1]가 "나는 절조가 굳어 황진이에게 유혹을 당하지 않을 뿐만 아니라, 오히려 황진이를 쫓아버릴 수 있다."라고 호언장담한 것을 듣고, 벽계수를 개성 송악산 아래로 유인하여 달밤의 정취에 취한 벽계수가 탄 나귀의 고삐를 잡고 노래를 불렀다. "**청산리 벽계수**[1]**야 수이감을 자랑마라. 일도창해하면 다시 오기 어려우니, 명월이 만공산하니 쉬어간들 어떠리.**" 여기서 벽계수는 계곡에 흐르는 물인 동시에 벽계수의 본명이다. 물론 명월은 밝고 환한 달빛이며 만공산은 밝은 달(明月)이 천지를 환히 비춘다는 뜻, 명월은 황진이 자신의 호(號)이기도 했다. 또한 일도창해란 '한 번 바다로 가면'이라는 말이지만 '그렇게 살다가 죽으면'이란 뜻을 품고 있으니 역시 중의법이다. 아시다시피, 그때 벽계수는 유혹에 빠졌고, 그 결과 황진이에게 "그렇게 고고(孤高)하다더니 왜 나를 쫓아비리지 못히느냐?"리는 조롱을 당히고 말았다. 중의법을 사용한 시(時調)이다.

---

1) 벽계수(碧溪水): 산골짜기의 푸르고 맑은 물. 황진이는 조선 왕족인 벽계수(碧溪守, 본명 이종숙(李終叔, 1508~졸년 미상)을 빗대어 이 시조를 읊었다.

❻ **의인법**(擬人法)은 인간이 아닌 대상을 인간의 특성을 차용하여 마치 인간처럼 인격을 부여하여 표현하는 것이다. 좀 엄밀히는 생명이 없는 무생물을 생명이 있는 것으로 표현하는 활유법(活喩法)과 유사한 면이 있다. 의인법의 예를 든다면, '조국을 언제 떠났노/파초의 꿈은 가련하다.'(김동명, 「파초」)나 '모든 산맥들이/바다를 연모해 휘달릴 때에도'(이육사, 「광야」) 등을 들 수 있는데, 여기서 각기 '파초'가 꿈을 꾸고 '산맥들'이 연모하고 휘달리니 이 대상이 생명화되고 인격화되어 있음을 볼 수 있다. "감나무에 달린 감 두 개 서로를 마주보며 슬퍼하고 있다."는 표현도 의인법인 것이다. 이와 같이, 의인법은 한 문장 속에서 인격이 없는 대상에 인격을 부여하여 표현하는 경우 이외에도 『별주부전』·『이솝우화』 등에서처럼 한 작품 전체가 의인화된 것도 있다.

❼ **활유법**(活喩法)은 살아있지 않은 무생물을 살아있는 사람이나 살아있는 동물이나 생물처럼 살아 움직이는 것으로 표현하는 것이다. "거친 파도가 으르렁댔다."라고 파도를 살아있는 동물로 비유한다든지, "폭포의 물이 떼를 지어 맹렬한 기세로 천길 절벽을 뛰어내리고 있다."라는 표현 등이다. 자연의 위험에 맞서거나 화재나 커다란 재해의 맞서 일해온 분들의 자서전에는 적절히 써볼만한 표현법이라고 할 수 있다.

❽ **의태법**(擬態法)은 인간이나 동물이나 사물의 모양·행동 등의 양태를 묘사하여 표현하는 방법이다. 시자법(示姿法) 혹은 의상법(擬狀法)이라고노 한다. '두꺼비가 네 말로 슬금슬금 기어왔나.', '고양이 굴뚝에서 다정한 회색 연기가 모락모락 피어났다.', '생글생글 웃으며 안기는 아내에게 더 이상 화를 낼 수 없었다.', '말랑말랑한 아기 손', '갑자기 얼굴이 붉으락푸르락하더니' 등이 그 예이다. 특히, 국어는 의태어가 발달되어 있

음을 특징으로 가지는 언어이다. 곧, 국어는 '싱글벙글'과 같이 모음과 자음의 규칙적인 교체에 의하여 어감을 다각도로 분화시켜 나간다. 그리하여 의태법은 사물의 크기나 강도의 차이, 색의 명도나 채도의 차이, 행동의 기와 속도의 차이 등을 미묘하고 섬세하게, 그리고 생동감 있게 표현할 수 있게 한다. 의태법은 사물이나 인간의 양태에 대한 묘사력이 뛰어나면 뛰어날수록 현실감을 자아낸다. '동짓달 기나긴 밤을 한 허리를 베어내어/춘풍 이불 아래 서리서리 넣었다가/어른님 오신 날 밤에 구비구비 펴리라.'라는 황진이의 시조는 '서리서리'와 '구비구비'와 같은 적절한 의태법의 사용에 의하여 작품의 감동력을 더욱 높이고 있으며, '다리를 징검, 낄룩, 뚜루룩 울음 운다. 저의 아씨 야단 소리에 가슴이 두근두근, 정신이 월렁월렁……'과 같은 〈춘향전〉의 한 구절은 의태법의 사용에 의하여 현실감과 해학적 요소를 물씬 풍기게 한다. 또한 '두 귀는 쫑긋, 두 눈은 도리도리, 꽁지는 오똑, 앞발은 짤룩, 뒷발은 깡충'과 같은 「토끼타령」의 한 구절은 토끼의 외양을 단지 의태법에 의하여 얼마나 실감나게, 그리고 재미있게 묘사하고 있는지를 보여주는 적절한 예이다.

❾ **의성법**(擬聲法)은 소리를 묘사한다 하여 사성법(寫聲法) 혹은 소리를 깨우친다 하여 성유법(聲喩法)이라고도 한다. '시냇물은 졸졸졸졸 고기들은 왔다 갔다 버들가지 한들한들 꼬꼬리는 꾀꼴꾀꼴.'이란 동요에는 의태어 의성어가 나열되고 있어 저절로 리듬을 느끼게 된다.

꾀꼬리가 '꾀꼴 꾀꼴' 노래한다, 뻐꾸기가 '뻐국 뻐꾹' 운다, 폭발물이 터지는 '꽝!'도 의성어다. 의성어는 언어와 음운의 구조로 인해 언어에 따라 달라질 수 있다. 예를 들어 시계 소리를 나타내는 노르웨이어는 'tikk takk'이고 네덜란드어에서는 음절 끝에서 장음을 허용하지 않기 때문에 'tik tak'으로 표기된다. 아시다시피 우리는 '똑딱똑딱'이라고 한다. 의성어는 읽는 이나 듣는 이의 실감을 돋우어 주어 강한 인상을 남게 한다. 특히, 국어는 다른 언어에 비하여 의성어가 매우 풍부하게 발달되어 있어 동화·동요·시가·소설 등에서 뿐만 아니라 일상 언어 생활에서도 현실감과 생동감, 박동감에 넘치는 의성법의 표현을 쉽게 구사하고 있다.

❿ **상징법**(象徵法)은 어떤 사물이나 관념의 특징 또는 의미를 직접적으로 나타내지 않고 다른 사물이나 관념에 의해 암시적으로 표현하는 방법이다. 예를 들면 프랑스 왕정 시대에 루이 14세가 "짐이 곧 국가이다.", 또는 "네가 금수저라고 나 같은 흙수저는 무시해도 된다는거야?" 등의 표현이다. 이런 상징법은 사실을 기반으로 한 자서전에는 대화를 기록한 구어체 외에는 잘 쓰이지 않는다고 할 수 있다.

4.
강조법 맛보기

수사법 중 강조법을 살펴보자. 강조법은 말 그대로 의미를 강조하는 것이다. 위에 나열된 과장법부터 억양법까지 살펴보기로 한다.

강조법									
과장법	미화법	반복법	열거법	대조법	영탄법	점층법	점강법	연쇄법	억양법

❶ **과장법**(誇長法)은 사물을 실상보다 지나치게 과도하게 혹은 작게 표현함으로써 문장의 효과를 높이는 수사법이다. 예를 들면, '눈이 빠지도록 기다리고 있었다.', '이봉걸 장사의 팔 길이만 한 붕어를 낚았다.', '한 주먹 거리도 안 되는 게 까불어!', '쥐뿔이나 뭘 알아야 말을 하지.', '눈곱만치도 거짓말을 안 합니다.', 당나라의 시인 이백(李白)이 〈추포가(秋浦歌)〉[2]에서 하룻밤 사이에 자란 흰 머리카락을 표현한 '**백발삼천장**(白髮三千丈)' 등의 표현이다. 자서전에 과장법의 남용은 금물이지만, 낚시에 관한 이야기를 쓴다면 혹 이런 과장이 있다 하더라도 애교로 웃어넘길 수 있을 것이다.

❷ **미화법**(美化法)은 표현 대상을 실제보다 아름답게 나타내는 수사법이다. 예를 들면 '거지'를 '거리의 천사', '도둑'을 '양상군자(梁上君子, 대들보 위에 있는 분)', 간호사를 '백의의 천사'라고 하는 등의 표현이다. 조금은 듣기 민망한 표현이지만 옛 어른들이 자주 쓰셨던 "그 친구는 정말 부처님 가운데 토막이야."란 말도 그 친구가 법이 없어도 살만치 착한 사람, 점잖은 사람이란 뜻으로 그 친구를 해학적으로 미화한 표현이다. 자서전에 타인의 말을 빌려 자기 자신의 평판을 미화하여 쓰는 것은 바람직하지 않다. 읽는 이가 바보가 아니라면 누구나 '아, 이 사람은 저 잘났다고 자랑하는 천박한 인격을 지닌 사람이구나!'라고 느낄 것이니 말이다.

❸ **반복법**(反復法)은 같거나 비슷한 어구를 되풀이하여 효과적으로 표현하는 수사법이다.
예를 들면, 정끝별 시인은 〈황금빛 키스〉라는 시에 '**상상의 시간을 살고/**

---

2) 추포가(秋浦歌) 중 한 편: 白髮三千丈 백발이 삼천 장/ 緣愁似箇長 시름에 거워 이토록 자랐구나./ 不知明鏡裏 모를레라, 밝은 거울 속으로/ 何處得秋霜 어디서 가을 서리를 맞았는지.

졸음의 시간을 살고/ 취함의 시간을 살고/ 기억의 시간을 살고/ 사랑과 불신과 의심의 시간을 살고'라고 시간과 살고라는 어구를 반복했다.

‘살어리 살어리랏다 청산에 살어리랏다.’, ‘보고 또 보고 보고 또 봐도……’, ‘송아지 송아지 얼룩송아지 엄마 소도 얼룩소 엄마 닮았네.’, “내가 너를 낳아줬지, 내가 너에게 젖을 먹여 줬지, 내가 너의 똥을 치워 줬지, 내가 너를 안아줬지, 내가 너를 업어줬지, 내가 이렇게 너를 키워 줬는데…… 그런데, 네가 나를 이렇게 박대하다니.” 등의 표현이다.

자서전에도 이런 표현을 쓸 수 있을 것이다. ‘이런 방법으로 만들어 봐도 잘 안되고, 저런 방법으로 만들어 봐도 잘 안되고, 대학 기계공학연구소의 조언을 받아 만들어 봐도 잘되지 않았다.’라는 표현이 ‘그것을 만들기까지 여러 번 실패를 겪었다.’라는 표현보다 읽는 이에게 실감 나게 다가오는 것이다. 물론 중요한 일이라면 이런저런 방법마저 구체적으로 쓰는 것이 더 좋을 수도 있다.

❹ **열거법**(列擧法)은 내용상으로 연결되거나 비슷한 어구를 여러 개 늘어놓아 전체의 내용을 표현하는 수사법이다.

예를 들면 고운기 시인은 〈익숙해진다는 것〉이란 시에서 ‘오래된 내 바지는 내 엉덩이를 잘 알고 있다/ 오래된 내 칫솔은 내 입 안을 잘 알고 있다/ 오래된 내 구두는 내 발가락을 잘 알고 있다/ 오래된 내 빗은 내 머리카락을 잘 알고 있다.’라고 열거법을 사용하여 ‘익숙함’을 표현하고 있다.

‘꽃밭에는 장미, 백합, 튤립, 칸나가 활짝 피어 있다.’라거나 “기미년 삼월 일 일, 남성도 여성도, 노인도 젊은이도, 직업인도 학생도 모두 이 나라를 사랑하는 마음으로 손에 손에 태극기를 들고 밀물처럼 거리로 몰려나왔다.” 등의 표현도 열거법을 사용한 것이다.

자서전을 쓸 때 ‘나는 … 일은 정성을 다하여서 했고, … 일도 열심히 했다. … 일은 밤을 새워서 했다. 나는 매사에 성실을 다하는 사람이었다.'라고 열거법을 사용할 수도 있다. 그러나 글의 이면을 들여다보면 왠지 자기 자랑을 하고 있다는 느낌이 들지 않는가? 우리가 정치인의 자서전을 그리 좋아하지 않는 것은 아마 이런 자기 업적의 적극적인 열거(열거법을 사용한다고 하기는 어렵지만) 때문인지도 모른다. 심지어 어떤 사람은 자기의 자서전에 부임지마다 섹스파트너를 두고 즐겼다는 것을 자랑삼아 열거했다고 한다. 이런 사례를 보면 자서전을 쓰는 데는 적당한 품위와 중용, 절제가 필요하다고 하겠다.

❺ **대조법**(對照法)은 서로 반대되는 대상이나 내용을 내세워 주제를 강조하거나 인상을 선명하게 표현하는 수사법이다. 예를 들면, '산은 높고 물은 깊다.', '악한 사람은 망하고 착한 사람은 흥한다.'등의 표현이다. '머리카락은 흑단같이 검고 치아는 백설같이 하얗다.'와 '아버지는 골리앗 같이 크고 나는 어린 다윗처럼 작다.'라고 하면 직유법과 대조법을 함께 쓴 것이다.

❻ **영탄법**(詠嘆法)은 슬픔이나 기쁨, 감동 등의 벅찬 감정을 강조하여 표현하는 수법으로 고조된 감정을 그대로 드러내어 감탄의 형태로 표현한다. 예를 들면 '이 아기는 정말 귀엽구나.', '어머 꽃이 어쩜 이리 예쁠까!'와 같이 느낌표가 붙은 어구, 만해 한용운의 〈님의 침묵〉에서 **'님은 갔습니다. 아아 사랑하는 나의 님은 갔습니다.'**라는 등 표현이다. 주로 감탄사 '아, 오, 아아'등을 사용하거나, 호격조사 '아, 야, 이여, 이시여'등과, 감탄형 종결어미 '-아라/-어라, -구나, -ㄴ가, -까'등을 사용하여 강하고 깊은 감정을 드러낸다.

이런 영탄법은 현대에 들어와서는 즐겨 쓰는 사람이 없다. 그러나 다음 두 편의 시를 보면 영탄법이 꼭 구시대의 산물이라고 말할 수 없다는 것을 알게 된다. 〈오적(五賊)〉으로 유명한 시인 김지하는 〈타는 목마름〉이란 시에서 '신새벽 뒷골목에 / 네 이름을 알린 민주주의여 / 중략 / 타는 가슴 속 목마름의 기억이 / 네 이름을 남몰래 쓴다 민주주의여'라고 영탄법을 써서 독재 시대를 사는 지성인으로서 민주주의를 열망하는 감정을 극도로 끌어올리고 있다. 29세에 요절한 시인 기형도는 시 〈빈집〉에서 '사랑을 잃고 나는 쓰네 // 잘 있거라, 짧았던 밤들아 / 창밖을 떠돌던 겨울 안개들아 / 아무것도 모르던 촛불들아, 잘 있거라 / 공포를 기다리던 종이들아 / 망설임을 대신하던 눈물들아 / 잘 있거라, 더 이상 내 것이 아닌 열망들아 // 장님처럼 나 이제 더듬거리며 문을 잠그네 / 가엾은 내 사랑 빈집에 갇혔네.'라고 썼다. 이런 식의 표현법은 감탄사나 감탄형 종결어미는 없더라도 '-아'라고 하는 호격조사가 붙어 일종의 영탄법이라고 할 수 있을 것이다. 한편으로는 대상(사물이든 추상적이데아든)을 부른다는 면에서는 같으니 돈호법을 썼다고 볼 수도 있다.

여기서 영탄법을 소개하기는 했지만, 자서전에 시를 실는 때 외에는 실제로 영탄법을 쓰는 경우는 희귀할 것이다.

❼ **점층법**(漸層法)은 말하고자 하는 내용의 비중이나 강도를 점차 높이거나 넓혀 그 뜻을 강조하는 표현 기법으로, 작고 약하고 좁은 것에서 크고 강하고 넓은 것으로 표현을 확대해 가는 것을 말한다. 독자를 설득하거나 감동을 주는 데 효과적이어서 소설·희곡 등에서 사건의 발전을 강조할 때 많이 쓴다. 예를 들면 '신록은 먼저 나의 눈을 씻고, 나의 머리를 씻고, 나의 가슴을 씻고, 다음에 나의 마음의 모든 구석구석을 하나하나 씻어낸다.', '한 사람이 죽음을 두려워하지 않으면, 열 사람을 당하리라. 열은 백을 당하고, 백은 천을 당하며, 천은 만을 당하고, 만으로써 천하를 얻으리라'등은 점층법을 사용한 대표적인 표현이다.

❽ **점강법**(漸降法) 점층법과는 반대로 표현의 범위나 대상을 점차 좁히거나 줄여가는 것이다. 예를 들어 '천하를 태평히 하려거든 먼저 그 나라를 다스리고, 나라를 다스리려면 그 집을 바로잡으며, 집을 바로 잡으려면 그 몸을 닦을지니라', '세월도 가고 사람도 가고, 너도 가면 나도 가야지.', '힘이 빠지고, 점점 의식은 흐려지고, 호흡도 끊어지려 한다.'라는 표현이 이에 해당한다. 점층법은 당연히 표현의 강도를 높이지만, 잘 살펴보면 점강법도 결과적으로는 표현의 강도를 높이고 있는 강조법의 하나임을 알아야 한다.

❾ **연쇄법**(連鎖法)은 글을 쓸 때 앞 구절의 끝 어구를 다음 구절의 첫머리에 이어받아 이미지나 심상을 강조하는 수사법이다. 연쇄법은 흥미의 연속성을 유지하며 표현하고자 하는 내용을 강조하는 효과를 낳는다. 그리고 산문을 쓸 때 앞 절의 끝에 한 말의 일부분을 고쳐 다음 절에 되풀이해서 쓰는 예도 있는데 이것은 점증적인 효과를 발휘한다. 예를 들면 '나는 당신의 애인이고, 당신의 종이며, 당신의 신도입니다.'라는 표현, 피천득의 수필 〈오월〉에서 '오월은 금방 세수를 한 스물한 살 청신한 얼굴이다. 하얀 손가락에 끼어 있는 비취가락지다. 오월은 앵두와 어린 딸기의 달이요, 오월은 모란의 달이다. 그러나 무엇보다도 오월은 신록의 달이다.'라는 표현 등이다.

자서전을 쓰면서 이런 강조법을 다 알고 굳이 염두에 둘 필요는 없지만, 만약 어떤 대화나 글의 내용을 강조하고 싶을 때 이 여러 가지 강조법을 한 번 찬찬히 읽은 후 잘 직용하여 본다면, 글의 맛을 살리고 느낌을 더 하는데 적지 않은 도움이 될 것으로 생각한다.

5.
변화법 맛보기

변화법

역 설 법	반 어 법	인 용 법	댓 구 법	명 령 법	설 의 법	도 치 법	돈 호 법

❶ **변화법**(變化法)은 표현하려는 문장에 변화를 주어 단조로움을 피하고 흥미를 돋우며 주의를 끄는 표현 방법이다. 마치 중국의 쓰촨성의 전통극 천극에서 출연자의 얼굴이 순간에 바뀌는 것(변검³⁾)처럼, 한 문장 안에서 서로 다른 내용이 나타나므로 목적하는 표현의 효과를 극대화하는 것이다. 위에 역설법부터 돈호법까지 살펴보기로 한다.

❷ **역설법**(逆說法)은 표면적으로는 모순되거나 부조리한 것 같지만 그 표면적인 진술 너머에서 진실을 드러내고 있는 수사법이다.

예를 들면 이순신 장군이 남긴 '생즉필사 사즉필생(生卽必死 死卽必生) — 목숨에 연연하여 살려고 싸우면 죽게 될 것이고, 죽기를 각오로 싸우면 살 것이다.'라는 말씀이 가장 유명한 역설 중의 하나일 것이다. 김영랑 시인의 〈모란이 피기까지는〉 중 '모란이 피기까지는 / 나는 아직 기다리고 있을 테요. / 찬란한 슬픔의 봄을', 유치환 시인의 『깃발』 중 '이것은 소리 없는 아우성 / 저 푸른 해원을 향하여 흔드는 / 영원한 노스텔지어의 손수건' 등처럼 앞뒤의 글이

---

3) 변검(Bian Lian): 중국 쓰촨성 지방의 전통극 천극(川劇, 川劇之化)에서 볼 수 있는 가면술. 중국 전통 복장의 배우가 가면에 손을 대지 않고 순식간에 휙휙 바꾸는 가면술. 천극은 경극, 곤극과 함께 중국 3대 연희 중 하나로 불린다.

논리적으로 모순된 이른바 '모순 형용'도 이 역설법의 범주에 들어간다. 역설법은 표현된 것과 은폐하고 있는 표현의 구조가 반어와 유사하므로 반어법의 한 종류로 보기도 한다.

그러나 역설법은 앞의 두 예나 조지훈 시인의 〈승무〉 중 '두 볼에 흐르는 빛이/정작으로 고와서 서러워라.'는 표현이나, 만해 한용운 시인의 〈님의 침묵〉 중 '아아, 님은 떠났습니다만, 나는 님을 보내지 아니하였습니다.'의 예에서 보듯이 언어 표현 그 자체에서 서로 모순되고 어긋나는 진술을 보인다는 점에서, 나타내는 표면적 의미와 실제로 전달하려는 숨은 참뜻이 상반되는 글, 예를 들면 김소월의 시 〈진달래 꽃〉 중 '죽어도 아니 눈물 흘리오리다.'라는 문장 자체로는 모순이 없지만, 마음과는 다른 표현으로 나타난 반어법과는 차이점을 보인다.

자서전에 이런 역설법을 거의 쓰지 않을 것으로 생각한다. 다만, 자신의 시나 산문을 넣을 때는 이 역설법이 적잖게 필요할 것이다.

❸ **반어법**(反語法)은 표현하려는 원뜻과 정반대되는 말로 표현하는 수법이다. 이에는 표면상으로는 칭찬하면서도 원뜻은 비난하려는 것과 표면상 비난하는 것 같지만 참뜻은 칭찬하려는 것이 있다. "동생을 때렸다고, 정말 잘했군, 잘했어."라는 전자의 예이고, 예뻐하면서도 "미워 죽겠다."라고 표현하는 것은 후자의 예이다.

선의적인 반어는 대개 해학적 표현으로 해석되고, 악의적인 반어는 풍자나 야유(빈정거림)로 이해된다. 그러나 해학(諧謔)은 반드시 웃음이 동반되어야 한다는 점에서, 그리고 풍자는 진반적으로 부정적 측면을 신랄히게 찌른다는 점에서 반어와는 다르다. 반어는 반드시 웃음이 동반될 필요도 없고, 또 긍정적 측면을 드러낼 수도 있기 때문이다.

예를 들면 '나 보기가 역겨워 가실 때에는 죽어도 아니 눈물 흘리오리다.'라는,

사실은 '님이 나를 보기 역겨워하여 떠나면 나는 슬퍼서 울지 않을 수 없습니다.'라는 마음의 반어적 표현이다. "너 같이 나라를 팔아먹은 충신은 벽에 똥칠하도록 오래 살 거다!"라는 말은 "너 같은 매국노 역적은 제 명대로 살지 못할 거다!"라는 말의 반어적 표현이다. 이처럼 본래의 뜻과 상반되는 표현을 함으로써 그 의미를 강조하는 기법이 반어법이다.

옛 어른들은 반어법을 많이 쓰셨다. 예쁜 손자를 "밉다."라고 하고, 진지를 드실 때가 되어 배가 고픈데도 "배가 고프세요?"라고 물어보면 "괜찮다."라고 하고, "사과 드실래요?"라고 하면 우선 "싫다."라고 했다. 옛 어른들은 두세 번 사양하는 것이 미덕이라고 생각했기 때문이다. 자서전에 반어법을 습관적으로 쓰셨던 조부모님이나 부모님의 말씀을 구어체로 넣으면 한결 재미있는 글이 될 것이다.

❹ **인용법**(引用法)은 남의 말이나 글 또는 고사·격언 등에서 필요한 부분을 인용함으로써 글의 뜻을 더욱 분명히 하는 표현 방법으로 **인유법**(引喩法)이라고도 한다. 남의 말이나 글을 인용해 글의 신뢰도를 높이거나 내용을 충실히 하고, 자기 이론의 정확성을 꾀하며, 문장에 변화를 주는 표현 방법이다.

직접 인용법에서는 다른 사람의 말과 그것을 옮겨다 쓰는 사람의 말을 분명히 구별하기 위하여 따다 쓴 말 앞뒤에 따옴표를 찍는다. 간접 인용법에서는 따옴표를 찍지 않는다.

인용문에서는 유명한 시구(詩句)나 고사(故事), 문장이나 일화를 끌어다 쓰는 경우가 많다. 선교나 설법 등에는 예수 그리스도나 부처의 하신 말씀을 인용하는 것이 거의 필수이다. 반어법에서 예를 든 '생즉필사 사즉필생, 生卽必死 死卽必生'도 이순신 장군의 『난중일기亂中日記』에서 인용한 것이다. 이 책에는 많은 인용문이 있으므로 더는 예를 들어 설명하지는 않기로 한다.

자서전을 쓰는 데도 때로는 자기가 알고 있는 고사나 경구, 동·서양의 고전이나 어떤 책의 내용을 인용하는 것이 필요할 것이다.

❺ **대구법**(對句法)은 비슷하거나 같은 문장 구조를 짝을 맞추어 늘어놓는 표현법이다. 대유법, 병려법, 대치법, 군형법이라고도 한다. 이 표현법은 병렬되는 두 언어 표현의 가락을 맞추는 데 그 본질이 있다. 이 맞춰진 가락에 의해 산출된 운율은 표현을 아름답게 하는 한편, 그 뜻을 분명하게 드러내 주는 효과를 낳는다.

대구법은 '콩 심은 데 콩 나고, 팥 심은 데 팥 난다.'라는 예에서 보듯이 산문에서도 쓰이긴 하지만, 김영랑 시인의 〈돌담 아래 소색이는 햇발〉 중 '돌담에 속삭이는 햇살같이/풀 아래 웃음 짓는 샘물같이'에서 보듯이 시나 가요 등과 같은 운문에서 더 널리 쓰인다.

대구법은 성질이나 뜻에는 상관없이 다만 가락의 비슷한 점만을 짝을 맞추어 병렬시킨다는 점에서, '산은 높고 골은 깊다.'라는 표현과 같이 사물의 상반되는 성질이나 뜻을 맞세우는 대조법과 차이를 보이며, 다른 한편으로 '커피 끓이는 냄새, 라일락의 짙은 냄새, 국화, 수선화, 소나무의 향기를 좋아한다.'라는 글과 같이 서로 관련된 내용을 짝을 맞춤이 없이 나열하는 열거법과도 차이를 보인다.

자서전에서는 이 대구법을 사용하여 쓴 수필이나 시가 아니라도 '배가 못 견디게 고픈데 집까지의 거리는 멀고, 날씨는 뼈가 저리게 추운데 옷은 홑겹의 점퍼뿐이니 정말 죽을 맛이었다.'와 같이 가끔 대구법을 쓰는 사례가 있을 것으로 생각된다.

❻ **명령법**(命令法)은 종결어미에 나타나는 문체법으로 상대에게 무엇을

시킬 때 그 원하는 행동을 말로 표현하는 것이다. 명령법이 문장으로 나타났을 때는 상대가 되는 사람의 이인칭 주어(너, 자네 등)가 없이 쓰는 것이 보통이다. 국어의 명령법은 다른 서법과 마찬가지로 화자와 청자의 신분·친소관계·나이에 따라 다양한 어미를 구별해서 사용하는 이른바 등분(또는 존비법·공손법)이 나누어진다. 이러한 등분의 명칭이 명령형 어미로 붙여지게 된 것은 국어 문법 연구의 한 관습이다. 이 등급은 대체로 '해라', '하게', '하오', '하십시오'로 나누어지나 근자에 들어서는 '해', '해요'가 많이 쓰이게 되었다. 예를 들면 "대한의 아들이여, 적들을 향해 목숨을 걸고 돌진하라.", "군것질 너무 많이 하지 마라.", "한 시간 동안 영어 공부해라."라는 표현이 명령법이다. 또한 피고가 된 전임 대통령에게 담당 검사가 "사실대로 말씀해 주십시오."라고 하는 것도 공손한 명령법이다.

자서전을 쓸 때도 어떤 사람의 말을 인용하는 구어체에는 명령문이 쓰일 수 있다. 그러나 자녀에게 권유하는 「사랑하는 자녀들에게 남기는 말」 등은 명령문으로, '해라.'보다는 '하면 좋겠다.'가, '하지 말라.'보다 '하지 않는 게 좋겠다.'라는 완곡한 표현이 더 좋다고 할 수 있다. 자녀이지만 하나의 인격체로 존중하여 소통하며 충고하는 것이 자서전을 쓸만한 성숙한 어른의 특성이라고 할 수 있기 때문이다.

❼ **설의법**(設疑法)은 누구나 다 아는 사실을 짐짓 의문 형식으로 제시하여 독자가 스스로 결론을 내리게 하는 표현법으로 수사적 의문이라고도 한다. 수사법상 변화법의 한 가지이며, 평서문보다 훨씬 감정적, 정의적이다. 수사적 의문문이므로 답이 필요하지 않으며, 독자가 단정을 내리게 하는 여유를 주어서 뜻을 강조한다.

흔히 권유·연설·웅변 등에 많이 사용된다. "그러면 이 나라의 주인은 누구입니까? (이 나라의 주인은 국민 여러분입니다)"라든지 "그리스도가 죄인 이어서 십자가에 달려 돌아가셨습니까?" (아닙니다, 그는 우리의 죄를 대속하기 위해 십자가에 달려 돌아가신 것입니다)"와 같이 질문을 통하여 원하는 결론을 스스로 내리게 하는 표현법이다.

자서전에 이런 설의법이 쓰일 일은 없지 않나 생각된다. 다만, 본인이 학생이나 대중들을 상대로 썼던 유세문이나 연설문 또는 설교문을 실었다면 아마 이런 설의법이 은연중에 쓰였을 수도 있을 것이다.

❽ **도치법**(倒置法)은 논리적으로나 문법적으로 합리적인 문장의 서술 순서를 바꾸어 변화를 주는 방법으로 많이 사용되는 기법이다. 긴박한 감정을 나타낼 때는 흔히 행동이나 상태를 나타내는 말이 문장의 맨 앞에 놓이게 된다. '어서 이리 와!'라는 순서가 일반적이나 '이리 와, 어서!'라고 바꾸어 표현함으로써 문장의 변화를 주며 말하는 이의 강조하고자 하는 바를 나타내기도 한다. 시의 경우에는 이렇게 문법이나 논리를 변형하는 도치법을 시적 허용(詩的許容)이라고 하여 특히 이를 인정한다.

소설가 김동인의 〈붉은 산〉 중 '보고 싶어요, 붉은 산이. 그리고 흰옷이······'라는 표현이나, 시인 유치환의 〈깃발〉 중 '아아, 누구인가, / 이렇게 슬프고도 애달픈 마음을 / 맨 처음 공중에 달 줄을 안 그는'이라는 표현이나, 시인 신경림의 〈낙타〉 중 '낙타를 타고 가리라, 저승길은 / 별과 달과 해와 / 모래 밖에 본 일이 없는 낙타를 타고.'라는 표현, 일본의 하이쿠[4]시인 바쇼의 '너무 울어 / 텅 비어 버렸는가. / 이 매미 허물은'이런 표현, 하이쿠 시인 이씨의 '내가 죽을

---

4) 하이쿠(haiku, 俳句): 일본 특유의 단시(短詩) 하이쿠는 한자로 배구(俳句)라고 하며, 특정한 달이나 계절의 자연에 대한 시인의 인상을 묘사하는 서정시다. 일본 시 문학의 일종으로, 각 행은 5, 7, 5음으로 모두 17음절로 이루어진다. 하이쿠 시인→배인(俳人)

때 / 임종의 노래를 불러 다오, / 뻐꾸기야'라는 표현이 바로 도치법을 쓴 문장이다. 이처럼 도치법을 쓰면 문장에 생동감을 주게 되는데 그 표현이 비문법적이거나 논리적인 순서를 가지지 않는 형태로 나타나게 되며 대체로 시에 많이 쓰인다.

자서전에 도치법이 잘 쓰일까? 그럴 수도 있을 것이다. 창작이란 것은 기존의 틀을 기반으로 하지만, 오히려 시대의 조류를 바꾼 작품들은 보통 사람들의 의표를 찌르는 기발한 착상에서 시작됨을 본다. 도치법을 자서전에 쓰는 것은 쓰는 분의 취향에 맡기기로 한다.

❾ 돈호법(頓呼法)은 사람이나 사물의 이름을 불러 주의를 새롭게 환기하는 변화법의 일종이다. 돈호법은 특히 글의 중간중간에 사람이나 사물의 이름을 불러 독자의 주의를 환기하며 감정이 동반되는 경우가 많다.

이를테면 편지글에서 이름을 부르거나, 연설문 등에서 주의를 집중시키기 위해 '여러분!' 하고 부르거나, 대상을 의인화하여 부르는 방법을 말한다. 기도할 때 "하나님, 저의 죄를 용서하여 주세요.", '논개여! 그대는 남강의 꽃', '아이야, 우리 식탁엔 은쟁반에 하이얀 모시 수건을 마련해 두렴' 등은 돈호법을 사용해 쓴 문장이다.

자서전을 쓸 때도 '아들아, 나는 너를 사랑한다. 너는 꼭 이 사회의 어두운 곳을 밝히는 사람이 되라고 부탁하고 싶다.'라고 돈호법을 쓸 수도 있을 것이다.

자서전은 다른 문학작품과는 달리 사실을 기술하는 것이므로 이런 종류의 변화법이 비교적 적게 쓰일 것이다. 그러니 감명 깊은 말이나 글을 인용하는 것은 흔히 쓰이리라 생각한다. 문장의 단조로움을 피하고 흥미를 돋우며 주의를 끄는 변화법을 쓰는 것은 좋지만 변화법을 쓸 때는 '지나침은 모자람만 같지 못하다.'라는 경구(警句)를 꼭 기억하기를 바란다.

6.
오관의 느낌 살리기

오관(五官)의 느낌을 살려라

시각 視覺	청각 聽覺	후각 嗅覺	미각 味覺	촉각 觸覺

　수사법에 '오관(五官)의 느낌을 살려라'라는 것은 없다. 그러나 글을 쓸 때는 이 오관의 느낌을 잘 살리는 것이 수필이나, 시나, 자서전에 꼭 필요하다고 할 수 있다. 그러나 그 강연을 어디선가 들었을 때, 나는 그 방법이 어떤 주제를 문학적인 글로 표현하는 데 크게 도움이 됨을 알게 되었다.

　오관은 눈으로 보는 시각(視覺), 귀로 듣는 청각(聽覺), 코로 냄새를 맡는 후각(嗅覺), 혀로 맛을 보는 미각(味覺), 피부로 접촉한 존재의 특징을 느끼는 촉각(觸覺) 등의 5가지 감각으로 감각을 신체에 있는 감각수용기의 종류로 분류한 것이다. 육감(六感 또는 六識 또는 意識)이 분석적인 사고에 의하지 않고, 직관적으로 사태의 진상을 파악하는 정신작용, 즉 이치나 경험으로부터의 지적판단을 통한 결론에서가 아니라 직입적인 간성, 즉 직감을 의미한다면, 오관의 느낌은 신체의 감각수용기를 통하여 마음

5) 오관(五官): 시각·청각·후각·미각·촉각의 다섯가지 감각 기능을 이르는 말. 다만 오관 외에도 내장감각, 평형감각도 있다고 七官으로 확대해야 한다는 주장도 있으며, 불교에서는 오관 다음에 여섯 번째로 의식(意識, 意根)이라고 할 수 있는 제6식(第六識)이 있다고 한다.

에 들어와 경험적 기억과의 상호작용을 통하여 인식된 느낌 또는 감정이라고 할 수 있다.

글을 쓸 때 내용의 무미건조함을 피하려면 이런 오관으로 느꼈던 감정을 다시 불러내어 덧붙여 쓰는 것이 도움이 된다. 이것은 비단 문학의 경우만이 아니라 자서전을 쓰는 데도 유익하다. 왜냐하면 오감의 느낌과 마음으로 느꼈던 것을 쓰면, 그 글이 읽는 이의 오관의 느낌과 공명(共鳴)하여 현장의 상황과 그때의 느낌을 더욱더 생생하게 전달할 수 있기 때문이다.

❶ 시각(視覺)으로 본 것을 기억하여 세밀하게 표현해 보기 바란다.

예를 들면, 박두진 시인은 수필 〈가을 나무〉에서 '짙은 잎새 색깔, 아직 누렇게는 물들지 않은 채 짙고 칙칙한 녹색의 무거움이 조락 직전의 죽음과 포기와 체념의 아픔을 암시하고 있다.'라고 작자의 눈(시각)이 본 나무의 색을 세밀하게 표현하면서 거기에 자기의 심정을 얹어 죽음, 포기, 체념의 아픔을 말하고 있는 것을 알 수 있다.

곽재구 시인은 시 〈사평역〉에서 '흰 보라 수수꽃 눈 시린 유리창마다 / 톱밥 난로가 지펴지고 있었다.', '내면 깊숙이 할 말들은 가득해도 / 청색의 손바닥을 불빛 속에 적셔두고'라는 표현에서 작가의 눈이 본 서리 낀 유리창과 추운 날 사람들의 차가워진 손바닥을 마음을 담아 그리고 있음을 본다.

사실 우리는 많은 것을 보지만 그 느낌과 색을 구분하여 표현하기는 쉽지 않다. 그러나 퇴고를 거듭하다 보면 어느 땐가 갑자기 세상이 환해진 듯이 가장 적합한 말이 툭 튀어나오는 걸 느낄 수도 있을 것이나. 물론 우리는 낙엽 하나의 색만 보아도 붉다고 해야 할지, 빨갛다고 해야 할지. 붉은 오렌지 같다고 해야 할지, 붉으레죽죽하다고 해야 할지, 발그레하다고 해야 할지 표현하기가 쉽지는 않지만……

두 편의 소설을 살펴보기로 하자.

소설가 황순원은 〈별〉이란 단편에서 '너무나 엷은 입술이 지나치게 큰데 비껴 눈은 짭짭하니 작고, 그 눈이 또 늘 몽롱히 흐려있는 누이의 얼굴 속에는 기억에는 없으나, 마음 속으로 그려오던 어머니의 모습을 더듬으며, 떨리는 속으로 천천히 누이를 바라보았다.'라고 표현하고 있다.

소설가 김동리는 〈등신불(等身佛)〉[6]에서 '그러나 그것은 전혀 내가 미리 예상했던 그러한 불상이 아니었다. 머리 위에 향로를 이고 두 손을 합장한, 고개와 등이 앞으로 좀 수그러진, 입은 조금 헤벌어진, 그것은 불상이라 할 수도 없는 형편없이 초라한, 그러면서도 무언지 가슴을 쥐어짜는 듯한, 사무치게 애절한 느낌을 주는 등신대(等身代)의 결가부좌상(結跏趺坐像)이었다.'라고 입적한 스님의 늙어 꼬부라진 고개와 등을 가진, 시체에 직접 황금을 입힌 사람 크기의 부처상을 실감 나게 표현하고 있다.

세상 모든 일이 그렇듯이 자서전을 쓰는 데도 좋은 글을 쓰기 위한 노력이 필요하다. 자기가 쓴 글을 다시 살펴보고 눈으로 보았던 풍경이나, 정경이나, 장면들을 떠올리며, 어떻게 하면 그때의 느낌을 읽는 이에게 실감 나게 전달할까를 생각해보기를 바란다.

❷ 후각(嗅覺)으로 들어와 기억된 냄새나 향기를 불러내어 표현해 보기 바란다. 필자는 삼십여 년 전 밤에 처음으로 호찌민 공항에서 내렸을 때, 코로 훅 끼쳐 온 후끈하고 축축한 공기와 마치 사람의 땀 냄새와 음습한 열대 숲의 나무와 풀들 그리고 무엇이 썩어가는 듯한 냄새를 맡은 기억이 아직도 생생하다.

수필가 피천득은 〈나의 사랑하는 생활〉에서 '나는 비 오시는 날 저녁때 뒷

6) 등신불(等身佛): 원래는 사람의 키와 같은 정도의 크기(등신)로 만든 불상(佛像)이라는 의미이다. 대부분은 고승(高僧)이 입적해 자연적으로 미라화 된 시신에 금박을 입혀 만든 불상을 뜻한다. 소설 상 등신불은 소신공양(燒身供養)한 만적 스님의 몸에 금물을 입힌 것이다.

골목 선술집에서 풍기는 불고기 냄새를 좋아한다. 새로운 양서(책) 냄새, 털옷 냄새를 좋아한다. 커피 끓이는 냄새, 라일락의 짙은 냄새, 국화, 수선화, 소나무의 향기를 좋아한다.'라고 썼다.

이 글에서 작가는 냄새와 향기가 준 느낌을 차례로 열거함으로 수필의 깊이를 더하고 있다.

시인 전성훈은 〈서장, 해장국집〉이란 시에서 '비 오다 그친 날, 슬레이트집을 지나가다가 / 얼굴에 검버섯 핀 아버지의 냄새를 맡는다.'라고 아버지의 체취에 관해 썼다.

이 글을 읽으면 예전에 몇 번쯤 늙으신 아버지에게서 노인 특유의 냄새를 맡아 본 사람이라면 저절로 아버지를 떠올릴 수 있을 것이다. 이처럼 냄새와 향기에 대한 표현은 글에 감칠맛을 더한다.

자서전에 어떤 장소나 사람에게서 맡은 냄새, 어떤 음식을 먹을 때 느꼈던 냄새, 꽃을 볼 때 맡았던 향기를 문장에 더하여 써보기를 바란다. 글이 나도 모르는 사이에 맛깔나게 좋아지고 있음을 느끼게 될 것이다.

❸ 청각(聽覺)으로 들었던 소리나 음악을 불러내어 표현해 보기 바란다. 청각중추에서는 음이 인식될 때 음파의 성질에 따라 다음과 같이 네 가지로 파악된다. 주파수가 높으면 소리는 높아지고, 주파수가 낮으면 소리가 낮아진다. 이러한 '높고 낮음'을 음고(音高)라고 한다. 음파의 진폭이 크면 소리의 크기가 커지고, 작으면 작아지는데, 이러한 '크고 작음'을 세기라고 한다. 음량(音量)도 음의 세기와 같은 말이다. 진동 시간이 길면 음이 길어지고, 짧으면 음이 짧아지는데, '길고 짧음'을 장단(長短)이라고 한다. 파형의 모양에 따라서는 음이 맑게 혹은 탁하게 들린다. 이 '맑고, 탁함'은 음색(音色)이라고 한다. 이러한 음고, 세기, 장단, 음색을 소리의 4요소라고 한다.

법정 스님은 〈무소유〉란 수필에서 '지난 여름 장마가 갠 어느 날 봉선사로 운허노사(耘虛老師)를 뵈러 간 일이 있었다. 한낮이 되자 장마에 갇혔던 햇살이 눈부시게 쏟아져 내리고 앞 개울물 소리에 어울려 숲속에서는 매미들이 있는 대로 목청을 돋우었다.'라고 썼다.

글에서 작자는 시각만 아니라 귀(청각)에 들려온 개울물 소리, 매미 우는 소리로 봉선사의 여름 풍경을 생생하게 표현하고 있다.

박남철 시인은 〈겨울 강〉이란 시에 '겨울 강에 나가 / 허옇게 얼어붙은 강물 위에 / 돌 하나를 던져본다 / 쩡쩡쩡쩡쩡'이라고 쓰고 있다.

이 시를 읽으면 어릴 때 꽝꽝 얼었던 강에서 놀던 생각이 난다. 사실 '쩡쩡' 하는 소리는 강의 얼음이 갈라질 때 나는 소리인데, 시인이 돌을 던졌을 때도 쩡쩡 소리가 났나 보다.

이처럼 소리를 표현하는 것은 글의 감칠맛을 더한다. 절대음감을 가진 사람은 사물끼리 부딪치는 소리에서도 '도레미파솔라시도'의 칠음계(七音階)를 구분할 수 있다고 한다. 보통 사람이 그렇게 할 수는 없을 것이다. 그러나 육순(六旬)을 넘긴 분들은 겨울밤에 문풍지를 울리던 바람 소리와 전선이 하늘을 찢을 듯 날카롭게 쌔애앵 쌔애앵하고 울어대던 소리를 기억할 것이다. 산에서 '뻐꾹 뻐꾹' 하고 울던 뻐꾸기 소리, 입에 물을 한껏 물은 듯한 '맹꽁맹꽁'소리, 작은 시냇물이 졸졸 흐르는 소리, 아기가 '응애응애' 하고 우는 소리, 바다의 파도가 '쏴아 철석 쏴아 철석' 하고 방파제를 때리는 소리 들을 생생하게 표현해 보자.

우리는 소음이 많은 세상에 살게 되어 자연이 주는 소리를 잃고 잘 표현하지도 못한다. 그러나 이제는 귀를 열어 우주와 이 아름다운 지구란 곳의 자연을 가득 채운 소리와 아름다운 음악의 향연을 즐겨보자. 그리고 그 느낌을 어떤 말로 자서전에 표현할까를 고민해보자. 소리를 기억하려고 애쓰는 것만으로도 당시의 청각이 살아나고, 뇌의 기능이 살아날 것이다. 소리글자인 한글의 특성을 살려 자서전에 소리를 생생하게 기록해보자. 자서전의 내용이 읽는 이의 경험과 공명하여 생생하게 다가올 것이다.

❹ 미각(味覺)은 물질을 혀에 댈 때 느끼는 감각이다. 짠맛, 단맛, 신맛, 쓴맛의 4가지로 구별되는 맛을 느끼는 감각이 미각이다.

서양에서 일류 요리사들은 음악가나 화가와 같은 예술가 대접을 받아왔다. 미식(美食)의 경전으로 읽히는 『미각의 생리학』을 쓴 브리야사바랭(Brillat-Savarin)은 '식사의 쾌락은 다른 모든 쾌락이 사라지고 난 후에도 마지막까지 남아 우리에게 위안을 주고, 새로운 요리의 발견은 새로운 천체의 발견보다 인류의 행복에 더 크게 이바지한다.'라고 했다.

사실 의식주가 인간이 살아가는 데 최소한의 필요하다고 하면 미각의 중요성은 더 말할 필요가 없다. 현대의 대표적 기호 음료가 된 커피를 생각해보자. '커피는 새까맣고 쓴 음료라고만 막연하게 생각하는 이들이 많다. 그러나 커피 애호가들은 맛과 향으로 커피의 원산지와 품질을 구분한다. 포도주 애호가들이 포도주를 감별하는 것과 마찬가지다. 예를 들어 '가장 비싼 블루마운틴 커피는 초콜릿 향이 나면서 우아한 신맛이 특징이며, 인도네시아산 자바 커피는 풀 향기와 향신료의 냄새가 강하면서 쓴맛이 난다.'(『커피 이야기』, ㈜살림출판사)

이 글은 커피 전문가가 코(嗅覺)와 혀(味覺)의 느낌을 쓴 것이다. 이처럼 미각의 느낌을 잘 표현하면 글이 살아서 그 맛이 읽는 이에게도 전달되는 것을 알 수 있다.

우리 말은 맛을 표현하는 데도 탁월한 문화적 언어이다. 짜다, 짭조름하다, 짭짤하다, 시다, 시쿰하다, 시금떨떨하다, 시금털털하다, 시금쌉쌀

하다, 시크무레하다, 시큼하다 등만 봐도 그렇다.

자서전에도 미각의 느낌을 살려 여러 가지 음식 맛의 기억을 되살려 보기 바란다. 할머니나 어머니의 손끝에서 나오던 음식의 맛을 써보시기를 바란다. 구수한 된장 냄새와 지방마다 다른 김치 맛, 삭힌 홍어 맛, 각종 매운탕 맛, 막국수 맛, 함흥냉면 맛, 각종 양식과 퓨전요리의 맛을 써보시기를 바란다. 외국 여행 때 맛보았던 그 나라 음식 특유의 맛을 써 보시기를 바란다. 자서전이 잘 차린 한 상처럼 푸짐해질 것이다.

❺ 촉각(觸覺)은 피부로 느껴진다. 손과 발과 온몸의 피부로 느껴지는 감각이 촉각이다. 촉각은 혀로도 느껴진다. 수술할 때면 외부의 피부만이 아니라 우리의 창자나 몸의 장기도 아픔을 느끼는 것을 알 수 있다. 나병에 걸리면 손이나 발의 아픔을 느끼지 못한다고 한다. 통각 세포가 기능을 못 하기 때문이다. 그러니 우리가 촉각으로 무엇을 느낀다는 것은 축복이다. 그것이 비록 아픔이라 해도……

'장님 코끼리 만지기'란 말이 있다. 동물원에 가서 코끼리를 만져 보았는데 보지는 못하고 만지기만 했으니 다리를 만진 사람은 기둥, 옆구리를 만진 사람은 벽, 꼬리를 만진 사람은 총채(꿩의 꼬리털을 모아서 만든 먼지떨이), 코를 만진 사람은 껍질이 거친 뱀 같다고 했다는 것이다. 이처럼 손으로 만진 느낌(촉각)은 서로 다른 것이다.

스위스의 융프라우에 올라가본 분은 그곳에서 피부에 와 닿은 맑은 공기가 폐 깊숙이 산소를 가득 채우는 듯한 상쾌한 느낌을 잊지 못할 것이다. 산을 좋아하시는 분이라면 높은 산의 깊은 계곡에 손을 담글 때 시원한 촉감과 함께 맑은 물의 청량한 느낌을 잊지 못할 것이다.

우리의 피부는 민감하다, 서울대학교병원의 〈신체 기관정보〉에 따르면 피부는 외부를 덮고 있는 기관으로 바깥쪽에서부터 표피, 진피 및 피하지방층의 독특한 세 개의 층으로 구성되어 있다고 한다. 표피는 중층 편평상피의 각질형성세포가 대부분을 차지하고 있고, 콜라젠 섬유와 탄력 섬유와 같은 기질 단백질로 이루어진 진피는 표피 아래에 위치하며 진피에는 혈관, 신경, 땀샘 등이 있다고 한다. 그리고 가장 아래층인 피하지방층은 지방세포로 구성되어 있으며, 피부는 체온 조절과 외부 환경에 대한 장벽으로의 기능 등 다양한 기능을 하고 있다고 한다.

피부는 차가움과 뜨거움을 느낀다. 미끈거림과 거칢을 느낀다. '매일 햇볕 아래서 농사를 지으신 아버지의 손을 만져 보니, 손등이 마치 죽은 나뭇등걸의 껍질처럼 꺼칠꺼칠했다. 나는 갑자기 눈물이 왈칵 쏟아졌다.'라고 쓸 수도 있다. 온천에서 느꼈던 유황 냄새와 함께 기분 좋게 미끈거리던 물의 느낌, 뜨거운 온천물이 주는 시원함(한국인이 쓰는 역설적 표현)을 쓸 수도 있다.

낚시를 좋아하던 분이라면 고기가 물렸을 때 팽팽하게 당겨진 낚싯줄의 긴장과 떨림을 쓸 수도 있다. 혹은 골프장에 가서 골프채를 잡았을 때 그립이 주는 느낌과 무게감, 시원하게 장타를 때린 순간 손바닥으로 전해오는 짜릿한 전율을 쓸 수도 있을 것이다. 살갗을 태울 듯한 열대 사막의 열기와 뼈가 짜개질 듯 시린 고산 등반의 무시무시한 추위를 쓸 수도 있다. 또는 대상포진의 아픔과 류머티스나 통풍의 아픔을 쓸 수도 있다.

자서전을 쓸 때 얼굴과 손, 배와 등, 다리와 발이 느꼈던 피부의 느낌을 문장에 더해보자. 문장의 감칠맛이 더 할 것이다.

7.
헷갈리기 쉬운 맞춤법 살펴보기

저자의 경우 헷갈리기 쉬울 것 같은 단어들을 가려 뽑았으니 몇 번 읽어 보시면 도움이 될 것이다(『엣센스 국어사전』, 민중서림). 보다 자세히 맞춤법의 원칙과 예(例)를 알려면 한글 맞춤법이 수록된 국어사전을 참고하거나 네이버의 어학사전에서 검색하시기 바란다.

· 접미사가 붙어서 된 말
부질없다, 하염없이, 헛되다 등

· 합성어 및 접두사가 붙은 말
사랑니, 송곳니, 앞니, 어금니, 젖니, 톱니, 틀니, 다달이, 따님, 바느질, 부나비(불-나비), 부삽(불-삽), 마소(말-소), 싸전(쌀-전), 다달이(달-달-이), 선달(설~), 반짇고리(바느질~), 이튿날(이틀~), 사흗날(사흘~), 아랫니, 이랫마을, 냇물, 빗물, 깻잎, 나뭇잎, 뒷일, 베갯잇, 댓잎, 귓병, 뱃병, 사잣밥, 아랫방, 전셋집, 찻잔, 자릿세, 핏기, 햇수, 텃세, 샛강, 곗날, 제삿날, 훗날, 툇마루, 양칫물, 예삿일, 훗일, 예삿일, 곳간, 셋방, 숫자, 횟수, 댑싸리, 멥쌀, 볍씨, 좁쌀, 햅쌀, 살코기, 수캐, 수컷, 수탉, 안팎, 암캐, 암컷, 암탉, 그것은, 그게, 그것으로, 그걸로, 이것은, 이게, 이것으로, 그렇지 않은, 그렇잖은, 만만하지 않다, 만만찮다, 적지 않은, 적잖은, 변변하지 않다, 변변찮다, 연구하도록, 연구토록, 흔하다, 흔타, 깨

끗하지 않다, 깨끗지 않다, 못하지 않다, 못지않다, 익숙하지 않다, 익
숙지 않다 등

• 관형사+명사
이 사람, 저 사람, 그 사람, 이 분, 저 분, 그분, 이 책, 저 책, 그 책 등

• 관형사
이때. 그때, 이날, 그날, 그날그날 등

• 조사
꽃이, 꽃만이, 꽃밖에, 꽃입니다, 꽃처럼, 거기도, 멀리는, 웃고만, 어디
까지나 등

• 의존명사, 단위를 나타내는 말, 열거하는 말
아는 것이 힘이다, 나도 할 수 있다, 아는 이를 만났다, 네가 뜻한 바를
알겠다, 그가 떠난 지가 오래다, 한 개, 차 한 대, 소 한 마리, 집 한 채,
신 두 켤레, 옷 한 벌, 조기 한 손, 두시 삼십분 오초(년월일, 시각 은 붙혀
쓸 수 있다), 삼학년, 육층, 16동 502호, 제1실습실, 80원, 10개, 7미터,
제일과, 청군 대 백군, 이사장 및 이사들, 책상, 걸상 등이 있다, 부사
산, 광주 등지, 사과, 배, 귤 등등, 그때 그곳, 이말 저말, 좀더 큰것, 한
잎 두잎 등

• 보조 용언은 띄어 씀을 원칙으로 하되, 경우에 따라 붙여 씀도 허용한다.
불이 꺼져 간다, 불이 꺼져간다, 어머니를 도와 드린다, 어머니를 도와
드린다, 비가 올 듯 하다, 비가 올듯 하다, 그 일은 할 만 하다, 그 일은
할만하다, 알이 될 법 하다, 일이 될법하다, 비가 올 성 싶다, 비가 올성
싶다, 잘 아는 척한다. 잘 아는척한다. 그가 올 듯하다.

- 앞말에 조사가 붙거나 앞말이 합성 동사인 경우, 그리고 중간에 조사가 들어갈 적에는 그 뒤에 오는 보조 용언은 띄어 쓴다.

  그가 올 듯도 하다, 잘난 체하다, 잘난 체를 한다, 춘천 국민학교, 춘천 국민학교, 만성 골수성 백혈병, 만성골수성백혈병, 중거리 탄도 유도탄, 중거리탄도유도탄 등

- 부사의 끝 음절이 분명히 '이'로만 나는 것은 '-이'로 적고, '히'로만 나거나 '이'나 '히'로 나는 것은 '-히'로 적는다.

  '-이': 깨끗이, 가까이, 느긋이, 따뜻이, 반듯이, 버젓이, 산뜻이, 일일이, 의젓이, 많이, 헛되이, 고이, 틈틈이, 번거로이, 겹겹이, 번번이 등

  '-히': 급히, 딱히, 속히, 열심히, 정확히, 소홀히, 솔직히, 간편히, 각별히, 과감히, 심히, 쓸쓸히, 분명히, 상당히, 조용히, 고요히, 도저히, 능히 등

- 된소리로 적는 접미사

  심부름꾼, 익살꾼, 일꾼, 장꾼, 장난꾼, 지게꾼, 때깔, 귀때기, 볼때기, 판자때기, 뒤꿈치, 팔꿈치, 이마빼기, 코빼기, 빛깔, 성깔, 겸연쩍다.

- 표어나 표제어는 온점(.)을 쓰지 않는다.

  압록강은 흐른다 / 꺼진 불도 다시 보자 / 백년을 살아보니(김형석 수필집)

- 아라비아 숫자 만으로 연 월 일을 표시할 적에 쓴다.

  1948. 8. 15. / 1950. 6. 25. / 1960. 4. 19. / 1961. 5. 16. / 1979. 10. 26.

8.
퇴고(推敲)하기

퇴고란 밀다(밀 추推, 밀 퇴推)와 두드린다(두드릴 고鼓)는 말로, 글을 지을 때 문장을 가다듬는 것을 말한다. 이 말의 유래를 알아보면 다음과 같다.

당나라의 유명한 시인인 한유(韓愈, 768~824)가 장안(長安)의 경조윤(우리나라의 경우 한성부윤, 서울시장)이란 벼슬을 지낼 때의 일이다. 가도(賈島, 779~843)라는 시인이 장안 거리를 거닐면서 아래의 시(詩)를 짓고 있었다.

閑居隣竝少 한거린병소   한가로이 머무는데 이웃은 별로 없고
草徑入荒園 초경입황원   풀 덮인 길은 적막한 정원으로 드는데
鳥宿池邊樹 조숙지변수   새는 연못가 나무 위에서 잠들었고
僧鼓月下門 승고월하문   스님은 달 아래 문을 두드리누나.

가도는 마지막 연의 '스님은 달 아래 문을 두드리네(鼓)'가 나은지? '문을 미네(推)'가 나은지? 골똘히 고민하고 있었다. 그 때 갑자기 큰소리가 들려왔다.

"길을 비켜라! 경조윤께서 나가신다."

깜짝 놀란 가도가 고개를 들어 바라보니 유명한 시인 한유(韓愈)였다. 수행원들은 길을 가로막은 가도를 붙잡아 한유 앞에 세웠다. 가도가 길을 막게 된 자초지종을 들은 한유는 그를 꾸짖지 않고 잠시 생각하더니 "내 생각에는 '두드리네'가 좋을 듯하군." 하며 그를 불러 함께 시를 이야기했다고 한다. 이후 두 사람이 친한 사이가 되었고. 이때부터 문학 작

7) 맞춤법에 맞게 글쓰기는 정말 어렵다. 유명한 작가들도 맞춤법, 띄어쓰기, 구두점을 잘못 쓰는 경우가 흔하다. 그러니 자서전도 출판사에서 교정을 보는 것이 좋다. '한글'도구에 있는 맞춤법 기능이나 '네이버 맞춤법 검사기'를 이용하더라도 완벽히 하기는 상당히 어렵다.

품을 가다듬는 것을 퇴고(推敲)라고 부르게 되었다.

그러면 자서전 퇴고의 방법을 알아보자. 퇴고란 문법에 맞게 고치고, 글의 완성도를 높이기 위한 작업이다. 열 번 스무 번, 아니 그 이상의 치열한 글 고치기를 하는 유명작가는 아니라도 다음의 사항들을 유념하여 퇴고를 해야 한다.

첫째, 써놓은 글을 전체적으로 즉시 눈으로 두세 번, 소리내어 두세 번 읽어본다. 그리고 여러 날이 지난 후 다시 보기와 읽기를 반복한다. 이렇게 하면 대개는 무언가 어색한 곳이 나타나서 고쳐야 될 곳을 알게 된다.

둘째, 소제목이 큰 제목 아래 있는 것이 전체적인 내용에서 어울리는가를 살펴보아야 한다. 혹시 이 소제목의 글을 다른 큰 제목 아래 옮기는 게 더 낫지 않은가 전체적 구성을 생각해 보아야 한다.

셋째, 소제목별로 읽어 기승전결이 맞는지를 보아야 한다. 즉, 글의 앞뒤가 맞는가, 글의 흐름이 자연스러운가를 확인해야 한다.

넷째, 소제목 아래 글은 여러 문단8)으로 구성되어 있으므로 하나하나의 문단이 어색하지 않은가 앞뒤가 맞나 살펴야 한다.

다섯째, 소제목의 중심 내용이 되는 문단과 뒷받침이 되는 문단을 문단별로 살펴보아야 된다. 문단은 다른 말로는 단락이라고 하며 첫 글자를 들어쓰는 형식을 취하고 있다.

여섯째, 문단 속에 있는 하나 하나의 단어가 그 문단에 가장 적합한 표현인가를 생각해 보아야 한다. 궁극적으로는 시제가 맞는지도 살펴야 한다. 호칭과 높임 말과 낮춤 말이 맞나도 살펴봐야 한다. 끝으로 맞춤법은 '네이버 스마트 보드'앱을 활용하거나 '아래아 한글'의 맞춤법을 사용해도 될 것이다. 그러나 가능하면 교정전문가의 손을 거치는 것이 가장 좋은 방법이다.

8) 문단 = 단락: 긴 글을 내용에 따라 나눌 때, 하나하나의 짧은 이야기 토막

인생의 진정한 성공에 관해

쉬어가는 글입니다. 그냥 편한 마음으로 읽어 주시면 감사 하겠습니다.

세상에는 세상 사람이 볼 때 성공하는 사람과 실패하는 사람이 있습니다. 성공하는 사람은 잘 태어났거나, 재능을 잘 살렸거나, 갈림길에서 선택을 잘 했거나, 대단한 노력을 한 분들이 대다수입니다.

실패하신 분들은 대개 그 반대의 경우일 것입니다. 물론 모든 분들에게 적용되는 소견은 아닙니다.

그러면, 이번에는 성공과 실패를 정직이나 양심이나 베풂이나, 마음의 평강이나 사랑이나 화목이나 행복이란 또 다른 저울로 달아보면 어떨까요?

그래도 성공하신 분이라면 그분은 성공한 분입니다.

물론, 언제나 자연재해나 인재나 사고나 난치병이나 타고난 불구로 행복해지기 어려운 분들도 있습니다. 그런 일들은 사실, 대개 인간의 소관이 아닙니다. 그래서 인간은 신앙을 찾는 것이겠지요.

4장

잘 알려진 자서전과 수필 살펴보기

'창작은 모방으로부터 시작된다.'라는 말이 있다. 아래의 양서(良書)들 중 몇 권을 선택하여 읽으면 '자서전이나 산문은 이렇게 쓰는 것이구나.'라는 것을 배우게 될 것이다.

1.
『간디 자서전』 내용 살펴보기

Mohandas Karamchand Gandhi, 1869년 10월 2일~1948년 1월 30일)
는 인도의 정신적·정치적 지도자로, 마하트마 간디(Mahatma Gandhi)라는 이
름으로 널리 알려져 있다. 영국 유학을 다녀왔으며, 인도의 영국 식민지 기
간(1859~1948) 중 대부분을 영국으로부터의 인도 독립 운동을 지도하였다.
- 간디, 『간디 자서전』, 박홍규 옮김, 문예출판사.

간디는 인도 독립의 아버지란 명칭 외에도 마하트마 간디(Mahatma
Gandhi)로 불린다. 마하트마는 산스크리트어로 위대한 영혼이란 뜻이다.

간디는 1888년 인도 붐베이를 떠나 영국 런던에서 변호사 자격을 취
득한다. 이후 영국의 지원병이 되어 제2보어전쟁에 참여하여 훈장을 수
여받는다. 간디는 1906년 남아프리카에서 인종차별법인 「아시아 등록
법」이 시행되자 정치에서는 처음으로 아힘사(무상해) 사상이 기저에 깔린
비폭력 불복종 운동인 사티그라하(진리를 꽉 움켜쥠)운동을 펼쳤고, 결국 7
년 후 그 법은 폐지 되었다.

간디는 또 제1차 세계대전 때 영국의 모병관이 되어 3개의 영국군 훈
장을 받게 된다. 그후 영국이 전쟁을 도와주면 인도에 자치를 주겠다는
약속을 이행하지 않고, 1919년 영국이 불복종 운동참가자를 범죄자로
체포하는 롤럿(Rowlwatt)법을 통과시키자, 인도 국민의회 지도자로 취임
한 간디는 1929년 인도 독립을 선언, 투쟁하다 투옥되었다.

인도는 1947년 독립했다. 그러나 성지에서 물러난 /9세의 간디는
1948년 힌두교도들에 의해 암살되었다. 힌두교의 카스트 제도[1]를 반대

---

1) 카스트 제도: 바르나(Varna, 색깔)는 피부 색에 따른 인종차별이고, 자티(Jati)는 전통적으로 내려오는
고착된 가문의 직업과 그 신분이다. 계급 순위에 따라 브라만 → 크샤트리아 → 바이샤 → 다른 계급의
시중을 드는 수드라(전체 인구의 70% 이상) 등 4개로 나뉜다.

하고 무슬림을 인정한다는 이유에서 였다.

간디는 1925년 '정말로 자서전을 쓰는 것이 나의 목적은 아니다. 나는 단지 나의 진실 추구 이야기를 하고 싶을 뿐이다.'라고 자서전을 쓰게 된 이유를 머릿말에 밝히고 있다. 이렇게 진실을 추구의 길을 갔던 간디는 자서전에 젊었을 때 힌두교도들에게는 금지된 고기를 먹었던 일, 도둑, 귀신, 뱀을 무서워 하여 밤에 문밖에 나가지 못했던 겁쟁이였다는 것, 하인의 돈과 형의 팔찌에서 금 한 조각을 훔쳤던 일, 자살 시도를 했던 일, 결혼한 한 아들의 아버지이면서 총각 행세를 했던 일까지 쓰고 있다. 간디 역시 인간이라 이런 면이 있었던 것이다.

우리의 자서전은 설령 '위대한 영혼'이라고 불린 간디처럼 신과 맞닿은 진실 추구는 못하더라도, 최소한 거짓으로 꾸며서 써서는 안된다는 사실을 알 수 있다. 자서전을 쓴다면 이렇게 있는 그대로 정직하게 쓰는 것이 읽는 이의 마음을 움직인다. 물론, 평생 그런 일을 반복하였거나 현직에 있는 분이라면 비난 받기 꼭 좋은 일이지만…….

또 간디는 '그녀의 믿음은 깊었다. 매일 기도를 하지 않고서는 밥도 먹지 않았다.', '나의 어머니는 똑똑했다. 나라의 모든 일을 잘 알았고, 조정 부인들은 그녀의 지성을 높게 평가했다.'라고 어머니에 대한 존경과 사랑을 간결한 문장으로 표현하고 있다.

자서전을 남기려는 당신도 할아버지, 할머니, 어머니, 아버지 또는 나에게 영향을 주거나 도움을 준 사람에 대한 일화를 취사선택해 자서전에 쓰는 것은 당연한 일이라 할 것이다.

2.
『백범일지』 출간사 살펴보기

백범 김구(1876.8.29.~1949.6.26.): 한국의 정치가·독립운동가. 상하이로
망명, 대한민국임시정부 조직에 참여하고 1944년 대한민국임시정부
주석에 선임되었다. 신민회, 한인애국단 등에서 활발하게 활동하였다.
1962년 건국훈장 대한민국장이 추서되었다.
- 김구,『백범일지』 도진순 주해, 돌배게.

　백범 김구 선생은 일본에게 국권을 되찾아 광복되기 전 중국 상하이에서
대한민국임시정부 주석을 했던 민족의 지도자이다. 백범(白凡)이란 호(號)
를 보면 그가 큰 일을 하면서도 얼마나 백성(국민)을 사랑했던 겸손한 분인
지를 알 수 있다. 白丁은 소나 돼지를 잡아 파는 사람으로 노비보다 못한
조선시대 최하위의 천민이고, 凡은 무릇 범자로 범부(凡夫) 평범한 사내라
는 뜻이니 말이다.

　여기서 살펴보려고 하는 것은, 첫 번째로 이 자서전은 여러 권을 합본(合
本)한 책으로 백범이 광복의 조짐이 안보이던 1929년과 1943년에 쓴 자서
전의 서두에 '이렇게 유서 대신 쓴 것이 이 책의 상편이다.'라고 했다. 그후 백
범은 1945년에 광복을 맞았고, 1949년에 우익 테러조직인 백의사(白衣社)
의 자살특공대원이던 안두희 포병 소위에게 암살당했다.

　자서전은 이와 같이 일종의 유서와 같은 점이 있다. 백범 김구의 자서전
이 민족에게 남긴 유서라면, 우리의 자서전은 후학들이나 친지나 가족들
혹은 민족에게 남기는 유서가 될 수도 있을 것이다. 그러니 자서전에 누구
에게 남기는 글을 넣어도 좋지 않을까 생각한다.

두 번째로 백범의 자서전에는 책머리에 25장의 사진을
실었고, 본문에 내용에 따라 작은 흑백 사진 40여장을 실
었다. 적은 수의 사진이지만 본인과 임시정부요인들과 찍
은 것, 가족 사진, 백범학원에서 찍은것, 동학 교주 최시
형, 안중근 의사, 이재명 의사, 이봉창 의사 등의 사진을
싣고 있다.

또 한가지 백범이 서산대사의 선시(禪詩) 답설야중(踏雪
野中)을 쓴 서예 작품과 친필 사진 등도 싣고 있다. (답설야중
- 하얀눈 내린 들판을 밟아 갈 때에는 / 그 발걸음을 어지러이 하지 말라 / 오늘
걷는 나의 발자국은 / 반드시 뒷사람의 이정표가 될 것이니라)

踏雪野中

이와 같이 사진이 덜 발달하던 시대에도 많은 사진을 넣
어 기록의 현실감을 살리고 있다. 그러므로, 사진이 비교적 많은 현시대의
자서전에 사진을 많이 싣는 것이 당연하고, 이해하기 쉽고 보기도 좋다고
할 것이다. 아마, 머지않아 휴대폰의 사진 편집기능의 발달로 인해 전자앨
범형 자서전, 즉 동영상도 함께 볼 수 있는 전자자서전 시대가 활짝 열릴
수도 있을 것이다.

김구 자서전에서 보듯이 자서전에는 인물사진은 물론 이같이 서예작품
을 넣어도 되고, 더 나아가서는 관계된 기록이나 수필, 시, 지도, 그림을 사
진으로 찍기나 스캔하여 넣어도 될 것이다. 보관하고 있는 이런 자료들을
사진 파일로 만들어 잘 관리하고, 중요한 순간에는 사진을 찍어 향후 자서
전을 쓰는데 사용하시기 바란다.

3.
정주영 자서전 목차 살펴보기

아산 정주영(1915. 11. 25.~2001. 3. 21.) 기업인. 강원도 통천 출신. 송전 소학교
졸업. 현대 그룹의 창업자이자 명예 회장. 현대건설 사장, 현대전자산업 사
장. 정보산업 협회장·대한 체육 회장·전국 경제인 연합회 회장, 아산 재단
이사장 역임. 금탑·동탑 산업 훈장·대영 제국의 CBE 훈장·국민 훈장 동백
장 등을 받았다.

- 정주영, 『이 땅에 태어나서』 솔

　필자는 정주영 회장의 자서전에서 영국 선박컨설턴트 회사의 톰 바톰
회장에게 거북선이 있는 500원 짜리 지폐를 보여주며 설득해 그의 추천
서를 받고, 버클레이 은행의 차관을 받아 현대중공업 울산 조선소를 세
운 일화를 기록한 부분을 읽고 전율을 느꼈던 적이 있다.

　정주영 회장은 이북에서 태어나 막노동, 쌀가게 점원, 쌀가게 주인,
자동차 공업사 사장 등 과정을 거쳤다. 그가 결국은 위대한 도전 정신으
로 현대건설, 현대자동차, 현대조선, 현대중공업 등 현대라는 거대한 재
벌그룹의 총수로 수출과 내수를 통해 빈국(貧國)이었던 한국 경제의 발전
에 큰 이바지를 했던 것은 성인이면 모두 아는 사실이다.

　여기서는 자서전의 목차를 어떻게 구성했나를 살펴보려고 한다. 정주
영 자서전은 일종의 구술자서전이므로 유명 작가가 구성한 목차이므로
배울 점이 있다고 할 것이다.

　정주영 자서전은 1. 고향, 부모님, 2. 현대의 태동, 3. 나
는 건설인, 4. 현대자동차와 현대조선, 5. 주베일의 드라마 그리
고 1890년, 6. 서울올림픽 유치와 제5공화국, 7. 금강산과 시베
리아 개발, 8. 애국애족의 길, 9. 나의 철학, 현대의 정신 이렇게

9장으로 나누어 고향에서 살던 어린 시절 부모님의 친근하고 사소한 이야기로 시작하여 국가 발전과 함께 거대 기업을 세워 성실하고 도전적으로 살아온 일생의 굵직굵직한 일화들을 쓰고 있다.

  물론 보통 사람이 이렇게 거창하고 굵직굵직한 큰 일들을 쓸 수는 없을 것이다. 그러나 과학자라면 과학적 성취의 단계를 기록할 수 있고, 예술가라면 예술의 길을 가며 겪었던 이야기, 기업인이라면 기업을 일으키고 운영했던 이야기, 평범한 사람이라면 어떤 이는 '뭐 이런 사람이 자서전을 썼어?'라고 할 수도 있겠지만, 자기에게는 중요했던 일과 사람과의 관계나 자기 나름의 철학이나 실패나 극복의 이야기를 쓸 수 있을 것이다. 성취한 일의 크고 작음은 저서전에서 큰 문제가 되지 않는다. 조금 더 생각해보면 평생을 침상에 누워 살아온 사람도 그날그날 겪었던 일과 생각을 엮어 자서전을 쓸 수 있는 것이다.

  우리가 쓰는 자서전도 자신의 삶의 흐름과 테마에 따라 정주영 회장의 자서전처럼 큰 장을 구분하고 각 장마다 작은 주제(제목)를 두어 쓰면 된다. 이것이 일반적인 방법이다.

  그러나 자서전은 자기만의 고유한 것이므로 굳이 기존의 형식에 매이지 않아도 될 것이다. 이점은 책의 디자인에서나, 글의 장르에서나, 차례에서나, 쪽수의 많고 적음에서나 마찬가지다. 자서전 중, 작은 일화 하나나 단 몇 자로 이뤄진 글 한 줄이 사람들의 심금을 울리고, 오랫동안 독자에게 깊은 감동을 주고 위로나 용기나 좋은 영향을 줄 수 있음을 기억하시기 바란다.

4.
미당 서정주 유년기 자서전 살펴보기

미당 서정주(1915. 5. 18.~2000. 12. 24.) 시인, 1942년을 시작으로 시(친일작품
포함)를 발표했으며 『화사』, 『귀촉도』, 『국화 옆에서』 등을 통해 불교사상
과 자기성찰 등을 표현하였다. 대한민국 문학상 등을 수상하였다. 시세
계의 넓이와 깊이로 한국 시사에서 가장 영향력 있던 시인 중 하나로 꼽
히고 있다.

- 서정주, 『미당 서정주 전집 6, 유년기 자서전』, 은행나무

 서정주 시인은 우리나라 시문학계의 큰 별이었지만, 일제강점기 동안
친일반미(親日反美) 문학으로 전쟁 범죄에 가담하여 많은 비난을 받았다.
그는 후일 "국민총동원령의 강제에 따라 어쩔 수 없이 징용에 끌려가지
않기 위해 친일문학을 했다."라고 변명했지만, 오명(汚名)을 씻을 수는 없
었다.

 그러나, 천부적인 재능을 타고난 미당은 『화사집』, 『귀촉도』, 『서정주
시선』, 『질마재의 신화』 등으로 우리 민족에 깃든 정서를 詩로 기막히게
표현했다. 미당 서정주 전집 간행위원회가 '그 속에 담겨 있는 아름다움
과 지혜는 우리 겨레의 자랑거리요, 보물이 아닐 수 없다.'라고 할 만한
천 편에 가까운 보배같은 시를 남긴 것이다.

 미당은 '문재(文材)와 문체(文體)가 유별나서 평론이나 논문에도 남다른
통찰력이 번뜩이고 소설이나 옛이야기에도 미당 특유의 해학과 여유 그
리고 사유가 펼쳐졌다'고 한다. 뿐만 아니라 자서전이나 산문도 문체를
통해 선날뇌는 기미(幾微)와 새미가 풍싱해 비딩 문제의 진미를 밋볼 수
있다고 한다. (미당 서정주 전집 발간 위원회)

 미당 선생 탄신 100주년에 발간된 이 책은 미당이 50년대 말 어느 신
문에 '내 마음의 편력(改題 - 도깨비 난 마을 이야기)'이라고 연재 되었던 것을

후학들이 미당 서정주 전집 6권으로 발간한 것이다. (7권은 '문학적 자서전'
이다) 그중 몇 줄을 텍스트로 맛보고자 한다.

  그는 아버지를 '좀 갸름한 얼굴에 넓은 이마에 뚜렷한눈썹 밑에 두 눈은 밝고
좀 밖으로 버드러지긴 했으나 이빨들도 푸르스레히 흰 편이었다.'라고 썼고, 할머
니를 '눈이 매나 그런 맹금답게 작고 날카롭고 이마가 넓고 콧날이 우뚝하고 입이
갸름하니 야무진 넓적한 얼굴'이라고 세밀하게 표현하고 있다.
  이처럼 미당의 자서전에는 특히 사람에 대한 섬세한 관찰과 표현, 그
사람의 성격과 됨됨이를 묘사하는 표현이 손에 잡힐 듯 나타난다.

  자서전은 한시대에 자기와 관계되었거나, 영향을 미쳤던 사건이나, 사
람들에 대한, 그리고 자기의 대응과 생각을 기록한 책이다. 여기서 우리
가 중요하게 생각해야 할 점은 사람이 자서전에 있어서 가장 중요한 요
소라는 것이다. 그러므로 사람의 외모와 성격, 어떤 사람인가에 대한 섬
세한 표현은 자서전의 현실감을 살리게 한다.

  또, 未堂의 자서전에는 시인으로서의 섬세하고 유려한 글솜씨가 잘 나
타나고 있다. 미당의 글은 한 문장이 다섯 줄이나 되는 것도 있어 만연체
(?)라고 할 수 있는데, 긴 문장이지만 시인의 감성과 오관(五官)의 느낌이
섬세하게 살아있어 실감을 돋우며 글에서 감칠맛이 난다.

  미당의 자서전과 같은 화려체나 만연체의 글은 요즈음 자서전에는 쉽
게 찾아보기 어렵다. 왜냐하면 대개 간결체로 쓰여지기 때문이다. 그러
나 이런 섬세한 문학적 수사를 배워 익힌다면, 사건이나 업적 나열식의
밋밋한 자서전 쓰기를 벗어날 수 있을 것이다.

5.
밥 딜런 자서전 살펴보기

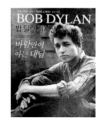

Bob Dylan(1941. 5. 24. ~) 미국의 대중음악 가수·작사가·작곡가. 포크송운
동에 뛰어들어 공민권운동에서 널리 불리면서 이 운동의 상징적 존재가
되었다. 1965년부터 로큰롤의 요소를 대폭 도입해 음악적인 방향을 전환
했다. 2016년 노벨문학상을 수상하였다.
- 밥 딜런, 『바람만이 아는 세상 - 밥 딜런 자서전』, 양은모 옮김, 문학세계

사람이 얼마나 길을 걸어 봐야 / 비로소 참된 인간이 될 수 있을까

흰 비둘기가 얼마나 많은 바다를 날아야 / 백사장에 편히 잠들 수 있을까

얼마나 많은 포탄이 휩쓸고 지나가야 / 더 이상 사용되는 일이 없을까

친구여, 그 해답은 불어오는 바람에 실려 있네. / 바람만이 그 답을 알고 있지

……하략

- 밥 딜런, 〈Blowing in The Wind〉

 밥 딜런은 대중음악의 가사를 문학의 경지로 끌어올려 포크를 현대 예
술로 승화한 음유시인이라 불리는 가수이다. 그는 2016년 '미국의 전통
노래를 기반으로 시적 표현을 창조한 공로'로 노벨상을 받았다. 밥 딜런
은 이미 전설적 가수였던 63세 때인 2004년 『바람만이 아는 대답』이란
자서전을 썼다. 이 책은 그해에 뉴욕타임즈가 뽑은 올해 최고의 책에 선
정 되고, 내셔널 북 어워드를 수상하였다.

 그는 이 자서전에서 무명가수에서 뉴욕에 진출해 고생하던 시절의 일
화, 자기를 도운 사람들, 창작과 영감, 실패에 대해서도 담담하게 쓰고
있다. 그는 애인 수즈의 어머니로 메리로부터 받은 냉대, 시대의 흐름을

외면하지 말라며 몰려드는 반전시위대와 히피들로부터 가족을 지키기 위해 총까지 준비했던 일까지 솔직하게 기술하고 있다.

역시 자서전은 솔직함이 생명이라 하겠다.

밥 딜런의 자서전을 조금 맛보면;

"잭, 이 친구는 권투선수가 아니라 작사가야. 이 친구가 작사한 노래를 발표하려고 해."

밖에는 바람이 불고 있었다. 구름조각들이 흩어지면서 붉은 등이 켜진 거리에 눈발이 휘날렸다.

밥 딜런은 대화를 넣어 생생함을 더 했다. 그리고 그의 노래의 바람을 넣어 문학적 표현과 시적인 은유로 사용하고 있다.

이처럼 대화를 따옴표 안에 넣는 방법은 소설이나 자서전에서 필수적으로 쓰이는 것이다. 또 문학적 표현은 자서전을 기름지게 한다.

그의 자서전은 일반적인 자서전을 연대기적으로 세월의 흐름에 따라 쓴 것과는 같지만, 자서전의 목차를 - 1. **값을 올려라** 2. **사라진 세계** 3. **새로운 아침** 4. **드디어 행운이** 5. **꿈꾸는 세상** - 이라고 독특하게 붙였다.

이는 김구 선생의 자서전이 목차를 - 1. **상해 임시정부 시절** 2. **이봉창과 윤봉길의 의거** 3. **피신과 유랑의 나날들** 4. **다시 민족 운동의 전선으로** …… **하략** …… 으로 사건 중심으로 붙인 것과는 상당히 다르다.

자서전은 자기가 쓰는 자기의 이야기이다. 그러므로 차례나 내용이 일반적인 구성 형태를 벗어나도 그릇될 것은 없다. 즉, 자기만의 창의성을 살려 자서전을 구성하고 쓰는 것도 괜찮다는 말이다.

6.
『내 아버지들의 자서전』 살펴보기

내 아버지들의 자서전은 아버지라는 이름의 노동에 대한 성찰, 이란 제목
으로 발간 되었다. 사실, 이 자서전은 오도엽 작가와 이현석 사진가가 여
러 평범한 아버지들의 삶을 보여주는 논픽션이다.
- 오도엽, 『내 아버지들의 자서전』, 한빛 비즈니스.

이 책은 자서전이라고는 하나 구술의 형태를 띠고 있고. 한 권의 책에
여러 사람의 살아온 이야기를 작가가 듣고, 사료를 조사하여 쓴 르포(다
큐멘타리 수법으로 기록한 문학 형식)의 특징을 지닌 자서전이다. 이렇게 한 시
대를 살아온 서민들의 이야기를 담은 점에서 이 책의 서민에 대한 애정
과 고달픈 삶에 대한 따뜻한 시선을 느낄 수 있다.

이 자서전에는 각각의 주인공이 겪은 고달픈 삶과 그가 하는 말을 그
대로 큰 따옴표 속에 넣어 르포르타주(reportage(프)) 같은 현실감을 느끼
게 된다. 특히 이남열 편을 보면 대략 이런 내용이다.

이남열은 1972년 문을 연 아주 오래 된 성우이용원을 운영하고 있다.
외할아버지와 아버지에 이어 이남열 이용사가 3대째이다. 한국전쟁 중
에 태어난 이남열은 7남매 가운데 다섯째였다. 이남열씨 가족은 6.25 한
국전쟁 때 피난을 가지 못하고 서울의 만리재에서 인민군과 국군을 번갈
아 맞이했다. 이로인해 종전 후 사라지지 않은 이념 갈등으로 인해 이남
열씨와 형제들은 인민군 때 부역했다는 '연좌제'에 걸려 취직을 할 수 없
었다.

여기서 작가는 이남열씨의 말을 그대로 따옴표 속에 넣어 현실감을 돋우고 있다.

"나 살아오면서 내 형제들 취직해 본 적이 없어, 다 취직이 안돼. 우리가 6.25 때 피난을 못 갔거든, 그 때 인민군한데 협조 안한 사람이 어딨어, 안하면 죽는데, 전쟁 끝나고 나니까 연좌제에 걸려."

이 한마디 말은 연좌제(1980년 폐지)의 폐해를 실감나게 전달한다.

이 자서전에서 우리는 6.25전쟁이 가져온 사상적 갈등과 그 피해가 한 가정에 어떻게 영향을 미쳤는가를 알 수 있다.

이처럼 자서전은 개인의 기록이지만 그 시대의 사회상을 보여주는 역사적 사료가 되기도 한다. 작가는 객관적인 시각에서 이 자서전을 쓰기 위하여 역사를 살펴보고 많은 자료를 수집했을 것이다.

그러므로 사진 자서전을 쓰려면 당시의 배경에 대한 조사와 사진이 필요하다. 왜냐하면 개인의 기억이 사실과 일치하지 않을 수도 있어 바로잡아 쓸 필요가 있고, 그때의 상황을 이해하는 데 도움이 되기 때문이다.

또 한가지 이 책처럼 여러 사람의 자서전을 간략히 기록하여 하나의 책으로 엮는 방법의 유용성이다. 혼자 자서전을 쓰기는 어렵고, 여럿이 모여 삶의 중요한 일들만 기록하여 함께 보려면 이런 모음식 자서전이 좋다고 할 수 있다. 평생교육관이나 노인회관, 실버세대 교육기관, 동호회, 동창회, 라이온스 클럽, 종교인들의 동년배 모임, 각종 친목회, 경로당, 양로원, 노인주간보호센터, 생활공동체 등에서 교육 및 치유, 그리고 교양 Program으로 쓸 수 있을 것이다.

7.
금아 피천득 수필『인연』살펴보기

금아 피천득(1910.5.29.~2007.5.25.): 시인, 수필가 겸 영문학자. 시보다는
수필을 통해 글의 진수를 드러냈다. 주요 작품으로 수필『은전 한 닢』,
『인연』등이 있으며 시집으로는『서정소곡』등이 있다.
- 피천득,『인연』, 샘터.

피천득 선생의 수필 '인연'을 교과서에서 보신 분도 있을 것이다. 문체
가 부드럽고 간결하여서 잘 쓰여진 수필의 전범이라 할 수 있다.

자서전은 한 사람의 삶의 이야기지만, 결국 한 사람의 자서전은 수필
『인연』에서 보듯이 한 사람과의 관계와 그 사람과 나 사이에 있었던 이
야기들의 모음이라고 할 수 있다. 소설로 비유하자면 단편소설들이 모
여 이루어진 한 사람의 대하소설이라는 것이다.

피천득 선생은 이 수필에서 '아사코'라는 일본 여인과의 인연을 쓰고
있다. 피 선생은 열일곱 되던 봄, 처음 동경에 가서 어떤 분의 소개로
사회교육가 미우라 선생 댁에 유숙하게 되었다. 그 집에는 주인 내외와
어린 딸 세 식구가 살고 있었다.

청년인 피 선생은 '눈이 예쁘고 웃는 얼굴을 하는 아사코는 처음부터 나를 오빠
같이 따랐다. 아침에 낳았다고 아사코라는 이름을 지어 주었다고 하였다.'라고 쓰
면서 아사코가 꽃병에 꽂아 책상에 둔 '스위트피'는 아사코같이 어리고 귀여
운 꽃이라고 생각하였다.'라고 쓰고 있다.

그 후 십삼사 년 후 두번째 동경에 가서 만난 '아사코는 어느덧 청순하고
세련되어 보이는 영양이 되어 있었다. '그 집 마당에 피어 있는 목련꽃과 같이'라

고 아사코가 여인으로 성장했음을 쓰고 있다.

그리고 피선생은 또 십 년이 지난 후 결혼을 한 아사코를 찾아간다. 거기서 피선생은 일본인도 아니고 미국인도 아닌 진주군(일본이 미국에게 항복 후 일본에 주둔한 미군) 장교와 살며 '백합같이 시들어 가는 아사코의 얼굴을 보고' 절을 몇 번씩 하고 악수도 없이 헤어진다.[2]

이 수필은 끝으로 아사코에 대한 그리움과 만나지 못하는 슬픔과 만나고나서 더 슬퍼지는 사랑의 애틋함을 '아니 만났어야 좋을' 것이라고 하며 춘천으로 떠난다고 마무리 하고 있다.

이 수필은 세쪽 밖에 되지 않는 짧은 글 속에 그리워 하는 여인의 늙어감을 보는 심정, 인생의 덧없음과 그리움을 기막히게 응축해 놓았다. 이 글을 보면 시간의 흐름에 따라 아사코와의 만남과 그때 그때의 감정을 쓰고 있어 소설적인 서사성이 나타나 있음를 알 수 있다. 이점은 시간의 흐름에 따라 쓴다는 점에서 자서전과 다를 바 없다.

이 수필은 그가 쓴 〈수필의 정의〉처럼 단순하고, 온아하고. 찬란하지도 산만하지도 않다. 표현이 간결하다. 스테디셀러인 이런 수필집을 찬찬히 음미하면서 읽으면 자서전 쓰는데 상당한 도움이 된다. 이 점은 앞의 '글쓰기 기법 알아보기'에서 기술한 '자세하고 섬세한 표현이 좋다.'라는 것과는 결이 또 다른 장점이 있다고 할 것이다.

자서전을 쓰려면 이렇게 마음 가는대로 쓰되, 쓰는 이의 개성과 감정과 인생관이 담겨있어야 한다. 물론 좋은 자서전을 쓰는 데는 글쓰는 연습이 필요하고, 좋은 글을 보고 모방해 보거나 배우는 일이 필요하고, 읽고 또 고치면서 퇴고하는 인내와 노고가 필요하다.

---

2) 아사코에 관한 표현이 세월에 따라 '어리고 귀여운 꽃 스위트피 → 집 마당에 피어 있는 목련꽃 → 시들어 가는 백합'으로 변하고 있는 것을 눈여겨보시기 바란다.

8.
한경직 구술 자서전 『나의 감사』 살펴보기

한경직 목사(1903.1.27.~2000.4.19.): 대한예수교 장로교 목사. 1945년 서울 영락교회 목사로 부임, 숭실대학 학장, 대한예수교 장로회 총회장, 숭실대 학 이사장을 역임하였다. 그는 청빈하고 겸손하여 한국에서 가장 존경받 았던 목회자이다. 1992년에 '노벨 종교상'으로 일컬어지는 템플턴상을 받 았다.
- 한경직, 『나의 감사』, 두란노서원.

한경직 목사는 명동에 있는 서울 영락교회의 담임목사였다. 그는 동시 대를 살은 명동성당의 김수환 추기경처럼 한 시대의 정신적 지주였고, 지 도자였다. 그는 한 때 믿음을 지키지 못하고 신사참배를 한 연약한 인간 이었으나 평생 그일을 회개하고 청빈한 삶을 살아서 많은 목회자는 물론 비신자들에게도 한 시대의 사표(師表)가 되었다.

그는 자서전의 제목을 『나의 감사』라고 했다. 한경직 목사의 자서전을 읽어보면 '감사'가 전부라고 할 수 있을 만치 감사라는 말이 많이 나온다. 한경직 목사는 이 자서전에서 자기가 믿는 하나님께는 물론 사랑하는 아 내나 부모나 자녀, 친구, 동료, 이웃 등에게 감사의 말을 남기고 있다.

이 자서전을 읽으면 '감사할 것이 없는 사람은 자서전을 쓰지 말라.'고 말씀드리고 싶다. 자서전에 감사의 말을 잊지않으시기 바란다. 그 감사 로 인해 부부나 자녀 그리고 다른 이들 간에 생겼던 오해나 갈등이 풀어 지시고, 나와 네가 모두 행복해 질 수 있는 것이다.

한경직 목사는 이 사서전의 서두에 '내 마음 속에 깊이 잠긴 하나님의 은혜에 대한 감사를 후대에 전하기 위해 나는 지금 외손녀 부부인 최문창 집사와 순화네 집에서 녹음을 한다.'라고 썼다. 즉, 녹음을 하여 쓰기는 다른 사람이 썼다는 말이다. 이것이 구술 자서전이다.

구술(口述, tell, talk) 자서전이란 이처럼 자서전의 주인공이 사정이 있어 자서전을 직접 쓰지 못할 때, 주인공(저자)이 말을 하고 필기자(또는 작가)가 적거나 녹음하여 대필(代筆)하는 형식의 자서전이다.

직접 글을 쓰는데 익숙하지 않은 분이나, 바쁜 분이나, 글쓰기를 귀찮아 하시는 분은 이 방법을 쓰셔도 될 것이다.

실제로 이런 구술자서전은 대필작가를 통하여 쓰는 경우가 많다.

이 자서전에는 '당시 내 나이 열세 살, 아내는 열여섯 살이었다. 장가간 날이 며칠인지도 모르고 다만 아주 추운 겨울날로 기억한다. 나는 당시 풍속대로 흰말을 타고 부텡이까지 가서 큰 상을 받은 후에'라고 옛날의 조혼 풍습을 쓰고 있다.

이런 옛 풍습이나 물건도 후세들에게 재미있는 읽을거리가 된다.

나이든 이들은 호롱불이나 호야, 요강, 지게, 코뚜레, 가래, 망태기 할아버지 등을 알지만, 요즘 젊은이들은 대개 그 시절의 사건이나 물건의 이름이나 용도를 잘 모른다. 심지어는 연탄(19공탄)을 모르는 아이들도 많을 것이다, 그런데 이런 것들에 관한 자서전상의 기록은 영상 창작물 또는 민속 기록이나 소설의 자료가 될 수도 있다.

또 자기에게 특별한 의미가 있는 물건이나. 편지, 훈장, 임명장, 상장, 자격증, 유언장, 버킷리스트, 독후감, 작품 감상문, 여행기, 자기가 만든 창작물 등의 사진을 넣고 스토리 텔링(Story telling)을 한다면 자서전이 더 풍요로워 질 것이다.[3]

자서전에 살아 온 시절의 사소한 기억과 조사해서 알아 본 내용을 기록하여 생생한 현장감을 살리시기 바란다.

3) 각당복지재단 사진 자서전 강사 김선숙 박사 강연에서.

9.
벤저민 프랭클린 자서전 서문 중 '아들에게' 살펴보기

Benjamin Franklin(1706. 1. 17. ~1790. 4. 17.): 미국의 정치가·외교관·과학자·
저술가. 신문사의 경영자, 교육문화활동, 전기유기체설 제창 등의 활동
과, 정치·외교적인 분야에서도 활약하였다. 그는 평생을 통하여 자유를
사랑하고 과학을 존중하였으며 공리주의에 투철한 전형적인 미국인으로
일컬어진다.
- 벤저민 프랭클린, 『프랭클린 자서전』, 이계영 옮김, 김영사

벤저민 프랭클린의 자서전은 아직도 전 세계적으로 자서전 중 베스트
셀러이다. 또 자서전의 전범(典範)이라고 할 수도 있다. 그의 자서전은
사후에 출판되어 미국 산문문학을 대표하는 작품이 되었다.

그는 자서전의 앞 부분에 그의 가문이 노샘프턴서 지방의 액턴이라는
마을에서 300년을 살았었다고 하여 조상에 대해 쓰고 있다. 프랭클린
(Franklin, 토지보유자-역자)이라는 성(姓)이 그때부터 시작 되었을 것이라고
한다. 그의 조상이 '처음에는 토지보유자였고, 대장장이였다.'라고 하며 이어
지는 가문에 대해 쓰고 있다.

우리나라에는 족보가 있으니 원하시는 분은 가문에 대해 발췌하거나,
할아버지와 아버지의 일화를 적절히 언급해도 좋을 것이다.

그는 어릴 때 말썽 부렸던 사건까지 솔직하게 썼고, 바다를 동경했다
고도 썼다. 그리고 인쇄소 일을 하면서 형은 주인이고 자기는 견습공인
셋 처럼 '형이 나를 혹독하고 포악하게 나무랐다.'고 썼다.

이와 같이 자서전은 살아가면서 있었던 인간관계나 갈등까지도 꾸밈
없이 표현하고, 감정을 솔직하게 나타내는 데 매력이 있다.

자서전을 통해 본 그의 삶은 진솔하고 소박하며 근검했고, 남다른 노

력과 진취적인 도전으로 여러 분야에 탁월한 업적을 남겼다.

　자서전에 그와 같이 솔직한 이야기를 쓰시기 바란다. 사회의 미풍양속을 크게 해치지 않는다면 진술한 글이 동감을 부른다. 그것이 설령 실수나 흠이라해도 인간적인 매력이 있다고 할 것이다.

　프랭클린은 자서전의 첫머리에 '사랑하는 아들에게'라는 제목으로 아들에게 자서전을 쓴 배경을 설명하고, 후손들이 자신의 경험을 각기 자신에 맞게 공유하기를 원한다. 이와 같이 자서전은 후손들에게 남기는 유언이기도 하고, 삶의 지혜를 가르치는 방법이 되기도 한다.

　잘 알려진 사실이지만, 그는 자녀들에게 열가지 덕목을 남겼다. 제목만 나열하자면 다음과 같다.

1. 절제(Temperrace), 2. 침묵(Silence), 3. 질서(Order), 4. 결단(Resolution), 5. 절약(Frugality), 6. 근면(Industry), 7. 진실(Sincerity), 8. 정의(Justice), 9. 중용(Moderation), 10. 청결(Clealines), 11. 평정(Tranguility), 12. 순결(Chastity), 13. 겸손(Humility)

물론, 그는 이 덕목마다 짧은 설명을 붙였다.

　후손들에게 들려 줄 이야기가 있는가? 자서전을 쓰라고 말하고 싶다. 자서전에 그것을 넣으시기 바란다. 자기가 평생 품어 온 신앙관, 인생철학, 인간관, 경구(警句), 자녀에게 남기고 싶은 가훈, 연설문, 주례사, 책상 앞에 써 붙였던 다짐의 글 등도 넣으시기 바란다.

　명문가를 만들고 싶은가? 자서전을 남기라고 말씀드리고 싶다.

10.
김형석 교수 수필집『백년을 살아보니』살펴보기

김형석(1920~): 철학자, 연세대 명예교수, 연세대 철학과에서 30년간 후
학을 기른 철학계의 거두. 미국 시카고대학교·하버드대학교 연구교수를
역임했다.『현대인의 철학』,『영원과 사랑의 대화』등 수필계의 대표적
저서로 한 해 60만부 판매를 기록했다.
- 김형석,『백년을 살아보니』, Denstory.

김형석 교수는 피천득 교수를 이은 수필계의 베스트셀러 작가이다. 김
형석 교수는 이미 백세가 넘은 나이에도 후학을 가르치고, 강연을 하고,
책을 쓴다. 대단한 분이 아닐 수 없다.

『백년을 살아보니』는 최근에 나온 수필집이다. 김 교수는 이 책에서 인
격, 결혼과 이혼, 자녀 교육, 우정, 죽음, 무엇을 위해 살 것인가 등 현대
인이 궁금해할 만한 주제들에 대해 쓰고 있다.

여기서 김 교수의 수필을 텍스트로 삼은 것은 그 수필이 가지는 글의
특징이 자서전 쓰기에 도움이 되기 때문이다. 예를 들면

'노년기는 언제부터 시작되는가? 보통 65세부터라고 말한다. 그러나 나와 내 가
까운 친구들은 그런 생각을 버린 지 오래다. 사람은 성장하는 동안은 늙지 않는다.'
라는 표현이 있다.

이 글은 한 문장에 있는 글자가 보통 한 줄 이내이다. 문장의 길이가
짧다는 말이다. 그러면 문장을 길게 쓰는 습관이 있거니 만연체로 쓰는
사람은 이 글을 어떻게 쓸까? 아마 이렇게 쓸 것이다.

'인생의 노년기가 언제 시작되는지 생각해 보았는가? 요사이는 의료
기술의 발달로 수명이 길어져서 대개 사람들은 보통 65세라고 생각할

것이다. 그러나 비교적 인생을 긍정적으로 사는 나와 가까운 내 친구들은 그렇게 생각하지 않는 것 같다. 그들을 보면 계속하여 공부하고 자기를 발전시키려고 노력하는 것을 볼 때 사람은 성장하는 동안은 늙지 않는 것 같다.'

김형석 교수의 문장과 위 긴 문장을 비교해 보시기 바란다.

김형석 교수의 글은 문학적 수사가 별로 없이 글이 담백하고, 물 흐르듯 흘러 독자가 저항을 느끼지 않고 마음 편하게 읽을 수 있다. 한 문장이 대개 한 줄을 넘지 않고 길어야 두 줄 이내다. 이런 군더더기 없는 간결한 문체를 배워보시기 바란다.

글을 많이 써보지 않은 분들의 자서전은 문장이 축축 늘어지거나 군더더기가 있을 수 있다. '문학적으로 뛰어난 표현을 하기 어렵다면 될 수 있으면 문장을 짧게 쓰는 것이 좋다.'라고 말씀드리고 싶다.

여러 문장으로 이루어진 이야기도 마찬가지다. 곁가지에 곁가지를 쳐서 뒤엉키는 형태의 이야기 전개는 피해야 한다. '과유불급(過猶不及) — 지나치면 미치지 못함과 같다.'라는 말을 기억하시기 바란다.

그러나 자서전은 솔직한 자기 삶의 이야기란 사실만으로도 그 가치를 지닌다. 문장에 다소 부족한 면이 있더라도 크게 걱정할 일은 아니다. 다만 이런 수필을 읽고 글쓰기 기법을 모방하므로, 자기의 자서전을 읽기 좋게 쓸 수 있다면 이 역시 좋은 일이리 할 수 있다.

사진 찍기에 관하여

우리는 살아가다 보면 가끔 사진을 찍거나 찍히게 됩니다. 어떤 분들은 그래도 열심히 사진을 찍어 SNS에 올리고, 파일을 만들어 보관하고 가끔 꺼내 보며 추억에 잠기기도 하지만, 어떤 분들은 '이제 늙으니 사진 찍는 것도 싫어'라고 말하며 극구 손사래를 치기도 합니다.

사실, 마음이 늙으면 매사에 관심이 없어져서 그저 몸과 마음이 편하게 누구든 나를 가만히 놔두기를 바라는 분들도 있습니다.

그러나 사진첩을 꺼내 버릴 것과 보관할 것을 나누어 정리하거나, 그때마다 사진을 찍어 보관하는 것은 정신 건강상 꽤 유익하다고 합니다.

요즘은 휴대폰의 화질이 좋고 사용할 만한 기능도 많아 사진 찍기가 참 좋습니다. 적어도 자서전을 쓰시려는 분은 지금부터라도 사진을 찍는 취미 겸 습관을 가져보시기 바랍니다.

그래도 사진 찍는 그 순간이 당신이 가장 젊은 날입니다.

5장

사진 자서전 알아보기

1.
사진 자서전은 자전적 글과 사진의 어울림이다

리얼리즘 사진은 다른 장르와는 달리 현실에 기반을 두고 사진 속에 직접 끌어 들인다. 리얼리즘
사진에서 사람 냄새가 나는 이유가 여기에 있다. … 중략 … 사진은 인간의 생활과 세계를 대상
으로 하는 사회적 기술이라 할 수 있다. 사진은 개인 암실이나 스튜디오가 아닌 사람 속에서, 사
회 속에서 기능해야 한다. 사진은 인간활동의 사회적 산물이기 때문이다.

최민식, 『사진이란 무엇인가?』, 현문서가

사진 자서전이란 자서전을 쓰되 그 내용과 관계된 사진을 그 부분에
보기 좋게 넣어서 만든 책이다. 보통 자서전에는 사진이 많아야 열댓 장
정도가 들어간다. 그에 비해 사진 자서전은 여러 사진을 찾아 그에 따른
이야기를 붙이고, 사진이 없는 이야기는 글로만 쓰는 점이 다르다.

사진 자서전 사례 – 저자

나는 1973년에 원주 38사단에서 현역으
로 입대하여 7주간 신병훈련을 받았다. 이
어 광주포병학교에서 7주간 포병 측지교
육을 받고, 경기도 일산 근처의 축현리란
곳에서 포병대대본부 정보과에 소속되어
측지병으로 근무했다. 측지(測地)는 군용 간이측량기계와 줄자를 이용
하여 삼각측지를 하므로 포를 쏠 자리와 포탄이 떨어질 자리를 측량
하여 그 지점의 좌표를 기록하는 것이다. 요즘에는 GPS기술이 발달
하여 이런 측지가 필요없지만 당시에는 좌표가 나와있는 기준점을 한
점으로 삼아 다른 두 집 사이의 길이와 높이를 재서 한 점의 좌표를
알아냈다. 측지반은 통상 측각병 한 명. 측거병 두 명, 계산병 한 명으

로 구성되어 있었는데 측각병(測角兵)은 군용 간이 측각기인 방향틀을 사용하고 두 명의 측거병(測距兵)은 측량대(뽈대라고 불렀다)를 세우고 그 사이를 50m 줄자로 재고, 계산병은 대수표로 계산을 했다. 우리 측지반은 여러 좌표를 만들기 위해 경기도 삼송리 이북 지역에서부터 연천·전곡 지역에 이르기까지 측지를 했다.

이 사진은 측지를 나갔을 때 자유시간에 풀로 위장한 텐트를 배경으로 하여 찍은 사진이다. 상의를 벗었으나 우리가 야영하는 장소는 항상 인가와는 멀리 떨어진 산속이었기 때문에 민간인과 만날 확률은 적었다. 당시에 군단 포술 경연대회가 있었는데 이 대회는 측지반이 좌표를 산출해 포대에 넘기면, 포대에서 목표지점에 실제로 포(砲)사격을 하여 정확도와 시간을 측정하여 평가하는 방식으로 진행 되었다. 우리는 이 대회에서 1등을 하여 전원이 포상휴가를 즐기기도 했다.

이처럼 사진은 생생한 느낌을 지니고 있다. 이 사진은 야전의 A텐트를 배경으로 휴식 시간 중 상체를 벗은 건강한 군인이 주인공이다. 자서전에 넣는 사진에는 이처럼 주인공의 표정과 무엇을 하고 있었는가 하는 그 때의 상황이 생생하게 담긴다. 여기서도 사진은 설명 못지않게 당시 상황을 단박에 추측할 수 있게 한다. 그리고 설명과 함께 사진 속 주인공의 모습이 더 깊이 각인되는 것이다.

사진 자서전은 글로만 쓴 자서전에 비해 보는 재미가 있다. 나이에 따라 사진을 배열해 보면 변해가는 모습을 한눈에 볼 수 있다. 거기에 적당한 에피소드와 저자의 추억을 붙이면 좋은 자서전이 된다. 인생주기별로 사진과 글을 쓰면 후에 이 자서전을 읽는 후손들은 어렵지 않게 저자를 이해하게 된다. 사진 자서전은 자전적 글과 사진의 콜라보레이션(collaboration)이다.

2.
사진은 이미지 파일로 저장해야 쓸 수 있다

디지털은 무엇으로부터 만들어질까? 디지털의 모태는 아날로그 세상이다. 아날로그 세상은 자
연이 주도하는 세상이다. 그런데 컴퓨터의 등장으로 말미암아 아날로그 세계를 구성하는 자연,
물질적인 인공물, 비물질적인 문화적 창조물은 모두 디지털로 전환할 수 있게 되었다.
－ 니콜라스 네그로폰테(Nicholas Negroponte), 『디지털이다』 백욱인 역. 박영률출판사

우리가 가지고 있는 사진은 바로 볼 수 있는 ❶ **인화된 사진**과 컴퓨터나
인터넷 또는 휴대폰에서 볼 수 있는 ❷ **이미지 파일로 된 사진**이 있다. 사진
자서전을 만들려면 필수적으로 여러 장의 사진이 필요하다. 그런데 이 때의
사진은 인화된 사진이 아니라 컴퓨터나 휴대폰에 저장된 이미지 파일을 말
한다. 그런데 요즘은 사진을 디지털기기를 이용해 찍지만 2010년대 초반까
지는 대개 사진을 필름카메라를 이용해 찍었으므로, 사진 자서전을 만드는
데 필요한 사진들은 인화된 상태로 앨범에 보관되어 있기 마련이다. [2]

사진 자서전을 만들거나 후일 후손들이 보기 쉽게 보관하려면 이런 사
진들을 디지털 이미지파일로 만드는 작업이 필요하다. 이미지 파일로
만들어 USB카드에 저장하면, 자서전을 만들 때도 쓸 수 있지만 가정에
서 컴퓨터로 사진을 보거나 TV(요즘 TV는 대개 이런 기능이 탑재되어 있다)로
사진을 볼 수 있어 편리하다.

요즘은 작은 USB(Universal Serial Bus)카드 하나에 수십 편의 영화를 넣
을 수 있으니 한 사람이 전생애에 걸쳐 보관한 인생사진도 한 개의 USB카드
에 넣어 사용할 수 있는 것이다. 그러니 인화된 사진이라도 이미지 파일로

---

2) 이미지 파일: 책으로 만들려면 CMYK 컬러로 저장하고, 전자책으로 만들려면 RGB 컬러로 저장한다.

저장해 놓으면 앨범을 뒤적이지 않아도 휴대폰에 넣어서 언제 어디서나 볼 수 있는 시대가 된 것이다.

그런데 이런 인화된 사진들은 스캐너(Scanner)를 통해 하나 하나 300dpi 이상의 이미지 파일로 만들어 저장하여야 사진 자서전에서 쓰기 좋다. 스캐너는 사진이나 기록물 등을 이미지 파일로 바꾸어 주는 장치이다. 팩스나 문서복사도 그런 기능을 이용한 것이다. 복합기능을 가진 프린터는 스캔기능을 가지고 있어 편리하다.

1. 인화된 사진 → 스캐닝(Scanning) → 이미지 파일 사진
2. 컴퓨터, 휴대폰, 카메라 메모리 등에 보관 된 파일 = 이미지 파일 사진

인화된 사진을 카메라나 휴대폰으로 직접 찍어 이미지 파일로 보관할 수도 있지만, 이 방법은 수직·수평·거리·초점과 조명을 잘 맞춰서 촬영해야 하는 등 상당한 테크닉이 필요하다.

이런 과정들을 직접 하지 않으려면 사진을 일괄적으로 파일로 만들어 주는 업체를 통해 유료 서비스를 받아도 된다. 인터넷에서 사진 스캔 업체를 찾아 스캐닝을 맡기면 사진을 600dpi 정도의 고품질 파일로 만들어 주는 데 한 장 당 100원 또는 그 이하의 비용을 지불하면 된다. 또 스캐너를 사거나 스캔 업체에서 직접 스캔할 수도 있다.

모든 사진을 다 쓸 필요는 없으므로 자서전에 넣을 사진만 스캔하는 방법도 좋지만, 지금 가지고 있는 앨범의 모든 사진을 이미지 파일로 만들어 보관하는 것이 좋다고 권하고 싶다. 왜냐하면 후일 후손들이 쉽게 볼 수 있어 좋고, 또 자서전을 쓰면서 다른 사진을 넣고 싶을 때 쉽게 사용할 수 있어 편리하기 때문이다.

3.
사진 고르기와 사진 찍기

사진은 빛의 예술이다. 옛 사진은 그 빛이 담긴 추억의 실루엣이다. 옛사진을 통해 당신은 당신의 어린 시절을 본다. 당신의 고뇌와 기쁨과 보람을 본다. 당신의 자녀들도 자서전의 사진과 글을 통해 당신을 본다. 그리고 시각을 통해 들어 온 기억이 살아날 때마다 당신을 생각하게 될 것이다.

- 저자

　사진 자서전을 쓰려면 많은 사진들 중에서 이야기꺼리가 있는 사진, 글을 붙이고 싶은 사진을 골라야 된다. 그런데 사진 자서전에는 한 면의 공간에도 여러 장의 사진들을 작게 줄여 넣을 수 있으므로, 고를 때 아예 조금 많다 싶게 고르는 것이 좋다.

　인화된 사진을 스캐닝을 업체에 맡긴다면 가지고 있는 모든 사진을 다 맡기는 것이 바람직하다. 스캐닝한 사진은 꼭 사진 자서전이 아니라도, 일련번호만 시기별로 부여하여 보관하면(이 작업에는 약간의 컴퓨터 지식이 필요하다) 그대로 인생 파노라마 사진 내지는 동영상을 만들 수도 있기 때문이다.

　사진을 고르다 보면 꼭 필요한 사진을 지인이 가지고 있는 경우도 있다. 이때는 양해를 구하여 그 사진을 받거나 빌려서 사진을 스캐닝(컴퓨터 파일로 복사)하는 것이 좋다. 그래야 사진 자서전의 내용이 풍부해진다. 사진을 고르다 보면 '아, 변변한 가족사진 하나 없구나.'라든지, 고향의 풍경이 있었으면 좋겠다는지, 꼭 가고 싶었던 곳에 가서 사진을 찍어 담았으면 좋겠다든지 하는 마음이 들 때가 있다. 또는 자기가 소중히 생각하는 그 무엇의 사진이 필요할 수도 있다.

　이 때는 여건이 허락한다면 주저 없이 카메라나 휴대폰으로 사진을 찍는 것이 좋다. 사진 찍기 여행이나 사진을 찍기 위한 이벤트를 하는 것도 좋다. 요즘은 휴대폰으로 찍어도 훌륭한 품질의 사진을 얻을 수 있다. 이런 과정은 자서전을 쓰는 것 못지 않게 제법 쏠쏠한 행복을 준다. 사진 고르기와 사진 찍기는 사진 자서전을 만드는 첫걸음이 된다. 그러므로 아직 자서전을 쓰기에는 나이가 좀 젊다거나 몇 년 후에 자서전을 쓸 예정인 분은 기회가 될 때마다 부지런히 자서전에 넣을만한 사진을 찍어보기를 바란다.

필자의 경우에는 1998년부터 2005년까지 약 7년 가깝도록 베트남에 굴삭기, 크레인, 불도저 등 각종 중고건설장비를 수출한 적이 있었다. 그때 업무상 작은 디지털카메라를 늘 가지고 다녔다. 그런데 막상 호찌민시티나 하노이시티에 일 년에 두서너 번씩 다녔으면서도 중고중장비 사진만 찍었을 뿐 다른 사진은 단 한 장도 찍지 않았다.

그때만 해도 호찌민시티의 대로 옆 인도에는 거울을 벽에 세워두고 이발을 하는 사람, 해먹에 누워 낮잠을 즐기는 공장의 노동자, 릭샤를 끄는 맨발의 사내들도 만났다. 라탄(등나무) 가구공장, 대리석 채석장, 호찌민시의 시장, 나짱(나트랑) 옆의 멸치잡이 마을에도 갔다.

누런 황톳빛 메콩강에 각종 물풀이 떼지어 떠내려오는 광경, 도로를 가득 채운 오토바이 물결도 보았다. 그리고 수출한 중고크레인이 새것같이 단장이 되어 메콩강의 모래를 퍼 올리는 것도 보았다.

이런 광경들은 내 기억에만 남았지, 사진으로 남아있는 것이 없어서 지금은 상당히 아쉽게 느껴진다. 지금부터라도 순간순간 사진을 찍어보시기를 바란다. 부모님이 살아계실 때 부모님의 사진도 찍어보고, 자녀나 손주들과의 사진도, 친구들과의 사진도, 자기가 소중하게 생각하는 다른 사진도 찍어보시기를 바란다. 그 사진들이 자신의 삶과 자서전을 풍부하게 만들게 될 것이다.

4.
사진 후보정 하기

사진은 빛의 예술이다. 옛 사진은 그 빛이 담긴 추억의 실루엣이다. 옛사진을 통해 당신은 당신
의 어린 시절을 본다. 당신의 고뇌와 기쁨과 보람을 본다. 당신의 자녀들도 자서전의 사진과 글
을 통해 당신을 본다. 그리고 시각을 통해 들어 온 기억이 살아날 때마다 당신을 생각하게 될 것
이다.   - 저자

사진 자서전의 주된 오브제인 사진에 대한 약간의 지식을 알아보자. 우선
사진을 조금 찍어 본 사람들은 사진을 찍을 때 빛의 중요성을 안다.

예전에 필름카메라로 사진을 찍는 사람들은 빛의 강도에 따라 밝은 낮이
면 감도 100, 어두운 공간이나 날이 아주 흐리면 감도 400짜리 필름을 쓰곤
했다. 지금도 옛날의 필름사진이 주는 감성에 매료된 전문사진사들은 필름
사진만을 찍기도 한다. 특히 흑백사진이 그렇다.

필름카메라는 아날로그적이지만 그 화질이 현대의 보급형 디지털카메라
(소위, 똑딱이카메라)보다는 훨씬 우수하다. 왜냐하면 30㎜필름에 피사체가 Full
로 담기기 때문이다. 이 정도의 화질로 찍으려면 사실 디지털카메라는 Full
Body 카메라(30㎜ CCD[3]) 등 이미지 감광판을 장착한 카메라)를 써야 한다.

그러나 대형의 광고판이나 대형 사진작품을 만드는 경우가 아니라면 보
급형 카메라나 휴대폰 카메라를 쓰는 것도 좋은 방법이다. 보급형 카메라의
AUTO기능을 쓰거나 휴대폰을 쓰게 되면, 내장된 프로그램이 자동으로 사
진의 채도나 밝기 등을 피사체에 맞게 조정하여 자서전에 쓰일 사진을 찍기
는 더 없이 편리하다

그러나 어떤 경우든지 4×6이나 5×7 사이즈로 사진을 인화하게 되면 사진

---

3) CCD(charge coupled device): CCD는 빛을 전하로 변환시켜 화상을 얻어내는 디지털 카메라의 센
서로 필름 카메라의 필름에 해당하는 부분이다. CCD의 화소 수와 크기는 카메라의 가격을 결정하는
가장 큰 요소이다. CCD 크기가 커질수록 가격이 상승한다.

은 프린터의 성능이나 조작에 따라 적은 화소수로 프린트된다. 그러므로 인화된 사진을 원본필름과 같이 원래의 품질로 재생하는 것은 어렵게 된다. 그러나 스캐닝이란 방법으로 인화된 사진을 이미지 파일로 바꾸어 다시 프린트 하더라도, 전문가가 아니고서는 사진의 미세한 차이를 감지해내기 어려우니 자서전에 사진을 쓸 때는 군이 신경을 쓸 필요가 없다.

그런데 우리가 막상 사진을 찍고나서 보면 사진의 수평이 틀어져 있던지, 색감이 좋지 않다던지, 어둡다던지, 사람이 배경에 비해 너무 작게 나왔다던지 하여 사진이 마음에 들지 않을 때가 있다.

그래서 사진을 좀 찍어 본 분들은 한 장의 사진을 완성하기까지 사진 후보정이란 절차를 갖게 된다. 인화된 사진도 약간의 후보정을 할 수 있다. 요즈음은 사진 후보정 기술이 발달하여 휴대폰에서도 사진의 일부분을 확대 할 수도 있고, 필요없는 부분을 지울 수도 있다. 얼굴의 주름도 없애고, 얼굴색을 뽀샤시하게 만들 수도 있다. 얼굴과 팔다리를 마음에 들게 성형할 수 있다. 얼굴의 점을 없앨 수 있음은 물론이다. 그래서 요즘은 기업의 인사담당자가 사진의 모습이 입사지원자의 모습과 꼭 같다고 생각하지 않는다.

사실, 사진 자서전에서는 이런 고도의 사진 후보정 기술이 필요 없다. 사진의 수평을 바르게 잡거나, 배경에 비해 지나치게 작게 나온 인물의 모습을 배경을 잘라 키운다거나, 명암을 다소 조정한다거나, 색조를 조금 보정한다든가 하는 기본적인 스킬만 필요하다. 물론 이런 후보정작업을 하려면 컴퓨터로 포토샵이나 라이트룸 같은 그래픽 프로그램을 조금은 다룰 줄 알아야 된다.

그러나 어떻게 보면 사진 자시진에는 후보정작업이 꼭 필요하다고 할 수는 없다. 왜냐하면 자서전은 전적으로 사실을 기록하는 것이기 때문에 사진도 있는 그대로, 찍힌 그대로 싣는 것이 더 좋을 수 있기 때문이다.

5.
사진에 담긴 이야기 쓰기

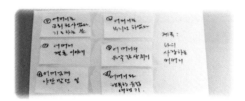

 사진을 고를 때 이미 이야기거리가 있는 사진을 골랐으면 그 이야기를 사진에 붙이기만 하면 된다.

 컴퓨터를 다룰 수 있는 분이라면 한글 프로그램이나 MS워드 프로그램을 이용하면 사진과 함께 거기에 담긴 이야기를 넣을 수 있다. 혹은 블로그를 이용하는 분은 그 블로그에 자신의 사진 자서전을 쓰는 것도 좋은 방법이 된다. 물론 이 경우 자서전을 공개하고 싶지 않으면 비공개로 하면 된다. 블로그나 카페에 자서전을 만들어 놓으면 책처럼 넘길 수 있는 기능을 준 포털싸이트(네이버, 다음, 페이스북 등)도 있으므로 상당히 유용하게 사용할 수 있다.

 그러면 컴퓨터에 문외한인 분은 어떻게 할까? 첫째로는 늦었다고 생각하지 말고 컴퓨터를 배워 보시라고 권하고 싶다. 나이가 많더라도 한 달만 1주에 5일, 하루에 한 시간씩 배우면 누구나 자서전 쓰기에 필요한 정도의 기본적 기능은 충분히 배울 수 있다. 요즘은 학원이 아니라도 지역의 문화센터나 복지관 같은 곳에서 적은 비용을 받거나 무료로 컴퓨터를 친절하게 가르쳐 주는 곳이 많아 편리하다. 이런 곳을 이용하는 것도 생활의 지혜가 된다.

컴퓨터를 배우기 어려워 어쩔 수 없다면, A4지 크기의 종이(16절지 또는 적당한 크기의 종이)의 앞면에 글을 쓰고 뒷면에 사진을 붙이던지, 그보다 큰 종이를 사용하여 한 면에 사진을 붙이고 여백에 글을 써도 된다. 이렇게 만들어 자녀나 손주들에게 부탁하면 그들이 이 글을 문서용 파일로 만들고, 사진을 디지털 이미지 파일로 만드는 데는 그리 많은 시간이 소요되지는 않는다. 부탁하는 일이 어려우면 타자 치는 업체나 스캐닝하는 업체 또는 자서전을 만들어 주는 업체에 의뢰하면 된다.

그러면 사진에 이야기를 붙이려면 어떻게 해야 할까? 우선 그 사진에 담긴 이야기의 주제를 정하면 쓰기가 좀 수월해진다. 예를 들어 어머니 사진이라면 주제를 『나의 사랑하는 어머니』라고 붙여 본다. 그리고 자신이 기억하는 어머니에 대한 여러 가지 추억을 작은 쪽지에 군데군데 나열해본다. 그리고 거기에 쓰고 싶은 순서에 따라 번호를 매긴다. 다음으로는 본격적으로 그 순서에 따라 이야기를 글로 옮기면 된다. 물론 평소에 글을 좀 써보신 분이라면 이런 절차 없이 바로 글을 써 내려가도 될 것이다. 다만 어느 경우라도 주제를 정하면 그 주제를 벗어나지 않는 것이 좋다. 글이란게 자꾸 곁가지를 치면 문장이 번잡해진다.

이렇게 사진마다 글을 다 붙였으면 자서전의 반 정도는 되었다고 볼 수 있다. 그러나 우리 삶이란 게 사진이 없는 사건이나 이야기가 사진보다도 많은 게 사실이다. 그러므로 그 외의 사건이나 인물에 관한 이야기는 글로만 써야 한다. 자기의 인생관이라거나 삶의 경험, 자녀에게 남기고 싶은 말 등도 오로지 글로 써서 사진 자서전을 완성해야 한다.

6.
사진 이야기를 배열하기

자서전 배열 방법은 역사기술방법과 닮아있다. 편년체와 기전체이다.

❶ 편년체는 연원일에 따라서 시간 순으로 기록하는 방법이고, ❷ 기전체는 군주의 정치관련 기
사인 본기와 신하들의 개인 전기인 열전, 통치제도·문물·경제·자연 현상 등을 내용별로 분류해
쓴 지(誌)와 연표 등으로 기록하는 편찬 체제이다.

- 민족문화 대백과

각 주제에 따라 사진 이야기를 썼다면 이제는 그 이야기를 주제별로
나누어 순서를 정하여 배열해야 한다.

첫째로 가장 무난한 방법은 자기의 ❶ 인생 주기에 따라 배열하는 것
이다. 사실 인생 주기란 말은 독일의 심리학자 에릭슨(Erik Homburg er
Erikson)의 생애 발달 이론에서 나온 개념으로 인간은 전 생애에 있어 발
달하며, 단계마다 해야 할 과업이 있다는 것이다.

그러나 이제는 속칭 라이프싸이클이란 용어로 폭넓게 쓰이고 있다. 자
서전에도 라이프싸이클에 따라 전개되는 삶의 변화에 따라 글과 사진을
배열하는 방법을 쓸 수 있다. 인생 주기(재무, 사건) 표본은 다음과 같다.
아래의 첫 번째 라이프싸이클표는 개인의 재무설계에 사용되는 것이다.

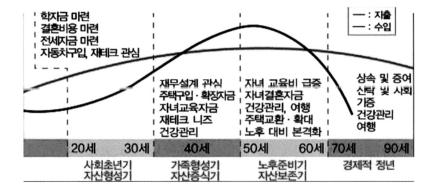

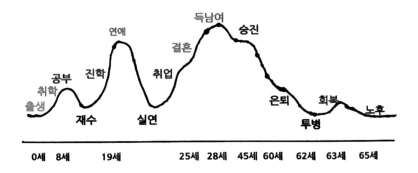

보통 인생 주기에 따른 자서전은 나이에 따라 사건을 기술하는 위의 두 자서전에는 두 번째 라이프싸이클에 따라 쓰는 방법이 주로 쓰인다. 곡선이 위에 있으면 좋거나 즐거운 일이고, 아래로 내려올수록 바라지 않던 일이거나 슬픈 일이 된다. 결국 나이별 사건과 희로애락을 기록하는 것이다. 두 번째 방법은 ❷ 인물이나 사건에 따라 배열하는 방법이다. 즉, 인생을 살아오면서 겪었던 중요한 일이나 만났던 사람, 직장, 사업, 종사했던 분야, 특별히 기억에 남는 사건 등을 각각 주제로 삼아 기록하는 것이다. 어머니, 아버지, 친구, 자녀, 동업자, 대학 시절, 군대 시절, 유학 시절, 기업 에피소드, 콘서트, 경연, 유럽 여행, 유학, 연애담, 실패담, 정치 이야기 등으로 주제별로 쓰면 되는 것이다. 이 두 번째 방법을 쓰면 첫 번째의 경우와 달리 주제가 정해져 있으므로 기억을 되살려 쓰기가 쉽고, 거기에 자기 생각과 의미를 부여하기가 조금 쉬워진다. 세 번째는 ❸ 두 방법을 적절히 조합하는 것이다. 모든 자서전은 이 두 방법의 조합이라고 할 수 있다. 시간의 흐름에 따라 자기 삶의 크고 작은 사건들을 기록하고 의미를 찾는 것이 자서전 쓰기라고 할 수 있다.

7.
편집과 출판 알아보기

인쇄상 색상의 이해

- 1도 인쇄: 먹 1도, 흑백인쇄. 먹의 농도에 따라 회색도 가능.
- 2도 인쇄: 먹1도 외 2도 색상(DOC컬러) 지정 & 두 가지 색의 인쇄.
- 4도 인쇄: 색의 3원색인 사이언●, 마젠타●, 옐로우 , 블랙● 4가지 잉크로 인쇄,
  네 가지 색을 조합해 소위 올(All)컬러로 인쇄.
- 별색 인쇄: 4원색 외에 다른 색을 제조하여 별도의 유닛에 인쇄.

사진 자서전을 만들려면 자서전 원고를 써서 사진 파일과 함께 출판업체에 맡기는 방법이 보통이다. 그러면 출판업체에서는 이 글과 사진을 저자의 요청에 따라 적절히 조합하여 편집과정에 들어가게 된다.

그런데 사실 자서전을 쓰는 분이 글을 자주 써보지 않았다면 글을 다듬고, 주제를 나누고, 문장을 고치며 퇴고하는 작업이 쉽지 않아 전문가의 도움이 필요하게 된다.

요즘은 대필작가들을 프리랜서로 써서 이런 작업을 맡아 해주는 업체가 있어 편리하다. 이 경우에는 물론 대필 비용이 필요하고 몇 차례 내용의 보충과 첨삭이 필요하게 된다. 그러나 가능하면 본인의 손으로 글을 완성하여 교정작업과 출판만 전문업체에 맡기는 것이 자기의 개성과 향취를 살릴 수 있는 좋은 방법이 되기도 한다. 요즘은 인터넷 검색을 하면 이런 업체를 쉽게 찾을 수 있다.

사실 사진을 군데군데 요소에 넣어 자서전을 만드는 데는, 보통의 자서전이나 시집 등과는 달리 삽삭적인 디자인 작업이 필요하다. 그러므로 자신이 할 수 없다면 디자인(포토샵 · 일러스트 · 인디자인)까지 잘하는 출판업체를 선택하는 것이 유리하다. 이런 업체를 찾으려면 그 업체에서 발간한 책을 실제로 보면 선택이 쉬워진다.

그러므로 자서전 쓰기가 어느 정도 진행되었으면 서점에 가서 자기가 선호하는 크기와 디자인, 표지의 책을 살펴보는 것이 좋다. 책의 크기, 용지의 지질, 표지의 두께, 디자인, 제본 방법 등을 비교하여 자신의 자서전에 적합한 책의 표본을 선택하는 것이다.

사진 자서전의 경우에는 보통의 자서전과는 달리 사진이 많이 들어가므로 용지의 크기는 신국판(152×225㎜, 이 책 크기)이나 국판 16절(159×234㎜) 정도, 용지는 컬러사진이 들어가므로 일반모조지(100g 이상) 또는 사진에 적합한 몽블랑지나 스노우아트지(120g 이상) 정도, 표지는 아트지・랑데부지・몽블랑지(200~250g) 정도, 인쇄 방법은 옵셋 인쇄나 디지털 인쇄, 책 제본은 PUR제본・실제본・떡제본 중 선택, 표지는 소프트커버나 장정판 중 하나를 선택하면 될 것이다. 대개 장정판으로 한다.

그러나 인쇄나 제본 기술은 날로 발전하는 것이므로 출판업체와 협의하여 전문가의 의견을 들은 후 세세한 사항을 정하면 될 것이다.

사진 자서전은 1~2도 색도로 인쇄하여 사진을 단색이나 두 가지 색으로 담을 수도 있다. 1~2도 인쇄는 보통의 자서전에 많이 쓰는 방법이다. 사진이 흑백사진일 경우에는 굳이 인쇄 도수를 높일 필요가 없고 비용도 적게 들기 때문이다. 그러나 사진 자서전을 만들 때 컬러사진을 넣는다면 4도 인쇄가 필요하다. 그래야 모든 컬러의 인쇄가 가능하기 때문이다. 물론 비용은 1~2도 인쇄보다 더 들어가게 된다.

사진 사서전을 10~200부 정도 만든다면 디지딜 소량 인쇄를 밑기면 된다. 다만 소량을 컬러 인쇄하므로 권당 가는 시중에서 500권 이상 대량으로 옵셋 인쇄한 컬러 인쇄 서적보다 높지만, 수량이 적기 때문에 결과적으로 전체비용은 그리 많이 들지 않는다고 할 수 있다.

8.
사진 자서전 출판 즐기기

이제 사진 고르기와 자서전 쓰기 그리고 퇴고의 긴 과정과 편집교정을 마치고 출판사를 통해 사진 자서전이 발간된다. 사진 자서전을 발간할 때 출판업체와의 협약에 따라 시중에 책이나 전자책으로 판매할 수 있다. 물론 출판사를 통해 국가의 서지정보지원시스템에서 ISBN(International Standard Book Number, 국제표준도서번호, 바코드)도 신청하여 등록할 수도 있고, 자서전이 잘 팔리면 협약에 따라 정한 인세를 받을 수도 있다. 그러나 유명인이 아니라면 대개의 자서전은 자비(自費)로 출간하여 가족이나 친지들에게 배포하는 것이 상례이고 앞으로도 그럴 것이다. 이처럼 판매용이 아니고, 책정보를 등록하고 싶지도 않으면 ISBN 신청은 생략하여도 된다. 다만 ISBN이 있으면 세계 어디서라도 이 책을 검색할 수 있음을 기억해야 한다.

사진 자서전은 사진을 들추어 선택하고 쓰는 과정에서 이미 자신의 즐거움이 되고 보람이 되지만, 엄격히 이야기하여 자서전은 자신만을 위한 책이 아니다. 자신의 책이며 또한 사랑하는 가족의 책이다. 자녀들이나 친지들이 오래 간직하게 될 당신의 편지이며 유훈이다. 자서전은 돈독한 친구와 동료들이 읽는 책이며 사진집이다. 그리고 이웃의 좋은 읽을 거리이며 볼거리이다.

자서전의 잉크가 따끈따끈할 때 자서전 출판 축하 모임을 준비해보자. 자녀에게 부탁해도 좋고 당신이 스스로 준비해도 좋다. 자서전의 발간을 크게 축하해도 되지만 그것은 한편으로 낯간지러운 일이 될 수도 있다. 사랑하는 가족과 친한 분들을 초청하여 자서전 출간을 맞아 맛있는 음식을 나누며 오붓하게 감회를 나누어 보자. 그리고 그들의 축하를 받아보자. 친한 친구나 이웃을 사전 정보 없이 초대하여, 깜짝파티와 같이 당신이 준비한 음식을 대접하며 자서전을 나누어 주자. 그리고 그분들과 대화하며 자서전 완성의 기쁨을 만끽해보자.

자서전 출간을 축하받는 것은 부끄러운 일이 아니다. 평소에 친밀하게 지냈던 사람이라면 당신의 삶의 자취들을 존중하고, 자서전 출간을 축하해 줄 수 있을 것이다. 자서전 발간 축하 모임은 그들과 함께 나의 삶의 보람과 후회와 희로애락을 나누는 자리가 된다. 쑥스럽게 생각하지 말고 자서전의 부분 부분을 발췌하여, 짧은 시간 동안 자녀나 친구나 배우자가 낭독하도록 하여 모든 사람이 함께 듣도록 해보자.

당신의 자서전의 한 부분이 사람들에게 웃음을 줄 수도 있고, 깊은 탄식을 줄 수도 있을 것이다. 그리고 사랑하는 이들에게 차마 하지 못한 말들이 그들의 심금을 울리면서 가슴 깊이 숨었던 따뜻한 눈물을 불러낼 수도 있을 것이다.

삶은 긴 것 같지만 노후의 시간은 쏜살같이 지나간다. 우리의 삶은 자서전 발간 축하 모임과 같은 자잘한 기쁨들로 인해 더욱 풍요로워진다.

명문가의 가보(家寶, family treasure)가 될 수도 있는 자서전 출간을 마음껏 즐기시기를 바란다.

9.
사진 자서전을 전자책으로 발간하기

전자책

전자책이란 종이로 만든 책과는 달리 컴퓨터나 모바일에서 볼 수 있는 스마트 북을 말한다. 이미 전자책을 구매하여 읽어 보신 분이 있으시겠지만, 전자책은 그것을 제공하는 업체 전용의 뷰어를 사용하여 컴퓨터 파일을 읽는 E-book(Electronic book)이다.

❶ 전자책은 컴퓨터 파일로 존재하므로 노트북 컴퓨터나 태블릿 PC, 아이패드 또는 휴대폰 또는 PDA(Personal digital asistants)에 저장하여서 언제 어디서나 읽을 수 있는 장점이 있다. ❷ 반면에 종이책과는 달리 직접 장을 넘기며 읽는 맛이 덜하며 서가에 꽂아 보관하여 보관하는 맛이 없다. ❸ 전자책의 특징을 또 든다면 전자책은 판매하는 전자책서점에서 파일을 다운로드 하면 되므로 종이책처럼 유통에 걸리는 시간이 필요 없이 전용뷰어만 다운로드 받으면 바로 볼 수 있는 장점이 있다. ❹ 전자책은 종이를 만드는 나무 펄프를 사용하지 않아서 환경보호에 좋다는 의견도 있다. ❺ 전사책은 일반서섂보나 40~60% 성노 서렴하다. ❻전자책은 일반 책과는 달리 컴퓨터에 관한 어느 정도의 지식, 즉 전용뷰어와 전자책을 다운받을 줄 아는 능력이 필요하다. 이 부분은 컴퓨터에 익숙지 못한 세대에게는 상당한 부담이 된다. ❼ 전자책은 소리파일이 들어있으면 눈으로 보면서 귀

로 들을 수 있다. ❽ 전자책은 컴퓨터에서 볼 때 화면 크기로 볼 수 있어 큰 글자로 볼 수 있는 장점이 있다. ❾ 멀티미디어 파일로 제작 패키지형 전자출판의 경우 문자, 음성이나 음악, 애니메이션은 물론 동영상까지도 가능해 책을 더 실감 나게 볼 수 있다.

그러면 사진 자서전을 어떻게 전자책으로 만들 것인가?

크몽이나 유페이퍼, 탈잉 등에 직접 파일을 올려 출판계약을 하거나, 스스로 할 수 없다면 물론 대행업체의 도움이 받을 수 있다. 종이책을 만들려고 한글파일을 만들었다면 전문업체에 맡기면 대개 종이책 발간 비용만 받고 무료로 전자책을 출판해준다. 이 책도 ISBN이 등록되므로 세계 어디서나 검색해 볼 수 있다. 그러나 자신과 가족, 친지, 친구들과만 나누어 볼 경우 전자책을 만들되, 종이책으로도 소량을 디지털 인쇄로 출판하는 주문형 출판(POD: Publishing On Demand) 방법도 좋을 것이다.

이쯤 되면 전자책이 상당히 좋은 것 같아서, 전자책에 자기 목소리로 자녀들에게 남기는 말과 영상도 넣고, 악기를 연주할 줄 안다면 자기 연주도 넣고 하면 좋겠지만, 사실 이런 멀티미디어 파일을 만들려면 상당한 시간과 노력이 필요하다. 실제로는 각종 영상 녹음 기기와 전문가의 도움이 필요하다.

이런 절차가 번거롭다면, 전자책은 파일을 PC나 다른 저장장치에 핸드폰에 보관해 두었다가 필요할 때마다 인쇄업체에 PDF 파일을 보내 디지털 소량 인쇄하여 나누어 줄 수도 있다. 물론, 소탈한 방법이긴 하나 한글이나 MS Word 파일에 사진과 글을 넣어 제목을 붙여서 보게 하면 그것도 일종의 간이(簡易)전자책이라고 할 수는 있겠다.

우리의 연수가 칠십이요

강건하면 팔십이라도

그 연수의 자랑은

수고와 슬픔뿐이요

신속히 가니 날아 가나이다

시편 90장 10절

저자(著者)의 사진 자서전을 부록으로 붙이면서

저자의 사진 자서전을 넣은 이유는 주변의 전문가들께 조언을 구한 바, 직접 자신의 이야기를 써서 사진 자서전의 실제를 보여주는 것이 좋지 않겠느냐는 의견을 따른 것입니다.

막상, 내놓기 초라한 저의 사진 자서전을 쓰다보니 필요한 사진마저 없거나 조금은 부족했고, 나의 삶이 너무도 평범하여 마중물로 내놓기에도 부끄럽다는 것을 재삼 확인하였습니다. 이웃을 위한 삶을 조금이라도 살았으면 좋았을 텐데 그러지 못했음이 아쉬웠고, 사랑하는 아내나 가족에게 소홀했던 점, 신앙적으로 오랫동안 방황한 일도 반성이 되었습니다.

그러면서도, 52년생으로 태어나 한국의 경제 비약기에 한 사람 구성원으로 열심히 살아왔다고 자신을 스스로 위로했습니다. 자서전을 쓰면서 얻은 유익 중 하나는 자신을 좀 더 솔직한눈으로 바라보게 되었고, 자신과 가족과 이웃을 더 소중하게 생각하게 되었다는 것입니다.

삶은 역시 도전과 응전, 그리고 선택의 결과일 것입니다. 그러나 한편으로 삶은 자신이 원하는 대로 살아지는 것은 아니니, 결국 하나님 앞에 겸손해야 한다는 것을 깨닫게 됩니다. 자서전을 쓰면서 나는 내가 알거나 모르거나와 상관 없이 많은 분들의 삶과 기도와 사랑과 도움 속에 이제까지 살아왔음을 알고 감사하게 되었습니다.

이 책은 평범하고, 흠도 있는 보통사람인 저자의 자서전으로 시와 수필도 몇 편 실었습니다. 이 책은 사진 자서전 쓰기의 마중물이라는 특성상 사진 자서전을 다양한 방법으로 구성하여 보았습니다. 모쪼록 사진 자서전을 쓰시는데 작은 도움이라도 되기를 바라는 마음입니다.

저자 올림.

사랑과 감사, 이것이
나의 삶의 결론이다

著者의 사진 자서전

2부

인생은 살 만한 것이다.

나는 대체로 성실했지만 잘못 살기도 했다.

그러나 나는 이웃과 함께 어울러 살았다.

사랑과 감사, 이것이 나의 삶의 결론이다.

나는 내가 이렇게 살게 될 줄 몰랐다.

열심히 살았는데도 불구하고, 칠순이 되어 돌아보니 나의 삶이 그리 멋있지도, 대단하지도, 내놓을 만한 결실이 있지도 못했음을 알았다.

어린 시절 어려웠지만, 국가 발전에 따라 나도 함께 성장했다. 도시의 높아지는 고층 건물처럼 나의 세상 목적인 꿈과 욕구도 점점 높아져 갔다.

삶의 목적이 무엇인지 알고 목표를 확실히 정하고 출발한 게 아니라 남들처럼 나름 성실하게 살다 보니, 검정고시를 거쳐 대학교를 졸업하고 생명보험회사에 취직해 총무, 대리, 소장, 국장, 부장을 골고루 하게 되었다.

47세 때 돈을 좀 많이 벌고 싶어서 처음에는 중고차 나중에는 중고건설기계 수출업을 했다. 6년여 동안 잘했지만, 마지막에는 자금경색으로 파산하고 말았다. 그 기간에 간경화가 심해져 간암이 생겼으나 사랑하는 큰딸이 간을 주어 나를 살렸다. 마음이 너무 아팠고, 죽을 고비도 넘겼다.

나는 장년 시절 한때 정욕의 죄(罪)를 범했다. 그러나 하나님은 방황하다 지쳐 회심한 탕자를 받아 주셨다. 세월이 가면서 고맙게도 아내도 나에게 미움을 풀고 병에 시달리는 나를 측은히 여겼다.

지극히 평범한 내가 조금 내놓을 것이 있다면, 8년간 애인(아내)과 열렬히 연애했고, 법학 공부도 열심히 해보았고, 회사 근무할 때나 수출업(파산했지만)에서도 최선을 다했고, 교회에서 9년여 사무를 성심껏 보았고, 지금은 노력 중인 시인이라는 것이다. 지금은 적당한 크기의 빌라에 살며 꽃과 나무들과 숲이 아름다운 인천대공원을 나의 정원으로 두었다는 것이다.

사랑하는 아내와 두 딸과 외손주 네 명이 있다는 것이 행복하다. 비록 난치성 담도 협착에 늘 시달리며 서너 달에 한 번 입원하여 시술받지만, 평범한 노후를 지족(知足)하며 살게 하신 하나님께 매일 감사하며 살고 싶다.

2023년 봄을 기다리며

안 정 리

차 례

1장

나의 어린 시절은
언제나 재미있고 행복했다

사진 자서전에서 고향과 소년시절까지 쓰기

사람마다 고향에 관해 여러가지 추억을 가지고 있습니다. 그리고 어린 시절부터 국민(초등)학교 졸업 때까지 여러 가지 사건들을 기억하실 것입니다. 6·25 사변 때 이미 대여섯 살이 되셨던 분은 전쟁과 피난의 기억이 있으실 테고, 살았던 곳이 도시, 시골, 농촌, 어촌, 산촌이냐에 따라 추억도 서로 다를 것입니다. 저는 강원도 평창군 대화읍 대화리 1001번지에서 4학년 때까지 자란 기억이 오늘 일처럼 선명합니다.

할머니의 사랑을 받으며 자란 기억, 오일장의 기억, 형과 물고기 잡던 추억, 밤에 어머니와 할머니의 다듬이질 소리를 듣고 잠들던 기억, 외할머니 친구들이 밤 미역을 가실 때 따라갔던 기억들이 있습니다.

춘천으로 이사한 후에 춘천국민학교 5학년 때 염소 당번이 되어 염소를 키우며 비린내 나는 희뿌연 염소 젖을 짜서 마셨던 추억이 있고, 소양강의 지류인 대바지 강에 빠져 죽을 뻔한 기억도 있습니다. 그 외도 많은 사건들이 있지만 여기서는 지면 사정상 줄이거나 생략하였습니다.

독자가 이 글을 읽으며 어린 시절의 추억을 되살려 내실 수 있다면, 이 조촐한 간이 사진 자서전을 마중물로 실은 보람이 있을 것입니다.

1.
내 고향은 강원도 대화란 작은 면소재지이다

나는 1952년 가을 강원도의 작은 동네 대화에서 태어났다. 1950년 동족상잔의 비극인 6·25 사변이 있었고, 내가 태어났을 때는 잠정적 휴전 상태인 1953년 7월 휴전조약 전이므로 전쟁 중이었다.

대화 읍은 남북으로 난 좁은 길 양쪽으로 1㎞를 넘지 않는 좁은 평지에 조성된 마을이다. 어른들이 "대화 하늘은 손바닥만 하다."라고 하셨는데 이것은 지형상 양쪽에 산이 있어 해가 늦게 뜨고 일찍 지니 나온 말이었다.

당시 대화는 면 소재지로 고등학교까지 있었고, 지서(경찰관서), 보건소, 우체국 등 공공 기관과 약국, 한약방, 시계점, 철물점, 포목상 등도 있었다. 나는 그런 곳에서 여인숙집 둘째 아들로 자랐다.

우리 집에서 삼사백 미터 떨어진 개울 건너편에는 초가지붕의 물레방앗간이 있었다. 방앗간 위에는 수량이 풍부한 좁은 수로가 있었고, 수로에서 떨어져 내리는 물이 물레방아를 돌리면 방아굴대에 박힌 나무가 방

아채를 올려 쳐 방앗공이를 들어 올렸다가 떨어지면서 방아를 찧는 구조였다. 방아를 찧을 때면 곡물을 땅에 박아 놓은 돌로 만든 방아확에 넣고 찧는데, 방앗공이가 올라갈 때 거기에 재빨리 손을 넣어 외할머니가 곡식을 뒤집으시곤 하는 것이 나는 항상 마음이 조마조마하였다. 방앗공이가 재빨리 툭 내려와 외할머니의 손마저 빻아버릴 것 같았기 때문이었다. 그리고 거기에는 발로 디뎌 곡식을 빻는 디딜방아도 있었다.

우리 동네 대화리 1001번지 사람들은 모두 동네 가운데 있는 원두막처럼 지붕이 있는 우물에서 물을 길어 먹었다. 어른 머리만 한 깡통 두레박이 우물 벽에 이리저리 깡깡 부딪히며 내려가던 소리, 그리고 줄을 한번 흔들면 두레박이 찰박하고 자빠지면서 물속에 잠길 때의 묘한 쾌감, 들어 올릴 때의 묵직한 중량감은 아직도 생생하다.

대화리 1001번지 우리 집은 작은 여인숙이었고, 오일장(五日場)이 서는 날이면 여러 종류 물건을 파는 장사꾼들이 많이 드나들었다.

하루는 장사꾼들이 부엌의 큰 무쇠솥에 흰 가루를 붓고 죽을 쑤는 것 같아서 무엇을 하나 궁금하여 들락날락하며 훔쳐보았는데, 한참이 지나자 솥 안에 되직한 풀(풀죽) 같은 것을 퍼서 우윳빛 키가 작은 병에 담는 것을 보았다.

"아저씨, 그게 뭐예요?"

부엌에 들어간 내가 병에 흰 풀죽 같은 것을 담고 있는 아저씨들에게 물었다. 처음 보는 희한한 것이었기 때문이다.

"구루무(화장용 크림)란다."

그들 중 한 분이 어린 나를 보며 '신기하지' 하는 듯한 표정으로 내답했다. 사제 화장품을 만들어 파는 장사였다.

겨울이면 동네 가운데 큰 공터에는 강릉이나 속초에서 싣고 온 양미리를 산더미처럼 쌓아 놓고 어른들이 새끼줄로 엮곤 했다. 그럴 때면 동네 아이들이 모여들어 일꾼들이 손을 녹이려고 피워 놓은 화톳불에 알을 배어 통통한 암놈만 골라서 구워 먹곤했다. 그러나 당시만 해도 인심이 좋아서 어른들 중 누구 하나 동네 아이들이 양미리 구워 먹는 것을 말리거나 야단치지 않았다. 인심이 좋은 시절이었다.

2.
대화 개울과 외할머니의 추억

외할머니는 달이 밝고 별이 총총한 여름밤이면 나를 데리고 맑은 물이 찰랑찰랑한 개울에 가셨다고 했다. 오십 대 후반의 외할머니 친구들과 함께였다. 외할머니 말씀으로는 모두 수건을 가슴에 두르고 물에 들어가서서 목간(목욕의 사투리)했는데 그럴 때면 나를 개울가에 두었다고 하셨다. 기특하게 물가에 혼자 서있던 나는 할머니들이 한창 목간을 하실 때면

"할머니, 수건 내려! 왜 목간하면서 옷을 입었어!"

하고 소리쳤다고 하셨다. 어린 내 외침에 할머니들의 깔깔대는 파대웃음[1]이 터져 나왔고 그 뒤로 할머니들은 나를 보면

"다섯 살찌리 그 너석도 기네리고 옷을 메리래, 근세!"

하고 서로 농담을 하셨다고 즐거워하시곤 했다. 내 기억에 남은 것은 달빛에 일렁이는 물결과 개울 뒤 컴컴한 산속에서 부엉 부어엉 들려오던

---

1) 파대웃음: 여러 사람이 큰소리로 한꺼번에 웃는 웃음

부엉이 우는 소리뿐이다.

어른이 된 후 가보니, 그때 그 얕고 정겹던 개울은 어디 가고 제방을 쌓아 놓았는데 가물 때라 그런지 개울물은 볼품없이 쪼그라들어 있었다. 내가 어릴 때와는 달리 5.16 후 조림(造林) 사업으로 인해 지금은 산에 나무가 빽빽해졌는데 수량이 오히려 줄어들었는지 알 수 없었다. 어릴 때 보았던 개울을 성인이 되어서 보니 상대적으로 작아 보여 그렇다면 다행이지만.

대화 개울은 장평 쪽으로부터 흘러왔는데 깊은 곳이 별로 없었다. 당시에는 물이 정말 맑았다. 내 기억으로는 큰 거인의 발자국 같이 위에 푹 파인 자국이 있는 장수 바위 아래의 시퍼런 물이 어른 키로 한 길을 넘었을 뿐 그 외에는 깊은 물이 없었다. 그러니 우리는 여름이면 개울의 징검다리를 넘어질 듯 미끄러질 듯 뛰어 건너기도 하며, 순식간에 미끈둥하며 발에서 벗겨져 물에 떠내려가는 고무신을 잡으러 돌밭에 발이 아파하면서도 필사적으로 뛰어 쫓아가기도 하면서, 가장 깊은 곳이 어른 허리쯤 되는 깊이의 물에서 개헤엄을 치며 신나게 놀았다. 물론 수영복이 있을 리 없었고, 모두 여름내 물놀이하느라 햇볕에 살을 검게 태우는 천둥벌거숭이들이었다.

어린 시절 여자애들 기억이 전혀 없는 걸 보면, 물에서는 가끔 함께 놀기도 했지만, 그 외에는 남자아이들은 남자들끼리 놀았던 것 같다. 그때만 해도 남여칠세부동석(男女七歲不同席)[2]이란 유교적 관습이 통용되어 내외한 것일 거다.

개울을 건너가면 땀띠물이 있었는데 둘레가 이른 걸음으로 마흔 길음은 족히 넘는 큰 샘물이었다. 사철 내내 물이 깨끗한 모래 속에서 펑펑 솟았는데 그 물은 여름이면 너무도 차가워서 한 번만 들어가면 등에 난

2) 남여칠세부동석: 남녀가 일곱 살이 되면 자리를 함께 하지(함께 자지) 않는다.

땀띠가 쑥 들어간다고 하여 땀띠물이라고 했다. 겨울에는 오히려 물이 따뜻하여 동네 아줌마들은 개울의 징검다리를 건너가 땀띠 물이 내려오는 그곳에서 빨래하곤 했다.

내가 성인이 된 후 땀띠물에 한 번 갔는데 그곳으로 가는 석조교(石造橋)가 생겼고, 땀띠물 둘레도 석조물로 매끈하게 정비되어 있었다. 그러나 나에게는 그곳이 그 옛날의 땀띠물처럼 다정하게 느껴지지 않았다. 아내와 딸들은 그 물에 발을 담그고 열을 세지 못하고 발을 빼고 말았다. 물이 뼈가 시릴 정도로 찼기 때문이다.

나는 대화에 살 때, 밤이면 외할머니가 어머니와 함께 두드리던 다듬이질 소리를 잊지 못한다. 박달나무 다듬이는 반질반질했는데 밤이면 두 분이 다듬이 방망이를 두 개씩 들고 이리저리 위치를 바꾸어 가며 다듬질을 하셨다. 방망이들이 서로 부딪칠 것 같은데도 신기하게도 한 번도 그런 일은 일어나지 않았다. 밤이라 호야등 불꽃이 가물가물한데 다듬질 소리는 때론 빠르고, 때론 느리게, 때론 강하고, 때론 약하게 마치 음악소리처럼 들려왔다. 잠이 감실감실한 나의 눈에는 두 분이 꿈결 같이 아득하게 작아지며 멀어졌다가 다시 희미하게 가까이 왔다 했다. 집 떠난 남편 때문에 과부같이 살아가신 어머니와 외딸을 둔 외할머니의 애환을 담은 이 다듬질 가락은 기가 막히게 잘 어울리며, 박달 방망이는 청명한 소리를 내며, 기쁨의 춤을 추듯, 슬픔의 한을 삭이듯, 부드럽게 보듬듯 나를 잠재웠다.

나는 지금도 외할머니와 함께 양쪽 끝과 모서리를 잡아 당기곤 했던 희고 깨끗한 옥양목 이불잇의 빳빳하고 상쾌한 질감을 기억한다. 그리고 숯불 다리미로 빳빳하게 다림질된 이불홑청의 깨끗한 느낌과 옥양목이 숯불 다리미에 조금 누른 듯한 그 구수한 냄새를 잊지 못한다. 그리고 그 빳빳하고 깨끗한 흰 이불속에 처음 들어갈 때의 상쾌한 기분을 잊지 못한다.

나는 형제 중 외할머니께 안마를 가장 많이 해드렸다. 외할머니는 형은 장손이고 여동생은 어려서 심부름은 주로 나를 시키셨다.

"왜? 심부름은 나만 시켜!"

하고 툴툴댔지만, 나중에는 으레 내 일인 줄 알아 군말 없이 하게 되었다.

외할머니는 대화에 살 때 나를 데리고 가끔 먼 길을 걸어 고둣골의 산 속에 있는 절에 가곤 하셨다. 그 절에 형과 나의 이름을 올리셨다는 것이다. 고둣골의 절에 가는 길가에는 집채만 한 둥글고 큰 바위가 하나 있었는데 그 옆을 지나 계곡 길을 올라갈 때면 외할머니는 "옛날에 곰이 이 바위를 밀고 서 있었는데 그 아래에서 새끼 두 마리가 개울 속에 숨은 가재를 잡아먹고 있었단다. 그런데 지나가던 사람이 이 광경을 보고 놀라서 '곰이다!' 하고 큰 소리를 질렀는데 이 소리에 곰이 깜짝 놀라 바위를 밀고 있던 두 발을 떼는 바람에 새끼들이 바위 아래 모두 깔리고 말았대. 새끼가 바위에 깔리자 어미 곰은 바위를 밀쳐내려고 안간힘을 썼지만, 바위가 움직일 수 없어 새끼 곰들은 결국 죽고 말았대. 새끼를 잃은 어미 곰은 무서운 이빨을 드러내고 으르렁거리며 소리 지른 사람에게 달려들어 온몸을 갈기갈기 찢어 죽였대. 사람이든 짐승이든 제 새끼 고이는 마음은 다 마찬가지란다."라고 옛날이야기를 하시곤 하셨다.

둥그스럽고 빛나는 흰 얼굴, 언제나 쪽진머리에 깨끗한 몸, 키도 훤칠하시고 노래도 잘하시고, 사랑이 듬뿍 담긴 욕도 구수하게 잘하셨던 외할머니의 함지는 유(劉) 원(元) 자 자(子) 자 셨다.

3.
국민학교(초등학교) 시절은
언제나 재미있고 행복했다

　대화국민학교(초등학교)에서는 한 달에 한 번씩 공습훈련을 했다. 사이렌이 울리면 우리는 키득대며 도랑에 들어가 숨곤했다. 교실에서는 매일 '반공을 국시의 제일의로 삼고'로 시작되는 '혁명공약'을 외웠고, '국민교육헌장'을 암송했다. 우리들이 등교하는 길가의 담벼락에는 5.16 혁명(요즘은 군사정변이라고도 한다)으로 집권한 제3공화국의 대통령 박정희와 장관들 이름이 적혀 있는 세로로 쓴 전지 크기의 포고문(布告文)이 붙어있곤 했다.

　나는 대여섯 살 때부터 여름이면 양은주전자를 들고 형을 따라 다녔다. 형이 집 부엌에서 가루치는 체[3]를 가져가 논가의 수로에서 잡은 버

3) 체: 가루를 곱게 치거나 액체를 받는 데 쓰는 기구. 쳇바퀴에 말총, 명주실, 철사 따위로 그물 모양의 쳇불을 씌워 나무못이나 대못을 고정하여 만든다.

들붕어와 미꾸라지를 넣기 위해서였
다. 나보다 여섯 살 많은 형은 대화국
민학교와 대화중학교에서 9년간 내
리 일등을 했다. 형과 나는 여름방학
과제로 퇴비로 쓸 풀을 여러 관씩 베
어 학교에 내기도 했다.

　나는 호적상 착오로 대화에서는 이름이 종희였고, 춘천에 전학해서는
정희가 되었다. 그러나 여자 이름이라 늘 마음에 들지 않았다.

　춘천으로 이사한 후에는 하굣길에 매일 동무들과 만화가게에 두 군데
들러 좋아하는 만화를 시리즈별로 한 권도 빼지 않고 보았다. 비행기에
서 내린 줄을 타고 공중을 날아다니던 영웅 '정의의 사자 라이파이', '엄
마 찾아 삼만리' 등의 만화가 추억으로 남아있다.

　나는 공부를 제법 잘하여 선생님께 이쁨을 받았다. 대화 촌놈이 춘천
국민학교4)로 전학한 다음 해 5학년 때는 반에서 2등으로 우등상을 탔고,
교내 전체 글짓기 대회에서 '정원'이란 제목으로 동시를 써서 장원을 하
기도 했다. 이 동시는 화단에 떨어진 유리조각이 밤에 별빛을 받아 꽃보

4) 춘천국민학교(초등학교)는 1906년에 공립으로 설립되었다.

다 아름답게 빛난다는 내용이었다.

나는 방과 후에는 남아서 선생님을 도와 시험지를 채점하기도 했다. 그 때 나는 학교에서 3~4㎞쯤 떨어진 교동에 살았는 데 내가 채점을 할 때면 앞집에 살던 최승곤이란 친구는 집에 먼저 가면서 꼭 내 가방을 들어다 우리 집에 가져다주곤 했다. 심성이 무척 착한 친구였다. 이후 그는 내가 K생명보험 남부영업국장을 하던 시절, 서울 서초동에서 최승곤 세무법인의 간판을 보고 연락하여 우연히 만났다.

5학년 때 나는 신문팔이를 한 적이 있었다. 우리 동네에는 철대문에 정원이 있는 큰 양옥이 있었다. 그 집 아들인 동네 형은 얼굴도 찌그러지고 목도 곧지 못했다. 그 형은 걸을 때면 두 팔을 흔들며 우스꽝스럽게 걸었다. 그 형은 지체장애아였다. 그런데 그 형은 저녁 때가 되면 도청 아래에 있는 동아일보사에서 신문을 떼어 팔았다.

2원 50전에 떼어 4원을 받고 하루에 열 부쯤 팔았으니 하루에 15원을 버는 셈이었다. 우리는 모두 설탕과자 뽑기나 하던 때인데 우리보다 모자라 보이는 형이 돈을 버는 모습이 부러워 보였다. 그 형의 아버지는 당시 춘천시장이었다. 후일 생각해보니 아버지가 지체장애인 아들이 자립할 수 있도록 신문팔이를 시킨 것이었다.

나도 가정이 어려운 형편이라 돈을 벌고 싶어 친구와 함께 신문 4부를 사서 '동아일보~' '동아일보~' 하고 목청이 터져라 외치며 밤길을 뛰어 다녔다. 그런데 웬걸, 신문이 잘 팔리지 않는 것이다. 알고보니 그 형은 다방에 들어가서 신문을 파는 것이었다. 우리도 따라 하기로 했다. 하루는 조양동에 있는 다방에 주인 눈을 피해 들어가서 손님에게 신문을 팔려고 하는데 아뿔사, 거기 앉아 계시던 담임선생님과 눈이 딱 마주치게 되었다. 너무 창피하여 나는 그날로 신문팔이를 그만 두었다. 첫 돈벌이에 실패하고 만 것이다.

   그 일 후 나는 갑자기 선생님의 지시로 혼자 학교에서 키우는 염소 당번이 되었다. 염소란 놈은 잡아 끌면 절대로 따라오지 않는 습성이 있어 학교 밖에 나가 풀을 먹이고 학교로 데리고 오려면 얼마나 애를 태웠는지 모른다. 나는 하얀 염소를 끌고 온의동의 뚝방길로 가곤 했는데 그 곳에서 멀지않은 곳에 기차 철교가 있어 기차가 다닐 때면 꼭 '꽤엑 꽤엑' 하고 크게 경적을 울리곤 했다. 경적이 울리면 염소란 놈은 깜짝 놀라서 아무데나 껑충껑충 뛰어서 달아나곤 했는데 그럴 때마다 나는 염소를 잡으러 부리나케 뛰어갔고, 도망친 염소는 목줄을 잡아당기면 당길 수록 죽어라 하고 뻗대고 서서 끌려오지 않았다.

   그때 학교의 소사아저씨가 짜 주던 비린내 나는 뿌연 염소 젖을 비위도 약한 내가 어떻게 먹었는지 아직도 알 수 없다. 생각하여 보면 염소 당번을 시켜 염소 젖을 먹도록 한 것은 아마 점심을 못 싸오는 나에 대한 선생님의 남 모르는 배려였을 것이다.

   나는 반에서 첫째를 다툴만치 미술을 잘 하고 붓글씨[5]도 잘 썼다. 김국찬이란 친구는 나보다 공부도 잘하고 붓글씨도 잘썼다. 붓글씨를 쓸 때면 그 친구에 대한 경쟁심이 발동하곤 했다. 또 미술을 그리려면 왕자 파스가 있어야 했는데 가정 형편이 어려워서 한 번 사면 몽땅하게 짧아질 때까지 크레파스를 아껴 쓰곤 했다. 크레용은 색을 넣은 초 같은 것이어서 색이 영 섞이지 않아 그림을 잘 그릴 수 없었기 때문이다. 당시는 내 그림이나 붓글씨가 자주 교실 뒤의 게시판에 붙어있는 것이 어린 나의 자부심이기도 했다.

5) 붓글씨: 예전에는 학교에 따라 다르겠지만 붓글씨 시간과 미술 시간이 따로 있었다.

　여름이었다. 장마로 소양강은 물론 대바지강도 누런 물결이 거세게 흐르고 있었다. 나는 학교 동무들과 어울려 대바지강 가에서 물에 떠내려가며 헤엄을 치며 놀았다. 그러다 뱃터에서 내가 헤엄을 그치고 발로 서려고 했다. 그순간 나는 물속으로 쑤욱 빠져들고 말았다. 나루터라 수심이 깊은 데 오히려 얕다고 착각했던 것이다. 순간 당황하여 허우적 거리는데 누가 아래로부터 나를 물밖으로 확 밀어내는 것이었다. 나와 보니 한반의 형이었다. 그 형의 나이는 열다섯 살이었다. 그때는 철이 덜 들어서 고맙다고 인사했는지 기억에 없다. 그 형이 건강하게 잘 살고 계시길 기원한다.

　나도 초등학교를 졸업하고 2년쯤 후 여름, 동네 동생들을 데리고 소양강에 갔다가 당시 건설 중이던 소양강 제1교 교각 아래에 파인 깊은 물웅덩이에 빠져 들어가는 한 아이를 구해주기도 했다. 나도 개헤엄 밖에 못했는데 무조건 뛰어 들어서 허둥대다 보니 그 애는 내 팔에 매달려 있었다. 우리는 이미 가슴팍에 못미치는 물밖으로 나와 있었다. 내가 데려간 터라 그애에게 입단속을 하여 어머니께 말하지 말라고 했다. 그 어머니가 알면 야단 맞을 것 같아서였다.

초등학교 시절 나는 다른 친구들에게 비해 가장 가난한 집안의 아이였다. 친구들은 대개 시내에 살았고 모두 나보다는 잘 사는 집의 아이들이었다. 나는 표준전과나 동아전과도 없고 아버지도 없었지만, 그런 것에는 아랑곳하지 않고 친구들과 잘 어울리고, 장난도 많이 쳤다. 수업 외에 따로 공부해 본 기억은 없고, 선생님이 시킨 분단장과 미화부장을 맡아서 했다. 나는 구김살 없이 명랑하고 행복한 국민학교(초등학교) 시절을 보냈다. 나는 그때 친구들과 어울리는 게 너무 좋고, 공부하라는 사람도 없어서 교실 외에서는 이리저리 뛰어다니며 놀기만 했다. 그러나 선생님 말씀은 항상 잘 듣고 그대로 했던 모범생이었다.

나는 이렇게 행복하게 지낸 어린 시절이 내 평생에 자산이 되었다고 생각한다. 늘 어머니와 외할머니로 부터 받은 칭찬과 신뢰로 인해 아무리 어려운 환경이라도 포기하지 않는 자신감과 어떤 상황에서도 좌절하지 않고 최선을 다하는 끈기와 오기, 그리고 지나치리만치 낙천적인 사고를 갖게 되었다고 생각하며 감사한다.

2장

제2의 고향 춘천에서
나는 단련 받으며 성장했다

사진 자서전에서 청소년시절 쓰기

사람마다 청소년 시절에 대해 여러 가지 추억을 가지고 있을 것입니다. 저는 호반의 도시 춘천에서 갖가지 고생을 했던 기억이 어제 일처럼 생생합니다. 전교 7등으로 합격한 춘천중학교에 입학금이 없어서 못가게 되었고, 그때는 학교에 다니는 애들을 보면 가난한 가정에서 태어난 게 억울했고, 한편으로는 몹시 창피한 마음이 들었습니다. 길에서는 국민학교 동기들을 마주칠까봐 피해서 다녔습니다.

그러나 그때 저에게는 구두닦이 똘마니, 동사무소와 파출소의 급사 생활, 여관협회 급사, 신문보급소 총무, 자동차 내연기관 정비 직업훈련생 등 조금은 이색적인 추억이 생겼습니다. 또 검정고시와 예비고사를 쳐서 대학 입학자격을 얻었던 기쁨도 맛보았습니다. 저는 이 장에서 특별히 저를 키우신 외할머니와 고생하며 사신 어머니에 대한 추억과 어릴 때 여자친구 경선의 죽음을 써보았습니다.

독자들은 대개 중·고등학교 시절의 친한 친구들과의 우정, 갈등, 성장의 고통 등 추억을 가지고 계실 것입니다. 그리고 상(賞)를 탔던 기쁨이나, 스포츠 활동 기억, 연애 경험이나 고통스런 날의 기억도 있을 것입니다. 이런 기억들을 되살려 자서전을 기록해보시기 바랍니다.

4.
어머니, 나의 어머니

　우리 가족은 형(安聖熙, 現 중독학회 정회원)이 춘천고등학교에 입학하자, 모두 춘천으로 이사했다. 어머니가 애지중지하는 장남이 혼자 객지에서 자취 생활하는 것이 안쓰러웠기 때문이다. 형은 나와는 달리 국민학교와 중학교 내내 일등을 한 수재였다. 처음에는 교동에서 방이 다섯 개 있는 집을 샀으나 교활한 외사촌 동생의 사기에 걸려 일 년 만에 집을 날려 버렸다. 그 결과 나는 춘천중학교에 7등으로 합격했으나 입학금 3,600원이 없어 학교에 가지 못했다.

　어머니는 사글세방에 사시면서 때로는 산판(山坂)[1]에 외할머니와 함께 가서서 밥을 해주는 일을 하셨다. 그럴 때면 우리 삼 남매가 남아 집을 지켰다. 형도 동생을 많이 업어주었지만, 학교에 안 다니는 내가 주로 어린 동생에게 죽을 주고 돌보았다. 죽이 뽈면 되직해져서 멀건 죽보다 나아 보였다. 그래서 나는 어리석게 따뜻한 죽을 일부러 되직해지도록 식혀 두었다가 동생과 함께 먹곤 했다.

　나는 겨울이면 외할머니의 품속에 불덩어리 똥강아지가 되어 외할머니를 데워 드리며 잠들었다. 배가 아플 때면 "할미 손이 약손이다."라고 하시면서 내 배를 문질러 주곤 하셨는데 희한하게도 그렇게 하고 나면 배가 거짓말처럼 낫곤 했다. 외할머니는 겨울이면 매일 대야에 물을 데

1) 산판(山坂): 산에서 나무를 베어다 파는 업(業) 또는 그런 현장

워 얼음을 지치느라고 꽁꽁 언 내 손과 발을 뽀드득 뽀드득 소리가 나도록 닦아주셨다. 나도 외할머니 등과 어깨를 늘 두드려 드렸고, 가끔은 쪽집개로 흰머리카락을 뽑아 드렸다.

한편, 어머니는 머리에 상품을 담은 임을 이고 산을 넘어 고탄까지 춘천 외곽 시골 마을을 걸어 다니시면서 장사를 하셨다. 당시만 해도 버스도 하루에 한 번 다닐 정도였고 다른 교통 수단도 없었기 때문이었다. 가져가신 생필품을 팔았는데 대개 쌀이나 고추 등 곡물로도 받아 오셨으니, 임을 이고 다니신 목과 팔과 다리가 얼마나 아프셨을지 생각만 해도 마음이 아프다.

어머니는 과일장사도 하셨다. 과수원에서 복숭아 등 과일을 떼어서 춘천 중앙시장에 밤색 고무다라를 펴놓고 하시는 장사였다. 오나 가나 머리에 임을 이고 다니셔야 했으니 힘드신 게 당연했다.

나중에 어머니는 한복집에서 삯바느질을 하셨다. 솜씨가 좋아 손님이 많으셨다. 그러시다가 가게를 빌려 한복집을 직접 운영하셨다. 한복을 입고 손님의 한복을 지으시는 어머니의 모습은 곱고 단정하셨다. 그러나 그때는 어머니께 심부름을 가는 것이 너무도 창피스러웠다.

나는 지금도 길에서 키가 작으신 할머니를 보거나, 시장 바닥에 쪼그리고 앉아 다라에 물건을 놓고 과일이나 야채를 파시는 분들을 보면 가끔 어머니가 생각나서 연민의 감정을 갖게 된다.

그 시절 우리 가족은 때로 술지게미[2]로 밥을 대신하고, 밤사이 구들장 사이로 스며 나오는 연탄가스에 중독되어 어질어질 비틀대며 동치미 국물을 먹기도 했다. 당시에는 연탄가스 중독으로 죽은 사람도 꽤 있었다. 겨울에 연탄 백 장을 들여 놓을 수 있는 집은 부자집이었지만, 우리가 살던 교동 골짜기 사람들은 많아야 삼사십 장 연탄을 들여놓고 살았다. 우

---

2) 술지게미: 곡식을 발효하여 탁주를 거르고 남은 찌꺼기, 조박(糟粕)

리 집은 그나마도 거의 이삼 일에 한 번씩은 누군가 연탄을 사러 가야 했고, 이웃에게 연탄을 꾸기도 했다. 그러니 연탄아궁이의 공기 구멍을 거의 막아 놓아서 겨울이면 방안의 웃목에 놓은 자리끼[3]는 어김없이 얼음이 되었다.

어머니는 외할머니의 외동딸로 대화 옆의 마을 안미가 고향이었다. 안미에는 어머니의 사촌 동생들이 살았다. 어머니는 한 번도 외할아버지 말씀을 하시지 않아 어머니가 아주 어리셨을 때 외할아버지를 여의셨다고 추측할 뿐이다. 어머니는 그래도 평지(平地)인 안미, 친가와 외가가 있는 그곳에서 육십여 리 이상 떨어진 낯설고 물설은 산골마을 횡성의 둔내로 시집을 가셨다. 두 사람이 메는 가마를 타고 가셨다는데 길이 험하여 가마가 이리저리 흔들리며 끝없이 끝없이 산골로 들어 갔다고 하셨다.

시골이지만 부농(富農)인 나의 할아버지(安義淳)는 논을 여기저기 여러 마지기[4] 가지고 계셔서, 봄이면 도지로 받는 벼가 소달구지로 바리바리 들어왔다고 하셨다. 본인이 직접 농사도 지으시고, 겨울이면 소장수도 하셨다고 한다. 할아버지는 동네 일에도 열심이셔서 이웃들의 관공서 일은 모두 도맡아서 처리해 주셨다고 했다. 그래서인지 아들인 아버지가 면사무소의 서기로 들어갈 기회가 있었는데, 왜 그런지 아버지는 가지 않았다는 이야기를 형에게 들었다. 그랬으면 아마 우리 삼 남매의 인생도 달라졌을지도 모른다. 할아버지는 밤이면 사랑방에서 동네 사람들에게 장화홍련전, 인현왕후전, 별주부전, 춘향전 등 고전소설을 읽어 주셨는데 목소리가 낭랑하셔서 듣기 좋았다고 하셨다. 인품이 좋으셨던 것 같은 할아버지를 뵙지 못해 아쉬웠다.

3) 자리끼: 밤에 자다가 마시기 위하여 잠자리의 머리맡에 준비하여 두는 물.
4) 마지기: 논과 밭을 하나의 토지로 나누어 등록하는 땅의 단위, 200평을 한 마지기로 하기도 하고, 100평이나 300평을 한 마지기라고 하는 곳도 있다.

어머니는 시집 가셨을 때 시누이들이 너무 어려서 여럿을 업어서 키우셨다. 나의 할머니가 병이 들어 아버지와 큰 고모님을 낳고는 일찍 돌아가셨기 때문이었다. 당시 할아버지는 부인을 지극히 사랑하셔서 아내의 병을 고치려고 한의원이 있는 동네로 이사까지

가셨지만, 끝내는 살리지 못하고 이별하게 되셨다. 그 후 할아버지는 재취하게 되셨고, 어머니가 시집 가셨을 때는 이미 새 시어머니의 어린 딸들이 셋이나 있었다.

아버지는 의붓 어머니 아래서 아버지는 한학을 배우시고 국민학교만 졸업하게 되었고, 할아버지가 불쌍히 여기셨는지 농사일도 시키지 않아 아무 일도 할 줄 모르는 상태에서 나이가 한 살 많은 어머니를 맞게 된 것이었다.

어머니는 시아버지께 큰 사랑을 받으셨다. 시어버지는 시장에 다녀오실 때면 박가분[5]과 동백기름, 참빗[6] 등을 사다 주시고, 동네 사람들을 만나실 때 마다 입이 침이 마르도록 며느리 자랑을 하셨다고 한다. 그러나 할아버지는 아쉽게도 큰 손자를 보시지 못하고 병으로 세상을 뜨셨다.

농사일도 할 줄 몰랐고 세상물정에 어둡던 아버지는 할아버지가 세상을 뜨신 후 몇 해가 못되어 노름에 빠져 전문 투전꾼들에게 논이며 밭, 산까지 할아버지가 일군 모든 재산을 한꺼번에 당긴했다. 어머니는 도

---

5) 박가분(朴家粉): 일제 강점기인 1916년에 상표등록하여 판매를 시작한 한국 최초의 화장품으로 박승직(朴家)이 판매하고 부인 정정숙이 제작했다.

6) 참빗: 빗살이 아주 가늘고 촘촘한 빗, 예전에는 집집마다 참빗을 사용했다. 위생 관리에 무심하고 소홀한 탓으로 머리에 서캐(이)가 생겼고, 참빗으로 머리를 빗어 털어내곤 했다. 이 참빗은 쪽진 머리를 하기 위해 머리카락을 바짝 당겨 뒤로 빗어 넘겼던 여성들의 필수품이었다.

저히 거기서 살 수 없어 대화로 이사를 하여 외할머니와 여인숙을 운영하시면서 사시게 되었다.

어머니는 춘천에 이사와서 어려운 가운데서도 먼 친척인 아래 사람들을 항상 피붙이처럼 살갑게 챙기셨다. 아버지와 한 배인 큰 고모님이나 강릉 쪽에 사시는 고모 두 분도 가끔 만나면 어머니가 너무 착하신 분이라고 이구동성 말씀하시곤 했다. 아버지(安相鳳)가 내가 태어난지 17년만에 속 깊은 형의 배려로 집에 돌아오신 후에는 어머니의 어깨는 조금 가벼워졌다. 그러나 아버지가 워낙 돈버는 수완이 없는 분이라서 어머니는 늘 한복 바느질 일을 손에서 놓으실 수 없었다.

부모님이 연로하셔서 부천 내동에 이주하여 형 가족과 같은 동네에 사실 때, 형 가게의 주인집 남자는 목사였는데 항상 그 2층집의 지하에 있는 교회에서 예배를 드리셨다. 그 목사님은 인품이 좋지않아 동네에서 배척을 당하는 분이었지만, 어머니는 '나라도 예배 드리러 가지 않으면 목사님이 누구를 보고 설교 하시겠니? 신자라곤 사모님과 나 둘 뿐인데'라고 하셨다. 어머니는 형님 내외가 그 목사님을 싫어하는데도 불구하고 그 목사님께 세례를 받으셨다. 어머니는 타고난 천성이 착한 분이셨다.

　어머니는 내가 전세로 살던 살던 사랑마을 청구아파트에 와서 한 밤도 못 주무셨다. 아무리 '주무시고 가세요.'라고 권해도 나보다 어렵게 사는 형이 안쓰럽고 괜한눈치가 보여 내동으로 돌아가시곤 했다. 두 분은 작은 식당을 하는 형수를 도와 잔일을 도우시며 사셨다. 나는 그런 어머니께 매월 작은 용돈 밖에 드리지 못했다. 나도 사느라 바빠 여행을 못했지만 여행도 제대로 시켜드리지 못했다. 어머니를 사랑했지만 불효한 것이다.

　어머니는 미국 노스캐롤라이나에 사는 효심 깊은 여동생 영애가 미국 관광을 시켜 드려서 두 분이 미국 관광을 두 달간 하셨을 뿐, 평생 일만 하시며 고생하셨다.

　어머니는 내가 17년 생명보험회사 근무를 그만두고 송내역 로데오 거리에 원할머니 보쌈 체인점을 개업하여 한창 바빴던 두 번째 달, IMF사태가 터진 해인 1997년 9월 9일 부천성모병원 호스피스 병동에서 하나님 품으로 돌아가셨다.

　호스피스 병동에 입원하시기 전, 집으로 몇 번 찾아 뵈었을 때 평소에 전혀 술을 안드시던 어머니가 소주를 자주 드신다는 사실을 듣고

　"엄마, 왜 안하시던 술을 자꾸 드세요?"라고 했을 때 어머니는

"위가 아파서 그래."라고 힘없이 말씀하셨다.

그런데, 나는 그걸 평소에도 가끔 아프시다고 하고 소화제나 뇌신[7]을 드셔서 큰 병이라고는 생각하지 못했다. 나는 불효하게도 나 살기에 바빠 어머니를 관심있게 살펴드리지 못한 것이다. 또 형님과 지근 거리에 사시며 식사도 함께 하시고 형수님의 자그마한 식당에서 잔일을 도우시니 나도 모르게 무심해진 탓도 있었다. 그러다가 견디기 어렵게 아프시다고 하여 병원에 입원하셨는데 알고보니 어머니는 이미 위암 말기였다. 병원에서는 이미 치료가 늦었고, 연세도 있고 하여 수술해도 효과가 없다고 했다. 기막힌 일이었고 막심한 불효였다.

형과 내가 상의하여 어머니를 부천 성모병원 호스피스 병동에 모셨다. 호스피스 병동에 입원하면 연명치료는 하지 않지만 마약을 주사하여 고통없이 돌아가실 수 있다는 말을 들었기 때문이었다.

호스피스 병동[8]은 음침하게 너무 어두웠다. 환자들에게는 고통을 줄이려고 마약을 투여하여 거의 모든 분이 잠을 주무시고 있었다. 어머니도 말을 못하시고 누워계셨다. 이런 어둡고 음침한 곳에서 돌아가셔야 된다니 마음이 무거웠다. 며칠 후 밤에 어머니가 돌아가셨다.

그날 밤에는 형이 마치 그러지 말라는 듯이 손을 이리저리 내저으시고 임종하신 어머니를 지켰다. 임종하시기까지 귀가 들린다는 사실을 알았더라면, 어머니께 "엄마 고마워요, 엄마 사랑해요, 엄마 천국에서 만나요."라고 말이라도 해드려야 했는데 그렇게 하지 못한 것이 평생의 한이 되었다.

내가 어렸을 때는 일을 하며 열입곱 살 까지 어머니를 도왔지만, 대학을 졸업하고 결혼하여 살 때는 회사에 다니며 월급을 받아 형편이 나아

---

7) 뇌신: 두통 치통 등에 사용하는 해열, 진통, 소염제로 예전에 많이 사용했다.
8) 호스피스(hospice) 병동: 죽음이 가까운 환자를 입원시켜 육체적 고통을 덜어주고, 심리적·종교적으로 도움을 주어 평안한 임종을 맞도록 하는 특수병동

졌는대도 오히려 어머니께 매달 작은 돈 밖에 드리지 못한 것이 마음 아프다. 항상 어렵게 사는 형과 함께 사시며 우리 집에 오셔서 한 번도 마음 편히 따뜻하게 주무시지 못하고 이야기도 도란도란 나누지 못하고 주물러 드리지도 못한 것이 마음 아프다. 아무리 권해도 어머니는 형의 집으로 돌아가셨고 그러시는데는 말 못할 사정이 있지만, 나는 아직도 내내 그일이 마음에 걸려 아쉽기만 하다. 또 살아계실 때 변변한 여행도 제대로 시켜드리지 못한 것이 내내 마음 아프다.

어머니는 비록 많이 배우시지 못하고 가난하고 힘들게 사셨지만, 총명하고, 정직하고, 착하고, 성실하고, 인자하셨다. 이름대로 사신 그리운 어머니의 함자는 박(朴) 순(順) 자 옥(玉) 자 셨다.

어머니의 초상(肖像) - 詩

어머니, 올해도 / 산소에 둥굴레 꽃이 피었습니다.

외할머니의 열일곱살 아이는 / 애비가 바람의 말을 잃고 돌아온 보름밤 / 처음, 어머니의 여자(女子)를 보았습니다.

산판(山坂)을 할퀴던 겨울 칼바람에 찢어진 / 어머니의 흰 달빛 가슴/ 화전(火田)재로 물들어 빛바랜 우물을 / 몰래 훔쳐 가슴에 품었습니다.

봄을 흔드는 잔치처럼 / 고운 꽃가마가 둔내로 들 때 / 산골 꽃들은 어린 색시가 / 궁금하여 화관(花冠)이 되고 싶어 / 안달이 났습니다.

그렇게, 봄날은 가고 감자 꽃 / 옥수수 꽃 피고 지고 / 피고 지고
횡성 장날 박가분(朴家粉), 아직 /희고 곱기만 한데 / 시아버지는 금
쪽같은 외며느리를 두고 / 어허이 어허 어허이 어허 / 찢어진 만장
(挽章) 나래에 잠시 머물다 / 전재, 둥굴레 꽃술로 눈뜨고

열여덟 마지기의 논을 태우는 / 투전판9)의 엽연초 연기 / 아비 잃
은 애비는 / 심심산골 봉평, 깊은 골짜기에 / 산도라지로 숨었습
니다.

육이오의 포성이 잦아들 때 / 대화 봉놋방10) 거적을 흔들던 생울
음소리 / 달빛 옥양목에 긴긴 밤을 두드려 펴는 / 외할머니와 어
머니의 다듬질소리 / 고샅 속 번데기 조물거리다 / 오련히 가물
대는 호롱불 그림자 속 / 도깨비를 무서워하며 / 까무룩 잠들곤
했습니다.

대화 팔뚝같은 옥수수 밭 잃고 / 춘천 가던 야속한 도라꾸 / 포도
자갈 돌망치 소리에 깨지던 소양강 / 퀴퀴한 술찌게미, 서러운 가
난도 잊고 / 영세민 밀가루 한 포 뿌듯함도 잊고 / 그렇게, 그렇게
/ 고단한 날들이 저물고 / 따스하던 어머니의 젖가슴은 / 화롯불이
사위듯 / 평토장(平土葬)11)한 무덤같이 사그라졌습니다.

---

9) 투전판: 각종 문양·문자가 표시된 패를 뽑아 패의 끝수로 승부를 겨루는 놀이, 일제 이후에는 대개 마
작이나 화투로 하는 도박이었고, 전국을 도는 악질 도박꾼들이 있었다.
10) 봉놋방: 주막방, 주막이나 여인숙 대문 가까이 있는 여러 사람이 함숙하는 방
11) 평토장(平土葬): 무덤의 봉분을 만들지 않고 평평하게 매장함. 또는 그런 장사

명치 끝에 죽음을 단 어머니의 / 뼛골 마디마디를 삭이던 / 지아비의 마른 바람 / 큰 아들의 방황 / 칠십 평생, 까맣게 타버린 애간장도 / 그예, 바람을 타고 가는 바람 같이 / 슬며시, 끊어져 버렸습니다.

어머니. / 어머니.

시작노트

어머니를 추억하고 그리워하며
이 시를 천국의 어머니께 바친다.

5.
철없고 고달팠던 어린 시절, 그래도 재미있었다

    춘천국민학교 졸업 후 어머니는 방 하나를 얻어 이사하셨다. 나중에 생각해보니 주인(이발사였다)집 아들은 보결(합격한 아이가 입학하지 못할 때 합격선 아래 대기자 성적순으로 입학하는 것이다)로 춘천중학교에 들어갔는데 7등으로 합격한 내가 같은 집에 살면서 학교에 못 가는 것이 마음에 걸리셨던 까닭일 것이다.

    그해 봄에 나는 춘천시청 구내이발소에 가서 일하게 되었다. 청소하며 이발을 배우기 위해서였다. 그런데 어머니가 두 번째 들르셔서 이발소 바닥의 머리카락을 쓰는 나를 부르셔서 그만두라고 하셨다. 작은 아들을 이발사로 만드는 것이 안쓰럽고 싫으셨던 것이다.

    나는 그해 가을에는 종규라는 친구와 후평동의 하일 벌(후일 후평동 산업단지가 되었다)로 수확기 내내 고구마 이삭줍기를 하러 다녔다. 누가 시킨 것은 아니지만 삐삐선(군용통신선)으로 엮은 가방에 가득 고구마를 주워오면 고구마가 한 관이 넘어서 우리 가족의 여러 끼 식사가 되었기 때문이었다. 때로는 어떤 밭이랑에서 고구마가 유독 많이 나오기도 했다. 그럴 때면 고구마를 수확하시는 분들이 이삭을 줍는 사람을 위해 남겨둔 것이 아닌가 하는 생각이 들어 고맙기도 했다.

나는 어머니와 외할머니와 함께 영세민 일을 하기도 했다. 여섯 살짜리 어린 여동생 영애도 땡볕 아래 따라 나올 수밖에 없었다. 처음에 한일은 언덕의 흙을 파서 논에 있는 사방 1m 높이 50㎝ 크기의 네모진 나무곽에 네 번을 메우면 밀가루 표를 받는 것이었다. 당시 운교동 성당 아래 언덕에서 흙을 퍼 대야에 이어 날랐는데 그 흙이 마사토라 곡괭이로 긁어내다시피 한참을 파야 겨우 한 대야가 되었다. 젊은 남자들은 곡괭이질도 잘하고 손수레로 한가득 나르면 한 통을 채울 수 있어 쉽게 일을 마치곤 했다. 가끔은 우리가 안쓰러웠는지 그들이 흙을 파서 우리 몫을 채워주기도 했다. 이런 분들이 있어 세상은 살만하고 고맙다 생각했다. 형은 강원도의 명문 춘천고등학교에 다니기 때문에 일하러 나오지 않았다. 나는 그때는 장남은 그런 일에 당연히 열외자(列外者)라서 그래도 된다고 생각했다.

우리는 또 소양강 강가에서 자갈을 깨는 일을 하기도 했다. 이 자갈은 도로포장이나 철길 까는 데 쓰이는 것이었다. 여름이라 땡볕 아래서 온종일 바짝 뜨거워진 돌을 망치로 깨는 일이 힘들기도 했지만 나는 어머니와 외할머니를 돕는 것이 가족으로서 당연하다고 생각했다.

지금도 가끔 기차 레일을 받치고 있는 깨진 자갈을 보면 그 시절이 생각날 때가 있다. 지금 우리나라는 크러셔란 자갈 깨는 기계로 자갈을 생산하지만, 어쩌다 TV를 통해 후진국에서 아이들이 종종 망치로 자갈을 깨는 모습을 보면 그때를 생각하게 된다. 나는 이 아이들이 국가 성장과 함께 훌륭한 사람이 될 수 있다는 희망을 갖는다.

---

12) 4H: 지성(Head), 덕성(Heart), 손(Hand), 건강(Health)의 머릿글자이다. 1902년 미국에서 4H의 이념을 가지고 처음 조직된 청소년 단체이다.

  당시에는 모두들 어렵게 살았다. 박정희 정부에서는 경제개발 5개년
계획을 시행 중이었고, 춘천에는 매일 아침 "개나리꽃 피는 마을"이란 시
가(市歌)가 확성기를 타고 울려 퍼졌다. 또 시골마다 새마을 운동이 시행
되었고, 동네마다 새마을 노래가 울려 퍼졌다. 4H[12] 청년회가 조직되어
새마을 운동을 마을 단위로 주도하고 있었다.[13] 모두 잘 살려고 안간힘
을 썼고 한반도 남쪽의 한민족이 기지개를 켜는 때였다.

---

13) 4H 운동: 1947년 3월 낙후된 농촌의 생활 향상과 기술 개량을 도모하고 청소년들을 고무하기 위해
시작된 운동. 5.16 이후 새마을 운동과 접목되어 농촌의 발전에 기여했다.

6.
동사무소 급사의 겨울 새벽 빗자루 돌리기

나의 월급은 육백 원과 영세민 구제용 밀가루 4kg짜리 한 포였다. 처음 동사무소서 한 일은 청년회장을 따라 2층짜리 건물인 춘천시청에 간 것이었다. 총무과를 비롯하여 시청의 여러 과를 돌아다녔다. 과(課)의 현판들이 모두 한자로 되어 있어 처음엔 글자를 읽고 찾아가기보다 위치를 외워야 했다.

나는 거기서 화장실이란 걸 처음 보았다. '아 시청에는 화장하는 곳도 있나 보다.'라고 생각하며 유리창 너머로 들여다보고야 그곳의 용도를 알게 되었다. 고향이나 춘천에서는 정랑이나 뒷간, 변소라고 불렀기 때문에 그 이름이 생소했다. 나는 시청에 심부름하러 다닐 때 춘천여중 앞에서는 언제나 뛰어다녔다. 교복과 교모(校帽)를 쓴 중학생이 아닌 게 창피했기 때문이었다.

그 겨울 어느 새벽이었다. 우리 집에 청년회장이 나를 데리러 왔다.

"밤에 눈이 엄청 많이 왔으니 반장들 집에 빗자루를 돌려야 해서요."

청년회장이 어머니께 한 말이었다. 어머니는 안쓰러운 눈으로 나를 바라보셨다. 나는 잠이 털 깬 채 청년회장을 따라나섰다. 그리고 열여덟 개의 싸리 빗자루와 벼로 꼰 새끼줄을 받았다. 한 집에 두 개씩 청년회장이 아홉 개 반, 내가 아홉 개 반을 돌려야 된다는 것이다.

　　나는 며칠 전 청년회장이 반장 댁을 딱 한 번 알려주었을 뿐이어서 위치를 모두 외우지는 못했다. 그리고 어린 나의 덩치로는 열여덟 개의 빗자루를 모두 들고 갈 수 없었다. 새벽은 살을 에는 매서운 추위에 떨고 있었다.

　　나는 빗자루를 아홉 개씩 묶었다. 그리고 번갈아 가며 끌고 반장 댁을 찾아다녔다. 언덕배기에 있는 반장 댁도 많았다. 그러면 눈 덮인 길 위에 빗자루 뭉치를 놓고 두 개만 들고 반장 댁 문을 두드렸다. 그리고 그 댁에서 다음에 갈 반장 댁을 물어보았다.

　　마지막인 18반 반장 댁은 이성길 연못14)(양어장과 연못)을 지나서 있었다. 이미 나는 온몸이 얼었고, 신발은 바닥이 떨어져서 그 사이로 눈이 들어가서 얼음이 되어 있었다. 이성길 연못은 내가 동무들과 헤엄치며, 호투15)라는 잠자리를 잡으며 놀던 곳이었다. 그러나 그 새벽 연못가 길에 몰아치는 살을 에는 겨울바람은 기어코 나를 울리고 말았다.

　　"추운 데 어린 것이 고생이 너무 많구나. 들어와서 이불 속에 몸을 좀 녹이고 가라."라는 18반 반장님 부부의 따뜻한 말을 뒤로 하고, 다시 살을 에는 찬 바람이 부는 연못가 길을 나올 때 눈물이 왈칵 쏟아졌다. 나는 허공에 대고 "○○○ 개새끼야!" 하고 여러 번 동회장(동장) 욕했다. 겨울 새벽에 빗자루를 돌리게 한 사람이 동회장이라고 생각하고 원망스러운 마음이 생겼기 때문이었다.

　　동회실에 돌아오니 청년회장이 사무실에서 나를 기다리고 있었다.

---

14) 이성길 연못: 초대 강원 도지사였다는 이성길이 조성한 연못, 양어장도 있었다. 당대에는 존경을 받았다고 하나 지금은 인터넷 검색에도 나오지 않는다. 역시 세상은 산 자의 것이다.
15) 호투: 왕잠자리 혹은 측범잠자리과의 잠자리 중 하나를 그렇게 부른 것 같다.

"꼬마야, 사무실 바깥 옆 숙직실 연탄 아궁이에 연탄불이 꺼졌으니 모두 출근하기 전에 불을 피워 놓고 가라."

그리고 멀대처럼 키 크고 뻰대(?) 없는 청년회장은 횡하니 가버렸다. 나는 동회실 주변을 다니며 나무 잔가지를 주워다 연기를 들이켜며 불을 피웠지만 아무리 해도 연탄불(19공탄)[16]을 붙일 수 없었다.

집에 가니 어머니와 외할머니가 얼굴에 연탄 검댕이가 묻은 나를 붙잡고 우셨다. 어머니가 우리 집 불붙은 연탄을 연탄집게로 집어 가져다 넣었다. 어린 내가 너무도 힘들어 울어버린 추운 새벽이었다.

▷ 이날 있었던 일은 옆 사진의 일기에 기록했다.

그러나 이제 와서 생각하면, 아프리카나 남미 빈국이나 필리핀 쓰레기 마을 아이들처럼 먹을 것이 없어 굶주리지도 않고, 푼돈을 벌려고 쓰레기장을 헤집지는 않았으니 그만해도 감사한 일이었다.

나는 동회실에서 일하면서 서류를 살펴보는 때도 적지 않았다. 내가 한자를 배우려고 하니까 젊은 남자 직원 한 분이 지극 정성으로 매일 30분 정도 한자(漢字)를 열심히 가르쳐 주었다. 심성이 착하고 고마운 분이었다.

세상에 살다 보면 이런 귀한 분들을 가끔 만나게 된다. 역시 이런 분들이 있어 세상은 살만한 것이다. 각박하게 저만 잘살기 위해 직원들의 등골을 휘게 하거나 불쌍한 사람을 보고 매정하게 외면하는 인간들이 많은 세상에서, 그래도 이런 분들이 있다는 것은 얼마나 큰 위로인지 모른다. 나는 한자 실력이 늘어 나중에는 담당자가 없으면 그분을 대신하여 작은

---

16) 연탄불(19공탄): 구멍이 열아홉개인 원통형 연탄. 예전에는 주된 난방 재료였으며, 현재는 산동네 주택이나 화원, 공장, 식당 등에서 쓰인다. 구들방에 연탄을 때면 일산화 탄소가 발생하여 가족들이 구들장 틈에서 새어 나온 가스에 중독되어 죽는 사례도 꽤 있었다.

민원업무를 처리하기도 했다. 이때 주민들의 이름을 쓰면서 배운 한자 실력은 평생의 자산이 되었다.

한편 영세민에게 큰 통에서 밀가루를 퍼서 나누어 주는 것도 나의 일이 되었다. 하도 여러 번 반복하여 같은 양을 퍼서 주다 보니 푹 떠서 담으면 정확히 4kg이었다. 그런데 밀가루가 새로 나오면 청년회장이 밀가루 두 포를 가장 먼저 동회장 댁에 가져다주는 것이 내게는 좋아 보이지 않았다. 왜냐하면 밀가루는 영세민 구제사업용으로 나온 것이기 때문이었다. 지금도 가끔 국가재산을 축내는 기생충 같은 인간들이 있어 혐오스럽지만, 당시에는 그런 일이 비일비재했다.

나는 일 년이 채 못된 기간 동안 교동 동회실에서 별 탈 없이 급사 노릇을 했다. 동회실를 왜 그만두었는지는 기억이 나지 않는다.

나는 소년 시절 학교를 제대로 다니는 게 바람직하지만, 환경상 그러지 못했다고 하더라도 짧지 않은 인생에서 성실히 노력한다면 누구나 어느 정도의 경제적 여유를 가진 행복한 가정을 이루고 살 수 있다고 생각한다. 왜냐하면 실제로 그런 자랑스러운 친구들이 내 주변에도 있고 또 그런 사람을 많이 만났기 때문이다.

7.
야간 춘천 YMCA 직업소년학교에 다녔다

나는 집에서 놀 때, 역시 중학교에 다니지 않는 동수란 동네 친구와 어울려 봉의산에 자주 다녔다. 학교에 다니지 않으니 심심해서였다. 그 친구는 산에 가면 펄펄 날았고, 다람쥐는 굴에 불을 피워서 잡고, 뱀은 홀치기 줄을 내려 기막히게 잡았다. 나도 다람쥐를 잡아 집에서 키우기도 했는데, 길이 들어 방에 풀어 놓았더니 베개 속을 다 파헤쳐 놓아 외할머니께 꾸중을 듣기도 했다. 살모사를 잡았을 때는 끈으로 나무에 달아 질질 끌고 시내로 내려가서 한약방에 팔기도 했다. 가는 동안 흑갈색 뱀을 보고 기겁한 어른들께 야단도 많이 맞았다.

나는 일 년제 야간학교인 춘천 YMCA[17] 직업소년학교에 다녔다. 교실은 버스 크기의 미군용 트레일러였고 시청 건물 뒷마당에 있었다.

춘천기독교청년회원들이 봉사하는 학교였다. 영어나 수학을 맛보기로 가르치는 학교였다. 김홍규 춘천 YMCA 총무님을 비롯해 엄두영, 유성준 선생님 등이 우리를 가르쳐준 헌신적인 봉사자셨다.

우리는 적십자사에 가서 인명 구조훈련을 받기도 했다. 인공호흡 하는 법, 다리가 부러진 사람을 운반하는 단가를 만드는 법, 붕대를 감는 법 등을 배우고 응급처치 자격증을 받았다.

17) YMCA: Young Men's Christian Association, 기독교청년회, 세계 120개국 1만개의 조직이 있다. 하나님의 나라가 청년들 가운데 확장하는 것을 목적으로 한다. 1903년에 창립한 대한기독교청년회는 월남 이상재 선생이 참여했다.

　그리고 여학생들은 노래와 춤을 연습하여 춘천 소년교도소에 위문공
연을 가기도 했다. 그곳에서 머리를 빡빡 깎은 채 쪼그리고 앉아, 연극과
춤 공연을 침묵 속에서 기다리던 수인복(囚人服)을 입은 형들의 초라하
고, 의기소침한 모습은 오랫동안 잊히지 않았다.

　나는 거기서 막내 또래였는데, 삼십여 년이 지나서 다시 만나게 된 연
국회란 친구와 각별히 친하게 지냈다. 이 친구는 소양로 4가 소양강 변
에 살았는데 나이도 같고 성품은 순했다. 또 그 동네에 또래의 친구들이
많아 교동에서 그곳까지 십 리가 넘는 곳을 먼 줄 모르고 서로 놀러 다녔
다. 당시 친구들은 어린 나이지만 더러는 나와는 달리 담배를 피우고 부
모님 몰래 소주를 마셨다. 기타를 치는 친구도 있었다.

　우리가 모여 전파사 앞에서 '삐빠빠 룰라 씨스 마이 베이비' 노래하며
나팔바지를 흔들며 춤을 추면 주인이 나와서 '저리 가서 놀아!' 하고 우
리를 쫓아버리곤 했다. 나는 어머니와 외할머니를 생각해서 술과 담배
를 하지 않았고, 춤도 출 줄 몰랐다. 늦되기도 했고 항상 고생하시는 어

머니를 생각하면 전혀 그러고 싶지 않았다.

　나는 때로 구두닦이 순원 형을 따라 구두를 집어다 주는 심부름을 하기도 했다. 그 형은 당시 스무 살 가까운 나이에 한국체육관에서 권투를 2년간 배웠는데 점잖은 그 형이 좋아서 가끔 따라다녔다. 봉의산 아래에 있는 강원도청과 후평동에 있는 강원대학교 직원들이 주 고객이었다. 내가 거기 사무실에 가서 구두를 받아 오면 그늘 있는 곳에서 형이 구두를 닦고, 다 닦으면 다시 그 사무실에 내가 가져다주곤 했다. 아무것도 받지 않고 강제하지도 않았지만, 그냥 듬직한 형과 있는 게 좋았다. 나중에 나는 검정고시를 거쳐 법학과에 입학 면접을 보게 된 교수실이 바로 구두를 날라 주었던 곳이라서 묘한 감회를 느꼈다.

　후일 풍문으로 들으니 그 형은 평소 이야기한 대로 부산에 내려가서 해양 고등학교를 거쳐 끝내 외항선 선장이 되었다는 소식을 들었다. 구두닦이를 하며 품었던 꿈을 기어코 이룬 것이다.

　그 시절에는 극장에 가려면 학생증이 있어야 할인을 받는데, 나와 친구들은 학생이 아니라서 성인표를 사는 게 항상 억울했다. 그렇다고 해서 성인영화를 볼 수 있는 것도 아니었다. 나이가 어렸기 때문이었다. 그때 본 「길은 멀어도 마음만은」(1960년 출시)란 영화 주인공이던 마리솔 (Marisol, 스페인 배우)이란 동갑쯤 되는 소녀 배우의 사진을 나는 오랫동안 주머니에 넣고 다녔다. 명함 크기의 상반신 사진인데 가슴 바로 아래까지 상의를 올린 사진이었다. 나에게는 그 애가 로미오와 줄리엣[18]의 소녀 주인공 올리비아 핫세처럼 예뻤다. 요즈음 말로 하면 열렬한 팬이 된

18) 로미오와 줄리엣: 셰익스피어의 4대 비극 중 하나로 1968년 파라마운트 픽처스가 영화로 제작하여 한국에서도 상영되었다. 당시 17세였던 올리비아 핫세는 이 영화로 특히 아시아권에서 청소년기 남성 팬들의 기억에 남는 가장 사랑스러운 스타가 되었다.

셈이다. 그때가 나의 사춘기였다.

　나는 친구들에 비해 이성에 관심
을 가진 시기가 늦었다. YMCA 직
업소년학교에 다닐 때 함께 다니는
한희석이란 예쁜 여자애에게 관심
이 있었으나 나와 동갑인 그 애는
다른 형과 사귀고 있었다. 그 애의
오빠도 함께 YMCA 직업소년학교

에 다녔는데 교동국민학교 옆 언덕에 있는 그 형네 집에는 몇 번 놀러 가
기도 했다. 그 형은 마마(호환마마, 천연두)를 앓아 얼굴이 심하게 얽었으나
마음은 더할 나위 없이 순박하여 그 형과 어울리는 것이 그저 좋았다.

　나는 그 시절 연탄 손수레를 많이 밀어주었다. 당시 우리 집이 교동의
낮은 지대에 있었는데 춘천여고로 올라가거나 반대편 중앙감리교회나
시청에서 춘천여고로 올라오는 두 갈래 길은 상당히 가팔라서 연탄을 싣
고 손수레를 끄는 분들이 한 발 내딛기가 너무도 힘들었다. 나는 손수레
를 민 날 때마다 뒤에서 밀어 드렸다. "고맙다." 소리를 들으면서 연탄 가
루가 묻은 손바닥을 길옆의 흙에 문질러 털며 뛰어가곤 했다. 쑥스러웠
기 때문이다. 그러나 마음은 뿌듯했다. 지금 생각해보면 연민(憐憫)과 함
께 '내가 비록 학교는 못 다니지만, 너희들보다 착하다.'라는 기승지심(氣
勝之心)[19]이 있었는지도 모른다.

19) 기승지심: 성미가 억척스럽고 굳세어 좀처럼 굽히지 않는 마음.

8.
소년 때 여자친구 경선의 죽음

우리 가족이 유봉여자고등학교 아래로 이사했을 때, 우리 앞집에는 주 경선이란 여자애가 살았다. 그 애는 그리 예쁘지는 않았지만, 얼굴은 둥글고 얼굴색은 조금 검었다. 그 애는 항상 잘 웃으며 사내애처럼 활달한 성격이었다. 경선은 춘천여자중학교에 다녔다. 초등학교 내내 일등을 했고, 중학교 2학년이 되도록 계속 일등을 하는 공부를 잘하는 아이였다. 동생도 공부를 잘하여 후일 서울대 사학과를 졸업했다.

그 애 엄마는 당시 우리 엄마와 함께 춘천 중앙시장에서 고동색 고무다리에 과일을 놓고 나란히 앉아 장사하셨다. 우리는 자연스레 엄마들이 계시는 시장에 함께 심부름하러 다녔다. 그러다 보니 우리 둘은 친구처럼 친하게 지내게 되었다. 한 번은 경선에게 성수중학교 이 학년인 아랫집의 남자애가 편지를 보냈는데, 그 편지를 다음 날 나에게 보여주면서

"나는 애가 싫어. 왜 이런 편지를 보냈는지 모르겠어."

라고 하며 편지를 보여주고 찢은 일이 있었다. 나는 경선이 나를 좋아한다고 느꼈다. 그러나 그때처럼 중학교에 다니지 못하는 것이 속상한 때가 없었다. 경선에게는 춘천농대(강원대학교의 전신)에 다니는 오빠가 있었는데 전○○ 형은 내 형의 친구였다. 그는 춘천농대에 수석 입학하였다. 대개의 지방에 가난한 집의 자녀들이 그렇듯이 실력은 있어도 돈이 없어서 서울의 명문대학교에 가지 못한 것이다. 그 형은 후일 교사 수학

경시대회에서 일등을 휩쓰는 우수한 실력의 수학 교사가 되었다. 다만, 술중독으로 강원도의 명문고인 춘천고에서 다른 곳으로 옮기기도 했고, 결국 알코올 중독으로 일찍 세상을 떴다.

　나는 달빛이 환한 밤이면 매일 동네가 내려다보이는 유봉여자고등학교 운동장 가에 앉아 아이들에게 장발장이며, 소공녀, 알프스의 소녀, 서유기(손오공), 그리스·로마 신화[20]를 들려주었다. 거기에 누워서 하늘을 처다보면 온통 밤하늘은 희뿌연 은하와 별 무리로 총총했다. 밤에 놀러 나온 아이들은 그런 밤하늘 아래에서 내 이야기를 재미있게 들어주었다. 언덕 아래의 동네에서 어머니들이 아이들의 이름을 불러야 그 모임이 끝나곤 했다. 경선도 나의 고정 청중의 하나였다.
　내가 유독 다른 아이들에 비해 많은 책을 읽은 것은 형의 친구인 이도행 형 덕분이었다. 그 형이 동생이 보던 소년·소녀 문학전집 50권을 모두 나에게 주었기 때문이었다. 나는 학교에 가지 못하기 때문에 시간이 많았다. 그 책 중 재미있는 것은 읽고 또 읽었기 때문에 내용을 모두 외울 정도였다. 그 형은 후일에 강원일보사를 통해 문단에 등단하여, 칠순이 넘은 나이에도 좋은 작품을 남기려는 꿈을 가지고 계속하여 글을 쓰고 있는 소설가가 되었다.

　그해 여름이었다. 나는 푸석푸석한 돌을 작은 칼로 파고 벽돌담에 문질러서 이스터섬의 석상 모아이를 닮은 얼굴을 만들어서 목에 줄을 매어 풀숲에 여러 번 휘둘렀다. 머리 부분과 코와 광대뼈 있는 곳이 풀빛으로 물들었다. 조금 이상한 모양이긴 했지만, 며칠 망설이다가 경선의 동생 경식을 불렀다. 원래 경선을 주려고 만든 것이었다.

20) 그리스·로마 신화: 성경과 함께 서양 문화를 이해하기 위한 필독서

"너, 이거 느네 누나에게 전해줄래?"

경식이는 누나에게 전해주라는 말에 약간 놀란 듯했지만, 이내

"뭐야? 형, 그래 전해줄게."

하면서 내 손에서 호두보다 약간 큰 돌 인형을 받아들었다. 경식이는 그 돌 인형을 누나에게 전해주었다고 했다. 그 후 경선이 나에게 무슨 말을 했는지 들었을 텐데 기억이 나지 않았다. (경식은 후일 서울대 사학과를 졸업하여 역사 교사가 되었다는 소식을 들었다)

나는 가끔 시장의 두 엄마에게 갈 때면 경선과 사이좋게 동행했다. 어머니들은 과일 장수를 그만두시고 한복집에서 삯바느질하셨다. 두 분이 공교롭게도 옷 짓는 솜씨가 좋으셨던 까닭이었다.

그해 가을 나는 소양로 3가 파출소에 급사로 취직하게 되었다. 취직한 첫 달 늦가을 밤, 퇴근길이었다. 교동에 있는 춘천향교[21](春川鄕校)를 지나가는 데 향교 오른편 컴컴한 논에서 울부짖는 소리가 들리는 것이었다. 목이 찢어지도록 통곡하며 울부짖는 소리였다. 벼를 다 베어 벼 그루터기만 남은 논바닥에서였다.

"경선아! 경선아!"

"경선아! 이 못난 애미 때문에 네가 죽었구나."

"경선아!"

나는 깜짝 놀라 경선 어머니를 논에서 밖으로 모시고 나와 집에까지 모셔드렸다. 경선 어머니는 나를 보시며 더욱더 울음이 북받쳐 오르는 것을 참으시느라 어깨를 들썩이며 몹시 흐느끼셨다. 나는 심하게 놀란 중에도 가슴이 찢어지는 듯한 깊은 아픔을 느꼈다.

"경선이 엄마가 경선이 무덤에 갔는데 그 앞에 과자봉지가 있고, 그 옆

21) 향교: 향교는 중국과 우리나라 유현(儒賢)들의 위패를 모시고 제향을 받들며 유학을 가르쳐 인재를 양성하고 지방의 민풍(民風)과 예속(禮俗)을 순화하는, 곧 제향과 교육의 두 가지 기능을 담당하는 지방 관청에 속한 교육기관이었다. 현재는 문묘의 향사를 받드는 곳이 되었다.

에는 소주병이 뒹굴고 있었데. 무덤이라고는 하나 아이가 죽은 것이니 모양이나마 제대로 갖췄겠니? 아마 경선이 오빠가 가끔 찾아가서 과자를 놓고, 소주를 마시고, 울다가 오는 것 같다고 경선이 엄마가 이야기하더라."

어머니가 전해주신 말씀이었다.

경선이 아프다는 소식을 들었을 때, 나는 파출소에서 첫 월급을 타면 어머니의 허락을 얻어 경선의 병원비를 보태려고 마음먹고, 어떻게 어머니께 말씀드리나 고민하고 있었다. 그런데 첫 월급을 타기도 전에 경선이 편도선염[22]으로 죽은 것이다. 어머니의 말씀으로는 약사 고개에 있는 천주교 성모병원에서 어머니 등에 업혀 나오다 힘이 없어 목이 꺾여 질식하여 죽었다는 것이다. 너무도 어이없고 기막힌 죽음이었다. 요즈음이라면 편도선염은 그리 심각한 병이 아닌데 그 병으로 춘천여중 2학년생인 경선이 죽고 만 것이다.

나는 그 무덤에 가보고 싶었으나 끝내 그러지 못했다. 그곳에 가겠다고 경선의 가족에게 말할 용기가 없었던 까닭이다. 경선의 어머니는 그후에도 나를 만나면 경선과 함께 시장에 왔던 일이 생각나서 언제나 나를 붙잡고 우서서 나의 마음을 아프게 했다.

지금도 정치적으로도 혼란하고 가난한 후진국에서 아이들이 최소한의 의료혜택을 받지 못해 죽고 있으니 얼마나 안타까운 일인지 모른다. 나는 비록 경제적 여유가 별로 없지만, 그때 일을 잊지 못해 유네스코에 매월 자동이체로 적은 후원금을 보내고 있다. 그런 곳에서 봉사하시는 분들이 정말 부럽다.

경선에게 주려고 손가락 세 개를 합한 크기의 보랏빛 수정 한 개를 무

---

22) 편도선염: 여러 원인으로 전신의 저항력이 감퇴되었을 때 편도 내 세균으로 인한 급성 감염으로 큰 병은 아니다. 당시에 경선은 춘천 약사동 성당의 성모병원에서 치료받았다. 지금도 의료 후진국에서는 치료받을 수 있는 아이들이 안타깝게 죽어가는 게 현실이다.

쇠 주전자에 보관했었는데, 경선이 죽자 이상하게도 주전자 속의 수정이
금이 가서 갈라져 있는 것이 나에게 더 큰 슬픔을 주었다.[23]

무쇠 주전자 이 주전자는 내가 고물장수에게 샀다. 그림을
자세히 그려 국립박물관에 문의 하였더니 일제시대의 주물
주전자라고 했다. 황학동에 가보니 이런 주전자는 흔했다.

하늘 아래 - 詩

주경선의 죽음에 붙여

퍼지는 국화의 꽃 잎새에

그 넋 깃 들으리- 깃 들으리-

앉은 먼지 바람이 털어 주고

없어진 생기(生氣) 구름이 넣어 주는

국화의

국화의 자람 속에 그 마음 깃들리

23) 후일, 나는 각당복지재단에서 죽음교육강사와 애도상담강사 훈련을 일 년쯤 받게 되면서 사랑하는
가족이 죽은 후 유가족이 겪게 되는 깊은 마음의 상처를 알게 되고, 또 그 상처가 평생의 트라우마로 심
신을 괴롭힘을 알게 되었다. 애도 상담의 필요를 알게 된 것이다.

하고 싶은 말들 꽃봉오리를 맺어
피어나리-피어나리.

- 1967. 10. 25. 오후

시작노트

경선은 어릴 때 첫 여자친구였다. 엄마들도 형들도 서로 친구였다. 편도선으로 죽은 경선의 죽음은 나에게 너무도 갑작스럽고 슬프고 안타까운 일이었다. 이때가 내가 겪은 첫 죽음이었다. 경선의 오빠는 동생의 죽음에 매어 살았다. 그 형을 만나려 통화했지만 형수가 나의 방문을 거절했다. 교사 수학경시대회에서 일등을 도맡았던 뛰어난 수학교사였으나, 술중독이 심해져서 몸과 마음이 피폐해졌던 것이다. 결국 몇 달 후에 그 형의 부음을 듣고야 말았다. 나는 후일 충분한 애도를 하지 못한 슬픔이 마음의 병이 되고, 몸까지 피폐하게 할 수 있다는 것을 애도상담사 교육을 통해 배웠다.

9.
소양로 3가 파출소 급사로 세상의 추한 얼굴을 보았다

열다섯 살이던 67년 가을, 나는 소양로 3가 파출소(지구대)의 급사로 취직했다. 파출소는 미군의 유도탄 기지 사령부인 캠프 페이지 정문과 마주 보는 삼거리의 코너에 있었다. 파출소의 관할 구역은 서부시장과 기와집 골, 그리고 사창(社倉, 私唱)고개[24] 아래의 창녀촌과 양색시촌, 미군들이 드나드는 바(Bar, 술집) 등이었다. 춘천에서는 춘천역 뒷편의 창녀촌과 함께 소위 우범 지역이었다.

나는 파출소에서 여러 가지 심부름을 하고, 틈틈이 영어 단어도 외우며, 한밤에는 몹시 무섭지만 순경 대신 모든 순찰함에 싸인도 하면서, 매일 상급기관인 춘천경찰서에 서류를 가져가고 가져오는 일을 했다.

그때만 해도 우리나라는 경제적으로는 후진국이었고, 부패가 만연한 시절이었다. 인권이란 개념이 '잘 살아보자.'라는 국가의 절대적 명제 아래 묻혔고, 아이들의 인권이란 단어조차 없을 때였다.

그런 때에도 부모들은 자녀의 장래가 자기의 처지와 같이 빈곤하지 않기를 원하여, 입을 것·먹을 것을 아껴가며 갖은 고생을 다하여 자녀들의 학비를 대어 교육시켰다. 나는 그런 형편도 안되는 극빈(極貧)한 홀어미니의 둘째 아들이었던 것이다.

나는 가끔 창녀촌 골목의 포주집들로 심부름을 갔다. 내가 낮에 그 곳

24) 사창고개: 소양로 3가와 낙원동 중간에 있는 고개. 옛날에 사창(社倉, 창고)이 있어 사창고개로 불렸다. 한국전쟁 이후 근처에 윤락가가 밀집되면서 사창(私唱)고개로 불렸다.

에 심부름을 가거나 창녀집들이 있는 골목을 지나갈 때면 창녀들이 핏기 없는 얼굴로 쪽마루에 나와 앉았다가 심심했는지,

"애, 꼬마야, 고추 맛 좀 보자. 이리 와라, 어른 만들어 줄게."

라고 놀리기도 했다. 얼굴이 후끈거리는 일이었다.

아침에 지나갈 때면 가끔은 일찍 일어난 몸이 바짝 마른 창녀가 머리 도 빗지 않은 채 부시시한 모습의 초췌한 얼굴을 하고, 쪽마루에 쪼그리 고 앉아 오목한 볼로 담배를 빨기도 했다. 그 몰골이 추해 보이기도 했지 만 그 기구한 처지가 너무도 불쌍하게 느껴졌다. 그 골목에 사는 창녀들 은 거의 국졸이거나 문맹이라고 했다. 가난이 죄인 것이다.

하루는 이른 아침에 목욕탕으로 심부름을 가게 되었다. 본서의 경무과 장이 어젯밤에 왔다가 창녀 집에서 자고, 출근하기 전에 목욕을 하는 것 이었다. 나는 목욕탕으로 가서 수건과 따끈따끈한 음료 두 병을 경무과 장에게 건네 주었다. '이런 인간에게 따뜻한 음료를 주다니!' 역겨운 마 음이었다. 그런데 그날 점심 때가 되기 전에 난리가 났다.

"경찰 높은 놈이면 다냐? 밤새도록 한숨도 못자게 괴롭히고, 변태 새 끼! 야 이 새끼들아 경찰이면 다냐? 돈도 안주고 하냐? 내가 지 마누라라 도 되냐? 차라리 피를 빨아 먹어라! 피를 빨아 먹어!"

머리를 풀어헤친 젊은 여자가 파출소 바닥에 앉아 악을 쓰는 것이었 다. 포주가 불려와 사태는 겨우 일단락이 되었다. 자초지종을 귓동냥으 로 들어보니 경무과장은 그 여자에게 밤새도록 변태적 행위를 하고 화대 (花代)[25]를 주지 않았던 것이다.

그일은 나에게 권력을 가진 자가 사람들에게 공개되지 않는다면 세상 의 약자를 얼마든지 숨어서 학대할 수 있음을 알려주고, 이런 부당한 강

25) 화대(花代): 기생, 악사, 창기(창녀) 따위와 관계를 갖거나 놀아준 대가로 주는 돈.

자에 대한 깊은 분노를 품게 했다. 이 분노는 후일 나의 직장생활에도 불법적인 강자에 대한 트라우마가 되어 영향을 미쳤다. 나는 알아채지 못했지만 상사가 부당한 말이나 행동을 할 때 남들처럼 그것을 꾹 참지 못하고 즉시 항의하곤 했던 것이다.

내가 본 가장 충격적인 사건이 있었다. 하루는 순경 한 분이 미군부대 캠프 페이지 앞에서 미군에게 가방 하나와 물건을 싼 보자기를 받아 오던 여자를 잡아 파출소로 데려왔다. 미제 물건 밀수를 단속하는 것이었다. 당시에 양색시(미군과 사는 여자)들은 동거하는 미군에게서 PX[26) 물건을 사오라고 해서 사람들에게 팔고 있었다. 아는 사람들은 그녀들에게 미제 물건 구입해 공공연하게 비싼 값에 거래하였지만, 그 행위는 밀수로 간주되는 불법이었다.

얼굴이 누렇게 뜬 자그마한 양색시는 순경이 끄집어 내어 책상 위에 펼쳐 놓은 물건들을 보더니, 순간 눈에 핏기가 서며 살기가 돌았다.

"야, 이 ○새끼들아, 나라고 양놈이 좋아 ○○를 팔고 살겠냐? 다, 살려 하는 건데. 이 ○새끼들아 차라리 나를 죽여라!"

라고 발악하며 갑자기 양주병을 파출소 바닥에 탁 때려서 깼다. 그리고는 순식간에 상의를 올리더니 그 날카로운 유리 칼로 배를 왼 편에서 오른 편으로 쫙 긋는 것이었다. 나는 배의 겉 살이 말리듯 뒤집히는 것과 비계같은 흰 속살이 깊이 갈라지며 이내 피가 밖으로 비명처럼 배어 나오는 끔찍한 광경을 보았다. 나는 그날의 끔찍한 광경을 생생하게 기억한다.

그리고 사람이 생존의 막다른 골목에 맞닥뜨리게 될 때, 감히 저항할 수 없는 상대에게 직접 대들지 못하고 오히려 자기를 해치는 자학적인

26) PX: 군부대 기지 내의 매점(Post Exchange)

행동을 할 수 있다는 것을 알게 되었다. 그리고 어려운 환경에서 죽지 못해 살아가는 사람들에 대한 몰이해와 비난보다 먼저 깊은 이해와 연민을 가져야 한다는 것을 깨닫게 되었다.

한편, 파출소에서 나의 호칭은 '꼬마'였지만 K순경은 나를 꼭 '급사[27]'라고 불러 나의 미움을 받았다. 그러나 파출소장님은 나를 꼭 '안군'이라고 부르며 때때로 칭찬해주어 나는 그분을 존경했다.

예수님이 탄생하시던 밤에 - 詩

구세군 교회당이 순백의 눈꽃 면사포를 쓰고 예수 탄생을 기다리던 밤 총총한 별들이 이 땅에 내려와 성탄트리 꽃으로 피어나고 어린 동방박사들 종이지팡이를 짚고 영광과 경배와 죽음을 볏짚 구유에 누운 아기 예수께 드리던 고요한 밤 거룩한 밤 예수님은 무엇에 홀리신 듯 사창私娼고개의 늙은 창녀娼女를 몰래 찾아 드셨다 벽에 발가벗은 서양여자가 요염하게 다리를 꼬고 게슴츠레 눈을 치뜬 밀실에서 뒤틀린 고사목枯死木이 된 여인의 앙상한 어깨를 삼십년이나 그리워하며 찾아다닌 잃어버린 딸을 만난 듯 애달피 감싸 앉으시고 그 메마른 우물 깊은 어둠의 눈동자를 피와 같은 눈물로 적시며 얼굴을 다정하게 쓰다듬으시더니 귀에 입을 대고 속삭이셨다 하늘의 별이나 달도 숨을 죽이고 펄펄 날리는 눈도 움직임을 멈춘 그 짧음이 영원으로 눈물이 소양강의 강물처럼 범람하던 그 밤, 검은 도둑이 물러가자 사창고개에는 이상한 소문이 돌았다.

"남자를 받고 나면 꼭 교회당의 십자가를 바라보며 꺼이꺼이 울던 그 미친년을 크리스마스에 예수님이 하늘나라로 데려 가셨대."

---

27) 급사(給仕): 관청이나 회사, 가게 따위에서 잔심부름을 시키기 위해 부리는 사람

詩作 노트

춘천에는 사창(倉倉 → 私唱)고개가 있었다. 고개 아래 미군부대 캠프페이지로 내려가
는 골목 양쪽이 창녀촌이었다. 골목 중간쯤에 구세군교회가 있었다. 성탄절에 교회
당의 성탄축하 장식이 반짝이는 것을 보고 맑고 청아한 성탄송을 들으며, 나는 세상
에서 지탄받는 창녀마저도 하나님이 불쌍히 여기시면 좋겠다 생각했다.

요한복음 8장 1~11절 참고.[28]

28) 간음한 여인(과 창녀): 신약성서 요한복음 8장, 예수가 간음한 여인을 용서해준 이야기

10.
효신상업전수학교 시절

나는 춘천 YMCA 직업소년학교 1년 공부를 1등으로 마친 후, 효신 고등공민학교(검정고시가 필요한 중학교 과정) 삼 학년으로 4월에 편입했다. 일 년도 제대로 배우지 못해 자격이 없지만, 껑충 뛰어 삼 학년에 편입한 것은 어머니께서 나를 데리고 학교에 찾아가셔서

"우리 아이에게 공부할 기회를 주세요. 이 애가 춘천중학교에 7등으로 합격한 아이랍니다."라고 울면서 사정사정하셨기 때문이었다. 아마 이웃에 사셨던 엄두영 영어 선생님께서 도와주신 것 같았다.

나는 워낙 기초가 부족해 그해 9월 검정고시에 응시조차 못 했다. 중학교 전 과정을 육 개월 만에 끝내야 했던 까닭이었다. 그러나 합격한 동기 중에서 양성효가 강원도의 명문고인 춘천고등학교에 이등, 이계림이 춘천농업고등학교에 수석으로 입학했다.

효신 고등공민학교는 방효정 목사님이 세우셨고, 나중에는 효신 상업 전수학교가 설립되어 그 아드님인 방지각 목사님이 교장이 되셨다. 나는 졸업 후 자연스럽게 야간 효신 상업 전수학교에 다니게 되었다. 연세대 신학과에 출강하시는 방지각 목사님(후일, 미주 장로교총연합회 대표 회장)에게는 삼 년 동안 매주 한 시간씩 장로교 교리와 성경을 배웠다. 나에게는 귀중한 시간이었다.

한 번은 학교의 효신교회에서 방지일 목사님
의 사경회가 있었다. 방지일(方之日) 목사님(대한
예수교장로회(통합) 제56대 총회장)은 한국 최초의 중
국선교사였던 분이었다. 그분은 냄새날 날 취
(臭)자를 크게 쓰시고 조용히 말씀하셨다. 이 한
자(漢字)를 풀어보면 자기(自)가 크기(大)를 작은
점(丶) 하나만큼 하면 썩는 냄새가 난다는 것이었
다. 그분의 차분하고 마음을 울리는 설교에 감동을 받은 많은 학생들이
평상시와는 달리 자발적으로 새벽기도회에 참석한 것은 참으로 놀라운
일이었다. 참으로 존경스러운 목사님이셨다.

한편, 나는 그때 춘천 침례교회에 다니고 있었는데 교회 별채의 서가
에 꽂혀 있는 『신앙의 기본원리』, 1969년에 도한호 목사(前 침례교 신학대학
장)가 번역한 책을 목사님께 빌리고자 말씀드렸다. 그런데 장시정 목사
님은 선뜻 그 책을 나에게 가지라고 하면서 주셨다. 고맙다고 인사드리
고 그 책을 가져왔다. 그 책의 저자는 미국 남 침례회 부회장인 Herschel
H Hobbs 목사였다. (미국은 한국과는 달리 남침례교가 가장 큰 교단이었다. 1972
년에는 미국 대통령 12명의 영적 조언자였던 금세기 최고의 전도자 빌리 그래함(Billy
Graham, 1918~2018) 목사가 한국을 방문하여 여의도 광장에서 300만 명이 운집한 놀라운
전도 집회를 열었다. 그때부터 한국기독교회는 폭발적으로 성장했다. 나도 춘천체육관에서
열렸던 집회에 참석하여 크게 감동받았다)

나는 그 책을 가져와서 읽기 시작했다. 그런데 그 책은 전문서적이라
삼위일체론까지 모든 교리가 성경 구절로만 해설되어 있었다. 나는 어
쩔 수 없이 책에 성경 구절을 빼곡하게 적어가며 읽었다.

나는 졸업하기 전 해인 9월에 네 과목 시험을 쳐서 대학입학 검정고시

에 합격하였다. 상업전수학교 졸업자는 네 과목 평균 점수가 60점이 넘으면 합격이었다. 동기들 중 대여섯 명이 합격했다. 그리고 두 달간 밤을 낮 삼아 공부하여 나를 포함하여 두 명이 대학입학 예비고사에 합격하게 되었다. 그때 함께 합격한 한 친구는 춘천농고에 수석으로 합격했다가 자퇴하고 삼학년 때 우리 학교로 온 이계림이란 친구였다. 나와 그 친구의 합격은 주경야독의 사례로 강원일보에 보도되었다. 아마 형의 선배 마홍목 기자가 형에게 듣고 보도했던 것 같다.

나는 학교에 다니면서 낮에는 남춘천에 있는 병기부대에서 직업훈련생으로 일 년 동안 '내연기관[29] 정비 코스'를 다니며 디젤 엔진과 가솔린 엔진 정비와 조립을 배웠다. 대학은 갈 생각조차 하지 못했고 기술을 배워야 살 수 있다는 생각에서였다, 두 달이 지나자 엔진 조립·정비를 능숙

29) 내연기관: 디젤엔진, 휘발유 엔진. 현재는 배터리와 수소가 엔진의 대체 동력으로 대체되고 있다. 가까운 미래에 또 다른 대체 내지 반영구 동력원이 생길 수도 있을 것이다.

하게 할 수 있었다. 나는 석 달째부터 다른 공장에서 엔진 슬리브 교환과 보링, 시동모터와 제네레이터. 선반, 밀링머신 등 공작기계 다루는 법을 배웠다. 산소용접과 전기용접도 약간 배웠다. 그러나 어머니가 객지로 보내는 것을 꺼려하셔서 취업하지 못했다.

한편, 효신 상업 전수학교에 다닐 때 나는 편집장이 되어, 정두호가 가리방을 긁고 프린트를 하여 교지 '밀알'을 창간하여 수필과 소설, 시를 실었다. 그때는 우리 교지 수준이 춘천고등학교 교지에 비견된다고 자부했다. 글을 잘 쓰는 동기들이 꽤 여럿 있었다. 친구 중 신현봉은 후일 전봉건 선생의 추천을 받아 현대시학(現代詩學)에서 시인으로 등단하여 열권도 넘는 시집을 낸 중견 시인이 되었다. 이 학교에서 사귄 남자 동기생 중 윤석규 목사, 신현봉 시인, 정두호, 이상극, 이병익 사장, 이규정 등과는 지금도 가끔 만나거나 연락하고 지낸다. 작년에 소식을 알게 된 임순분 누나는 동시 시인이 되어있었다.

현재까지 한 명을 제외하고는 모두 기독교인이 되었다. 나는 그도 하나님께 돌아오기를 기도한다.

3장

'어서 돌아오오'
찬송, 아내와의 운명적 만남

사진 자서전에서 청년시절까지 쓰기

저는 춘천에서 야간인 효신상업전수학
교를 다니면서 검정고시와 대입예비교
사에 합격했습니다. 이때 저는 친구 정
두호의 끈질긴 전도로 춘천침례교회에
다니게 되었고, 고등부인 사신회(使臣會)
회장으로 주일학교 교사와 찬양대원을 하며 침례를 받고 신앙생활을 했습
니다.

교회에서 평생의 배필인 사랑하는 아내 송화숙을 만났습니다. 우리는 결
혼하기까지 8년간 뜨겁고 열렬하게 사랑했습니다. '이 사랑만으로도 저의
삶은 충분히 행복했습니다.'라고 하나님께 감사드립니다.

저는 육군 포병대대에서 측지반으로 복무하고 표창장을 두 번 타면서(이
쯤 되면 '바보'라고 하는 분도 있을 것입니다) 병장으로 제대했습니다. 그리고 교내
장학금 수혜대상이 되어 학비를 면제 받으면서 강원대학교 법경대학 법학
과를 졸업하였습니다.

서울 화양동에서 홍릉에 있는 홍릉기계(국방과학연구소)에 다니던 아내가 고
리대금업자에게 떼일 뻔한 전세금을 가까스로 받아주기도 했습니다.

독자 여러분은 어떤 청년시절을 겪으셨는지요?

'아, 이렇게 청년시절을 살아온 사람도 있구나.' 하고 여러분의 추억을 되
살려 낼 수 있다면 제 자서전을 실은 보람이 있을 것입니다.

11.
'어서 돌아오오' 찬송, 아내와의 운명적 만남

나는 춘천침례교회에 다닐 때 아내를 만났다. 낙원동 언덕 위에 있는 아담한 목조 교회당에서 온화한 성품을 지니신 장시정 목사님이 시무하고 계셨다. 출석 성도가 어른과 어린이들까지 약 70~80명쯤 되었다.

나는 친구 정두호의 끈질긴 전도에 따라 교회에 나가게 되었고, 천지를 창조하신 하나님과 예수님을 믿게 되었다. 이런 믿음은 효신 상업 전수학교에서 방지각 목사님께 일주일에 한 번 성경 공부 시간을 갖고, 수요일 채플에 참석하여 예배드린 영향인 것 같다.

춘천침례교회 출석 2년째인 18세 때 옥산포 앞 소양강에서 침례[1]를 받았다. 한 해 전에 침례를 받으라고 했으나 믿음의 확신이 없다고 말씀드렸다가 받게 된 것이었다.

1) 침례(浸禮, Baptism by immersion, 침수례): 기독교에 입교하는 공식적인 인증 의식. 머리에 물을 붓거나 떨어뜨리는 '세례(洗禮)'와 온몸을 물에 잠그는 '침례'가 있다.

나는 옥산포 교회에 가서 온종일 찬송 패도로 전지 100장을 붓글씨로
써주기도 했지만, 아내가 된 화숙처럼 기도에 열심이지 못했다. 다만 교
회 청소를 하거나, 주일학교 교사를 하고, 고등부인 사신회 회장을 했다.
교회당 종탑에 올라가 크리스마스트리를 장식하고, 예수 탄생 연극의 무
대를 꾸미는 등 교회 일을 열심히 했을 뿐이었다.

나는 여러모로 태생적인 일꾼 체질이고 남의 칭찬받기를 좋아하여 언
제나 몸을 아끼지 않고 어떤 일이나 앞장서서 하는 것을 즐겼다.

나는 처음에는 다른 여학생들은 물론 화숙이란 여학생에게도 관심이
없었다. 화숙은 성가대의 알토 파트였는데 알토로서는 수준급이었다.
나는 베이스 파트였는데 목소리 좋다는 말은 가끔 들었지만 음정 박자를
제대로 알지 못하여 성가 연습 때는 지적을 많이 받았다.

그런데 어느 날이었다. 교회에서 갑자기 특송으로 화숙과 둘이서 듀엣
을 하게 되었다. 찬송은 237장 '어서 돌아오오'였다. '어서 돌아오오, 어
서 돌아오오. 지은 죄가 아무리 무겁고 크기로 주 어찌 못 담당하고 못
받으시리오. 우리 주의 넓은 가슴은 하늘보다 넓고 넓어'란 찬송이었다.

이 찬송은 성경에서 '아버지에게 상속재산을 미리 달라고 하여 집을 나가 객지에서 모두 탕진하고 돌아온 둘째 아들을 아버지가 잘 맞아 주었다는 예수님께서 말씀하신 비유'[2]를 소재로 한 찬송이었다. 불신 탕자를 부르는 찬송이었다.

뒤에서 이야기하겠지만 이날 부른 이 찬송은 나에게 있어서만은 나의 미래의 신앙적 타락에 대한 하나님의 예고하심, 즉 예언적 찬송이 되고 말았다. 그리고 이 찬송을 함께 하게 된 화숙과 나는 타락한 아들과 그를 위해 기도하는 아내로서의 운명적 끈이 그날 맺어졌음을 그때는 전혀 알지 못했다.

그런데, 이 찬송을 부르면서 이상하게도 나는 가슴이 심하게 뛰며 방망이질하는 것을 느꼈다. 온몸이 뜨거워지고 얼굴은 벌겋게 달아올랐다. 그것은 대중 앞에 처음 섰을 때의 가슴 뜀과는 전혀 다른 꿍꽝거림이었다. 운명적 만남을 알리는 천상의 북소리였다. 나는 몰라도 나의 몸은 이미 이 운명적 만남에 대해 전율을 느끼고, 평생 나의 짝이 된 사람을 만났다는 놀라움에 기뻐서 저절로 뛰고 있는 것이었다.

이처럼 사랑은 해일처럼 갑자기 나에게 들이닥쳤다. 가슴이 터질 것만 같았다. 그리고 찬송이 끝나기도 전에 내가 바로 화숙을 사랑하고 있다는 것을 알게 되었다.

그날 집에 돌아오자 마자 장문의 편지를 써서 화숙에게 주어 사랑을 고백했다. 나는 우선 어

2) 집 나갔다 돌아 온 탕자의 비유: 신약성서 누가복음 15:11~32 . 아버지에게 미리 상속 재산을 달라고 하여 집을 나가서 모두 탕진하고, 그제서야 잘못을 뉘우치고 돌아온 작은아들을 아버지가 용서하고 아들의 신분을 회복해주는 이야기

머니께 허락을 받았다. 어머니는 주인집 아주머니와 마음이 맞아 은근히 춘천여고에 다니는 딸과 나를 짝지어 주려고 했으나 고생하며 성장한 작은 아들의 결정을 존중하며 아무 내색도 하지 않으셨다. 화숙은 나의 어머니와 외할머니께 살갑게 대하여 이쁨을 받았다. 나는 이어 불문곡직하고 기와집골에 있는 화숙의 부모님을 찾아가 절을 하고 사귀겠다고 말씀 드렸다. 그리고 어떤 홍수로도 끌 수 없는 불같이 뜨거운 연애를 시작했다. 젊은 피가 펄펄 끓는 이 연애야말로 내 인생의 가장 큰 기쁨이었다.

12.
백마부대 포병대대 측지반에서 근무했다

나는 1973년 가을에 대학 1학기를 마치고 휴학을 한 후 육군에 입대하여 원주에서 신병훈련을 받았다. 나는 군대 체질인지 짬밥(군대 밥)을 먹고 덩치도 커졌고, 겁이 없어 유격훈련까지 모두 잘 받았다. 그리고 광주 포병학교로 가서 7주간의 측지(測地)[3]교육을 받았다. 포병학교에서는 향도가 되어 동기들을 통솔하기도 했고, 부사관 후보생들과 격구 시합을 할 때 선수로 선발되어 뛰기도 했다.

파주 법원리의 포병대대에 배치를 받았을 때 대대장 당번병을 하라고 했으나 남자답게 군대 생활을 하고 싶어서 거절했다. 처음 자대에 배치받았을 때는 선임들이 술을 안 먹으면 머리에 술을 붓겠다고 했지만 '나는 기독교인이므로 안 먹겠습니다.'라고 하여 끝까지 마시지 않았다.

정보과의 최선임들은 백마부대로 베트남에 파병되었다가 종전이 되어 6개월 만에 돌아온 사람들이었다. 취침하기 전에 공식 점호를 받고, 그 후에 선임들에게 받는 이중 점호가 있어 졸병들은 상당히 힘든 군대생활을 히였다. 나는 다행히 내 위의 선임과는 나와 17개월 차이가 있었고, 그 위로는 베트남전에 6개월 정도 참전한 최용태 병장이 본부포대의 왕선임이라 졸병 생활이 비교적 수월했다. 또 선임이 일찍 제대한 후 내

3) 측지(測地): 군대의 측지란 포를 전개하는 지점과 포탄이 떨어질 예상 탄착점 좌표를 측량하는 작업이다. 현재는 GPS 정보가 군대의 측지작업을 대체했을 것이다.

가 정보과의 선임이 되었기 때문에 입대 17개월 만에 병장이 되었다. 당
시는 상병 제대가 많을 때였다.

　나는 군에서 제대할 때까지 대대 본부 정보과에 근무하면서 측지병으
로 근무했다. 축현리로 부대를 옮긴 후 군단 포병 포술 경연대회에 우리
팀이 우승하여 대대장 표창을 받고, 모범병이라고 중대장 표창도 받았
다. 요령 부릴 줄 모르는 성품 때문이었다. 주일이면 부대 주둔지인 파
주 탄현면 축현리의 작은 교회에 다녔다. 목사님은 안양에서 큰 교회에
서 은퇴한 분이라고 했는데, 숙식을 홀로 하시며 동네 주민과 오랜 이웃
처럼 깊은 유대관계를 가지고 있는 훌륭한 분이셨다.

　내가 군 복무를 하는 동안 애인 화숙은 강원도청에서 직장을 옮겨 남
들이 들어가기 어려운 서울의 홍릉 기계(국방과학연구소)에 근무했다. 당
시 박정희 대통령은 해외의 과학두뇌들을 귀국시켜 아파트에 살게 하고,
높은 대우를 해주며 우리나라의 국방과학을 발전시켰다.

나는 화숙이 거기에 근무한다는 것이 기쁘면서도, 한편으로는 박사급 인재들과 근무한다는 것이 내심 불안하기도 했다. 그러나 자부심이 높았기 때문에 그리 괘념하지 않았다. 나는 홍릉 기계로 한두 번은 일부로 누구든 볼 수 있게 엽서를 보내기도 했다. 한 번에 여러 장씩 편지를 보냈지만, 화숙은 성품대로 가끔 엽서 한 장도 못 되는 분량의 답신을 하곤 했다. 화숙은 100여 장이 넘는 내 편지를 한 장도 빠짐없이 보관해 두었다가 결혼할 때 가지고 와서 나를 감동케 했다.

사랑스런 그대에게 - 편지 일부

가을,
밤하늘의 별들이 가슴 속에서
밝게 빛날 때
그리움은 깃을 퍼덕이며 날아 오른다.
그리고 그대의 모습이
나의 가장 깊은 곳에서 달이 되어
두둥실 떠오른다.
아아 이 자유로운 시간의 일각
젊음은 익어, 나는 새가 된다.
구만리 장공을 한 번 나래짓에 나르는
새가 된다.
나래짓에 이는 바람   .
바람은 그대의 잠자리를 싸고 돈다
나는 그대를 싸고도는 그리움.
그대의 발길이 가는 대로
그대의 눈길이 가는 대로
그대를 따르는,

자화상 - 1972년

한사코 혼자만이
그대를 안고 돌고 싶은 그리움이다.
아아 처음 태어난 아가의
보채고만 싶은 그리움이다.
보채고만 싶은 그리움이다.

정희로부터

1973년 11월 15일

(이병-광주 포병학교에서)

13.
낭만도 즐기지 못하고 대학시절이 지나갔다

　나는 1973년도에 강원대학교 법경대학 법학과에 입학했다. 3년이나 늦은 나이였다. 입학하던 해 3월에 육군 입영 영장이 나왔다. 나는 병무청 직원에게 사정을 이야기했지만 안 된다고 했다. 그래도 안 되어 과장에게 이야기했더니 역시 안된다고 했다. 남보다 삼 년 늦게 입학한 나로서는 그렇게 되면 9월에야 후기 졸업이 되니 여간 곤란한 일이 아니었다. 결국 일면식도 없는 김재명 강원도 병무청장을 직접 만나 사정을 말씀드리고, 겨우 허락을 받아 1학기를 마치고 9월에 입대하게 되었다. 참으로 고마운 일이었다.

　32개월 복무 후 전역하러 38사단에 가니 동기 197명 중 두 명이 차 사고와 지뢰 폭발 사고로 죽은 걸 알게 되었다. 참으로 인명(人名)은 재천(在天), 하나님께 달린 것이다.

　나는 76년 9월에 복학했다. 나는 대개 춘천고등학교 출신이거나 지방의 고등학교에서 내로라하고 공부를 꽤 잘했던 몇몇 선배·후배들과는 스스럼없이 친하게 지냈다. 동갑인 K는 춘고에서 전교 수석을 다투었다고 하는데, 가정교사로 가르친 아이들 여럿이 들어가는 서울대 법대에 세 번이나 떨어진 가난한 수재였다. 그는 성격이 내가 느끼기에는 다소 냉소적인 데가 있어 깊이 사귀지 못했다.

　나는 복학 후 고시(高試)4)에 마음을 두고 도서관 1층의 고시관에서 잠을 자며 십분 단위로 시간을 쪼개어 계획대로 공부했다. 연애 중이었지만 애인인 화숙은 서울 국방과학연구소에 근무하고, 나는 공부하기 바빠 자주 만나지 못했다. 민법과 상법 책은 여덟 번, 헌법 책은 다섯 번 정독했다. 후일 대법원장이 된 양승태 판사(?)의 형사소송법 교재는 그 치밀하고 논리 정연함이 나를 놀라게 했다. '아 세상에는 이런 천재도 있구나!' 하는 느낌이었다. 그러나 이런 천재도 2018년 소위 양승태 대법원장의 사법 농단 사건으로 기소되어 2023년 현재까지 재판 중이니 사람의 앞일은 알 수 없다고 하겠다.

　그러나 학교의 강의는 대개 '이러니, 지방대학생이 고시에 합격하기는 하늘에 별 따기지'할 정도로 부실했다. 사법, 행정고시가 아니라도 내 생각으로는 교수님들이 훌륭한 법학도를 기르는 데 관심이 조금은 모자라 보였다. 형법은 30페이지 정도로 한 학기가 끝날 정도였다. 나는 교수님들이 지방대학생인 제자들에게 자질에 큰 기대가 없어 그렇게 지도한다고 생각했다. 그러나 내 기억이 잘못된 것인지도 모른다. 다만 민법만이 김광민 조교수님이 그 많은 양의 민법을 한쪽도 빼지 않고 끝까지 읽고 가르쳤다. 그러나 그 방법은 고등학생을 가르치는 것 같았다. 다른 모든 과목에도 사례 연구는 해보지도 못했다.

　미국의 대학교에서 주로 한다는 토론을 통한 공부는 '법학 토론대회'로 딱 한 번 했을 뿐이다.

4) 고시(高試): 판사나 검사·변호사 연수 자격을 얻는 사법고시와, 고급 행정공무원 연수자격을 얻는 행정고시, 외무부의 고급공무원이나 대사나 공사로 나가는 연수자격을 얻는 외무고시가 있었다. 현재 사법고시는 법학전문대학원(로스쿨) 등 졸업자에게 자격을 주는 제도로 개편되었다.

나는 그 토론에서 발표자는 아니었지만 문제점을 지적하여 기대치 않았던 특별 질문상을 탔다.

　나는 일정 성적 이상자에게 주는 교내장학금을 몇 차례 받아 수업료가 일부 면제되었지만, 학교의 시험에는 별로 신경을 쓰지 않았다. 또 혹시 고시를 포기하고 중고등 교사가 될까 우려해 교육 과목은 이수하지 않았다. 입학 초기에는 중고등학교 과정을 제대로 배우지 못해 벼락공부한 영어가 기초가 워낙 부실하여 고생했고, 필수과목인 독서 강독은 독일어를 배운 적이 없어서 시험 범위 내의 모든 문장을 통째로 외워서 시험을 보았다. 김운용 헌법 교수님이 "자네, 모르면서 외워서 썼지?" 하며 D 학점을 주었다. 얼마나 죄송했는지 모른다. 나는 스스로 머리가 좋기 때문에 남들처럼 고시에 합격할 수 있다고 주제넘게 생각하고 도서관 1층의 고시관에서 3년간 불철주야 공부했다. 그러나 냉정하게 평가해보니, 이렇게 공부를 해서는 졸업 후 삼 년은 커녕 오 년을 밤낮으로 공부해도 쉽지 않은 일이라고 판단했다.

　거기에 더해 외할머니가 중풍으로 쓰러져 가정 경제사정이 극도로 어려워졌다. 나는 애인인 화숙과 결혼도 빨리 해야 하고, 어차피 졸업 후 삼 년쯤 더 공부할 수 없다면 이제는 포기하는 게 낫겠다 싶어 4학년 2학기에 도서관 아래 고시관을 떠

나 고시 공부를 포기했다. 화숙에게 4급 공무원(당시 주사) 시험을 보아 합격하면 학교를 자퇴하고, 근무를 하면서 공부를 계속하면 어떨까 상의했지만 화숙은 반대했다.

결국 나는 애인이 있어서 미팅도 안 하고, 그 흔하게 가는 강촌 MT도 공부하느라 가지 않고, 대학의 낭만인 연극 보기, 문학 모임, CCC 활동, 등산, 스포츠 활동도 해보지 못한 채 대학 시절을 보내고 말았다.

졸업논문은 '채권적 전세권자의 보호'였다. 이 문제는 정부의 법적 노력으로 법제화되었지만 실제로 전세 등기를 할 수 없는 등 미흡한 점이 있어 지금까지도 적잖은 전세 임차자들이 피해를 겪고 있다.

대학 시절에 남은 것이 있다면 입학하던 해에 '닭아 울어라'란 장시(長詩)를 강원대학보에 실어 연말에 호평을 받았던 기억이다. 특히 법학대학에서 얻게 된 법적 사고방식(Legal mind)과 법에 관한 얕은 지식은 세상을 살아가는 데 여러 가지로 도움이 되었다.

닭아 울어라 -詩

햇살이 기어이 외면하고 싶은
몇 평의 계사(鷄飼)

거기 사육되는 닭들의
먼 날의 실존(實存)이 전설로만 느껴지는
제한된 철망 속의 배회(徘徊)

이미 닭은
비상(飛上)의 자유를 잃은지 오래……
앗겨버린 하늘을 잊고

왕자의 관(冠)인 볏은
붉은 태양의 정열을 알지 못한다.

아아 그대들의 조상인
야생닭의 날개소리를 들어본 일이 있는가
하늘을 째는 힘찬 소리를…
그러나 지금은 원색의 자연을 잃고 죽음의 칼을
기다리는, 보지도 못하는 눈먼 운명의 닭들이여
육용양계(肉用養鷄)들이여

닭은 씨갈의 피를 잊고 있다
제게 아비의 형상이 있음을 알지못한다.
조상의 자유를 알지못한다
닭은 버려진 고아
미궁(迷宮)에 떨어진 가여운 희생아일뿐…

닭은
발톱의 투쟁력을
적을 맞아 일어나던
깃털의 반항을 망각의 강 건너에 두고
무정란마저
품을 모성, 사랑을 박탈당한다.
아아 닭들의 인공수정(人工受精)
그 것은 얼마나 모멸찬 삶의 구걸인가
갈 곳 없는 투쟁의 역정(歷程)
체념과 순응의 기막힌 변절이여

울지 않는 닭
닭은 단 하나의 권리마저 포기한다.
어둠의 무게에

눌린 고개에 뼈를 세울줄 모른다.
밤을 깨치고
아침을 부르는 소리
사랑이 완성되던 밤에
베드로의 부인(否認)을 깨우치는 소리
모두 잊고
신이 부여한 천분(天分)을 잃고 만다.
청명한 소리로 울 줄 모른다.
주어진 이름의 축복을 잃고 만다.

아아 이제는
바람의 조소(嘲笑)도 상관않는 닭에게서
원래의 본성은 찾을 길이 없느냐
깃털 날리던 하늘 푸름과 태양의 꿈이 바래버린
철망에 갇힘
그보다도, 그보다도 더 깊은 절망은
울지 않는 닭, 그로 인해
이름을 잃어버린 닭의
진정한 의미에서
모든 잃음, 죽음이 아니겠는가.

아아 닭이여
실존의 힘찬 날개소리는 없더라도
눈부신 야생조(野生鳥)의 자유는 없더라도
이제 그 목을 뽑아
응어리진 피를 내뿜는 울음
광명을 부르는 울음
생명을 사르어 생명을 구하는 울음을

울어보아라. 울어보아라.   「강원대학보, 1973.8.20.」

자서전에 필적을 남기는 것도 좋지 않을까?

졸업논문 초고-채권적 전세권자의 보호

애인 화숙에게 쓴 편지 일부

사랑하는 사람. 사실 그대는 내가 가난한 것이 싫지도, 그리고 愛人의 蔑視에 인 초라함, 나의 사랑은 그/偉大 것과 드러날 않니다 라고 써봅자 아무도 그리 탐탁치 여기지 않는 그런 초라함, 이 무척 싫겠지요, 웨냐하면 우리들은 모두 日常的 인 思考, 대부분의 사랑의 思考를 完全히 無視하거나 脫皮하기가 어려우니까요. 그리고 논리라는 것이 대개 그런 蔑視的인 評價와 相應 하니까요. 그러나 나는 그대가 나를 사랑하고 나에게 어느 정도의 期待를 가지고 主觀的인 눈으로 나를 보고 있다는 것을 잘알고 있지만, 그리고 그런 그대를 나는 믿고 사랑하지요. 다른 이야기 같지만, 나는 그대의 房에 가면 世界文學全集 에서 作家의 一生을 요약하여 기록한 年譜를 보며 人生을 배웁니다. 평탄한 것 같으면서도 屈曲이 있는 人生, 그들은 그들의 삶이 전혀 예측치 못한 경우에 처하게 될 때에도 그들의 創作意慾을 버리지 않았다는 것을 잘 보여주고 있지요, 그리하여 그들은 어느 정도의 成功을 일구다는 것도……

사랑하는 사람. 나는 무모하게 일을 계획하고, 分에 맞치는 목심에 이끌려 나의 길을 그르치지 않을 것입니다. 그러나 現在의 처지에서 얻을 수 있는 最大限의 것을 求하려 努力하려니, 如意치 않으면 둘째 번 것을 擇하는게 무모한 일은 아니겠지요. 사랑하는 사람. 나는 그대와의 結婚을 무엇보다 중요한 일이라고 생각하고 있읍니다. 웨냐하면 人生은 그게 짧은 것만은 아니어서 努力으로 넉넉지 충실하게 만들어 갈 수 있자마는, 平生을 같이 할 삶의 동반자를 얻는 것은 지금 當面한 일 중에 가장 重要한 일이기 때문입니다. 사랑하는 사람. 근심하여서는 안됩니다. 그대의 사랑은 때로는 어리석은 行動을 하기도 하지만 누구보다 나른의 人生을 사랑하여. 신중함을 가지고 나의 길을 갈 것이니까요. 사랑스런 사람. 한 때 그대는 그대의 사람에게 무척이나 큰 기대를 가진 사실이 있었다는 것을 나는 記憶합니다. 그리고 지금도 나는 그런 기대를 가지고 愛人을 자랑스럽게 생각하는 것이 必要하다는 것을 생각합니다. 웨냐하면 사랑은 他人의 忠告 보다도 자기와 가장 가까운 사람의 신뢰를 받게 될 때 勇氣를 갖게 되고. 또 相對가 바

14.
고리대금업자에게 떼일 뻔한 전세금을 돌려받았다

제대 후 복학하여 학교에 다닐 때였다. 그때 나의 애인 화숙은 성동구 화양동의 양옥집에서 이 층에 방 하나를 전세내어 살고 있었다. 그런데 어느 날 그 집이 고리대금업자에게 가등기된 상태에서 고리대금업자에게 명도되었다. 주인 부부는 새벽에 집에서 쫓겨났다. 세든 사람은 따로 명도소송을 해야 하므로 일 층에 독채로 세든 분과 이 층에 세든 화숙은 쫓겨나지 않은 상태였다. 사정을 알고보니 주인이 사채를 쓰면서 집을 가등기해주고, 변제일까지 채무 변제를 못하여 집이 통째로 날아간 것이었다.

나는 이 일을 듣고 기차를 타고 서울로 올라와 집 주인을 만났다. 집 주인에게 전세금을 돌려받기 위해서였다. 집 주인은 청계천 8가에 있는 궁전이란 룸싸롱에서 멤버로 근무하고 있었다. 멤버란 술자리에 여 종업원들을 들어 보내며 돈을 챙기는 사람이었다. 여 종업원들의 돈을 뜯어 산 집을 더 악랄한 고리대금업자에게 빼겼으니 그 사내도 기가 막힐 일이었다. 이층에 올라가 룸싸롱의 컴컴한 룸에서 삼십대 후반의 조금은 얍삽해 보이는 얼굴이 집 주인을 대면했다.

"안녕하세요? 저는 댁의 옆 방에 전세든 송화숙씨의 약혼자고 법적 대리인입니다. 오늘 전세금에 대해 이야기하러 왔습니다."

그가 탁자 건너편에서 옆으로 째진 작은 눈으로 기가 막히다는 표정으로 나를 보더니, 곧 여자 종업원을 불러 맥주를 두 병 시켰다.

"한 잔 드시죠. 그런데 어쩌자고 온 겁니까?"

그가 못마땅하다는 듯이 냉소적인 표정으로 물었다.

"네, 전세금을 돌려받으려고 왔습니다. 그리고 고맙지만, 술은 하지 않아서 사양하겠습니다."

나의 목소리는 조금 떨리고 있었다. 다소 흥분한 탓도 있지만 이런 불편한 대면이 처음이었기 때문이었다. 그가 나를 빤히 쳐다보더니 몹시 기분이 나쁘다는 듯이 대꾸했다.

"아니, 나도 집이 날아갔는데 내가 뭘 어쩌란 말이요?"

나도 그렇게 말하는 그의 눈을 빤히 쳐다보았다. 이런 대면에서 기가 죽으면 안 된다는 마음이었다. 파출소에 다닐 때 보지 않았는가? 이런 류의 인간들은 약해 보이면 깔고 뭉개는 습성이 있고, 강해 보이면 숙이고 들어오는 비굴함이 있는 것이다.

"뭘 어쩌라니요? 선생님이 전세금을 받은 주인이니 당연히 세입자에게 전세금을 돌려줘야 되지 않습니까?"

그가 나를 잠시 째려보더니, 갑자기 맥주컵을 탁자에 거꾸로 탁 내리쳐서 깼다. '내가 그리 만만한 줄 알아.' 하는 표정이었다. 그가 나에게 화를 내며 푸념하듯 말했다.

"당신! 너무하는 것 아니야? 나도 집에서 쫓겨 났어. 집을 날강도들에게 뺏겼단 말이야. 나는 지금 불알 두 쪽 밖에 없어 맘대로 해봐!"

나는 순간 놀랐지만 태연한 척 그의 눈을 쳐다보았다. 그러면서 '그래 맞아, 이 사람이 술집 아가씨들에게 갖은 못된 짓을 하면서 마련한 집인데 더 지독한 놈들에게 당한거지, 이 사람에게 돈을 받기는 글렀구나.' 하는 생각이 들었다. 그 순간 나와 눈이 마주친 그가 풀 죽은 목소리로 울먹이듯이 말했다.

"나도 돈 천만 원을 고리채 업자에게 빌렸다가 갑자기 집을 억울하게 통째로 날렸는데 어쩌란 말이요? 당신네 전세금 팔십만 원은 차라리 그 놈들한테 이야기해 보세요."

나는 잠시 침묵했다가 미련없이 자리에서 일어났다.

"딱하게 됐군요. 선생님께 돈을 받아야 되지만, 일단 알겠습니다."

그리고는 그곳을 떠났다. '약한 여자들 돈을 뜯는 인간 위에 그 돈을 꿀 꺽 삼키는 고리대금업자가 있다니!' 허탈감이 들었다. 화숙이 퇴근하기 전 화숙의 집에 가보니, 집 주인이 거주하던 두 방에는 불량스러워 보이 는 삼십대의 사내 셋이 구두를 신은 채 서서 담배를 방바닥에 비벼 끄며 무협소설을 보고 있었다. 그들 중 한 명이 나에게 물었다.

"누구요?"

나는 '이것들 깡패구나.'라는 마음을 감추고, 그를 보며 대답했다.

"난 저 건너 방에 전세든 사람의 약혼잡니다."

그중 나이가 가장 많아 보이는 사람이 나를 보며 단호하게 말했다.

"사정은 알지만 전세금은 받지 못할 겁니다. 명도소송을 하면 어차피 집을 빼줘야 될 거요. 차라리 채권자에게 이사 비용이나 좀 더 달라고 하 여 한 푼이라도 더 받고 나가는 게 상책일 거요."

다른 두 사람은 대화에 관심조차 없는 듯 보였다. 나는 순간 '이들이 이 렇게 와서 죽치고 서있는 것은 심리적 압박을 주어 빨리 내보려는 것이 구나.' 하고 추측했다.

나는 그에게 말했다.

"채권자에게 직접 말할데니 전화번호와 있는 곳을 좀 일러 주세요."

나는 그날 화숙의 방에서 잤다. 그 사람들이 위험하다고 생각했기 때 문이다. 다음 날 새벽에 기차로 춘천으로 갔다가 다시 올라왔다. 학교에 강의가 없는 시간을 활용하지 않으면 안 되었다.

내가 찾아간 것은 고리대금업자가 있는 삼일빌딩의 한 사무실이었다. 당시에는 서울 시내에서 삼일빌딩이 가장 높았다. 마침 점심 때라 세 사람이 소파에 앉아 푸짐하고 각가지 모양으로 고급스럽게 만들어진 생선회와 해물잡채를 먹고 있었다. 나는 찾아온 용건을 말했다. 그들 중 한 명이 시큰둥하게 대꾸했다.

"여기엔 사장님(채권자)이 없으니 그냥 가는 게 좋을 거요."

나는 이 사람들이 고리대금업자의 하수인이라는 것을 알아챘다.

"그래도 사장님을 꼭 만나야 됩니다. 언제 오면 되겠습니까?"

"사장님 일은 변호사 사무실에 위임했으니 그리로 가보시오."

나는 그들이 알려준 종로 2가 보금당 이층의 변호사 사무실로 걸어서 갔다. 몹시 더운 날이었다. '나쁜 놈들! 좋은 머리로 고시에 합격해 변호사가 되어 고리대금업자의 대리인이나 하고 있다니!' 하는 마음으로 문을 두드렸다. 그러나 변호사가 없어서 헛걸음이었다. 온 몸에 기운이 빠지는 느낌이었다. 다음 날 낮에도 화숙의 방에 있었다.

아랫 집은 화양동에서 무늬목 장사를 하는 몸이 마르고 순해 보이는 분이었는데 희한하게도 대학에서 부업으로 시간강사를 한다고 했다. 그의 1층 독채 전세금은 삼백만 원이었다. 나는 명도소송이 들어오면 계속 이의를 제기하고, 집을 비우고 문을 잠그는 등 여러 방법을 써서 전세금을 받을 때까지 끝까지 버티자고 그분을 설득했다.

그날 오후에 검은 세단을 타고 한 여자와 흰 구두를 신은 중년의 남자가 집으로 들어왔다. 죽은 남편이 중령이었다는 사십대의 썬글라스 낀 멋쟁이 여자가 사장이고, 한눈에도 멋 깨나 부리지만 왠지 천박해 보이는 선글라스를 낀 사십 대의 남자는 그녀의 내연남 겸 동업자였다. 이 사실은 방을 지키고 있던 사내들이 그들이 간 후에 이야기해 알게 된 것이었다.

나는 약자에게 고리채를 빌려주고 가등기 등 법을 악용하여 그 집마저 꿀꺽하는, 칼만 들지 않았지 강도같은 그들을 열심히 설득했다.

나는 사실 법학과 학생인데 방 주인의 약혼자이며 대리인이란 것, 그리고 내가 아는 모든 인맥을 동원하여 명도소송을 질질 끌 것이라는 것, 내가 아는 사람 중에는 춘천지방검찰청의 某검사가 있다는 것(사실은 그분은 형사소송법 강의를 하셨던 검사였고, 아마 나를 기억하지도 못했을 것이다) 명도소송을 오래 하느니 아래 윗 집의 전세금을 주고, 차라리 집을 팔아 돈을 빌려주고 높은 이자를 육개월만 받으면 오히려 더 이익이 아니냐는 논리였다.

묘한 표정으로 돌아간지 이틀 만에 그들이 왔다. 그들은 학생이라서 큰 인심을 쓴다고 생색을 내며 수표로 전세금을 돌려주었다. 수표를 건내는 그들에게 주민등록증과 수표에 배서(背書)을 요구했다. 그 남자가 기가 막히다는듯이 나를 처다보더니 주민등록증을 보여 주었다. 그렇게 해서 나는 아래 윗 집의 전세금을 모두 돌려 받았다. 이때의 경험으로 대학교 졸업 논문의 주제가 『채권적 전세권자의 보호』가 되었다. 아직도 이런 전세 임차인의 보호가 미흡한 현실이 아쉽다.

나중에 가보니, 화숙은 돌려 받은 전세금과 피아노를 친구 B 목사의 남편 J 목사의 개척교회인 H 교회에 모두 헌납하고 방 폭이 2m 남짓한 감옥처럼 작은 창이 있는 컴컴한 반지하방에 삯월세로 살고 있었다.

나중에 알고보니 그 전세금을 받으면 교회에 바치기로 J 목사와 사모 B 목사 그리고 애인 화숙이 함께 기도했다는 것이었다.

4장

일을 위해 태어났던 자의
영적 생명 얻기

삼십이립(三十而立) 사십불혹(四十不惑) 시절 이야기

공자는 군자가 나이 삼십이면 스스로
자기의 길에 서야 되고, 사십이면 유혹
에 빠지지 않아야 된다고 했습니다. 그
러나 저는 삼십에는 사회적 기반을 잡
기에 바빴고, 사십에는 오히려 유혹에

흔들렸습니다. 살아보니 저 같은 사람은 오히려 공자의 말씀[1]에 나이를
열 살씩 더하여 四十而立, 五十而不惑, 六十而知天命, 七十而耳順이라 해
도 오히려 어렵다는 생각을 하게 되었습니다. 저는 이 시절 중 십칠 년간
은 회사원으로, 이 년간은 요식업 체인점 주인으로, 칠 년간 중고 건설 중
장비 수출업자로, 또 아내와 두 딸의 가장으로 살아 왔습니다.

독자들께서는 저와는 다르지만 교사, 공무원, 회사원, 예술인, 기업인, 종
교인, 농업인, 공업인, 상인, 어업인, 노동자, 정치인, 자영업자 등 여러 형
태의 삶을 치열하게 살아 오셨을 것입니다.

대개 연부역강(年富力强)한 이 시절이 인생에 있어 가장 활발한 활동기였
고, 황금기였을 것입니다. 사진 자서전을 쓰시는데도 아마 이 시절의 이야
기꺼리와 사진이 가장 많으실 것입니다. 이 시절을 돌이켜 보고 사진 자서
전을 쓰시면서 '아, 너 참 수고 많았다!'라고 자신을 격려하는 또 하나의 계
기가 되시기 바랍니다.

---

1) 삼십이립(三十而立) 사십불혹(四十不惑): 공자의 논어 위정편에 공자가 한 말. 子曰: 吾十有五而志
於學 三十而立 四十而不惑 五十而知天命 六十而耳順 七十而從心所欲不踰矩. 서른 살에 자립하였고,
마흔에는 혹하지 않았고,(미혹됨이 없다)

15.
회사 입사와 결혼, 그리고 첫째 딸 진아의 출생

나는 강원대학교 법학과 졸업 두 달 전에 제
일생명보험(현재의 ABL생명)에 입사하였다. 중앙
정보부와 국민은행에 추천을 받을 수 있었지만,
생보사를 선택한 것은 상법 교수가 보험회사가
장래성이 있는 직종이라고 말해서였다. 그러나
이 선택은 돌아보니 결국 내 인생의 첫 단추를
그리 잘 끼운 것은 아니었다.

나는 제일생명 입사 후 대졸 사원 중 혼자 영
업 분야(외야)를 지원했다. 동기들은 모두 본사
근무를 원하여 대개 본사에 발령받았다. 이유는
간단했다. 외야에 나가 영업소장이 되어 영업
실적이 좋아 호봉승급이 되면 승진이 빨라질 줄
알고 지원한 것이다.

처음 총무로 근무한 춘천영업소는 현지에서
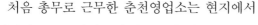
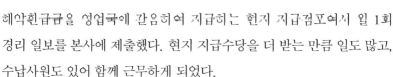
해약환급금을 영업국에 갈음하여 지급하는 현지 지급점포여서 일 1회
경리 일보를 본사에 제출했다. 현지 지급수당을 더 받는 만큼 일도 많고,
수납사원도 있어 함께 근무하게 되었다.

나는 영업소의 총무로 근무하던 해인 80년 5월 5일 어린이날에 사랑

하는 애인 화숙과 봉의산 기슭의 춘천세종호텔 예식장에서 행복하게 결혼했다. 주례는 장시정 춘천침례교회 담임 목사님이셨다.

나는 경제 사정상 제주도에는 가지 못하고, 버스를 타고 다니며 생전 처음 가보는 수원 화성 장안문과 용인의 자연농원 등에서 신혼여행을 했다. 당시엔 신혼 여행지라고 알려진 곳이 별로 없었다.

춘천영업소 총무로 근무하던 80년 12월 3일 겨울이었다. 아내가 첫

아이 출산을 위해 병원에 입원했다. 눈이 엄청나게 왔던 다음 날이었다. 내가 근무하고 있던 춘천영업소는 현지 지급점포여서 매월 마감 후 본사에 가서 정산을 해야 했다. 나는 버스와 택시를 타고 서울 서초구 서초동 본사에 허겁지겁 다녀왔다. 서울이 집인 K 소장이 다방 아가씨와 함께 있으려고 나를 보낸 것이었다. 폭설이 어지간히 녹은 후 밤새에 꽝꽝 얼어붙어 오가는 길이 온통 빙판이 되어 얼마나 위험했는지 모른다. 첫 아이를 보아야 했기 때문에 미끄러운 길에서도 뛰다시피 했다.

병원에 가보니 이미 딸이 태어나 있었다. 아내는 나도 없는 가운데 출산의 고통을 감내하며 귀한 첫딸을 낳은 것이다. 나는 그제야 사랑의 결실인 내 딸을 보며 안도의 한숨을 쉴 수 있었다. 그렇게 태어난 80년 12월 5일 태어난 첫딸에게 나는 진아(眞雅, Jina)란 이름을 지어주었다. 국제화 시대에 외국인이 부르기 쉬운 이름이었다.

진아는 순한 아이였다. 보행기에 앉혀 놓으면 배가 고파도 울지 않고 '어이어이' 하며 엄마를 쳐다보았다. 태어날 때부터 머리카락이 별로 없었고, 크면서 가늘게 난 머리카락은 약간 금발처럼 블론디 빛이 나서 어머니는 나를 닮았다고 했다.

춘천 약사동의 단칸 월세방에서 나는 이렇게 진아의 아버지가 되고 비로소 한 가정의 가장이 된 것이다.

16.
원주, 천호, 논현영업소장 시절

원주 영업소장 시절

나는 처음에는 춘천영업소에 일 년, 강원도를 담당하는 관서영업국에 일 년 근무했다. 영업국에 근무하는 동안 태백(황지) · 장성 · 도계 · 사북 등 오지의 영업소로 출장 가서 업무지도 감사도 하고, 보험모집사원(요즘은 라이프 컨설턴트라고 한다)에게 교육도 했다.

나는 영업국에 1년 근무 후 故 장진동 국장께 말씀드려 1982년 30세 때 원주영업소장에 지원했 다. 당시 원주영업소장은 개설 이 래 소장들의 무덤이었다. 나는 젊 고 자신감이 넘쳐서 잘할 자신이 있었지만, 관내 영업소장들은 모 두 무모하다고 말렸다.

나는 오랫동안 영업소장들이 대부분 6개월 만에 대기발령을 받거나 사표를 내고 나간 원주영업소를 일 년 만에 실질적으로 4배 이상 성장 시켰다. 영업소에서 점심을 해 먹게 하고 활동 계획을 매일 10시에 점검 하고, 오후 5시가 되면 고객 카드를 하나하나 점검하며 사원과 일대일로 하루의 활동 과정을 점검했다. 석 달이 못 되어 영업소의 실적이 영업국내에서 1위가 되었다. 그러나 영업하는 데 돈이 적지 않게 들어갔다. 사원들을 독려하고 상을 주는 데 영업소의 운영비가 모자랐기 때문이다. 사실 정상적인 사고로는 이해할 수 없지만 나는 빨리 승진하려는 생각밖에 없었다. 승진을 빨리해서 임원이 되는 것이 경제적으로 훨씬 유리하다고 생각했기 때문이었다.

결국은 아내가 알뜰하게 모아 둔 적금까지 영업비용으로 써버려 후일 적금 만기일에 아내에게 큰 실망을 주었다. 사랑하는 아내에게 커다란 불신을 심어주고 만 것이다. 이 일로 인해 거의 평생 서로 다툼이 있을 때마다 아내의 원망을 들어야 했다. 정말 알뜰한 아내에게 나의 독단적 행동으로 큰 실망을 주고 말았다.

나는 계획대로 일 년 만에 영업소를 두 개로 나누어 입사 동기 중 가장 먼저 1호봉 특진을 하였다. 월급은 올랐지만, 회사에서 사원, 참사, 대리, 과장, 차장, 부장 직급별로 최단 승진 기간을 못 박아 놓고 있었기 때문에 호봉 승급은 월급만 조금 올랐을 뿐, 나에게 별로 도움이 되지 못했다.

나는 원주영업소장이 끝날 무렵 영업 분야에 나온지 4년이 되었으니 이제는 본사로 들어가기로 결심했다. 본사에 올라가서 서울대 출신으로 인품이 훌륭하기로 소문난 L 영업이사님을 불쑥 찾아가 약속을 받았다. 그러나 그분은 약속을 지키지 않았고, 인사부에서는 나를 서울 영동영업국의 천호영업소장으로 발령냈다. 본사로 가기로 약속을 받고 철석 같이 믿었던 젊은 나로서는 정말 화가 치미는 발령이었다.

천호 영업소장 시절

화를 마음에 품은 채 천호영업소장으로 부임하여 영동영업국장이 참석한 가운데 전임 소장이 이임 인사를 하고 내가 부임 인사를 했다.

"나는 이런 영업소가 서울에 있으리라고는 생각하지 못했습니다. 영업

실적도 형편없고 유지율도 너무 나쁩니다. 계속하여 이렇게 영업할 거면 나는 영업소 문에 못을 박아 폐쇄해버리고 말겠습니다. 나와 함께 열심히 영업할 사람은 남고 그러지 못할 사람은 지금 그만두시기를 바랍니다."

P 영업국장은 말을 잃었고, 나 대신 전임 H 국장을 따라 기획실에 들어가게 된 전임 J 소장의 얼굴은 벌겋게 달아올랐다. 그런데 사실 이날 내 태도는 너무 무례한 것이었다. 전임 소장은 전임 H 국장을 따라 기획실에 들어가 기획 담당 대리로 발령 난 상태였다. 그날 즉시 그만둔 사원이 두 명이었다. 두 명 모두 젊은 사람이었다.

후일 입사 선배인 그는 내가 대리 승진 시험을 볼 때 그날의 무례에도 불구하고, 오히려 나에게 공부한 노트를 주어 도움을 주었다. 나와는 동갑이어서 나중에 본사에 들어가서는 함께 기획실에 근무하며 친하게 지냈다. 미안함과 감사가 교차하는 만남이었다.

열 명도 채 안 되는 사원을 데리고 증원을 하여 천호 영업소를 영업소답게 만든 지 여섯 달 만에 P 국장의 권유로 같은 영업국의 논현 영업소장으로 다시 발령받았다. 강남 논현 사거리에 있는 영업소였다.

"자네가 영업국 전임 강사이니 영업국이 있는 이곳에 와서 근무하면 좋지 않겠나?"

노회한 P 국장의 말이었지만, 당시 논현 영업소는 전임 여자 영업소장과 영업사원들이 싸워 서로 뺨을 때리고 고소를 주고받아 풍비박산이 난 영업소였다.

"논현 영업소에 가면 망한다. 그곳에서 살아남으면 내 손에 장을 지지겠다. 안 된다고 거절해라."

라고 선배 소장들이 충고했지만 나는 국장의 권유를 망설임 없이 받아들였다. 나는 이때 젊었고 가능성의 철학에 빠져있었기 때문이다.

논현 영업소장 시절

나는 이 영업소에서 부임 첫 달부터 5분 늦으면 5분 세워 놓는 등 늦은 시간만큼 세워 놓고 조회를 하며 엄격하게 사원들을 관리했다. 어떤 사원은 울다가 기절한 채 쓰러지는 척하는 사람도 있었지만 나는 꾹 참고 엄격한 관리를 계속했다. 이런 엄격한 관리는 중국 춘추전국 시대에 병법가 손무가 오나라 왕 합려의 궁녀를 조련한 일화[2]를 읽고 영향받은 바가 있었다.

부임 첫째 달에 영업소의 책상 위에 각종 물건을 잔뜩 쌓아놓고 선착순 시상을 시행했다. 일정 계약금액 이상이면 먼저 계약한 사람이 좋은 물건을 즉시 선택해 가져가는 시상이었다. 사원들은 먼저 좋은 것을 가져가려고 최선을 다해 열심히 뛰었다. 사원들의 숨어있던 잠재력이 폭발했다. 그 결과 부임 첫째 달에 영업국에서 1등을 하고, 그 후로도 계속하여 1등을 빼앗기지 않았다.

나는 부임 석 달 만에 네 개 반 중 세 개 반의 나이 많고 실적이 낮은 지도장을 가능성 있어 보이는 젊은 사람으로 예고 없이 교체했다. 그리고 지도장을 했던 세 명은 1반으로 몰아 편성하여, 목욕값도 주고 밥도 사주는 등 회유를 했다. 영업소의 조직 개편은 긍정적이고 놀라운 효과를 가져왔다. 나는 열심히 뛰어다니며 개척 판매에 시범을 보이고, 사원들의 계약 상담을 적극적으로 도왔다. 보험 판매의 경험이 미천한 나로서는 쉽지 않은 일이었다.

그 다음 해에는 전국을 실적별로 나누어 편성한 1조의 연도 시상에서 2등을 했다. 1조는 전국에서 우수 영업소가 모인 조였다. 이런 영업 결과는 최고의 영업소장이 되려고 전력을 다했고 또 드세기는 하지만 가능

---

2) 손무(孫武, 孫子)는 손자병법의 저자이자 오나라의 장군이다. 오나라 왕 합려가 궁녀 180명을 조련(제식훈련)할 수 있겠냐는 말을 하자, 손무는 궁녀를 연병장에 모아서 왕의 총애를 받는 궁녀 2명이 말을 안 듣자 그 목을 베어 군율을 세워 궁녀 조련에 성공했다고 한다.

성을 잠재우고 있던 사원들을 만난 결과였다. 하지만 2등의 결과는 너무 아쉬웠다. 본사 임원들의 대출 조건부 일시납 보험료가 경쟁상대인 선배의 영업소에 몰린 까닭이었다. 1등을 한 선배는 체구도 작고 최종 학력은 고졸이었으나 영업을 잘 하는 분이었다. 나는 서울에 부임하자마자 그분의 영업소에 가서 조회를 참관하기도 했고, 점포장 교육이 있으면 버스에서 슬쩍 그분 옆자리에 먼저 앉아 점포 운영의 비결을 훔쳐 듣기도 했었다. 그분은 내가 중도에 이직 후 J생명 영업 전무를 역임했다.

논현 영업소장 시절 길동의 산부인과 병원에서 86년 5월 24일 둘째 딸 민아(珉雅)가 태어났다. 민아도 영어로 표기하면 Mina로 국제화 시대에 대비한 이름이었다. 아내는 다윗과 같이 훌륭한 지도자, 솔로몬처럼 슬기로운 아이가 되게 해달라고 기도했다. 그런데 태어나고 보니 딸이었다. 민아는 K 항공 스튜어디스가 되었고, 결혼하여 두 아이를 낳았다. 아이들을 시댁 어른들이 돌봐주시는 덕에 지금도 여러 나라를 다니고 있다. 민아는 크면서 첫째인 진아와 함께 데리고 다니면 많은 사람이 돌아다 보곤 했다. 얼굴이 백옥같이 희고 통통한데 가는 머리카락은 브론디색으로 빛나 꼭 외국 아이 같았기 때문이다. 우리는 그때는 집을 옮겨 개인주택의 한 방에 세 들어 살고 있었다. 곁방살이하면서 나는 두 아이의 아빠가 된 것이다. 이때 아내는 좁은 방에서 두 딸을 양육하느라 큰 고생을 했다.

논현 영업소장 힐 때는 영입소 근처인 깅님 논헌동에 있는 개인주택의 반지하 방 두 개에 옮겨 살았다. 그곳에서는 집 앞 숭신교회에 다녔다. 연로하신 목사님은 교사 출신으로 상당히 근엄하셔서 말 붙이기 어려웠다. 나는 이 교회 예배 시간에 항상 졸아 한 번은 어린 진아가 걸어 들어

와서 '아빠 또 졸았지!'라고 큰소리를 쳐서 망신당한 적이 있었다. 그날
은 졸지 않았지만, 잘못은 내가 하고 집에 가서는 진아의 엉덩이를 때렸
다. 처음이자 마지막인 체벌이었다. 그 일만 생각하면 아버지로서 어린
진아에게 했던 잘못이 창피하고 미안하다.

그 후 부천 성주산 아래 분양받은 방 두 개에 작은 거실이 딸린 현대아
파트로 이주했다. 처음에는 광명시에서 전세 계약을 했지만, 아까운 계
약금을 미련없이 포기하고 미분양이었던 아파트를 산 것이다. 아파트
뒤편 야트막한 성주산 약수터에 가족과 함께 가곤 했다.

여기서는 근처 상가 이 층에 있는 송내중앙교회에 다녔다. 연세 많으
시고 자상한 장로님과 사십 대 중반인 목사님이 우리에게 많은 사랑을
주셨다. 그러나 나는 직장생활을 핑계로 신앙생활을 너무도 부실하게
했다. 그러면서도 늘 주일에 가족과 멀리 놀러 갈 수 없는 게 큰 불만이
었다. 나로서는 쉬는 날이 주일밖에 없었기 때문이다. 반면에 아내는 늘

그렇듯이 모든 예배와 금요기도회, 새
벽기도회를 다니며 신앙생활을 열심
히 했다. 그때 마음이 달라 우리 부부
는 갈등이 많았다.

한편 논현영업소장을 하면서 보험
공사(현재 금융감독원에 통합됨)의 집중 감
시를 일주일간 받은 적이 있었다. 김
사 한 달 전쯤에 P 영업국장님의 친구

3) 보험계약 유지율(維持率): 보험 계약을 하고 계약자가 보험료를 회자(回次) 별로 내는 비율이다. 유
지율이 나쁘면 영업비용의 효율성이 떨어져 비차손(費差損)이 발생하고, 보험사에는 받은 보험료가 쌓
이지 않아 자산 운용으로 인한 이차익(利差益)이 줄어들게 된다.

인 J 감사실장이 영업국에 와서 소장들을 국장실에 집합시켰다. 그리고는 한 명씩 호명해가며 모조리 보험계약 유지율[3]이 나쁘다고 질책하였다. 아마 국장과 사전에 짠 것 같았다. 내 차례가 오자 그분은 나를 무조건 질책했다. 나는 대뜸 반발했다. '저는 잘못한 것이 하나도 없습니다. 자료를 보시고 이야기 하시죠.' 그분은 당황하고 화가 나서 즉시 회의를 중지하고 본사로 돌아갔다. 나는 그분이 그일로 우리 영업소를 감사대상 점포로 지정했다고 추측했다. 감사 결과는 보험공사의 감사원이 나에게 상을 주라고 하는 것으로 끝났다.

나는 상을 받지 못했다. 그러나 이듬해 내가 본사에 들어가서 근무 할 때 감사실장이던 그분은 나만 가면 아무 말없이 감사란에 사인를 해주어 미안함과 동시에 고마움을 느꼈다.

가정을 일으키는 보험설계사 이야기

이쯤에서 나는 잊을 수 없는 한 분의 보험설계사의 이야기를 하면서 모든 성실한 보험설계사들에 대해 감사를 드리고 싶다. 당시만 해도 '여자가 밖으로 나돌면 안 된다. 보험회사 사원 중에는 몸을 팔아 보험계약을 하는 사람도 있다더라'라는 그릇된 사회통념(요즈음은 보험컨설턴트라고 불리며 그런 오해도 많이 사라졌다)이 있었다. 나는 그런 질시의 눈길 속에서도 훌륭히 가정 경제를 받치며 자녀를 양육하며 높은 실적을 거둔 보험설계사 중 한 분의 이야기를 하고 싶다.

40대 후반인 K 사원은 영업소에서 조회 시간 내내 어김없이 꼬박꼬박 졸았다. 영업 실적은 가장 좋았지만 조회 시간이나 영입활동 관리에 엄격한 편인 나로서는 당혹할 수밖에 없었다. 그래서 개인 면담을 하게 되었다.

"무슨 어려운 사정이 있으신가요? 매일 조회 때 조시는 거 보니 밤에 잠을 못 주무시는 것 같아서요."

그녀가 조금 망설이더니 슬픈 표정이 되어

"죄송해요. 소장님, 저도 조회 시간에 졸지 않아야 하는 것은 아는데 제가 워낙 잠이 모자라서요. 사실은 제가 시집갈 때는 한강 이북에서는 방이 가장 많은 큰 기와집에서 무척 잘 살았어요. 근동에서는 가장 큰 부잣집이어서 시쳇말로 손에 물도 안 묻히고 사람을 두고 살았어요. 저는 자수 놓는 그것밖에 할 일이 없었어요."

나는 그녀의 피곤한 얼굴을 바라보며 다음 말을 기다렸다.

"그런데 남편이 사업을 하다가 대갓집 기와집이며 그 많던 전답까지 모든 재산을 날려버리고, 빚만 남아 우리는 셋방살이 신세가 되었어요. 그 사이에 두 애들은 대학에 가게 되고, 저는 어쩔 수 없이 낮에는 보험을 하고, 밤에는 새벽까지 포장마차를 하며 빚을 갚고 대학에 다니는 두 아이의 학비를 대고 있어요."

잠이 부족해 푸석푸석한 오십 대 중반인 그녀의 얼굴에 눈물이 떨어졌다. 젊은 나는 내가 바로 그녀를 불행하게 한 듯이 당황스럽고 안타깝고 한편으로 엄격한 출근 시간 관리를 한 것이 미안해졌다.

그날 밤에 나는 부평역 북부 광장의 그 포장마차를 찾아가 어묵국과 소주를 사 먹었다. 그리고 다음 날 조회 때 그 사정을 영업소에서 모두에게 알리고, 그녀가 조는 것을 공개적으로 묵인하기로 했다.

칠전팔기 남편을 판사로 내조한 보험설계사 출신 K 소장 이야기

힌편 내가 근무하는 영업소 옆의 K 소장은 사십 대 후반의 풍채 좋은 여자분으로 보험설계사 출신이었다. 한눈에 보아도 큰 누님같이 인정이 많아 보이고 애교스럽게 웃기 잘하는 그녀의 남편은 당시 남부지원 판사였다. 그분은 말 그대로 칠전팔기로 사법시험에 합격했다.

결혼하자마자 그녀의 남편은 '당신과 나는 부부고 부부는 일심동체라고 했습니다. 나는 고시 공부하러 절에 들어가니 이제부터 나를 당신이먹여 살리시오.'라는 편지 한 장을 남긴 채 공부를 시작하여 팔 년 만에사법고시에 합격했다는 것이다. 그녀는 당시의 교계(기독교 계통) 신문 기사를 보여 주었다. '보험모집사원으로 내조를 하여 남편을 사법고시에합격하도록 했다.'라는 기사였다.

그녀는 우수한 영업소장인데 거기에 더해 보험 모집을 하여 영업국장보다 높은 수입을 거두고 있었다. 그녀는 나를 동생처럼 대했다.

하루는 탁구를 하다가 양말도 신지도 못하고 맨발로 그녀에게 끌려가서 그녀의 남편의 양말을 신고, 중곡동에 있는 교회의 부흥회에 참석한적이 있었다.

그날 기도 시간에 머리를 숙이고 눈만 감고 기도는 하지 못하고 있는데, 여자 강사가 기도하는 내 머리에 손을 얹더니

"사랑하는 아들아, 하나님이 네 목소리를 듣기 원하신다."

라고 하였다. 그 강사가 이단(異端)[4] 같아 기분이 나빴으나, 그 후로 가끔 그 말이 나의 마음을 두드리곤 했다. 그녀는 은퇴 후 남편과 함께 목사가 되어 경기도 광주 초월리에서 교회당을 짓고 그곳에서 목회하고있다.

---

[4] 이단: 기독교의 이단은 이슬람교나 불교 등 다른 종교가 아니다. 한자로 풀이하면 끝(端)이 다르다(異)란 뜻으로 기독교의 정통 교의에서 많이 벗어난 교리, 주의, 주장 등을 총칭하는 말이다. 대표적으로 교주가 있거나 종말의 때를 확정하는 교회 등은 모두 이단이다.

17.
회사의 전 업무에 대한 직무편람을 만들었다

나는 논현 영업소장 시절 첫 번째 대리 승진 시험에 2등을 하여 본사 기획실에 들어갔다. 당시 영업소장들이 필기시험을 보아 승진 시험에 합격한 전례는 없었지만, 나는 영업사원들에게는 영업실적이 목표 수준에 이를 때까지 집에 가지 않겠다고 공포하고, 겨울밤에 일주일 동안 영업소에서 침낭을 깔고 시험공부를 하였다.

이런 나의 본심을 모르고 별명이 독사인 L 영업국장은 나를 '독사 잡아먹을 놈'이라는 애칭으로 불렀다. 그 결과 보험게리인실 출신이 1등, 내가 2등으로 합격해 대리가 되어 이듬해 본사에 들어갔다.

나는 기획실의 사무개선과에서 일 년을 근무한 후 다음 해에는 회사의 예산을 기획, 분석, 통제하는 심사분석과에 근무하였다. 당시 항상 결재를 받아야 하는 기획실장님은 샤프하신 면과 함께 인품이 훌륭하신 분이어서 나는 소신껏 맡겨진 업무를 추진할 수 있었다.

사무개선과 시절에는 K 기획실 차장 지시로 전 부서의 실무자와 대리들에게 업무 개선 오리엔테이션을 실시하고, 그들과 협력하여 1년에 걸쳐 부서 별로 한 권씩 직무편람을 만들었다. 당시 기획실은 나와 동갑인 기획 담당 K 상무가 모그룹인 조양상선과 진주햄 회장의 사위여서 권한이 막강했다. 故 K 법무장관(1970년대)의 아들인 K 상무는 그 아버지의 아들답게 밤낮을 가리지 않고 최선을 다했다.

나는 일개 초임 대리였지만 각 부서의 과장이나 선임 대리들을 상대

로 업무 절차를 줄이거나 양식을 통합
하는 등 업무 표준화를 추진해 나갔다.
다른 부서와의 협의보다 전산실과 경
리부와의 업무 간소화가 가장 힘들었
다. 이때 그때까지 본사에서 전산 명세
서를 내려주고 영업소에서 수작업으로

보험모집사원의 급여를 주던 것을 전산 봉투로 바꿨다. 이로 인해 보험
모집사원이 정당한 급여를 받게 되었다. 경리부와는 어렵게 협의하여
'지출결의 품의서 및 전표'로 품의서와 입금, 출금, 일부 대체, 대체 전표
를 하나로 통합하려 했으나 고정 관념에 사로잡힌 경리과장의 반대로 끝
내 만들지 못했다. 그러나 후에는 전산화의 추진에 따라 자연스럽게 전
표가 하나의 양식으로 통합되었다. 직무편람을 보면 각 단위 별로 개선
된 직무를 업무의 흐름에 따라 결재까지 한눈에 알아볼 수 있었다.

　㈜한국능률협회를 통해 배우게 된 사무QC를 통해 업무 절차를 상당
히 간소화한 것이었다. 부서별 직무편람이 부서의 표준업무 지침이 되
어 부장까지 모든 간부사원의 책상 위에 놓이게 되었다. 이 일은 나에게
는 생명보험 회사의 전 업무의 목적과 흐름을 상세히 파악하게 되는 기
회가 되기도 했다. 그때야말로 회사가 마치 나의 것인 양 나의 능력과 젊
음을 열정적으로 바친 때였다. 그 일로 받은 포상금 30만 원으로는 박종
현 등 수고한 직원들과 한 번 회식을 했다.

　심사분석과에서는 예산 집행을 통제하고 경영상태를 분석해 이사회에
보고했다. 나는 이때 부하 직원들에게 짬짬이 컴퓨터를 배웠다. 당시에
기획실에도 컴퓨터가 몇 대 없었고, 워드프로세서나 타자기를 쓰던 시대
였다. 도스, 코트란 등 프로그램을 썼고, 엑셀 프로그램도 초창기였다.
나는 두 과의 근무를 통해 회사의 대부분 업무를 알고 예산·결산은 물론
경영 제표를 읽고 분석할 수 있게 되었다.

18.
나를 아껴준 상사의 충고를 받아들이지 않고 이직했다

1990년대에 이루어진 노태우 정부의 마지못한 금융시장 해외 개방[5]에 앞서 보험권에서도 국내에 여러 보험회사 설립이 추진되었다.

그해 여름이었다. 회사에는 영업 담당 H 전무가 신설 충북생명보험회사의 사장으로 간다는 소문이 돌았다. 여름 휴가철 어느 날 나의 상사였던 J 과장이 나를 만나자고 했다. 그는 이미 H 전무와 함께 회사를 그만두었고 함께 일한다고 소문이 났었다.

"미안하지만 회사에는 소문을 내지 않을 테니, 충북생명보험회사 설립 사업계획서를 만들어줄 수 없겠나? 내가 뭐 아는 게 있어야지."

나는 그의 말을 차마 거절할 수 없어 삼일 여름 휴가를 받아 영동의 서교호텔에서 엑셀로 작업을 하여 5개년 사업계획서를 만들어주었다. 그 사업계획서가 보험감독원에서 통과되었다. 그들은 나 몰래 나의 전직(轉職)을 사내(社內)에 소문냈다. 그리고 H 사장은 나에게 기획실 부장서리(차장) 자리와 주택을 제공하겠다는 약속을 했다.

사실 나는 항상 일한 데 비해서 월급이 너무 적고 과장까지 최단 승진

---

5) 금융시장 해외 개방: 노태우 정부(1988~1993년)는 금융자율화를 통해 금융시장의 자유화와 개방를 확대하는 경제 정책을 폈다. 이에 따라 우선적으로 국내에서 각종 금융 시장에 대기업의 진입이 시작되었고, 이어 미국을 필두로 금융시장 해외개방이 실시 되었다.

기한이 11년이란 인사규정 자체에 불만을 품고 있었다. 설상가상으로 기획실에는 회식이 잦아서 술을 자주 먹다 보니 매달 월급봉투에서 회식비가 적잖게 공제되었다. 당시 회사 뒤편은 소문난 유흥가였다. 나는 집에 생활비를 너무 적게 가져다주고, 이러다 결국은 월세 신세를 면치 못하겠다고 생각하여 마음에 내키지는 않지만, 전직을 결심하게 되었다.

나는 나름대로 본사 기획실의 핵심부서인 사무개선과와 심사분석과에서 근무했고, 영업부의 꽃이라는 영업기획 부서로 가게 되어 있었다. 그런데 나를 만류하는 상사들의 충고를 듣지 않고 이직을 결정하고 말았다.

나는 젊은 나이에 너무 일찍 미래를 속단하여 입사 십 년이 되는 해에 겁도 없이 비교적 안전하고 큰 회사에서 생존이 불투명한 신설 생보사로 옮기고 만 것이다. 이런 나를 두고 처음의 상사인 장진동 부장님은 후일 나를 만날 때면 나의 이직을 아쉬워하며 말하곤 했다.

"자네는 영업도 잘하고, 본사에서는 핵심부서에 근무해서 제일생명에 있었으면 누구보다 빨리 영업 담당 임원이 되었을 텐데"

나는 청주를 본거지로 한 충북생명보험회사의 설립준비위원이 되어 서울 중구 장교빌딩의 창립 준비 사무실에서 거의 전 부문에 걸쳐 1년여 준비 작업을 하고 재무부를 오가며 설립을 주도했다. 설립 최소 자본금은 200억 원이었다. 그러나 H 사장은 처음의 스카우트 조건 중 주택을 제공한다는 약속을 지키지 못했고, 유능한 영업 인력을 데려오는 데 실패했다. 대주주인 L 토건 L 회장이 H 사장을 불신하여 설립 단계부터 자금 사정이 원활하지 못한 탓도 있었다. (H 사장 말)

나는 악착같이 돈을 모아 재산이 200억 원이 넘다는 H 사장이 사생활이 복잡하고, 집에 가면 셰퍼드 두 마리만 반겨주는 불행한 결혼 생활을 하고 있음을 알게 되었다. 나는 이분을 신뢰할 수 없다고 판단했다.

나는 아무도 모르게 서울의 합작 생보사로 전직을 추진한 후, H 사장이 처음으로 청주CBS에서 내가 작성한 문서로 영업개시 인터뷰를 한 다음 날 사표를 냈다.

충북생명은 나의 예상대로 몇 년을 버티지 못하고 파산했다. 국내 건설업계의 전문가이며 CEO인 사주는 생소한 업종에 뛰어들어 큰 손해를 보았고, 충북생명으로 이직한 많은 가장은 모두 지리멸렬하여 어려운 길을 가게 되었다. 또 이때 신설사로 이직한 타 금융업계의 수많은 가장도 몇 년이 못 되어 금융위기[6]에 따른 명예퇴직과 조기퇴직 등 고용불안의 쓰나미에 쓸려 실직의 위험에 빠지게 되었다.

---

6) IMF금융위기: 김영삼 정부 시절인 1997년에 동남아시아에 외한위기가 발생했고, 우리나라에도 한보그룹의 부도를 시발로 역시 외환위기에 봉착했다. 이때 시장개방기에 신설되었던 많은 국내 및 합작 금융회사들이 파산, 합병, 구조조정의 파고에 휩쓸렸다.

19.
K합작생명보험사에서 6년여 근무했다

나는 충북생명에 사표를 내기 전에 이미 면접이 끝난 한영합작 보험사로 옮기게 되어있었다. 새 회사에 출근하기 전 나는 마음을 다잡기 위해 노고단에서부터 천왕봉까지 2박 3일간 혼자 지리산 종주를 했다. 지리산은 어머니 품처럼 넓고 포근했다.

지리산에서 내려온 다음 날 서울 명동의 대연각 빌딩에 있는 고려CM생명보험회사의 영업부 차장이 되어 출근했다. 영업과 영업 기획을 총괄하는 직책이었다. 충북생명을 그만둔 지 꼭 나흘이 되는 날이었다. K생명은 K증권그룹과 영국의 CMI금융그룹[7]이 합작한 회사였다. 나는 제일생명보험 동기들보다는 두 배 이상의 월급을 받았고 직급은 두 단계 이상 차이가 나게 되었다. 그 회사는 초기 자본금이 200억이었지만 1,000억까지 증자할 계획을 세우고 있었다.

나를 추천한 사람은 J사 계리인 출신인 Y 이사였다. 그는 J생명에서 마지막으로 영업국장을 한 번 했으나 수학을 전공하고 줄곧 보험계리인실에 근무한 분이라 그런지 영업 관리에는 서툴렀다. 당시 K합작생명보험사 사장은 현대건설에서 부사장을 지내신 신 사장이었다. '하면 된다.'라는 사고를 지닌 정주영 회장의 대표기업 현대건설에서 근무했던 신 사장

---

7) CMI종합금융그룹: 런던에 본사를 둔 영국 15위 금융그룹, 1824년 설립, 고려CM생명의 미측(美側) 지분을 인수하여 한국에 진출한 EU(유럽공동체) 최초의 보험사

님은 일본어와 영어를 본토 사람처럼 유창하게 쓰시는 분이었다. 그분은 현대 출신이라 그런지 성장과 확장을 중시하는 성향을 가지고 있었다.

나는 부임하자마자 신 사장님에게서 영업 정책에 관한 견해를 밝힌 보고서를 내라는 지시를 받았다. 나는 그때 보험 시장을 선점해야 하며 그러려면 영업능력이 탁월한 영업국장과 소장 그리고 모집사원(보험 컨설턴트)을 스카우트해야 한다고 보고했다. 사장도 같은 생각이었다. 나는 내심 Y 이사는 계리인실과 인사부 정도를 맡고 업계의 선두그룹인 S생명이나 D생명(후일 한화생명이 되었다)에서 영업 담당 임원과 영업조직을 스카우트하는 것이 좋다고 생각했다. 그들이 우수했기 때문이었다.

한 번은 S 사장님이 집에 가자고 하여 압구정 현대아파트에 갔다. 집이 상당히 넓었다 사모님은 안계셨다. S 사장님은 '내가 외국 출장 갔다와도 아내는 늘 교회 일만 보는 사람이지.'라고 쓸쓸하게 말씀하셨다. 왠지 일만 아는 남편과 교회만 아는 아내의 삭막한 부부 생활이 눈에 선하게 그려졌다. S 사장님은 몇년 후 간암으로 너무 일찍 세상을 드셨다.

보험회사에 경험이 없는 사장은 어떻게 연결하였는지 D생명에서 K씨를 영업이사로 스카우트했다. K 이사는 D생명에서 많은 영업 부문 직원과 본사 직원들을 데려왔고, 이에 만족한 신 사장님은 그룹 회장에게 보고하여 K 이사를 상무로 승진시켰다. 그러나 D생명의 영업소 단위당 생산성은 가장 낮았다. 이 과정에서 Y 이사는 회사를 떠났고, 내가 부장이 된지 얼마 되지 않아, 나를 무척이나 신임하고 아껴주시던 S 사장님은 K증권그룹 회장과의 갈등으로 회사를 떠나게 되셨다. 그리고 회사의 경영은 영업 상무와 같은 D 회사 출신이며 보험계리인 자격이 있다는 Y 사장이 맡게 되었다.

그만두신 신 사장님이 계실 때는 오전 8시에 임원과 부장이 연석회의를 했다. 그 자리에서 어떤 사안에 대해 나에게 의견을 물으면 나는

늘 누구의 눈치를 보지 않고 솔직하게 소신대로 발언했다. 후일 내가
영업국장으로 나갔을 때 조회하는 모습을 보고 '넌 어떻게 그렇게 말을
잘하냐? 역시 썩어도 준치구나. 내가 이사를 시켜줄까?' 하고 말씀하시
기도 하셨다. 그런 분이 가셨으니 정도 들었던 나로서는 몹시 아쉬운
일이었다.

결국 J생명 출신으로는 나를 비롯하여 소수의 인원만 남게 되었다.
H생명에서도 몇 명이 왔지만 80% 이상이 D생명 출신으로 빠르게 채
워졌다.

내가 처음 이 회사에 근무하게 되자 J생명의 후배들이 이 회사에 오고
싶어 했지만 나는 극구 만류했다. D생명 출신이 주류인 이 회사에서 후
배들이 견딜 수 없으리라 생각했기 때문이다. 또 한 가지 이유는 이때 모
그룹인 K증권그룹과 산하 회사의 경영상태를 들으면서 위기를 느꼈고,
회사의 부실한 조직확장과 영업실태를 보면서 자본금 200억에서 증자
(增資)를 멈춘 회사가 머지않아 파산하리라 예견했다.

　내가 영업국장 할 때 업무과장이었던 J생명보험 출신 후배 J 과장은 J 생명으로 돌아갔고, 나는 돌아가지 않았다. 이미 나의 직급이 J사의 동기들과 2~3단계의 차이가 나서 돌아가기 어려웠고, 또 어떤 결과가 됐던 여기서 생보사 근무를 마쳐야 하겠다는 생각을 가졌기 때문이었다. 이런 와중에서 나는 40세에 부장이 되었고 본사의 영업 기획 · 남부 · 성북 영업국장과 감사실장, 교육부서장으로 6년여 근무하였다. 사당동에 있던 남부영업국의 국장 시절에는 J생명 출신과 K 영업 담당 상무가 스카우트한 D생명 영업소장까지 수하에 두어 영업소장은 17명이었고, 서울 강남지역과 수원·안양지역까지 담당하였다. 그리고 2년 후 영업국을 세 개로 분할 후에는 서소문로와 안국동과 혜화동의 영업국까지 모두 4년간 영업국장으로 근무했다.

　교육부장 시절에는 신입사원과 간부사원 교육, 신임 영업소장 양성 교육을 하였고, 기존 영업소장의 능력을 보강하기 위한 SMTP(Sales Manager

Traning Program)를 3박 4일간 직접 강의하고 토론시키고 발표시키며 진행하기도 했다. 나는 전국을 순회하며 영업실적이 저조한 영업국에 가서 영업소장과 영업사원들을 집합시켜 일주일씩 현장 교육하기도 했다. 신입모집사원 증원과 계약 촉진 교육을 하며 그날 활동 결과를 현장에서 바로 점검했다. 실제로 평소보다 더 많게 신입 모집사원 증원이 되고 영업소들도 계약 실적도 적지 않게 올라서 보람이 있었다.

또 전국의 우수 국장과 소장 그리고 영업사원을 인솔하여 영국 굴지의 금융 그룹인 CMI그룹의 초청으로 생전 처음 서유럽 5개국을 관광하기도 했다. 서유럽의 역사가 살아있는 건물들과 박물관, 그리고 오래된 유적과 유물 그리고 문화가 몹시 부러웠다. 그러나 정작 인상이 깊었던 것은 우리를 초청한 합작파트너인 CMI금융그룹의 너무나 소박한 영국 사무실이었다.

그리고, 두 번째 인상 깊었던 곳은 관광 중 일박한 스위스의 엥겔베르그(천사의 마을)란 마을이었다. 알프스 산기슭에 자리한 작은 마을이었는데 아침이면 교회당의 종소리가 '땡땡땡' 들리는 것이 정감이 있어 좋았다. 그리고 자그마한 농촌 마을의 노부부가 작은 집의 2층 창문을 열고 웃으면서 손을 흔들며 인사하는 모습이 다정하여 좋았다. 교회의 경내에 있는 공동묘지에 꼭 한 사람 누울 만큼의 묘지마다 작은 비석에 돌아가신 분들이 젊었을 때 웃는 모습을 부착한 것을 보며 '이분들의 이곳에서의 삶은 행복했겠구나.' 하며 삶과 죽음에 대해 잠시 생각하기도 했다.

한편, D생명 출신 Y 사장은 보험계리인 자격이 있다고 들었는데, 막상 그의 경영형태는 무조건 의욕적으로 밀어붙이는 영업국과 영업소 확장에 있었다. 아마 K증권그룹 회장과 부회장의 요구를 충족시키려면 어쩔 수 없었을 것이다. 그러나 영업국과 영업소를 새로 개설하면 할수록 회사는 파산을 향해 달려가는 구조였다. 나는 그런 현실에 위기

감을 느꼈다.

한편, 교육부장 시절에는 술자리에서 D생명 출신 초임 부장과 싸움이 난 적이 있었다. 당시 나는 부장 5년차로 가장 선임이었으나 연령으로는 45세여서 한창 혈기방장한 때였다. K 영업상무와 영업이사와 모든 영업국장과 D사 출신 차장 이상 본사 직원들이 모여서 회식하는 자리에서 였다. 갑자기 요리상 건너 편에 있던 신임 L 부장이 나에게 '똑 바로 해요. 똑 바로 해!'라고 시비를 걸어 왔다. 나는 평소에도 그들의 제 식구 감싸기 행태에 신물이 올라왔고 취해있던 터라, 화가 치밀어 '너, 누구보구 똑 바로 하래. 너 눈이 삐었냐?'라고 고함쳤다. L 부장은 맥주잔을 제 머리에 깨어 피를 흘리며 깨진 잔을 들고 나에게 달려들었고, 나는 흥분하여 '이 새끼! 너 죽고 싶냐?' 하고 소리쳤다. 젊을 때 유도를 좀 배운 터라 거꾸로 메어꽂고 싶었다. 영업이사와 주변의 참석자들이 함께 뜯어 말려서 싸움이 끝나고, 영업상무는 '뭐 이런 새끼들이 있어!' 하고 자리를 피했다. 다음 날 영업상무가 나를 불러서 '자네 커피숍까지 찾아와서 나보고도 똑바로 하라고 했는데 기억 나냐?' 나는 기억이 생생했으나 몹시 난감하여 '아니요, 술이 과해서 기억에 없습니다. 미안합니다.'라고 얼버무리고 말았다.

나는 여러가지 우려가 빠르게 현실로 나타나는 것을 보면서 결국 빠른 출세를 위해 신설 생명보험회사로 옮긴 것이 얼마나 무모한 행동이었던 지를 뼈저리게 후회하게 되었다. 나보다 먼저 퇴직한 계리인 출신 Y 이사의 소신대로 회사를 경영했디면, 장기보험을 주로 팔고, 영상매체를 통한 판매나 인터넷 판매를 하면서 소수의 영업조직으로만 영업을 했더라면, 최소한 생존은 하지 않았을까 하고 생각하기도 했다.

그러나 이런 경영으로는 만약 천억이란 자본금을 투자했더라도 회사는 겨우 생존했겠지만, 한낱 동네의 신용금고나 신협 정도의 규모를 벗어날 수는 없었을 것이라고도 생각했다.

왜냐하면 보험회사는 장기간 적극적인 양질 계약 유치에 따른 보험금 지급준비금(계약자에게 줄 돈)이 일정 규모 이상 쌓이고 그 자금을 잘 운용할 때 이차익(利差益)이 발생하고, 크고 작은 영업조직의 생산성이 높아야 비차익(費差益) 발생하기 때문이다. 사차익(死差益)이 비슷하다고 보고, 투융자 및 고정자산에서 오는 손익(損益)을 논외로 한다면 이는 불을 보듯 뻔한 이치인 것이다.

20.
17년간 일해온 보험업계를 떠났다

부장 5년 차인 교육부장 시절 나에게 한 사건이 생겼다. D생명 출신 위주로 회사를 그릇 경영하는 사장을 비난하는 H생명 출신 단체영업부장과의 대화를 엿들은 부장급 강사(사장과 같은 회사 출신으로 영업국장으로서 실패한 사람)가 즉시 사장실로 달려가 밀고하였다. 본사에 불려 들어가니, 평소에 나를 아끼던 임원 두 분(타 금융권 출신)과 감사님(삼성 그룹의 자연 농원 최초 임원)이 걱정하며 사장이 불같이 화를 내는 연유를 물어보았다. 나는 먼저 사장실에 들렀다가 나와서 말씀드리겠다고 했다.

사장실에 들어가니, Y 사장이 나를 보고 잠시 숨을 고르더니, 단도직입적으로 말했다.

"자네가 내가 배추 장사 같이 경영한다고 했나?"

"예. 그렇게 이야기했습니다."

내가 바로 대답하자, 사장의 작은 눈에 순간 당혹감이 스쳤다.

"그러면 내가 자네를 그대로 둘 수 없다는 것을 알겠지, 자네는 회사의 최고경영자를 욕했으니 벌을 받아야 하네."

체구가 작은 사장은 시원하듯 의자를 뒤로 젖혔다. 나와 대면하는 게 싫거나, 불편하다는 무의식적인 행동이다. 나는 즉시 수긍했다.

"예, 저도 그렇게 생각합니다."

사장의 경영은 내가 보기에 배추 장사만도 못하지만, 실체로 최고경영자를 뒤에서 비난한 부하인 나도 나의 잘못을 알고 있었다.

"그렇다면 내가 자네를 부산 영업국장으로 발령을 내겠네."

부산 영업국이라니? 사실 부산 영업국은 조직이 상상할 수 없을 정도로 취약하여 평소에 하루라도 빨리 폐쇄해야 한다고 생각했던 영업국이었다. 그러나 나는 이미 회사의 최고경영자를 비난한 나의 잘못을 알고 있었고, 사장실에 들어오기 전부터 회사를 그만두려고 생각하고 있었으므로 사장의 말을 크게 괘념치 않고 즉시 대답했다.

"저는 그곳에 가지 않고, 사표를 내겠습니다."

사장은 아마 내가 발뺌을 하거나 잘못을 빌 것이라고 예단하였을지 모른다. 그러나 나는 그러고 싶지 않았고, 더는 영업실적을 닦달해야 하는 생명보험회사에서 일하기 싫었다. 1997년 우리나라가 외화 부족으로 국제통화기금에 지원을 요청한 소위 IMF 외환위기 바로 여섯 달 전이었다. 창업 준비로 석 달의 급여를 선급 받기로 했다.

Y 사장은 내가 사표를 냄과 동시에 나를 밀고(密告)했던 X 부장을 후임으로 발령냈다. 영업을 못하여 대기 발령 비슷하게 강사라고 명목을 달고 무위도식하던 친구를 교육부장으로 발령낸 것이다. 그런 행태가 처음이 아니니 회사가 망하는 것은 필연이라고 생각했다.

퇴직 전후에 헤드헌터를 통해 외국계 N생보사에서 영업 담당 임원 제의가 오기도 했지만, 나는 더는 영업실적을 닦달해야 하는 보험영업을 하기 싫어 거절하였다. 부장 시절 연봉은 사천만 원 정도여서 당시로선 제1금융권을 포함해서도 직지 않은 금액이었지만, 지금 독립하지 못하면 끝까지 샐러리맨으로 살아갈 수밖에 없을 것이라는 사실이 내가 사표를 미련 없이 제출하는 힘이 되었다.

또 보이지 않는 무형의 상품을 파는 보험영업의 점포장과 국장으로 오랫동안 성공적으로 일해왔기 때문에 새로운 사업에 도전하는 것이 젊고 무모한 나에게는 전혀 두렵지 않았다.

그 후 예상대로 삼 년이 못되어 영국의 CMI그룹이 지분을 포기하고 철수했고 곧이어 회사가 파산했다. 이어 IMF 외환위기가 발생하면서 K 증권그룹 산하의 증권, 보험, 투신, 투자금융사 등이 줄줄이 파산했다. 여의도에 건축했던 푸른색 원통형의 멋진 본사 건물도 입주도 못해본 채 한국HP(Hewlett-Packard Korea)회사에 넘어가고 말았다.

21.
나는 영적으로 죽어가고 있었다

생보사에서 나의 생활은 신앙적인 면에서 볼 때 마이너스였다. 영업소장 때는 실적을 올리기 위해 여성인 보험설계사들을 마치 전투병을 다루듯 관리했고 영업사원들을 호되게 채찍질하며 관리했다. 그리고 영업국장 때는 영업소장들의 사기를 북돋우려고 술을 먹이고, 술집을 전세 내어 단합대회를 하며, 거기에 더하여 잘못인 줄 알면서도 때로 남몰래 육신의 욕구에 따라 방황하며 두엄 열매를 먹었던 탕자였다. 지금 생각하면 너무도 부끄럽고 한심한 행태였다.

물론, 회사에서는 양심적이고 지도력 있는 좋은 상사이며 능력 있는 부하라고 공인(公認)되었다고 생각했다. 나는 성실한 부하 직원들에게는 친절했고, 부하의 부족은 인내로 가르쳤다. 공적 회의가 아니면 커피도 여직원을 시키지 않고 스스로 타서 마셨다. 그러면서 나름 스마트한 업무능력과 태도를 지닌 신사적 상사이며 고의적 잘못은 매섭게 질책할 줄도 아는 리더라고 자부했다. 방지일 목사님이 경계하신 자대일점(自大一點), 즉 쎄는 냄새(臭)를 풍겼던 것이다.

또, 영적으로 보면 실제로는 눈이 있어도 보지 못하고 다리가 있어도

---

8) 자유의지론: 1524년 에라스무스가 주장한 신학으로 마틴루터는 1525년에 노예의지론으로 반박했다. 인간의 행위는 적어도 상당한 정도로 물리적 법칙·심리적 법칙 등의 자연법칙에 지배되지만, 행위의 선택과 결정을 행사하는 의지의 기능이 가능하다고 주장하는 학설이다.

걷지 못하는 장님이고 불구자였다. 교회에는 아내의 권유로 가끔씩 마
지못해 나가고 예배 시간에는 졸기만 하는 한심한 자였다. 이때 나를 사
로잡았던 것은 오직 남보다 앞서가려는 출세의 욕구와 내가 남보다 앞서
간다는 어쭙잖은 자부심, 그리고 회사에 대한 맹목적인 충성뿐 이었다.
세상에 이처럼 쪼잔한 꼴불견이 되다니!

이 시절 내가 읽은 책 대부분은 불경, 반야심경 해설, 원효의 대승기신
론소(大乘起信論疏), 육조단경(六祖檀經), 최인호의 길 없는 길. 장자(莊子) 등
불교, 도교 서적들과 각종 수필집, 칼 세이건의 코스모스(Cosmos) 등 인
문·과학책들이었고, 영업에 도움이 되는 카네기의 성공론이라든가 인간
관계론, 한비자, 손자병법, 통솔의 이론, 세일즈맨의 성공 수기, 각종 예
화집들이었다. 청소년기에 자주 읽었던 소설류와 시집은 나에게 별로
도움이 되는 것 같지 않아 별로 읽지 않았다.

결국 하나님의 말씀과는 담을 쌓는 성공 지향적인 독서, 구도적(求道的)
인(?) 독서가 계속되었다. 독서가 나쁜 것은 아니지만, 이런 종류의 책들
을 읽으면서 성경은 아예 읽지 않게 되므로 비기독교인들이 갖는 성경에
대한 대표적인 의심들이 서서히 나를 사로잡게 되었다.

천지창조에서부터 바벨탑 이야기, 노아의 방주, 요나 이야기, 홍해가
갈라졌다는 출애굽기, 성령으로 잉태한 예수님의 탄생과 그가 베푸신 기
적들, 요한계시록의 초현실적인 예언을 모두 믿을 수 없게 되었다.

거기에 더해 공의(公義)와 사랑의 하나님이 계시면 세상을 이렇게 버려
두겠느냐는 생각이 강하게 나를 사로잡고 있었다. 물론 자유의지[8]에 관
힌 신학은 알지 못했다. 이런 의심은 나의 입 밖으로 거절로 튀어나오게
되었고, 말을 하므로 죄와 함께 나의 불신은 더욱 굳어져 갔다.

8) 자유의지론: 1524년 에라스무스가 주장한 신학으로 마틴루터는 1525년에 노예의지론으로 반박했
다. 인간의 행위는 적어도 상당한 정도로 물리적 법칙·심리적 법칙 등의 자연법칙에 지배되지만, 행위
의 선택과 결정을 행사하는 의지의 기능이 가능하다고 주장하는 학설이다.

이 시절의 나의 정욕의 죄는 낱낱이 공개할 수 없다. 죄는 인간을 하나님과 교회로부터 격리한다. 후일, 나는 이때의 나를 여자에게 빠져 힘의 근원인 머리카락을 찔림으로 적군에게 잡혀 눈까지 뽑히고, 짐승처럼 연자맷돌을 돌리는 신세가 된 삼손에게 빗대어 쓴 시(詩)로 나의 죄를 고백하면서 진심으로 무릎 꿇고 눈물을 흘리며 회개했다.

눈 먼 삼손의 노래 - 詩

내 머리칼을 찾아다오 / 목숨 같은 내 머리칼을 찾아다오 / 야곱의 사다리 같은 내 머리칼을 찾아다오 / 천천만만 군대의 창칼 같은 내 머리칼을 찾아다오.

나, 삼손을 찾아다오.

나는 금빛의 명패를 단 나실인 / 포도주와 독주가 금지된 자 / 나는 성별 된 자/ 부정한 것을 먹지 못하네 / 나는 바쳐진 자 / 시체를 볼 수 없네.

나는 야훼의 종 / 머리칼을 자를 수 없네 / 나는 야훼께 포획된 자 / 자유란 없네.
견딜 수 없었네 / 내 몸을 찢으려고 미친 듯 콸콸거리는 / 뜨거운 피의 난동을 견딜 수 없었네 .
훌쩍 떠나고 싶었네, 때때로 / 으하하하 웃고 싶었네, 때때로 / 사흘 밤낮을 영영 울고 싶었네, 때때로 / 발가벗고 이리저리 뛰고 싶었네, 때때로 / 미친놈처럼 으아아 소리 지르고 싶었네, 때때로 자유롭고 싶었네.

샤론의 타는 장미보다 더 고운 여인의 / 짙은 향기를 외면할 수 없네 / 칭칭 감아 숨을 막는 / 이 거추장스런 천만 가닥의 머리칼을 / 이제 더는 견딜 수 없네.

나는 미친 사랑에 빠졌네. / 소렐골짜기 같이 / 끝없이 깊은 여자 / 뱀같이 미끄러운 여자/ 뱀같이 감는 여자 / 황홀하게 핥는 여자 / 숨이 끊어질 듯 / 까무러치다 / 활화산 같이 타오르는 / 금단의 여자, 여자, 여자에게 함몰되었네 // 그녀의 향기에 눈멀고 / 그녀의 눈빛에 귀 먹었네 / 모든 새들은 그녀의 몸에서 피어나고 / 샤론의 꽃들은 그녀의 검은 숲에서 노래했네 / 그녀의 귓속 같은 아침에 잠들고 / 그녀의 젖꼭지 같은 밤에 깨어났네 / 그녀의 깊은 곳에서 자유 했고 / 그녀와 떨어짐으로 권태로웠네.

나는 그녀에게 포획 되었네 / 나는 포획되므로 존재하는 자 / 자유를 잃음으로 자유로워지는 자 / 내 이름은 삼손이라네.

(결코 비밀을 말하지 말게. 제발 여자에게 힘의 근원을 말하지 말게 / 비밀을 말하는 순간 원수에게 포획되었지. 긴 머리칼을 잘렸지 / 눈알이 뽑혔지. 볼품없는 고기 덩어리가 되었지. / 삼 겹의 포승에 묶여 / 재주부리는 곰이 되었지)

내 머리칼을 찾아다오 / 목숨 같은 내 머리칼을 찾아다오 / 야곱의 사다리 같은 내 머리칼을 찾아다오 / 천천만만 군대의 창칼 같은 내 머리칼을 찾아다오 // 나, 삼손을 찾아다오 / 나는 포획되므로 존재하는 자. // 나를 포획해다오.

※ 출전: 구약성경 사사기 13장-16장, 영화『삼손과 들릴라』로 널리 알려 짐. 삼
　　손은 머리카락을 평생 자를 수 없는 나실인[9]으로 이스라엘 민족의 지도자인
　　사사였다. 삼손의 운명이자 힘의 근원은 머리카락이었지만, 이방여자 들릴라
　　에게 탐닉하여 머리카락을 잘리고 결국은 원수의 나라 블레셋의 포로가 되어
　　비참하고 치욕스런 곤경에 빠졌다. 그는 마지막에 회심하여 여호와께 부르
　　짖어 기도하고, 두 기둥을 껴안아 힘을 써 브레셋의 다곤신전을 무너뜨림으
　　로 브레셋의 방백과 그 백성 천여명과 함께 죽게 되었다.

시작노트

나는 어렸을 때 어려운 환경을 극복하여 검정고시를 거쳐 대학을 졸업했다. 그리고
회사에서 열심히 일하고 누구에게나 인정 받았다. 그러나 나 자신의 방종과 타락을
비켜가지 못했다. 나는 믿음의 길로 다시 돌아가고 싶었다.

9) 나실인(Nazirite): 야훼 하나님에 대한 헌신을 서약하여 일정 기간 세상에서 성별된 자.

인생에는 때로

자서전에 차마 기록하지 못하거나

고백할 수 없거나

혼자만 간직하거나

공개해서는 안 될 이야기도 있다

22.
베트남에 중고 건설 중장비를 수출했다

나는 1997년 말에 보험회사 퇴직 후 2년간 경영해 온 원 할머니 보쌈 송내점을 팔고, 무역업으로 사업자 등록을 하였다. 소위 IMF 사태[10]가 오기 두 달 전 개업한 식당 경영이 2년 지난 때였다. 처음에는 잘 됐지만, IMF 사태로 남들이 망할 때 먹고 살만큼 유지하는 것만도 다행이었다. 어느 날 교육부에 차장으로 있던 백상갑 후배(중고차 수출업체 두림인터컵 대표)가 식당에 왔다. 그는 나에게 말했다.

"형님 같은 분이 왜 식당이나 하고 계세요? 중고차 수출을 한 번 해보세요. 제가 알려 드릴께요. 그러나 만약 안되더라도 저는 책임지지 않습니다."

나는 그렇지 않아도 그저 먹고 살 만한 식당 경영에 회의를 가진 때였다. 나는 곧 그를 따라 호찌민시에 가서 1톤짜리 냉동트럭 세 대의 계약을 가져 왔다. 후배에게서 무역서류 한 세트를 받고, 첫 수출에 성공했다. 그다음 달부터 베트남 시장을 개척하며 약 6년여 동안 MB TRADING[11]이란 상호로 중고 건설 중장비를 수출하였다. 처음 베트남에 준고차 수출할 때는 인천 해안도로의 중고차 수출단지에서 작은 유휴

10) IMF 사태: 1997. 11. 21 김영삼 정부는 국가의 외환 상한능력의 부족으로 인한 금융위기를 감당할 수 없어 IMF(국제통화기금)에 긴급 구제금융을 신청했다. 국내 기업은 부도나 구조조정 또는 외국 기업에 매각을 하게 되었다. 4년 후인 2001년 8월 구제금융을 최단기간에 상환했다.
11) MB TRADING: MB는 mutual benefit의 약자이다. 상호이익은 보험의 정신이기도 하다.

지를 빌려 굴삭기를 매월 2~5대씩 수출했지만, 2년 후에는 인천시 중구
청의 유휴지 200평 정도를 빌려 주기장을 만들고 대형 철제문과 울타리
를 설치해 크레인 등 중고 건설 중장비를 모아 두고, 주로 베트남 호찌민
시의 중고 중장비 수입업자에게 수출했다.

　사실 영어 실력이 변변찮은 나로써는 수출이 어려운 일이었지만, 현
지에서는 거래하는 부분은 통역을 쓰기로 하고 과감하게 뛰어든 것이었
다. 당시 처음 베트남의 호찌민시와 인근 지방에 가본 나는 도로 건설 수
요가 크게 많아지리라 판단했다. 그리고 이미 다년간 많은 중고차 수출
업자들이 장악하고 있는 중고 트럭이나 승합차, 승용차 시장보다는 이제
막 시작된 틈새시장이라고 할 수 있는 건설 중장비 쪽에 주력하는 것이
나에게 적합하다고 생각했다.

　베트남은 대도시인 호찌민시를 벗어나면 베트남과 캄보디아를 잇는
일 번 도로 외의 지방도로는 대개 미포장 상태였다. 비가 오면 배수가 안
되어 길이 물에 잠기고, 교량은 무거운 하중을 견딜 수 없게 시공되어 있
어서 15톤이 넘는 대형 트럭이 다닐 수 없는 곳이 많았다.

　심지어는 무거운 물건을 적재한 트럭은 다리로 건너지 못하고 물이 얕
은 곳을 찾아 개천을 건너다니기도 했다. 당시에 우리나라 건설용 중고
15톤 덤프트럭은 거의 다 베트남에 수출되었는데, 이 덤프트럭이 제대
로 다닐 수 없을 만치 열악한 교통 상태야말로 베트남에 도로와 교량이
시급히 건설되어야 한다는 필요를 보여주는 것이었다.

나는 도로 건설 등에 필요한 굴삭기(사진은 요즈음 것이다), 불도저, 그레이더, 탄뎀 롤러, 마카담롤러, 진동롤러, 아스팔트 피니셔 그리고 크롤러 크레인과 트럭크레인이 필요하다고 판단했다. 나는 수출을 시작하면서 지난날에 도로 건설 현장에서 장비를 보았던 기억과 책과 인터넷을 통해서 건설에 필요한 중장비를 알아보았다.

당시 호찌민시의 중고 중장비를 취급하는 수입업자들은 호찌민시에서 붕따우로 가는 길 양편의 벌판에 천 평에서 이천 평 정도의 주기장 겸 중장비 수리공장을 두고 장사를 하고 있었다.

내가 처음 수출을 시작할 때는 베트남의 거의 모든 수출입업자가 주로 중고 트럭이나 중고버스를 취급하고 있었다. 중장비업자는 띄엄띄엄 중장비를 서너 대, 많으면 대여섯 대를 놓고 장사하고 있었다.

나는 통역인 Thun 선생은 공산당원으로 북한의 김책공대를 졸업한 사람이었다. 나보다 나이가 다섯 살 많았는데 항상 잘 웃고 겸손하며 통역의 분수를 지키는 인격자였다. 그는 엘리트 의식이 있었고, 대학교를 졸업하지 못한 대개의 수입업자를 약간은 깔보는듯한 태도를 보이기도 했다. 나는 그에게 하루에 50달러를 주었다. 운전기사를 포함한 승용차 렌탈비를 포함한 금액이었다. 그는 점심을 먹을 때면 반드시 기사는 따로 먹도록 했다. Thun 선생과 나의 첫 업무는 그야말로 푹푹 찌는 더위 속 생면부지의 시장개척이었다. 주기장이 보이면 무조건 들어가서 인사를 하고 명함을 주고 대화하면서 오더를 따려고 노력했다. 그 결과 굴삭기

를 주로 샀던 Lee Bac을 비롯하여 크레인을 주로 샀던 Hoa Tuan 가족 등
과 거래를 하게 되었다.

그중 크레인 등 주거래는 Hoa Than과 주로 했고, Lee Bac에게는 굴삭
기를 주로 팔았다. Lee Bac은 엘리트로 항상 호텔에서 음식을 대접했고,
프랑스에서 유학한 사촌 형을 동반하곤 했다. 나중에 알게 되었지만, 또
다른 수입업자는 친척인 공안(경찰)의 간부와 동반하는 것으로 보아 친척
간의 연대감이 높고 또 한편 출세한 친척과 함께하므로 자기를 과시하는
성향이 있다는 것을 짐작하게 되었다.

특히 Lee Bac은 내가 베트남이 한국과 비교해 경제나 문화 수준이 30
년 정도 차이가 난다고 생각하는 것과 달리 50년은 떨어졌다고 말했다.
아마 그는 공산당의 독재정치의 폐해로 인해 경제가 제대로 발전할 수
없으리라는 면을 꿰뚫어 보고 있는 것 같았다. 그는 후일 유럽을 상대로
도자기 수출업을 시작했다.

그들의 주기장에 처음 갈 때는 나무 그늘의 해먹[11])에 누워 사람이 와
도 본체만체하는 예의 없는(?) 공장직원들과 크레인 한 대에 대여섯 명이
달라붙어 거의 벗은 몸으로 부품을 뜯고 수리하고 표면을 갈아내고 도장
작업을 하는 것이 이채로웠으나 곧 이런 광경에 익숙하게 되었다. 대개
의 공장은 컨테이너나 함석으로 지붕과 벽을 만든 사무실 겸 창고가 있
었고, 더운 나라인데도 손님 접대라고 내놓는 차는 대개 뜨거운 것이었

11) 해먹(hammock): 기둥 사이나 나무 그늘 같은 곳에 달아매어 침상으로 쓰는 그물

고 찻잔이 비면 녹차를 계속 따라주는 게 그들의 문화였다. 길가에선 오렌지 주스를 팔기도 했는데 우리나라 옛날 오렌지처럼 냉수에 가루를 타주는 것이라서 마시기가 약간은 꺼려졌다.

나는 갤로퍼를 타고 전국을 다니며 중고 중장비를 구입하고, 무역서류를 꾸미고, 수출보험에 가입하고, 인천항이나 부산 감만항 등에서 선적을 하고, 신용장과 B/L(선하증권) 등 서류를 갖추어 은행에서 네고(NEGO)를 받았다. 베트남 은행에서는 네고 서류에서 틀린 글자 하나당 20달러씩 결제금액에서 공제했다. 나는 그 패널티 금액이 아까워서 서류를 한 글자 한 글자 꼼꼼히 살피곤 했다.

당시 연간 백만 달러에는 채 못 미쳤지만, 국내업체 중 중고 크레인 등 중장비를 가장 많이 수출한 것으로 나는 자부심을 느꼈다. 나보다 훨씬 규모가 큰 회사도 나만큼 수출하지 못했기 때문이었다.

메콩강에서 내가 수출한 크롤러 크레인[12] 여러 대가 산뜻하게 칠이 되어 건축용 모래를 푸는 일을 하는 것을 볼 때는 내가 간접적으로 베트남의 발전에 일익을 담당하고 있구나 하고 보람과 자부심을 가지기도 했다. 한편으로는 머지않아 국내에서 고철이 될 것을 비싼 값으로 수출하니 국가 경제에도 약간은 도움이 된다고 생각했다.

12) 크롤러 크레인(crawler crane): 주행 장치가 무한 궤도식으로 되어 연약 지반이나 공사 현장에서 중량물을 이동하고 가설할 수 있는 기중기. 위 사진 참고

　당시에는 굴삭기의 경우 연식을 알 수 있는 생산일 순 시리얼 넘버를 각자(刻字)로 뒤의 번호로 조작하여 연식을 속여 대당 2~3백만 원씩 더 받는 비양심적인 수출회사도 있었으나 나는 한 번도 그러지 않고 정직하게 영업했다. 돈을 벌자고 후진국의 수입업자를 속이는 것을 나의 자존심이 허락하지 않았기 때문이다.

　수출하면서 나는 크레인을 직접 운전하며 테스트도 하고 수출에 필요한 정도의 수리 비용을 대략 알 정도의 전문가가 되었다. 김 부장이란 별칭으로 불리는 유능한 기술자가 형제처럼 나를 도와 프리랜서로 일했다. 그는 체구가 작고 얼굴이 검어 얼핏 보면 동남아 사람처럼 보였다. 현장 경험이 탄탄한 그는 각종 중장비 수리의 달인이었다. 나는 일본에서 중고 크레인을 매입하여 베트남에 수출하는 삼각 무역을 구상하였지만 끝내는 자금 부족으로 도전하지 못하였다.

　내가 수출한 장비는 굴삭기, 트럭 크레인, 크롤러 크레인, 페이로더, 불도저, 그레이더, 진동롤러, 마카담 롤러, 탄뎀 롤러, 콤팩터, 디젤 해머, 해머용 리더 등 여러 종류였다. 물론 기술자는 필요할 때 불러 썼고, 운송은 트레일러 회사에 맡겼다. 해운사는 선적과 통관절차를 맡아 주었다. 신용을 잘 지켰기 때문에 나중에는 국내 운송비와 해운료를 후불로 결제할 수 있었고, 기업은행 내동지점은 처음과는 달리 일정 기간이 지나 신용이 쌓이자 선적서류와 신용장만 갖추면 바로 결제해주었다. 나는 이때 스스로 능력있는 사람이라고 자만했다.

　수출할 때는 빈드시 수출보험공사에 수출계약 건액을 보험에 가입했다. 만약의 사고가 생기면 계약액의 95%까지 보상받기 위한 안전조치였다. 그때만 해도 베트남의 은행 중에는 신용이 부실한 데가 많았다. 나는 5만 불 이상의 거래면 씨티은행 등 외국계 은행에서 이중으로 개설한 신용장을 요구했다. 수출 리스크를 방지하기 위해서였다. 나는 철저함에 취해 코앞에 다가온 위험은 모른 채 자만했다.

그러나 개업 삼사 년이 지나면서 결국 예상한 대로 일본인들이 적지 않은 자금과 자기 나라에서 생산한 질 좋은 중고 중장비를 앞세워 베트남 시장에 진출하는 위험에 직면하게 되었다. 일본인들은 중고장비를 수출할 때 중고중장비 수출액의 2%의 수출지원금을 주었고, 일본 은행의 베트남 지점에서는 장비를 담보로 대출을 충분히 해주었다. 그러니 내가 수출할 당시 베트남의 바이어들도 최종 구매자도 그런 이유로 일본제 구매를 더 선호했다. 또 일제가 내구성도 더 우수했다. 한편 우리나라에서는 김대중 정부 시절에 한국중공업(KHI)에서 생산하는 크레인의 생산이 멈추게 되어 크레인은 대개 미국이나 일본 제품을 써야 했고, 다만 굴삭기만 대우중공업이 생산하고 있었다.

국내에서 중장비를 살 때 있었던 일이다. 한 번은 겨울에 강원도 인제에 굴삭기를 사러 가다가 춘천 외곽도로의 얼음이 깔린 오르막길에서 차가 전복되었다. 경찰서에 가보니 그 자리에서 그날 두 건의 사고가 나서 한 명이 죽었다고 이야기했다. 차의 상부만 찌그러졌을 뿐 안전띠를 맨 나와 기술자 김 부장(김덕맹 씨[13])은 무릎에 약간의 타박상을 입었을 뿐 크게 다친 곳 없었다. 후일 나는 하나님이 여러 번 나를 죽을 고비에서 살리셨음을 깨닫고 뒤늦게 감사하게 되었다.

어떤 때는 크롤러 크레인을 싣다가 트레일러의 운전기사가 크레인 넘어지는 데 끼어 어깨뼈 등이 부서져 입원하기도 했다. 도착도(到着渡)로 사서 내 책임은 없었으나, 너무 안됐다 싶어 정형외과 병원에 입원한 기

---

13) 김덕맹 씨: 이분은 대단한 중장비 정비의 달인이었다. 오랜 경험으로 대우 중공업 서비스팀이 못 고치는 것을 곧 원인을 찾아내어 고쳤다. 외모는 검고 체구는 왜소했으나 마음은 착했다. 언제나 기름 때에 절어 살아 별 볼일 없는 인생 같지만, 이런 분들로 인해 세상의 한 모퉁이가 돌아가는 것이다.

사를 찾아가 삼백만 원을 건네기도 했다. 크레인을 싣다 보면 별일이 다 있었다. 트레일러에 불도저를 싣다가 옆으로 미끄러져 기우뚱하여 20톤 지게차를 불러 바로 세우던 일, 강원도의 꼬불꼬불한 산길에서 트레일러가 50톤 짜리 크레인의 무게를 감당하지 못해 길 중간에 섰던 일, 한겨울 부산항에서 선적 마감 시간이 다 되어 가는데 낡은 크롤러 크레인이 배의 테크에서 눈에 자꾸 미끄러져 싣기에 애태우던 일 등 난감한 일이 적지 않았다.

가장 기억에 남는 일이 하나 있었다. 어느 날 칠순이 넘은 중기 중개[14]인이 나에게 99톤짜리 P&H 크롤러 크레인 한 대를 소개했다. 1,000톤짜리 크레인 조립 분해를 위해 120톤으로 개조한 것이라고 했다.

"주인이 내 친구인데 몹시 나쁜 놈이니 확 깎아 사세요. 엄청난 부자인데도 인색하기 짝이 없어서 가장 비싸게 사준 음식이 설렁탕이고 그나마 내 소개비도 한 두 번 떼어먹은 게 아네요."

나는 그를 만나러 청량리역 앞 상가 블록에 있는 그의 소유인 9층 빌딩을 찾아갔다. 상당히 낡았지만, 요지에 있어 백억 원은 넘으리라 생각

14) 중기 중개(重機 仲介): 중기는 영등포나 부산 서면 등 각지의 중개인들을 통해 매입하는 사례가 많았다. 보통 한 건 당 50만 원을 지급했고, 이 금액은 당시에는 적은 금액은 아니었다. 때로는 비싸게 팔 수 있는 중기를 싸게 소개한 경우에는 예상 이익을 감안해 2배의 중개료를 주기도 했다.

했다. 3층에 있는 사무실에 들어서면서 나는 깜짝 놀랐다. 좁은 사무실 풍경은 완전히 60~70년대에나 볼 수 있을 만치 책상도 의자도 모든 것이 낡아 있었다. 뜨거운 여름이라 헉헉대고 갔는데 사무를 보는 추레한 40대의 여자는 물도 한 잔 주지 않았다. 중기등록증을 보관한 파일의 청테이프가 딱딱하게 굳어 부스러질 것만 같았다. 그는 구멍 난 면양말을 신고 있는 지독한 스크루지였다. 나는 그와 가격을 놓고 밀고 당기다가 결국 계약을 하고, '아들도 아내도 나는 여기저기 아파 죽겠는데 모두 죽기만 기다린다.'면서 혼자 점심을 먹으러 절룩거리며 걸어가는 늙고 불쌍한 사내와 헤어졌다.

충북 대산에 가서 기술자와 120톤으로 개조한 부시로스 71B 크레인을 100톤짜리 하이드로 크레인을 불러 기술자와 함께 분리하여 여러 개의 붐대와 함께 대형 트레일러 여섯 대에 싣고 왔다. 한편 1,000톤짜리 크레인(발전소 건설 때 쓰임) 하부 캐터필러(궤도)는 몸통과 머리를 잃고 마치 버려진 티탄(타이탄, 거인족)의 신발처럼 삭아지고 있었다. (아래 사진 참고) 수출업자와 계약한 후 운전석이 있는 상부와 프레임은 미국으로 보냈는데, 수출업자가 수출금액 네고를 받아 잔금을 주겠다는 말을 믿지 못해 하부프레임과 캐터필러를 보내지 않아 녹슬고 있는 것이었다. 결국 수출업자도 망하고, 그도 엄청난 손해를 본 것이다. 그 스크루지 영감(?)이 큰 손해를 보았음에도 불구하고 나는 그분의 크레인을 사서 예상했던 이익을 보았다.

나는 호찌민시에 출장 갈 때면 한국인 호텔에 기지 않고, 현지인 경영의 Park view Hotel 호텔에 묵었다. 추태부리는 한국 관광객이 싫어서였다. 내가 수출할 당시 베트남은 공산당 독재 국가이며 공무원 부정이 만연하고, 신뢰성 없는 민족성에도 불구하고 무섭게 발전하고 있었다. 이

것은 호찌민[15] 사후(미국과 전쟁 종전 3년 후
사망) 개혁개방(Doi Moi)으로 친미(親美) 시
장경제를 도입한 결과이기도 했다.

1억 가까운 인구에 세계 3위의 쌀 생산
국, 석유가 나는 등 자원이 풍부한 나라,
해안선이 유독 긴 바다여서 수산물도 많
으며 국민은 부지런하고, 노동력도 풍부
했다.

나는 베트남 진출 3년쯤 될 때, 일본의
진출이 본격화된 이상 중기(重機) 생산마
저 끊긴 베트남 중장비 시장에서 사업에
성공하기는 어렵다고 판단했다. 업종 전
환을 위해 호찌민시의 재래시장, 대리석
채석장, 라탄(등나무)의자 공장, 도자기 마
을, 새우농장, 베트남의 국부 호찌민이 일
했었다는 제철공장 등 다른 시장도 한 번
출장할 때 하루를 할애하여 돌아보았다.

또 현지에 냉동창고를 두고 멸치 건조
공장을 차려 한국에 들여올까 하여, 냐짱
(나트랑)에 항공편으로 가서 백마부대가 주
둔했었다는 공장 대지를 돌아보고, 멸치 주산지인 깜란이란 어촌에 가서
현지인의 멸치건조장을 돌아보기도 했다. 그러나 자금이 중장비에 매여
있어 끝내 업종을 바꾸지는 못했다.

---

15) 호찌민(胡志明,Ho Chi Minh): 1890~1969. 베트남 민주 공화국[월맹] 주석(1954-1969), 프랑스 및
베트남 남북 전쟁에서 승리했다. 평가에 따라 공과는 있으나 그는 베트남인들에게 '호 아저씨'라는 애칭
으로 불릴만치 베트남 국민들을 누구보다 사랑했다.

23.
P&H ALPHA 100톤 러프테레인 크레인

나는 바이어와 계약 후, 거금을 들여 충북 청원의 철골 구조물 공장에서 백 톤짜리 P&H ALPHA 100 러프테레인 크레인 한 대를 사게 되었다. 당시 그 회사는 법정관리에서 막 벗어난 상태였고, 본사는 여의도에 있었다. 내가 가지고 있던 50톤짜리 중고 크롤러 크레인을 주고 차액을 지불하고 가져온 것이었다. 그 공장으로서는 공장을 운영하려면 철 구조물을 들어 올릴 수 있는 50톤 이상 크레인의 보유가 필수였던 까닭이었다.

그런데 바이어가 갑자기 중풍으로 쓰러지자 그 아들(Hoa Tuan)이 사업을 물려받았는데 그는 그 크레인을 팔 수 없었다. 왜냐하면 항만 등에서 사용하는 크레인은 국영기업이 관리하므로 국영기업 간부와의 관계가 깊지 않아 계약 승계가 어려웠던 탓이었다.

나는 이 크레인을 팔기 위해 짚붐(들어 올리는 높이를 더 늘이기 위한 보조붐)을 국내에서 찾았으나 찾을 수가 없었다. 여러 시간동안 인터넷을 검색하여 브라질 쪽에서 간신히 같은 모델을 찾았다. 그리고 사진을 보고 모양과 치수를 가늠하여 크레인 수리공장에서 붐을 제조했다. 상당한 시간과 비용과 노력이 들어갔다. 그런데 이 크레인을 팔지 못하게 된 것이다. 거기에 더하여 이 크레인은 아웃트리거(크레인의 안정성을 위해 좌우로 펼치는 다리)가 두 개이고 차나 트리거의 길이가 긴 모델이어서 국내의 도로

나 도시에 적합한 모델이 아니었다. 항만이나 넓은 공장에서만 쓸 수 있는 구형 모델이었다.

나는 고액의 100톤짜리 크레인을 삼 년간이나 국내외 어디에서도 팔지 못하여 결국, 운영자금의 부족으로 꼼짝없이 수족이 묶이게 되었다. 큰 이익이 예약되었던 이 크레인은 결국 악성 재고가 되어 회전자금이 부족한 내가 사업을 접는 원인이 되었다.

이 크레인은 삼 년 만에 하노이 시티에 있는 다른 수입업자에게 팔렸다. 계산상으로는 이익이었으나 재고가 되어 내가 본 손해는 치명적이었다. 수출 후 몇 달 만에 그들이 크레인을 잘못 사용하여 붐을 들어 올리는 한쪽 실린더가 파손되었다. 나는 그들의 주문을 받아 제작도면도 없는 이 실린더를 그들이 재어 보낸 도면을 기초로 영등포의 공장에서 800만 원에 제작하여 1만 달러를 받고 팔았다. 당시에는 베트남에서 이 것을 제작할 기술이 없었기 때문이었다.

한편 중장비 수출업을 영위하는 동안 나는 단 한 번도 하나님께 기도를 드리지 않았다. 믿음을 잃은 탓이었다. 그러나 마음 한구석은 늘 불안했다. '이러다가는 큰일이 나지, 큰일이 나지' 하면서도 하나님께 돌아가는 일은 늘 뒤로 밀어 놓고 살았다. 나는 끝까지 내 힘으로 살아가려는 세상에 물든 탕자였고 교만한 자였다. 어찌 보면 나는 마치 잡초와 같은 끈질긴 생명력도 있고, 어려서 고생한 것이 나의 맷집을 튼튼하게 하여 기진맥진하여 도저히 일어날 수 없도록 쓰러질 때까지는 절대로 포기하지 않는 기질이 형성되었던 것 같다.

중고 중장비 수출사업은 예전과는 달리 점점 어려워졌다. 겨울에 크롤러 크레인이 부두에서 선적 마감 시간을 앞두고 고장이 나서 애를 태우고, 크레인을 실어 오던 트레일러의 기사가 실수하여 어깨가 부서진다든가, 잘 살펴서 보낸 크레인의 프레임에 금이 가서 클레임을 걸어오는 등 평소와는 다른 사고들이 계속하여 발생했다. 나쁜 일이 아무리 조심해도 꼬리에 꼬리를 물고 일어나는 것이었다. 내가 담을 넘어가려고만 하면 그때마다 누군가가 내 발목을 확 잡아채서 개구리처럼 사지가 쭉 뻗도록 땅에 패대기치고 있다는 느낌과 함께 어려움이 계속되어 너무도 괴로웠다. 최선을 다해도 나의 능력으로는 어찌할 수 없는 상태에서 인내의 극한을 체험하며 기진맥진 힘이 빠져가고 있었다. 아마 이때 간염 보균 상태인 간이 많이 상했을 것 같다.

이런 어려운 때, 설상가상으로 심성이 곱고 예쁘기만 한 아내는 밤마다 침대 머리맡에 서서 울면서 보통 때와는 다른 무서운 얼굴로 경고를 계속하였다. 그런 날이 한 달이 넘게 계속되었다. 나는 밤낮으로 마음이 괴로워 견디기 힘들었다. 그런데 이상한 일은 지금도 아내는 이상하게도 그때 일을 전혀 기억하지 못한다는 것이다.

"당신, 하나님께 돌아오지 않으면 망할 거야!"

나는 나의 어려운 사정을 알면서도 신앙 타령(?)이나 하는 아내에게 참다못해 화가 나서 침대에 누운 채로 대꾸했다.

"그래, 하나님이 계신다면 곳곳에 전쟁이 나고 세상이 이렇게 돌아가겠냐?[16] 아프리카의 빈국(貧國)에서 아이들이 굶어 죽겠냐? 마음대로 하시라고 해! 나는 내 힘으로 끝까지 가볼 거야!"

이때 가정에는 평화가 없었고, 소통이 없었다. 수출사업을 더 지속하기 어렵다는 것이 혼자만의 심적 고통으로 다가왔다.

나는 우울증에 빠져 마음이 공허하고, 슬프고, 고독하며, 때때로 죽음

---

16) 창세기에 의하면 하나님은 인간에게 '생육하고 번성하라'란 명령을 주셨고, 자연 만물을 다스리도록 하셨고 자유 의지를 주셨다. 전쟁이나 빈곤은 인간의 잘못에 기인한다고 생각한다. 세상 모든 일을 섭리하시는 분은 하나님으로 그것도 하나님의 뜻이라고 말하는 분도 있겠지만.

을 생각하게 되었다. 한 번 시원하게 통곡해보고 싶기도 했다. 차를 몰고 갈 때 아무 이유 없이 눈물이 주르르 흘러내리기도 했다. 차를 몰고 가다가 다리 난간을 넘어 강에 떨어지는 상상을 여러 번 했다.

'가족을 위해 보장성 보험금액이 높은 사망보험을 들어 제척기간이 지난 이년 후에 죽어야지.'라고 보험 전문지식을 오용할 비양심적인 생각도 했다. 어쨌거나 가족은 부양해야 하니 말이다.

'나는 인생에서 실패했고, 이제까지 열심히 살아 온 나의 인생이 헛된 것이었나' 하는 생각이 들었다. '나의 영혼은 이미 죽었다.'라고 생각할 때가 많아졌다. 나는 매일 순간마다 깊은 우울증에 홀로 시달렸고, 고독했다. 영적으로는 죽어가고 있었다.

그러나 나는 덴마크의 실존주의 철학자이자 신학자인 키르케고르가 명저(名著)『죽음에 이르는 병』[17]에서 갈파한 절대자인 하나님 앞에서의 철저한 고독, 결국에는 죽음을 건너 구원에 이르는 고독에는 아직까지 이르지 못하고 있었다, 하나님을 대면하지 못하고 있었다.

나는 이제는 실패할 수밖에 어쩔 수 없다는 기막힌 절망감에 시달렸다. 가장으로서 가족에게 닥쳐올 앞으로의 곤궁(困窮)이 나의 무모한 도전에 기인한 것이라는 사실이 괴로웠다. 그런 상황에서도 회사 동료였던 사람들, 친구들, 후배들 등 나를 아는 사람들에게 파산(破産)한 내가 어떻게 보일까 하는 어쭙잖은 체면상 고통도 있었다.

결국 나는 최선을 다했지만, 중고 중장비 수출 6년 만에 파산의 벼랑길에 서고 만 것이다. 풍랑이 심한 바다에서 갖은 애를 썼지만 고기 한 마리 없이 텅 빈 배를 보며 슬퍼하는 병든 어부가 된 것이다.

---

17) 키르케고르가 말한 죽음에 이르는 병은 절망이다. 바로 그 절망은 죄다. 그러나 동시에 철저한 고독과 절망은 단독자로서 하나님과 대면하게 하는 고통이요, 축복이다.

24.
미국 동부 여행기

나는 가끔 미국 노스캐롤라이나(NC) 페이어트빌에 사는 여동생 영애와 통화하고 있었다. 나의 사정을 들은 동생은 매제(신은식)와 함께 비행기표를 끊어 우리 부부를 초청했다. '혹시 미국에 가서 재기할 기회를 찾을 수 있지 않을까?' 실낱 같은 희망을 품고 아내와 함께 미국행 비행기에 올랐다. 두 딸을 두고 가야 하는 것이 적잖게 마음에 걸렸다. 동생은 우리를 초청하면서 미국 생활이 외로워서 '작은오빠가 오면 좋겠다.' 그런 의사를 비쳤었다.

비행기에서 보면 구름 아래 보이는 집들은 어찌 그리 작은지 거기에서 서로 아등바등 비교하며, 부러워하며, 으스대며 살아가는 인간의 모습이 어리석다고 생각했다. 『장자(莊子)』[18]에 대진인

(大眞人)이 양나라와 제나라의 싸움을 달팽이 촉수 위에서 싸우는 꼴이라고 풍자한 것이 떠올랐다. 나도 그중에 꼬물거리며 사는 한 인간이다.

18) 『장자(莊子)』: 동양적 지혜와 여유로움을 담은 장자(莊子)의 사상을 담은 책. 장자(본명 莊周)는 노자(老子)와 함께 중국 춘추전국 시대 말기의 도가(道家)를 형성한 사상가이다. 그의 문장은 모두 우화(偶話) 형식으로 쓰였다. 그는 초월적 세계관과 진위(眞僞)를 뒤집거나 동일시하는 견해를 가졌다.

동생은 해외 파병 미군이 주둔한 군사도시 NC 페이어트빌에서 옷과 군장을 수선하고, 세탁물 중개를 하는 등 작은 사업을 하고 있었다. 여동생은 옷 수선을 주로 하고, 매부는 배낭 수리와 옷에 수를 놓는 자수기를 가동하고 있었다. 빈손으로 일군 사업이었다. 수작업으로 한 개의 군번을 찍는데 3달러였다. 나도 한 달 묶는 동안 군번 찍는 일을 했다.

미군은 직업군인이라 군번을 여러 개 찍어 배낭에까지 달 수 있었다.

동생의 군복 수선점에는 육순이 넘은 한국 여성이 재봉 일을 돕고 있었는데 미군과 결혼하여 이곳에 살게 된 분이라 했다. 이발소에 한 번 갔는데 이발사가 모두 한국에 파병된 미군의 부인이었다. 그들의 고달팠을 인생역정을 추측해보며 연민의 정을 느꼈다.

운전 내내 흥얼흥얼 노래하는 매부의 차를 타고 도착한 Washington DC, 처음 간 곳은 링컨 기념관이었다. 그리스의 신전처럼 웅장한 건물 안에 오직 링컨 좌상 하나만 있었다. 어릴 때 주로 연필로 그렸던 인물, 노예 해방을 가져온 링컨의 좌상을 보는 게 감회가 깊었다. 링컨 기념관과 마주 보는 곳에 높이가 153m나 되며, 석조로 된 건축물로는 세계 최고의 높이를 지닌 Washington Monument가 있었다. 이 기념탑

19) KKK(Ku Klux, Klan)단: 백인우월주의, 반 유대주의, 인종차별, 반 로마 카톨릭교회, 기독교 근본주의, 동성애 반대 등을 표방하는 미국이 극성 비밀 결사 단체. 이들은 백인임을 과시해 흰색천으로 몸을 감싸고 흑인에 대한 테러를 감행했다. 현재는 활동이 미미해졌다.

은 흰색으로 전망대의 구멍이
나 탑의 윗부분이 극렬한 백
인 우월주의 흑인 테러단체인
KKK단[19]의 고깔모자와 같다
고 하여 흑인들은 싫어한다는
이야기를 들었다. W.C가 지
금까지 백인들이 주로 권력을
잡은 미국의 정치적 수도라서 그런지 흑인들을 거의 볼 수 없는 것이 의
외였다.

  존경하는 링컨의 기념관에서 가장 가까운 곳에 한국전쟁 기념탑이 있
었다. 주된 건축물은 긴 벽으로 되어 있고 그 벽에는 참전 미군의 얼굴들
이 음각되어 있었다. 누군가의 아들이고 손자이며 아버지였을 얼굴들이
었다. 바닥에는 전사자와 실종자 부상자 숫자가 나라별로 새겨져 있었
다. 미국군 사망자 54,246명 유엔군 사망자 628,833명. 이 사상자 수를
보며 나는 숙연한 마음으로 고개를 숙여 감사했다.

  국익에 따라 동맹이나 적대관계가 되는 것이 국제정치 오랜 현실이지
만, 우리나라는 6·25 때 피로 우리를 지켜준 나라들에 대해 은혜를 원수
로 갚는 일은 하지 말아야 한다는 생각이 들었다. 맥아더 동상을 끌어 내
린다든지 하는 일 같은 행위 말이다. 또한 현재 미국은 패권주의, 자국
우선 경제정책의 폐해도 있지만, 자유와 인권을 지키려고 노력하는 민주
주의 국가의 수장임이 틀림없다고 생각해보았다.

워싱턴DC에는 미국의 수도답게
8개의 각종 박물관과 미술관[20]들 동
물원들로 이루어진 그 유명한 스미소
니언 박물관(Smithsonian Museum)이 있
었다. 우리는 국립자연사박물관(The
National Museum of Natural History)에서
공룡들의 박제를 관광했다. Hatcher
또는 Triceratops라는 새 부리 모양을
가진 공룡은 머리가 사람 몸통만 했
다. '한 시대를 평원을 주름잡던 이놈
이 이제는 박제가 되어, 생쥐가 입으
로 들어간다고 해도 어쩔 수 없겠구
나'라는 생각이 들었다. 역시, 언제나
이 세상은 살아 있는 자들의 것이다.

국립 항공우주박물관(The National Air and Space Museum)에는 비행기나 로켓
을 통째로 전시해놓고 있었다. 라이트 형제의 최초의 비행기도 재현해
놓았다. 전시물의 크기나 양으로 볼 때 대륙 국가라서 통도 크다는 느낌
이 들었다.

워싱턴DC 길가의 벤저민 프랭클린[21]의 동상 앞에서 다람쥐가 놀고
있었다. 우리 도시도 좀 더 자연 친화적이었으면 좋겠다는 마음이 들었
다. White House는 아쉽게도 공개하지 않는 날이었다. 현 미국 43대 대

---

20) 각종 박물관과 미술관: 1776년 영국으로부터 독립한 미국은 200년 조금 넘는 역사를 가졌다. 그런
그들이 수도 워싱턴DC에 세계 각처에서 수집한 유물이나 미술품으로 채운 많은 박물관과 미술관을 둔
것은 긴 역사와 전통을 가진 나라에 대한 선망을 가졌기 때문인지도 모른다.
21) 벤저민 프랭클린: 조지 워싱턴 초대 대통령과 함께 미국 건국의 아버지라 불렸다. 그는 미국 독립선
언서 작성, 프랭클린 난로 발명, 번개와 전기의 동일성 발견 등 자연과학과 정치·군사 등 다양한 면에서
능력을 발휘했다. 그의 자서전은 자서전의 전범(典範)으로 세계적인 유명 도서가 되었다.

통령은 George W. bush[22]였다.
클린턴 전 대통령과 여비서 르윈
스키 성 추문 사건의 장소란 생
각이 잠시 스쳐 갔다. 지금은 다
만 반기(半旗)가 올려져 있고 모
든 접근로에 차량의 돌진 테러를
막는 든든한 말뚝들이 왠지 답답
한 국제정세에 처한 미국의 현
상황을 알려주는 듯했다. 화이트
하우스 가는 길 옆 숲속에서 위
대한 물리학자 아인슈타인 동상
을 보았다. 골똘하게 사고에 잠
긴 이분이 들고 있는 공책에 몇
가지 방정식이 쓰여 있었다. 일
반상대성 이론과 장방정식이 쓰
여 있을까? 그로부터 시작된 핵
발전이 주는 유익과 핵폭탄의 가

공할 위험이 마치 선과 악의 양면 같다고 생각했다.

　동생 영애 부부와의 여행은 즐거웠다. 우리는 Virginia 주에 있는
Colonial Williamsburg란 작은 도시에 들렀다. 이곳은 18세기 건축물로
구성된 영국식 민속 관광지였다 귀부인의 마차도 다니고 장터와 각종 공
방이 있었다. 모두 18세기 식민지 시절의 옷을 입고 생활하는 게 이채로
웠다. 이곳은 미국에 있는 영국 최초의 식민지이자 노예해방운동이 처

22) George W. bush: 미국의 제43대 대통령. 제41대 대통령인 조지 H. W. 부시의 장남. 8년 재임 기
간 중 2001.9.11 테러 사태가 터졌다. 이를 명분으로 테러와의 전쟁을 선포하여 아프가니스탄 및 이라
크 침공을 했고, 임기 말 대침체의 발단이 된 서브프라임 모기지 사태가 터졌다.

음 시작된 곳이라고 했다. 백인들의 휴양지라는 이곳에서 흑인은 눈을
씻고 보아도 없었다. 노예를 세우고 경매에 부쳤다는 건물의 1층 경매
테라스를 보며 쿤타킨테를 주인공으로 흑인의 애환을 그린 소설 알렉스
헤일리의 『뿌리』23)와 아직까지는 경제적 사회적으로 자유와 평등을 맘
껏 누리지 못하고 궁핍한 삶을 이어가고 있는 대부분 흑인의 처지를 생
각해보았다.

　이 도로는 사실 다리이다. 미국 동남부 버지니아주의 Norfolk 그리고
Virginia Beach와 Northampton을 잇는 대서양(Atlantic Ocean) 위의 다리
로 미국에서 두 번째로 길다고 한다. 길이가 30킬로가 넘는다고 한다.
이 다리의 이름은 Chesapeake Bay Bridge다. 이 다리는 해저터널을 통해
바다를 건넌다. 이 터널 위로 Chesapeake Bay에서 대서양을 오가는 배들
이 지나는 걸 볼 수 있다. 다리 중
간 지대에 낚시터가 있는데 대서
양 반대쪽으로 머리를 내밀고 있
었다. 낚시꾼 중에는 한국인으로
보이는 이도 있었으나 인사도 나
누지 않아 이국 생활의 고독과 폐
쇄성이 느껴졌다. 낚시꾼들은 대
개는 잡은 고기를 놓아주고 상어
새끼를 구경시켜 주기도 했다. 이
들이 낚는 것은 평온한 마음일지
도 모른다고 생각했다.

23) 『뿌리』(Roots: The Saga of an American Family): 1976년 출판된 알렉스 헤일리(1921~1992)의 소
설. 미국에 노예로 끌려온 쿤타 킨테와 그의 후손들의 삶과 고난을 서술하고 있다. 플리처상을 탔지만
해럴드 쿨랜더의 'The African' 표절로 손해배상금을 내기도 했다.

체서피크 남단에 있는 Kill Debil
Hills 근처에 있는 라이트 형제[24]의
기념관은 시간이 늦어 들어가지 못
했다. 이곳은 바람이 몹시 세게 불
었다. 자전거 수리점을 하던 두 형
제가 비행기를 날리기에는 최적지

였다. 그들이 계속되는 실패에도 불구하고 끝까지 좌절하지 않고 비행
기를 날렸다는 사실에 놀라웠다. 사실 인류의 역사는 이런 일견 무모해
보이는 도전자들에 의해 한 발짝 한 발짝 미지의 세계를 열고 있는 것이
니 말이다.

이 황혼은 '체서피크' 남단의 Kity Hawk란 마을로부터 Albemarle
Sound와 Pamlico Sound 해협이 안쪽으로 대서양을 바깥쪽으로 하여 산
호초처럼 소꼬리처럼 길게 남쪽으로 뻗어있는 도로 위에서 찍은 것이
다. 이 지역은 지도를 보면 마치 노스캐롤라이나를 보호하기 위해 대서
양 쪽으로 폭 1~3km짜리 언덕을 100km 넘게 인위적으로 야트막하게 쌓
았다고 보인다. 하여튼 좌우로 보이는 땅의 폭은 1~3km 정도이며 조금
끊어진 곳은 다리로 이었지만 길이는 무려 100km가 넘는다. 중간에 Kill
Devil Hills도 있고 작은 마을들도 있었다. 대서양의 풍광을 즐기는 별장
도 많았는데 이 집 중 일부는 여름이면 대서양으로부터 불어오는 폭풍에
무너지곤 한다고 했다. 대개의 집들이 나무로만 지어졌으니 우리나라와
는 달리 쉽게 무너지는 것이 당연해 보이기도 했다. 석양이 하늘을 아름
답게 물들이고 있었다.

---

24) 라이트 형제: 미국의 비행기 제작자이자 항공계의 개척자 형제, 오빌(Orville) 라이트와 윌버
(Wilbur) 라이트. 1903년 역사상 처음으로 동력비행기를 조종하여 지속적인 비행에 성공하였다. 지원
를 호소하여 1909년 프랑스에서 아메리칸 라이트 비행기 제작회사를 설립하게 되었다.

서해를 붉게 물들이는 석양과 같이 이곳의 석양도 여행자의 마음을 센티멘탈하게 만든다. 우리의 인생도 언제인가는 저 석양과 같이 스러져 가겠지. 우리의 마지막도 저리 아름다울 수 있기를 기도했다.

이 중세 시대의 성 같은 건물은 North Carolina 주의 Asheville에 있는 미국에서 제일 큰 개인주택이다. 이 집은 1862년에 태어난 George Vanderbilt 부자(父子)의 것인데 그는 젊은 나이에 해운업과 철로운송업  등으로 큰 돈을 벌었다고 한다. 서른셋이 되던 해에 이 집을 완공하고 삼년 후에 결혼했다고 한다.

그 후손이 Biltmore Estate Co를 만들어 관광과 포도주 생산, 초콜릿 생산 능을 한다고 했다. 지금은 집수인 밴더필드가 아닌 설계자의 이름을 따서 Biltmore House라고 하는 관광지가 되었다.

이 집은 그 대지에 강의 일부가 흐르고 호수가 있으며 여기저기 넓은 옥수수밭과 목장이 있으니 얼추 추측건대 그 넓이가 부천 중동 신도시

보다 더 넓어 보였다. 건물을 둘러보았는데 지하까지 4층이었다. 유럽 문화에 대해 미국인이 선망을 가진 것처럼 집주인은 저 유럽의 성주를 꿈꾸었던 것 같았다. 호화로운 중세풍 가구와 책장과 방들 체육시설과 실내 수영장, 포도주 공장과 보관 창고, 큰 주방과 세탁실 그리고 하인들의 방들.

　그런데 유독 나의 관심을 끌었던 것은 하인들의 방 또는 주방에 설치되어 있는 호출 벨과 벨마다 새겨져 있는 번호였다. 아마 하인들은 저 벨소리가 나면 밤이나 낮이나 언제라도 주인의 부름에 따라 응해야 했겠지. 나는 그곳을 떠나서도 하인의 굴레를 쓴 그들의 삶과 오늘 날에도 이런 고달픈 삶이 있지 않을까? 한참 생각했다.

Great Smoky Mountains National Park는 테네시주와 노스캐롤라이나주에 걸쳐 있으며 애팔래치아산맥의 일부이다. 원주민인 체로키족[25])이 살았다는 이 산에 오는 길은 이름 그대로 뿌연 연막 상태였다. 문득 삼국지에서 제갈공명이 맞닥뜨린 남만(南蠻)의 풍토가 떠올랐다.

　자연은 참으로 경이롭고 신비하다. 유황이 끓는 화산 지대와 차디찬 북극의 설원, 무서운 허리케인과 용오름 현상 어떤 저항도 요인 되지 않는 무서운 지진. 우리가 사는 지구도 신기한 일투성이인데, 저 광대하고 끝없는 우주를 상상하면 나는 때로 두려운 마음이 되고 만다.

　태양의 수만 배가 되는 별이 사는 저 허공 그리고 그런 별을 송두리째 삼킨다는 블랙홀. 은하계 한쪽 끝, 그 속 태양계의 작은 행성 지구의 한

---

25) 체로키족(Cherokee): 북미의 인디언 부족. 백인문화를 적극적으로 받아 들였으나 19세기 후반 오클라호마의 보호지로 강제 이주 당하였다. 세쿼이아라는 혼혈 추장이 음절 문자를 만들러 북미에서 유일하게 문자를 가진 인디언이다. NC에도 체로키 인디언 보호구역이 있다.

도시, 작은 집에 사는 나는 가끔 참으로 경외하는 마음으로 창조주 하나
님을 찬양한다.

동생이 사는 Fayetteville North Carolina에 있는 집 근처의 작은 호수에는 오리와 백조가 살고 있었다. 평화롭고 아름다운 정경이었다. 사랑하는 나의 아내는 저 백조를 바라보며 무슨 생각을 하고 있을까? 두 딸과 손주들을 생각하는 것일까? 넓고 여유롭게 보이는 미국에서 살면 좋겠다고 생각하는 것일까? 사업이 안되어 고민하는 나와 같이 불확실한 미래를 걱정하는 것일까? 하나님께 기도하는 것일까?

그곳에 머무는 동안 이민할 방법이 없나 하며 동생 부부와 함께 변호사 사무실에도 가보았지만 당시 수중에 돈이 없는 나로서는 투자 이민은 생각할 수도 없었고, 그 정도의 자금이 있다면 국내에서 재기하는 것이 오히려 낫다고 생각했다.

미국에서 돌아온 후 나는 6년여 운영하던 중장비 수출업을 접었다. 아파트까지 날아가 버린 빈손이었다. 남은 돈으로 인천 부개동에 있는 작은 빌라에 월세를 얻었다.

몇년 후 동생도 나이가 들어 사업을 접고 은퇴하여 근처에 있는 골프장 인에 상당히 넓은 주택을 짓고 입주했다. 감사하고 고마운 일이다. 한국에 가끔 오고 싶다지만, 늙은 풍산개 두 마리를 아직도 키우고 있어 여행도 마음대로 못한다니 안타까운 일이다. 개가 동생 부부를 떠나면 아마 한두 번은 더 동생과 만날 수 있으리라 기대한다.

이 여행기의 글과 사진은 제가 네이버의 '참 아름다워라 주님의 세상은' 블로그에 실어두었던 것을 줄여 실었습니다. 원문은 다소 긴 것입니다. 블로그를 방문한 미국 거주 한인 여행사업자가 사용하기를 원하여 그냥 사용해도 된다고 허락했는데 잘 쓰였는지는 알 수 없습니다. 아마 미국 동부여행 홍보 자료로 쓰려고 한 것 같았습니다.

요즈음은 네이버 같은 대형 포털업체에서 제공된 틀에 블로그를 취향대로 꾸며서 자신의 글과 사진, 음악까지 어렵지 않게 실을 수 있습니다.

살아가면서 있었던 일들을 이렇게 자기 블로그를 만들어 보관하는 것도 좋다고 생각됩니다. 언제든지 꺼내어 사진 자서전 쓰기에 활용할 수 있고, 친구나 지인, 자녀들에게도 자신의 이야기를 할 수 있는 한 방법이기 때문입니다.

25.
할렐루야, 나는 영적으로 죽어가던 생명을 되찾았다

베트남 호찌민시 출장에서 새벽에 돌아온 날 저녁이었다.

"오늘 밤이 부흥회 마지막 날인 데. 딱 한 번만 같이 가면 안 돼요?"

아내가 책상의 내 옆으로 다가오더니, 내 눈을 바라보며 말했다.

"나는 가기 싫은데. 피곤하기도 하고"

습관적으로 대꾸하면서도, '딱 한 번'이라고 까지, 말하는 아내가 어쩐지 마음에 걸렸다.

"오늘은 꼭 가면 좋겠어요. 내가 언제 부흥회에 같이 가자고 한 적 있어요? 오늘은 부흥회 마지막 날이니 꼭 한 번만 갔으면 좋겠어요."

아내의 말에는 간곡함이 들어있었다. 나는 마음이 내키지 않았으나

"그래, 딱 한 번이야."

라고 못 박으면서, '에이 못난 놈. 가려면 그냥 가지 꼭 이렇게까지 말해야 하니?'라고 마음속으로 자책하며 아내를 따라나섰다.

교회당에 들어서니 이미 부흥회가 시작되어 설교 시간이었다. 강사는 예태해 목사님이었다. 듣기로는 예태해 목사는 전에 인간이 영·혼·육(靈·魂·肉)[26]을 가지고 있다고 하여 교단에서 이단이라고 재판에 부쳐진 적이 있었다. 그러나 장기간의 재판 결과 교단은 예태해 목사의 견해를 받아들였다. 나는 그 사실을 알고 있었다.

---

26) 영·혼·육: '너희의 온 영과 혼과 몸(肉身)이 우리 주 예수 그리스도께서 강림하실 때에 흠 없게 보전되기를 원하노라' 신약성서 데살로니가 전서 5장 23절

　구약성경 에스겔서 강해를 하고 있었다. 가장 뒤에 앉아 있어서 목사님 얼굴이 너무 작게 보였다. '이해하기 어려운 예언서를 강해하고 계시는군.'이라고 생각하며 나도 모르게 말씀에 집중하게 되었다.

　그런데, '해골 골짜기에서 여호와 하나님의 말씀에 따라 에스겔이 해골들에 생기를 후~욱 불어 넣었다'라고 강사 목사님이 입김을 후~ 하고 길게 내뿜는 순간, 나에게서는 갑자기 눈물과 콧물이 걷잡을 수 없이 쏟아졌다. 당황하리만치 이상한 일이었다. 나의 마음속 깊이 숨어있던 무엇인가가 나의 눈물샘을 터트려버린 것이었다.

　'나는 이미 죽었다.'라고 생각하며 살아가던 해골 같은 나에게 '생기를 후~욱 불어넣었다.'라는 말씀이 나를 살리는 생명의 생기(生氣)로 번개같이 내 속에 들어 온 것이었다.

　나는 온몸에 전율을 느꼈다. 그러면서도 눈물을 주체하지 못하는 자신이 한편으로 창피하다는 마음이 들었다. 아내는 놀란 표정으로 나에게 손수건을 쥐어 주었다. 할렐루야! 바로 그 놀라운 순간 나는 영적으로 죽어가던 생명을 되찾았다.

　이 짧은 한순간에 성령의 강력한 역사 하심은 내게 저항할 수 없는 체험이 되었다. 이제까지 가져온 모든 의심이 희한하게도 한꺼번에 사라졌다. 이런 현상은 나의 이성으로는 도저히 이해할 수 없는 일이었다. 이 순간 여호와 하나님은 나에게 이성을 넘어 영성으로, 하나님 나라로 들어가는 생명의 문을 열어 주셨다. 그리고 성경을 다 이해할 수는 없지만 모든 사건을 영적으로 받아들이는 믿음을 주셨다. 마치 창조를 믿으면 죽은 자의 부활과 예수님이 베푸신 모든 이적이 저절로 믿어지는 것처럼.

26) 영·육: '육으로 난 것은 육이요, 성령으로 난 것은 영이니' 신약성서 요한복음 3장 6절, 영어성경 (KJV) - 영 = Spirit, 혼 = Soul

나중에 알고 보니, 전날 집회 때 강사가 남편이나 아내를 위해 기도해
주기를 원하는 사람은 앞으로 나오라고 하여. 권사인 아내가 창피함을
무릅쓰고 제일 먼저 나가서 기도를 받았다는 것이었다. 내가 믿음을 회
복하는 것이 아내의 가장 큰 소원이었던 것이다.

⟨구약성서 에스겔서 37장의 내용은 다음과 같다. *에스겔은 BC 593-570년
동안 사역 한 제사장 출신 사역자로 구약성서 중 예언서인 에스겔서의 저자라
고 알려져 있다. 에스겔서는 죄로 인한 멸망의 예언과 그런데도 자기 백성을
버리시지 않고 회복게 하신다는 격려의 말씀이다.⟩

1 여호와께서 권능으로 내게 임재하시고 그의 영으로 나를 데리고 가
　서 골짜기 가운데 두셨는데 거기 뼈가 가득하더라
2 나를 그 뼈 사방으로 지나가게 하시기로 본즉 그 골짜기 지면에 뼈
　가 심히 많고 아주 말랐더라
3 그가 내게 이르시되 인자야 이 뼈들이 능히 살 수 있겠느냐 하시기
　로 내가 대답하되 주 여호와여 주께서 아시나이다
4 또 내게 이르시되 너는 이 모든 뼈에게 대언하여 이르기를 너희 마
　른 뼈들아 여호와의 말씀을 들을지어다
5 주 여호와께서 이 뼈들에게 이같이 말씀하시기를 내가 생기를 너희
　에게 들어가게 하리니 너희가 살아나리라
6 너희 위에 힘줄을 두고 살을 입히고 가죽으로 덮고 너희 속에 생기
　를 넣으리니 너희가 살아나리라 또 내가 여호와인 줄 너희가 알리라
　하셨다 하라
7 이에 내가 명령을 따라 대언하니 대언할 때에 소리가 나고 움직이며
　이 뼈, 저 뼈가 들어맞아 뼈들이 서로 연결되더라

8 내가 또 보니 그 뼈에 힘줄이 생기고 살이 오르며 그 위에 가죽이 덮
  이나 그 속에 생기는 없더라

9 또 내게 이르시되 인자야 너는 생기를 향하여 대언하라 생기에게 대
  언하여 이르기를 주 여호와께서 이같이 말씀하시기를 생기야 사방
  에서부터 와서 이 죽음을 당한 자에게 불어서 살아나게 하라 하셨다
  하라

10 이에 내가 그 명령대로 대언하였더니 생기가 그들에게 들어가매 그
  들이 곧 살아나서 일어나 서는데 극히 큰 군대더라

이런 놀라운 은혜 속에 있을 때, 나는 대학 시절 고시관에서 자면서 공
부할 때 꾼 영적이고 예언적인 꿈이 생각났다.

대학 도서관 1층 고시관에서 공부하던 어느 날 밤, 꿈에 여덟 개의 관
중 가장 끝에 있는 관에서 허리 아래가 반쯤 죽어 앉아 있던 내가 생각났
다. 그리고 그날 하도 이상하여 펼친 성경에서 본 에베소서 5장 14절(이
구절은 항상 내 마음에서 떠나지 않았다)이 생각났다.

'잠자는 자여 깨어서 죽은 자들 가운데서 일어나라 그리스도께서 네게 비취시리라'라는 성경 에배소서 5장 14절 말씀이었다. 그날 두 권의 성경에서 세 번을 펼쳐도 같은 쪽에 기록된 면에서 한눈에 들어 온 말씀이었다. 이상한 일이었다.

사실, 잠자는 자는 성경에 비추어 보면 죽지는 않았으나 죽어가는 자였다. 한편 성경 요한복음 11장 11절에는 마리아의 오빠 나사로가 죽었는데 예수님이 말씀하시기를 "우리 친구 나사로가 잠 들었도다[27]"라고 하시고 불러 깨우시니 무덤에서 나와 살아난 이적이 기록되어 있다. 나중에 깨닫게 된 일이지만 하나님께서는 이 꿈을 통하여 내가 영적으로 거의 죽음에 가까운 상태에 가서야 하나님의 은혜로 살아날 것이라는 사실을 미리 알려주신 것이었다는 생각이 들었다.

이 꿈은 내가 믿음을 잃었을 때도 때때로 잊히지 않고, 내 마음에 깊이 각인된 하나님의 부르심이었다. 이날은 아내와 40여 년 전에 춘천침례교회에서 처음 듀엣으로 부른 '어서 돌아오오'라는 찬송의 탕자가 돌아오는 순간이었다.

이날 에스겔서의 말씀을 받아들인 후, 나는 '태초에 하나님이 천지를 창조 하시니라'라는 창세기 1장 1절을 다시 믿게 되었고, 하나님의 아들인 예수님이 베푸신 모든 기적과 죽음과 부활을 믿게 되었다.

그리고 아내의 권유에 따라 혼자 여러 번 순복음 강남기도원과 순복음 오산리 기도원에서 숙식하며 개인 기도굴에서 며칠씩 기도했다. 내가 이때 한 기도는 '아버지 하나님, 죄인인 저를 불쌍히 여겨 주십시오.'라는 한 가지뿐이었다. 세상의 명예와 돈을 따라 살아 온 나, 욕망에 따라 살

27) 나사로의 부활: '우리 친구 나사로가 잠들었도다 그러나 내가 깨우러 가노라.', '예수는 그의 죽음을 가르켜 말씀하신 것이나'-신약성서 요한복음 11장 1절~44절

아온 나는 그 외에 다른 어떤 기도도 할 수 없었기 때문이다.

한 번은 J 권사님의 권고로 태백에 있는 '소원의 항구 기도원-원장 이옥희'에 친구와 함께 갔었다. 그러나 한 분의 여자 원장님이 눈을 누르며 방언으로 기도하고 또 한 분의 권사 할머니가 통역을 하는 것이 나에게 맞지 않아 하루만에 내려오고 말았다.

그러나 '장애인 복지사업을 하라.'란 말씀은 사업상 어려운 처지에 있는 나를 갈등하게 했다.

26.
참빛교회(부천)에서 좋은 믿음의 선배들을 만났다

나는 원할머니보쌈 송내점을 운영할 때부터 수출하기까지 여러 해 동안 삼광교회에 교인의 적을 두고 있었다. 직분은 집사였으나 교회에는 거의 나가지 않았다. 다만 아내가 십일조나 다른 헌금을 하는 것은 당연하다고 생각했고 알려 하지도 않았다. 나는 오랫동안 믿음을 잃어 설교가 전혀 마음에 와 닿지 않았고, 청년기까지 그렇게 많이 불렀던 찬송도 전혀 부르지 못했다. 물론 기도도 할 수 없었다. 당시 수출에만 혈안이 되어 교회를 떠나 살고있던 그런 나를 보다 못해 아내는

"여보, 그렇다면 딱 일 년만 교회에 나와줘요, 그리고도 나가고 싶지 않으면 나가자고 말하지 않을게."

나는 그런 아내의 말을 마지못해 받아들였다. 그러나 일 년 동안 나는 예배가 시작할 시간에 교회당에 들어가고 끝나자마자 교회당을 빠져나왔다. 찬송도 기도도 하지 못했다. 내가 교회에 다닌다는 것을 아는 사람은 일찍 문 앞에 나와 인사하는 심원용 담임 목사와 운수업을 하시는 K 장로 두 분뿐이었다. 그러다 앞 장에서 이야기한 영적인 회심이 일어난 것이었다. 그런 나를 보고 아내는 슬기롭게도 '삼광교회에서 신앙생활을 잘하기 어렵다면, 함께 교회를 찾아보고 당신이 선택하는 교회에 가겠다'라고 어려운 결정을 하였다.

아내는 오랫동안 부천 어머니 합창단원이었고, 삼광교회에서 성가대

도 하였고, 스트링 연
주를 배워 합주단으로
도 봉사하고 있었다.
아내는 비교적 젊은 나
이에 권사가 되었다.
그리고 신앙의 동지들
도 모두 삼광교회에 있
었다.

아내에게는 정말 고맙고 미안한 일이었다.

나는 삼광교회의 부흥회에서 영적 회심(悔心)[28] 이후 새사람이 되었다. 그리고 삼광교회를 떠나 참빛교회에 등록하자마자 새벽기도를 드리고, 등록 다음 주부터 주차 봉사를 했다. 혼자 오산리 순복음 기도원, 강남기도원에 여러 번 갔었다. 나는 교회에 새신자 등록 즉시 김윤하 담임목사님께 두 해 동안 제자 훈련과 사역자 훈련[29]을 받았다.

교육을 받으면서 느낀 것은 담임 목사님이 나를 초신자로 알고 있는 것 같다는 것이었다. 이런 사실은 나를 내심 부끄럽게 했다.

그리고 그 다음 해에 팔백여 명이 참가하는 둔내청소년 수련관에서 개최된 전교인 여름수련회 기획준비위원이 되어 수련회를 추진하면서 열성적인 믿음을 가진 조대형 장로님과 연하인 김인태 집사, 김상철 집사(두 분은 이미 조기 은퇴장로가 되었다) 등 신앙의 선배들과 긴밀하게 교제하게 되었다. 그 후로도 여러 차례 각종 수련회가 있었다.

수련회를 통해 나는 젊고 유능한 인재들이 교회에서 헌신적으로 봉사

---

28) 회심(悔心) → 회개(悔改) : 하나님을 떠난 자기의 죄를 슬퍼하며 후회하고 다시 마음을 고쳐먹고 죄의 길에서 돌이켜 예수 그리스도의 이름으로 용서 받고, 하나님 자녀로 사는 것
29) 제자 훈련과 사역자 훈련: 사랑의 교회 옥한흠 목사님이 만드신 제자훈련과 사역자 훈련의 교재를 사용했다. 현재도 DMGP(Disciple Making Global Partners) 교재이다.

하는 것을 보고 마음 깊이 감명을 받았다. 그들과 함께 일하며 나는 젊었
을 때 교회를 떠나 방황했던 일이 너무도 아쉽게 느껴졌다. 예배 때는 김
윤하 목사의 성경적이면서도 인격적이고, 차분하며 감성적인 설교가 너
무 좋았다. 나는 그분의 설교는 서울의 손꼽히는 교회 목사님의 설교와
견주어도 손색이 없다고 생각했다. 그리고 이런 설교자를 만난 것이 행
복하다고 생각하며 감사했다. 나는 마치 돌아온 탕자처럼 참빛교회에서
생애 두 번째로 뜨거운 영적 평안을 누렸다.

특히 참빛교회에는 남녀 구분하여 남녀별로, 비슷한 나이별로 선교회
가 구성되어 있었는데 나는 4남 선교회 소속이 되었다. 42년생부터 52
년생까지 남자로 구성되어 있었는데 이렇게 자라온 시절의 정서가 비
슷한 성도끼리 모여 예배드리고 교제하는 것이 좋았다. 나는 그중에 가
장 가난하여 처음에 잠시 너무를 삼시 고민했으나 믿는 자에게 그런 것
은 문제도 아니라고 마음 먹고 적극적으로 참여했다. 나는 모임에 참여
하자마자 막내로서 바로 총무가 되어 2년간 회원들의 모임 등을 도왔다.
중장비를 사러 전국을 다녔던 경험이 적잖게 도움이 되었다. 선교회 회

장인 김해용 집사님과 주정남 권사님은 나를 동생처럼 대해 주었고, 대부분 회원이 나보다 연세가 많아 처신하기가 편했다. 교회에서 예배드리고 봉사하고 교제하는 이때가 나의 인생에서 가장 행복한 때였다. 나는 마치 돌아온 탕자[30]처럼 교회에서 분에 넘치는 평안을 누렸다. 하나님이 언제나 함께하심을 느꼈다. 예배드리는 것이 너무도 즐겁고 교회에서 봉사하는 일이 너무도 기뻤다.

나는 후일 교회에서 근무하면서 고신대와 참빛교회가 주관하는 전문인 선교사 교육도 이수했다. 그러나 용기가 없어 선교지에 가지 못했다. 또 경인 노회와 서경 노회의 목사님들이 강사가 되어 평신도를 교육해 여전도사로 사역할 수 있는 자격을 주는 경서신학원 일을 보면서 자연스럽게 2년간 성경 교육도 받았다.

나는 인터넷 쇼핑몰인 OK 바이블에서 성경을 열다섯 권을 사서 전도를 하게 되었다. 한 번 권하여 교회에 나오거나 다른 교회에 나가시는 분들이 생기고, 나와 함께 일해 온 크레인 및 굴삭기 수리의 달인 김 부장(별호)이 부인이 다니는 교회에 스스로 나가게 되었고, 주기장의 컨테이너는 작은 신앙공동체가 되었다.

거기서 주기장(駐機場)에 자주 놀러 오는 크레인 기사 한 명은 "왜 나에게는 교회에 가자는 말을 하지 않느냐?"면서 스스로 신사복을 사 입고 동네 교회에 부인과 함께 나가기도 하였다. 또 외국을 떠돌며 사업하다 파산하여 내게 가끔 놀러 오게 된 고대 출신의 젊은 수출업자 K 씨는 처음에는 기독교는 말도 안 된다고 하더니, 조금은 이단(?) 냄새가 나는 광명의 기도원을 거쳐 나중에는 독실한 크리스천이 되었다.

어떤 날은 내가 사업이 어려운 것을 근심(나는 이때까지도 하나님께 모든 것

---

30) 돌아온 탕자: 하나님은 하나님의 품을 떠나 방황하다가 영적으로 죽을 지경이 된 사람(아들)이라도 돌아(悔改)온다면 용서하고 환대하신다는 비유-신약 누가복음 15장 11~32절

을 맡기고 내려놓을 만한 믿음이 없었다) 하며 아침에 가서 주기장 문을 열어 놓
으면, 철망으로 된 큰 문 두 짝에 엄청나게 많은 참새 떼가 매달려서 이
틀씩이나 찾아와 재재거리면서 '하늘의 새와 온갖 풀도 입히시는 하나
님께서 너를 입히시고 먹이시지 않겠느냐![31]' 하면서 위로를 주기도 했
다. 위로라고 한 것은 참새 떼가 날아와서 먹을 것도 없고 경유 냄새와 유
압유 냄새나는 중장비 주기장의 문에 마치 열매가 다닥다닥 열린 것 같이
매달려, 이틀씩이나 반복하여 짹짹거리는 일이 너무도 신기했기 때문이
다. 나는 이렇게 사업장인 주기장에서, 또 여기저기서 성령의 역사를 체
험하게 되었다. 마음에는 사랑이 가득하여 많은 이들을 불쌍히 여기는 연
민의 마음이 생겼고, 불쌍한 이를 보면 나도 모르게 눈에 눈물이 고였다.

그리고 영혼 구원에 대한 열의가 뜨겁게 타올라 만나는 사람마다
"교회에 다니시나요? 하나님을 믿으시고 교회에 나와 보세요."
라고 말하게 되었다. 이때는 언제나 주님이 함께 하심을 매일 매일 생
생하게 느낄 수 있었다. 나의 차 뒷자리에서 하나님께서 우리 부부의 말
을 듣고 계시다가 이튿날이면 설교나 극동방송으로 반드시 응답하시는
신기한 체험을 아내와 함께 여러 번 나누기도 하였다.

하나님은 애써 찾는 자에게 목소리를 들려주시고, 질그릇 같이 약한
우리와 항상 함께 하시는 은혜를 베푸시는 것이다.

31) 공중의 새와 들풀도 돌보시는 하나님이 너희를 돌보지 않겠느냐? 그러므로 염려하여 무엇을 먹을
까 무엇을 입을까 하지말라 - 마태복음 6장 25~34절 중 발췌 축약함

27.
영적인 꿈과 환상 이야기

　이 이야기는 내 나름 영적이라고 생각하게 된 꿈들과 기도할 때 있었던 신비한 환상에 관한 것이다. 꿈과 환상 그리고 그 해석은 개인적이기 영적 해석을 부여한다는 것이 위험할 수도 있다. 다만 이글은 사실대로 나의 느낌을 쓴 것이니 혹시 읽으시고 비성경적이라고 오해가 없으시기를 바란다. 또 종교가 다르거나 무신론자인 분들은 신앙이 개인의 선택이며, 자유인 점 그리고 꿈은 꾼 사람의 그때의 소망이나, 욕망이나, 마음에 집중하는 일이나, 잠재의식의 발현일 수도 있음을 고려하시기 바란다.

　· 교회에서 담임목사님께 사역자 훈련을 받던 어느 날 나는 머리에서 들끓던 구더기가 빗으로 빗으면 우수수 땅에 떨어지는 꿈을 꾸었다. 구더기가 온통 머리를 덮은 것이 얼마나 징그러웠는지 모른다. 나는 머리가 깨끗해질 때까지 한동안 구더기를 빗으로 빗어 떨어뜨렸다. 떨어진 구더기가 땅바닥에 가득했다.

　나는 이 꿈이 나의 머릿속에 박혀있던 모든 더러운 생각들, 부정적인 생각들, 악한 생각들, 쓸데없는 쓰레기 같은 생각들을 털어내고 깨끗하게 하시는 주님의 은혜라고 해석하였다.

　· 또 어떤 날 꿈에는 나의 치아 사이에 꽉 박혀 똬리를 튼 뱀을 잡아당

겨 땅에 패대기치기도 했다. 뱀이 치아 사이에서 나오지 않으려고 얼마
나 지독하게 버텼는지 모른다. 그런데 껍질이 허옇게 벗겨져 땅에 맥없
이 널브러져 죽은 것 같던 그 뱀이 내가 앞으로 다가가자 또 물려고 머리
를 치켜드는 것이었다. 나는 화들짝 놀랐다.

　나는 이 꿈을 꾸고 나의 혀에 붙어 있는 악[32]을 제하시는 주님의 은혜
가 임했음을 알게 되었다. 그리고 혀로 짓게 되는 악의 지독한 집요함에
몸서리치게 되었다. 나는 대개 부당하거나 불의한 일에 대해 남보다 신
랄하게 비판적으로 말하는 편이었다. 아내도 나와 다툴 때 마음에 심한
상처를 입었다고 말하곤 했다. 이 꿈은 평생의 경고이기도 할 그것으로
생각했다. 왜냐하면 꿈을 꾼 이후에도 전보다는 나아졌지만, 아직도 혀
를 제어하지 못하는 자신을 종종 발견하기 때문이다.

　· 어느 날 꿈에는 내가 주관자가 되어 큰 절을 지었는데 그 절의 주지
인 덩치 큰 음녀가 나에게 음행을 요구하는 것이었다. 내가 거절하자 그
여인은 갑자기 어마어마한 크기의 거인으로 변하여 날이 시퍼런 큰 낫을
두 개나 내 목에 대고 위협하였다. 나는 즉시 큰소리로

　"주 예수의 이름으로 물러가라!"

　소리쳤다. 그 여인이 사라지자, 이상하게도 나는 진흙이 질펀질펀한
절의 공사정에 피투성이가 되어 신사복은 길레 같이 찢어진 채 기신하여
거의 다 죽은 듯이 엎드러져 있는 것이었다.

　나는 이 꿈이 나의 음란에 대한 징벌이며 또 앞으로도 특히 음행을 조
심하라[33]고 경고하는 꿈이라고 해석하였다. 또 B형 간염으로 인하여 손
상된 나의 간이 간경화로까지 간 것과 이 꿈이 혹시 연관이 있지 않을까

---

32) 죽고 사는 것이 혀의 힘에 달렸나니 혀를 쓰기 좋아하는 자는 혀의 열매를 먹으리라 - 잠언 18장 21
절, 그 입술을 제어하는 자는 지혜가 있느니라 - 잠언 10장 19절
33) 음행하지 말라 - 출애굽기 20장 14절, 네 이웃의 아내나 ~ 무릇 네 이웃의 소유를 탐내지 말라 - 출
애굽기 20장 17절 「십계명」

하고 묵상하며 회개했다.

· 때로는 눈을 감고 드리는 새벽기도 중에, 손이 무거워지며 큰 바위같이 변한 상태에서 우주와 같은 광대무변한 어두운 공간을 떠다니는 이상한 현상을 여러 날 반복하여 경험하기도 하였다. 그 무거운 바위는 마치 나 자신과 같았다.

기도만 시작하면 그런 현상이 반복되었지만 나는 아내 외에는 아무에게도 말하지 않고 입단속을 하였다. 다른 꿈도 마찬가지로 아내 외에는 아무에게도 입에 내어 말하지 않았다. 성도들이 나를 이상하게 생각할 위험이 있기 때문이었다. 그러나 한편으로는 이런 현상을 느낀다는 것이 나의 신앙에 무슨 유익이 있나를 나 자신에게 되뇌어 묻곤 했다.

· 또 하루는 새벽에 잠이 깨어 있는 상태에서 "너는 먼저 그의 나라와 그의 의(義)34)를 구하라 그리하면 주께서 이 모든 것을 네게 더하시리라"는 말씀(마태복음 5장 33절 참고, '너'는 '너희'로 기록되어 있다)이 약간은 공중에 뜬 느낌이 드는 내 몸을 싸고 도는 것을 보고, 듣는 상태가 한 시간여 계속되는 신비(神秘)를 체험하기도 했다.

나는 이 꿈을 나에게 사명을 주신 것이라고 해석했다. 하나님의 의는 죄로 죽을 죄인이 예수님의 대속의 은혜로 의롭다고 함을 입어 생명을 얻게 되는 것이지만, 후에 교회에서 사무간사로 교회의 사무실에서 10년 채 못 미치게 근무하게 된 것은 이 꿈의 영향 때문인지도 모른다. 나는 부족한 인간이지만 평생 하나님 나라의 의를 구하며 살아야 할 것이다.

그때는 주변에 사는 여자 목사가 '이 집에 예수님의 피 묻은 십자가가 꽂혔다.'라면서 신학 하기를 권유하기도 했고, 다른 이에게서도 그런 권

---

34) 그의 나라와 그의 의(義): 그의 나라는 하나님의 통치권이 미치는 나라, 통치권을 인정하는 나라, 천국, 그의 의는 죄인이 예수의 이름으로 죄사함 받고 의롭다 함을 받는 것 그리고 그(하나님)의 의는 믿음과 성령의 사람이 되어 사랑하는 것이라고 해석하기도 한다.

고를 가끔 들었다. 그러나 세상에서 경제적으로 처절하게 실패한 내가
늦은 나이에 신학대학원에 가는 일은 하지 않았다. 그러나 이런 내 생각
이 반드시 모든 경우에 옳다고는 할 수 없다. 하나님의 깊고 오묘하신 섭
리는 인간의 상식과 이성을 뛰어넘는 경우가 있어서 누구라도 감히 알
수 있다고 단언할 수 없기 때문이다.

· 또 하루는 꿈에 내가 참빛교회의 3층 예배당에 혼자 서 있었다. 설교
단 위에 하나님의 말씀이 기록된 기다란 두루마리 성경 같은 것이 천장
위로부터 설교단 위까지 내려져 있었다. 그런데 놀랍게도 설교단 아래
엄청나게 크고 긴 뱀[35] 한 마리가 힘이 빠져 머리를 숙이고 늘어져 있었
다. 그리고 예배당은 3층 본당 바닥부터 주차장까지 반이 쪼개어져 마치
포격 당한 것처럼 비참하게 파괴되어 있었다. 나는 혼자 이 광경을 보면
서 기가 막히고, 외롭고, 슬픈 마음이 들었다.

나는 이 꿈을 꾸고 이상한 생각이 들었다. 왜 설교단에 마귀를 상징하
는 큰 뱀이 늘어져 있을까? 교회당이 파괴되어 반으로 갈라진 것은 어떤
의미일까? 이 꿈이 무슨 뜻일까? 혹시 담임목사님이 가짜 목사가 아닐
까? 아무리 생각해도 그럴 리는 없었다. 결국 나는 이 꿈을 생생하게 기
억하지만 별 의미를 두지 않기로 마음먹었다.

그런데 14년이 지나 2대 P 담임목사 부임 후, 이 꿈을 연상시키는 추
문으로 교회가 둘로 나뉘어져 With COVID-19 2년간 무섭게 분쟁했다.
그 해결과정에서 여러 장로(은퇴, 시무)들과 젊은 장립집사들이 앞장서서
희생적 노력을 했다. 그 과정에서 억울하게도 김윤하 원로목사님은 심
한 공격을 받았다. 그들이 사건을 왜곡하고 오히려 원로목사님을 음해

---

35) 구렁이(큰 뱀): 큰 용이 내쫓기니 옛 뱀 곧 마귀라고도 하고 사탄이라고도 하며 온 천하를 꾀는 자라
그가 땅으로 내쫓기니 그의 사자들도 그와 함께 내쫓기니라 - 신양성경 요한계시록 12장 7~9절. ☞ 권
고사직 당한 목사가 구렁이(악한 자)란 단정적 뜻은 아니다.

했기 때문이다. 나는 이때 적극적으로 교회의 편에 섰다. 그것은 내가 비록 은퇴 안수집사이고 저쪽 분들과도 친했지만, 하나님 나라에 속한 성도가 당연히 해야 할 일이라고 생각했기 때문이었다.

여러 장로와 성도들의 희생적 노력과 오래 참음이 있었다. P 목사가 권고사직 되고 쌍방의 합의로 그는 그를 지지하는 교인과 함께 개척교회로 나갔다.

그 후, 천영구 장로(당회 서기) 등 교회를 지킨 시무장로들과 성도들이 간절히 기도하며 믿을 만한 분들의 추천을 받아 3대 안동철 목사님이 부임하여 목회를 시작했다. 이로써 참빛교회는 어려움 속에 교회를 지킨 귀한 천여명의 성도들과 함께 새 출발을 하게 되었다. 나는 3대 목사님 부임 전 당회의 요청으로 사건을 기록한 백서 3권을 만들어 교회에 보관했다.

하나님의 교회도 때로는 공의(公義)와 사랑의 올바른 적용이 어려울 때가 있어서 이런 분쟁이 일어난 것이 안타깝고 부끄럽다. 그러나 이런 어려운 일들 중에서 우리를 사랑하시는 하나님께서는 항상 함께 하셨음을 믿고 감사한다.

두 교회에 주님의 한량없는 용서와 긍휼과 사랑하심이 있으시기를 기도한다. 이 일로 인해 갈등했고, 격조해지고, 서먹서먹해진 두 교회 성도들도 서로 위하여 기도하고, 서로 사랑하게 되기를 기도한다.

5장

교회 사무간사로 일하고, 딸의 간을 이식받아 살아났다

영적으로 살아난 인생 황금기 이야기

이 부분은 53세 때에 내가 영적으로 살아난 후의 이야기입니다. 그후 55세인 2006년부터는 부천의 참빛교회에서 사무간사로서 거의 십년동안 교우들과 함께 하는 인생을 살았습니다. 한편 이 기간 동안 간경화는 점점 심해졌고, 2016년에 간암으로 악화되었습니다. 사랑하는 나의 큰 딸 진아는 고맙게도 기꺼이 생간을 잘라내는 고통을 감수하며 나를 살렸습니다. 60세 때는 갑작스런 아내의 채근으로 20여년 지령(紙齡)의 순수문학지인 '시와 산문'을 통해 시인으로 등단하였습니다. 나이가 들면서 꽃과 풍경 등을 찍는 사진에 취미를 갖게 되었고, 교회 행사도 사진을 찍어 보관했습니다. 그리고 본래의 따스한 감성을 되찾았습니다. 간이식을 하기 전에는 아내와 서유럽 3개국 이별여행(내가 죽기 전에 하는 해외여행)을 하기도 했고, 교회 사직후, 수술 후 건강이 나쁜 상태에서 ADEC 한국지부에서 싸나톨로지스트[1] 자격을 취득했고, 각당복지재단[2]에서 죽음교육강사와 애도상담강사, 웰라이프 상사 사격증을 받았습니다.

이 글을 읽으시며 저보다는 행복하셨을 그동안의 삶을 정리해 보시기 바랍니다. 그리고 60~75세, 아니 100세 이상까지라도 남은 인생을 멋지게 사시기 바랍니다. 노후에 젊을 때 보다 자서전에 쓸 좋은 이야기꺼리를 많이 만들면서 행복해지시기 바랍니다.

---

1) 싸나톨로지스트(Thanatologist): 죽음 교육 및 상담 전문가. 미국 ADEC(Association for Death and Counseling) 한국지부에서 교육 및 CT인증 시험을 실시한다. 현재 각종 죽음교육·애도상담 등 학문적이고 깊이 있는 교육과정을 운영하고 있다. SDL 재단 이사장: 임병식 의학·철학박사, www.thana-edu.net
2) 각당복지재단: 1986년 설립. 삶과 죽음 연구소, 한국사원봉사능력개발연구회, 무지개 호스피스 연구회, 삶과 죽음을 연구하는 회, 애도상담심리센터, 사전연명의료의향서 본부를 두어 호스피스 봉사자, 죽음교육 강사, 애도상담 강사, 웰라이프 지도사 등 교육을 한다. 이사장 라제건, 회장 오혜련, www.kakdang.or.kr

28.
식도정맥 출혈로 죽을 고비를 넘겼다

2005년 겨울이었다. 이사하려던 바로 전날, 주일 새벽에 집의 화장실에서 피를 토하며 의식을 잃고 쓰러졌다. 나는 B형 간염이 이십 년 이상 된 오래된 간경변 환자였다.

이 일이 있기 전 아내는 장작더미 제단이 구름 위에까지 까마득한데 그 위에 내가 누워 있고 그 아래 황량한 곳에서 아내 자신이 한없이 서글프게 우는 꿈을 꿨다고 하였다. 나는 내심 내가 죽는 것은 아닐까 생각했다. 그 전날 3남 선교회 모임 중 김준원 집사님 댁 화장실에서 엄청난 피를 토하고 아무도 몰래 깨끗이 치웠지만, 주일에 내가 교회에 인도한 C 후배의 부모님을 교회에 모시고 가서 주일예배를 드리고, 월요일에 병원에 가려던 참이었다. 내가 피를 토하고 쓰러진 것은 식도정맥 파열로 인한 과다출혈 때문이었다. 순천향대학교 부천병원으로 실려 가 응급처치를 받았으나 응급실에서는 그들이 할 수 없으니 다른 병원에 가라고 하였다고 아내가 말했다.

그때 본 사람들의 이야기로는 응급 침대 위에서 내가 실신한 상태에서 얼굴은 죽은 사람처럼 검게 변했고 곧 죽을 것 같았다고 했다. 김윤하 담임목사님은 거의 죽어가는 나를 보며 '하나님, 한 번만 살려주세요!'라고 기도하셨고(후에 3남 선교회 회장이던 김해용 집사님이 전해 주셨다) 많은 3남 선교회원들이 함께 기도했다고 한다.

아내는 이 기막힌 사망의 골짜기에서 혼자 결정으로 나를 순천향대학교 부천병원에서 퇴원시켜 서울 용산구 한남동에 있는 순천향대학교 서울병원 응급실에 입원시켰다. 나중에 들으니 '어디로 가라고 조언했다가 그 병원에 가서 사망하게 되면 그 원망을 어떻게 듣겠는가?' 하는 우려로 아무도 어떻게 하라고 말할 수 없었을 거라고 아내가 말했다.

하나님께서는 이때 은혜를 베푸시어 구급차로 이송되는 도중 출혈을 멈추게 하셨다. 아비규환과 같이 환자의 신음이 가득한 응급실에서 고통보다 극심한 갈증에 시달렸다. 간호사들은 내 눈에 천사같이 보였지만 단 한 방울의 물도 절대 허락하지 않았다. 심지어 거즈를 물에 축여 입을 좀 닦아야 하겠다고 하여도 거즈를 목에 넘겨 숨이 막히는 사례가 있다고 하며 단호히 안된다고 하였다.

예수님이 십자가에 달리셔서 '내가 목마르다!'[3]라고 하신 것이 바로 그런 극심한 갈증 때문이었으리라 느껴졌다. 처음으로 십자가에 달려 피 흘리신 예수님의 극심한 갈증을 생생히 떠올렸다.

다음 날 오전에 나는 내시경으로 터진 정맥을 봉합하는 시술을 받았다. 식도정맥 출혈의 경우 12~22% 정도가 과다출혈로 사망한다고 했지만, 하나님의 은혜로 구급차에 이송되는 도중에 출혈이 멈춰 시술을 받게 된 것이었다. 병실에 돌아와서는 며칠 동안 링거액을 맞아서 그런지 매일 체중이 늘어가며 배가 남산만해졌고, 걸을 때면 뱃속에서 복수가 출렁거렸다. 며칠 후 알부민 주사를 맞으면서 서서히 복수가 빠졌다.

처음 병원의 테라스에 나가서 맡았던 대기의 상쾌함과 높고 청명한 푸른 하늘빛은 참으로 인상적이었다. 그날 하늘을 보며 나는 처음으로 내

---

3) 내가 목 마르다: 그 후에 예수께서 모든 일이 이미 이루어진 줄 아시고 성경을 응하게 하려 하사 이르시되 내가 목마르다 하시니 ~ 사람들이 신 포도주를 적신 해면을 우슬초에 매어 예수의 입에 대니 - 신약성경 요한복음 19장 28~29절

가 철저히 무기력한 존재라는 것, 언제라도 죽음과 만날 수 있다는 것, 내가 죽으면 나의 사랑하는 가족마저 책임질 수 없다는 것, 나의 생명이 전적으로 하나님께 있다는 것을 알게 되었다. 비로소 세상의 모든 욕심이 나를 떠나는 것을 느꼈다. 동시에 퇴원하면 모든 세상 욕심을 접고 '주님의 일을 하며 살겠다.'라고 결심하게 되었다.

때마침, 교회는 릭 워렌(Rick Warren) 목사의 『목적이 이끄는 삶』[4]을 주제로 40일 철야기도를 하고 있었는데 온 교인들이 나를 위해 한마음으로 간절히 중보기도하여 주었다. 그리고 장로님들을 비롯하여 많은 분이 문병 오셨고 위로금을 놓고 가서서 민망스럽고, 감사했다. 나중에 보니 그분들이 주신 위로금 총액이 병원비와 똑같았다. 경제적으로 형편이 어려웠던 나에게는 놀랍고도 감사한 일이었다.

당시 3남 선교회장이었던 형님 같은 김해용 집사님(분립교회로 가심)은 고맙게도 거의 매일 문병을 오셨다. 형제인 나의 형이나 가장 가까운 친구들마저 그렇게 할 수는 없었다. 평생 잊을 수 없는 친절이었고 사랑이었다.

아내는 병실의 간이침대에 자면서 병간호했고, 새벽에는 병자들이 자는 침대 머리맡에 서서 그들을 위해 기도했다. 아내는 신앙인답게 겉으로는 의연한 모습이었지만 나는 침대 아래 잠든 아내가 얼마나 애가 탈까 생각하니 나의 고통과 더불어 그 모습의 애처로움에 너무도 가슴이 저렸다.

또 안타까웠던 일은, 내가 입원한 다음 날이 이삿날이어서 25세인 큰딸과 19세인 작은 딸이 형과 전 직장 후배 C의 도움을 받아 생전 처음 둘이 힘을 모아 부개동으로 이사를 하게 된 것이었다. 병실에 누워있는

---

4) 릭 워렌(목사·작가)의 『목적이 이끄는 삶』 책 소개: 하나님은 우주를 만드시기 전부터 우리를 마음에 품으시고, 당신의 목적을 위해 우리를 계획하셨다. 지금 이 순간 우리가 살아 있는 이유가 무엇이며, 우리를 향한 하나님의 뜻이 무엇인지 깨닫도록 도와준다.

데 큰딸에게서 전화가 왔다.

"아빠, 솜이가 죽었어요. 흑흑"

자초지종을 들어보니 길에 나갔다가 차에 치여 죽었다는 것이었다. 솜이는 우리가 사랑하는 흰색의 귀여운 몰티즈였다. 딸들은 그날 밤에 예전에 살았던 현대아파트 뒤 성주산에 가서 솜이을 묻어주겠다고 했다. 나는 밤에 솜이를 묻을 딸들의 안전이 내내 걱정이 되었다.

병원에 입원하였던 동안 옆 침대에 있던 오십 대의 남자에게 열심히 전도하였는데, 내가 퇴원 후 속초에서 이분에게서 전화가 왔다.

"제가 말씀하신 대로 생전 처음 교회에 갔는데, 교회 문에 들어서는데 이상하게도 눈물이 펑펑 쏟아졌습니다."

나는 순간 '아 하나님의 은혜가 임했구나!'라고 생각하며 마음에 기쁨이 차올라 그의 다음 말을 기다렸다.

"지금은 그 교회에 다니고 있습니다. 정말 감사합니다."

나는 너무도 감사한 마음이 들었다. 하나님이 나에게 퇴원 기념 선물을 주신 것이었다.

"감사합니다. 하나님!"

나는 퇴원하는 날, 승용차의 차 문 유리 밖으로 보이는 길가의 플라타너스 모든 잎이 햇살에 반짝이면서 어린아이들처럼 기쁘고 웃으며 반갑다고 얼굴을 흔드는 것을 보았다. 지금 생각하면 이상한 일이었다. 그때는 겨울이었는데 내가 본 플라타너스 잎은 녹색이었다. 그때까지 플라타너스 잎이 떨어지지 않는 것인지 아니면 내가 신비한 환상을 본 것인지는 알 수 없다. 하여튼 나는 이때부터 하나님이 창조하신 만물이 하나님의 형상을 닮은 우리와 교감(交感)한다[5]는 것을 알게 되었다.

---

5) 피조물이 고대하는 바는 하나님의 아들들이 나타나는 것이니~ 피조물이 다 이제까지 함께 탄식하며 함께 고통을 겪고 있는 것을 우리가 아느니라 - 신약성경 로마서 8장 19~22절 ☞ 자연을 관리할 책임이 있는 우리가 자연을 훼손하는 잘못을 회개해야 될 것이다.

29.
참빛교회의 사무간사로 일했다(9년 6개월 근무)

순천향대학 서울병원에서 식도출혈을 치료받고 퇴원한 직후, 나의 사정이 딱한 걸 전해 들으신 담임 목사님은 퇴원하던 해 1월에 나를 불러

"송 권사님을 교회에 아르바이트 형식으로 근무시키면 어떻겠습니까?"

라고 물었다. 나는 순간 아내가 심방 전도사가 될 수도 없고, 교역자들 사이에서 특별히 할 일이 없을 거라는 생각이 들었다.

"제가 근무하면 어떨까요?"

나의 느닷없는 제안에 김윤하 담임목사님은 무척 놀란 눈치였다. 나는

퇴원할 때 이미 최소한의 생활비만 벌고, 그 외의 시간은 하나님의 일을 하겠다는 생각하고 있있다. 그런 나의 마음은 모르고, 목사님은 어려운 처지에 빠진 나를 도우려는 마음으로 나에게 제안하였다.

"그렇다면 나와 동갑이니 65세에 내가 조기 퇴직할 때까지 친구같이 10년 동안 근무하다가 함께 퇴직하는 게 어떻겠습니까?"

나는 몸이 좀 회복될 4월부터 근무하겠다고 말씀드렸다. 후일, 듣기로는 피를 나눈 친형보다 더 자주 문병을 오셨던 3남 선교회(내가 총무였다) 회장 김해용 집사님이 다리를 놓았다고 말씀하셨다.

내가 수출업을 할 때, 아내의 친구 변춘희 목사와 함께 그 스승이신 수류(水流) 권혁봉 목사님(당시 은퇴)을 문경 새재에 산골에 있는 벧엘관에서 만나 뵌 적이 있었다. 당시 연세중앙교회 기관목사셨는데 수도침신대(대전 침신대와 합병) 학장을 역임하신 분이었다. 충남대학교 대학원에서 동양철학 석사, 그랜드캐니언대학교 신학박사이신데 소탈하며 열린 사고(思考)를 가진 목사님이셨다. 교회 근무 전에 그분을 다시 찾아 뵈었는데 구로동의 연세중앙교회 구석구석을 보여주셨다. 그때 나는 은혜 속에 있어서 하나님과 창조하신 우주의 상상못할 크심을 깨달아서 그 큰 교회당이 오히려 작아보였다. 그분은 나에게

"천인(千人)의 종이 되라."는 고마운 말씀을 주셨다. 마치 나의 손바닥에 글로 써주신 것 같은 이 말씀을 마음에 새기고 참빛교회 근무를 시작했다. 나는 사무처리 면에서 보면 회사의 초급사원이 할 수 있는 일을 오십대 중반의 나이에 다시 하게 된 것이었다. 김광현 부목사님께 주보 초안을 직성해 주보사로 넘기는 일을 배웠다. 물론 교회 일을 하려면 한글이나 엑셀, 포토샵 등을 할 수 있어야 했다. 회사에 근무할 때와 수출을 하면서, 또 취미로 사진을 찍으면서 컴퓨터를 자주 사용하었던 것이 도움이 되었다. 그러나 사무간사는 인간관계도 중요한 자리였다. 나는 비

교적 잘 적응했다.

나는 교회에서 디모데 교회 관리 프로그램6)을 사용할 수 있도록 교적부를 모두 입력하여 데이터베이스를 만들었다. 정은교 부목사님이 시작한 일이었다. 그리고 헌금을 전산으로 기록하도록 재정부의 디모데 회계 프로그램 도입을 도왔다. 주보를 만드는 일, 헌금 봉투를 만드는 일, 플래카드를 만드는 일, 전교인 수련회 등 각종 행사를 보조하는 일, 당회원의 사무를 돕는 일, 교역자실의 전산기기를 관리하는 일, 성지순례 책자를 만드는 일, 연말정산 서류를 발행하는 일, 성도들의 봉사를 돕는 일, 교인들의 요람을 만드는 일 등을 여러 교역자를 도와 함께 진행했다.

노숙자와 교회를 찾아오는 어려운 노인들에게 구제금과 모아놓은 옷을 반기마다 나누어 주는 일이 나의 업무가 되었다. 처음 여섯 달 정도는 구걸하러 온 노숙자에게 자비로 월 5만원 정도의 돈을 주었다. 그러나 이범석 장로님(후일, 은퇴)이 이 사실을 알고 당회에 이야기하여 공식적으로 교회구제비를 쓰도록 해주었다. 옷은 계절이 바뀌기 전마다 교회에 광고를 내어 성도들이 가져온 것을 나누어 주었다. 많은 성도들이 이일에 호응하였고, 좋은 옷을 가져오는 착한 성도도 적지 않았다. 노숙자 우선으로 옷을 따로 선별하여 먼저 나누어 주고, 남은 옷은 구제비를 받으러 오신 궁핍한 노인들에게 두 개씩 차례대로 골라 가시도록 했다. 한편 교회에서는 내가 청구하는 구제비를 재정부에서 그대로 주었다. 나를 신뢰한다는 것이 감사했다. 나는 구제금을 자율적으로 적절히 사용할 수 있었다.

나는 경인·서경 노회가 공동 운영하는 경서 평신도신학원에서 2년간 공부도 하면서 경리, 교육 준비를 포함한 모든 업무를 맡아 보았다.

6) 디모데 교회관리 프로그램: ㈜스테반에서 교회에서 교적 및 교육 정보등을 관리할 수 있도록 만든 프로그램. 장현덕 대표(장로)는 작은 교회에는 무료로 제공했다. 현재는 교적관리, 재정, 요람, 은사진단, 홈피 제작 등 광범위한 부문에 걸쳐 제품을 출시하고 있다.

나는 사적으로 카메라를 사서 교회의 모든 행사를 사진 찍어 날자 별로 파일을 만들어 보관했다. 성도들이 찍은 교회 행사 관련 사진도 모두 모아 보관했다. 그리고 휴일에는 여기저기 사진 찍으러 다녔다.

담임목사님 지시로 교회 CI 작업7)도 진행했다. 마크와 로고는 물론 간판과 명찰, 문패, 차량 스티커, 문서에 이르기까지 거의 중견기업 수준의 CI 작업이었다. 전문업체에 맡겨 디자인한 마크와 로고는 물론 몇 개 안(案) 중에서 담임목사님이 골라 확정했다. 비용은 150만 원쯤 들었던 것으로 기억한다. 비교적 상당히 싼 가격이었다.

나는 계속 부흥하는 참빛교회에 근무하는 것이 비록 수하에 직원은 없지만, 이전에 하던 어떤 일보다 좋았다. 김윤하 담임 목사님은 나와 동갑이지만 책을 많이 읽고, 오랜 신앙적 수련으로 생각과 영성이 깊고 정직한 분이었다. 교회의 카드도 개인적으로는 쓰지 않았다.

김윤하 목사님은 목사의 본분인 말씀 전하기에 특히 전념할 뿐 나의 업무에는 단 한 번의 참견도 하지 않았다. 나는 자유롭게 스스로 알아서 하는 일이 좋았고 그렇게 배려해주는 것이 무엇보다 고마웠다. 물론 때로 업무처리 방식으로 인해 간헐적인 약간의 갈등도 있었지만, 믿음이 돈독한 많은 분들과 함께 신앙생활을 하는 일은 이제까지 해온 직장 일이나 수출 사업보다 나에게 더 큰 보람과 평안을 안겨주었다.

이렇게 나는 간이식으로 입원하기 전까지 참빛교회에서 거의 10년이 가깝도록 교역자 · 성도들과 어울려서 생활하게 되었다.

내가 재직할 당시, 교회에는 존경할 만한 장로님(현재 모두 80세 전후)들이 많았다. 작은 예수라 불리는 구하서 장로님(이하, 모두 은퇴 장로)은 창립 때부터 성장기까지 교회의 큰 몫을 담당하시고도, 자기를 드러내는 일이

---

7) 교회 CIP: CI(corporate identity program)는 기업 이미지 종합(제고) 작업(전략)인데 교회가 대형화됨에 따라 여러 교회에서 이 작업을 하게 되었다. 한편, 요즈음 기업에서는 경영환경이 복잡해 지면서 BI(Brand Identity)의 중요성이 강조되고 있다.

없이 겸손하셔서 작은 체구보다 10배나 커 보이는 어른이셨다. 그분은
특히 담임목사님을 애정을 가지고 보좌하고 건강을 돌보아드렸다. 강성
용 장로님 역시 교회 창립시 큰 몫을 하신 분으로 거액의 헌금을 내고도
앞에 나서시지 않았고, 가부(可否)나 사리(事理)가 분명하신 만큼 말씀에
권위가 있었다. 이광식 장로님은 글을 잘 쓰시고 논리가 정연한 분이셨
고, 김동수 장로님은 감성이 풍부하고 겸손하신 분으로 한 번 서약한 건
축헌금을 끝까지 꼬박꼬박 내셨다. 이권학, 강석호 장로님이나 장래풍
장로님은 늘 섬김과 겸손이 무엇인가를 온몸으로 보여주셨고, 故 차준회
장로님은 올곧은 성품으로 교회를 위하여 남들이 하기 어려운 고언(苦言)
을 하셨다. 故 정갑경 은퇴 협동장로님은 구순이 되어가는 노구를 이끌
고 천 일을 하루처럼 아파트 앞에서 교회주보를 돌리며 전도하고, 교회
당의 기둥을 잡고 기도하시다 돌아가셨다. 연세가 무척 많으신 전제달
장로님은 거동이 불편하신데도 교인들의 명단을 놓고 하나하나 호명하
며 골방에서 몇 시간씩 기도하신다고 했다.

　이런 훌륭한 분들 외에도 후일 장로나 장립집사·권사가 되어 신앙적
으로 모범을 보이는 중직자들이 많았다. 물론 교회에서 무엇이 되느냐
보다는 그가 참 믿음을 가지고 예수님을 따라 살았느냐 하는 것이 훨씬
중요할 것이다. 나는 교회에서 거의 십여 년간 근무하면서 목회자는 물
론 성도들의 신앙생활에 대해 많은 것을 알게 되고, 신앙생활의 여러 모
습을 보게 되었다. 그러면서 나의 신앙도 알게 모르게 적잖게 영향을 받
았고 사도 바울처럼 '주님께 가까이 갔다 멀어졌다.' 하는 기복(起伏)도 있
었다. (신약성경 로마서 7장 5-25절)

　교회에 오래 근무하다 보면 성도들의 여러 가지 신앙의 이면을 더 많
이 듣고 보기도 했다. 가끔, '저분은 정말 구원받았을까? 중직자가 어떻
게 저럴 수 있을까?'할 정도의 행태도 보았다. 그럴 때면 '신앙인이 되기

전에 먼저 인격자가 되어라.'라는 시쳇말이 생각나기도 했다. 어떤 분은
남 앞에 나서서 봉사하는 모습을 애써 내어 보임으로 안수집사나 장로가
되려고 애쓰는 것도 보았다. 매슬로우(Abraham Maslow)의 욕구 5단계[8]에
비추어 보면, 그런 모습은 인지상정(人之常情)이긴 하나 신앙의 본말이 전
도된 것이라서 다소 안쓰러웠다. 왜냐하면 예수님은 이 땅에 인간으로
오셔서 더 없이 겸손하게 낮은 자리에서 섬기셨기 때문이다. 다만 나는
제 정신이 들 때면 회개하고, 그분들이 청장년 시절에 탕자처럼 교회를
떠나 방황한 나보다 몇 배는 더 낫다고 생각했다. 지금 생각해 보아도 교
회의 한 지체로서 교회에 충성하고 있는 성도들의 장점보다 단점을 크게
보았던 나 자신이 오히려 싫고 부끄럽다. 그분들을 위해 그때마다 기도
하면서 나를 돌아보았더라면 나는 지금 훨씬 더 좋은 성령의 사람이 되
었을 것이다.

　3천여 명의 성도를 가진 참빛교회는 부교역자에게 아파트를 빌려주
고, 사례금도 고신교단에서는 높은 편이지만 나는 늘 10년이 넘도록 공
부하고 목회하여 목사(부목사)가 되는 교역자의 사례는 사회와 비교하면
다소 낮다고 생각했다. 신학을 전공한 여전도사의 사례비도 심방과 사
무처리, 중보기도 인도, 성경 공부 준비 등에 쉴 틈이 없어, 초임 부목사
와 동등하거나 버금갈 정도의 사례비를 주어야 한다고 생각했다. 또 여
성도 목사가 될 수 있었으면 했다. 한편 교회에서는 일정 기간 근무한 부
목사는 이스라엘 성지순례를 가도록 배려해주었다. 나는 설교자에게 필
요한 이런 성지순례는 교회 재정이 허락한다면 제도화하여 시행하면 유
익하겠다고 생각했다.

　한편 가끔 참빛교회당에서는 노회(老會)[9]가 열렸는데, 언제나 교회는

---

8) 매슬로우의 욕구 5단계: 생리적 욕구 → 안전 욕구 → 사회적 욕구 → 존경 욕구 → 자아실현의 욕구.
매슬로우의 제자들은 거기에 인지적, 심미적, 자아초월적 욕구를 추가했다.

목회자들을 최상의 음식으로 대접했다. 연세는 많으시나 탁월한 요리사이신 김소연 권사님(이하 모두 은퇴)과 이은선, 전응순 권사님과 젊은 여성도들이 정성으로 만든 것이었다. 참빛교회는 이런 면에서는 마치 품이 넉넉한 장자(長子) 교회 같았다.

당시 김윤하 담임목사님은 은혜로운 설교로 정평이 나 있었고, 한 번 교회를 찾은 많은 분은 마음에 와닿는 설교와 성도 간의 다정한 교제와 충성된 봉사자들을 보고 교회에 정착했다. 또 부교역자들도 내가 보기에는 대개 평균 이상으로 설교를 잘했다. 여러 부교역자가 담임으로 부름을 받았고, 여전도사님들은 교구 관리와 심방에 쉴 틈이 없었다. 교회에서 여전도사의 역할은 너무도 중요하다고 하겠다.

한편 참빛교회에서는 재정을 집중해 상당히 많은 미자립교회와 선교사를 돕고 있었다. 이렇다 할 선교지나 선교 결과를 내보일 수 없는 것은 좀 아쉽지만, 이것이 보내는 선교의 경계라 생각했다.

교회에서는 성지순례를 자주 가는 편이었다. 성도들도 해외여행을 해야 하니 믿는 사람들끼리 성지를 돌아보고 주변 관광을 하는 것이 좋다고 생각했다. 그럴 때면 나는 인터넷을 검색하여 50쪽 내외의 사진을 포함한 성지순례 책을 만들었다. 사무간사가 당연히 할 일인데 극구 사양해도 꼭 약간의 수고비를 주는 것이 항상 미안했다. 그러면서도 정작 나나 아내나 경제적인 여유가 없어서 한 번도 참여하지 못하는 것은 좀 아쉬웠다. 아마 경제적 시간적 여유가 없는 분들도 마찬가지 심정이었을 것이다.

나는 젊거나 장년인 성도들이 자기를 나타내지 않고 헌금 생활과 봉사 생활을 잘 하는 것을 보았다. 그리고 사랑이 넘치는 권사님들이 교회의

---

9) 노회(老會): 장로교에서 입법 · 사법의 역할을 담당하는 중추적 기관. 노회는 같은 지역(노회)에 속한 각 교회에서 파송된 목사와 장로로 구성된다. 강도사 · 목사 자격 시험과 안수를 주관한다. 노회는 소속 시무목사와 각 교회의 당회 파견 총대(總代)장로로 구성된다.

어려움에 빠진 지체들을 정성껏 섬기며 한결같이 중보기도 하는 것을 보았다. 그리고 교회에서 중직자 선거 때, 숨어서 일하는 신실한 성도들이 오히려 앞에 나서지 않으므로 인지도가 낮아서 번번이 장립(안수)집사 피택이 되지 못하는 것을 보고 아쉬웠다.

은퇴하신 후에도 박영조 전도사님은 사정이 어렵거나 거동이 불편한 분들을 찾아 다니며 돌보아 드리고, 또 요양원 등에서 이발 봉사를 하셨다. 부지런하신 윤금자 권사님 등 연로한 권사님들은 지금도 교회의 큰누님 같이 성도들에게 정을 나누신다.

팔백여 명의 성도들이 모여 여름수련회[10]를 두 번 했을 때 책임을 맡은 조대형 장로님(現, 은퇴)은 믿는 자의 본을 보여주셨다. 그분은 현장을 답사하고, 식사를 미리 하시며 반찬의 맛이나 특징까지 적었다. 그분의 치밀성과 열성은 나에게는 놀람과 동시에 커다란 동역의 기쁨이 되었다. 그분은 마치 장로가 직업인 것 같았고, 교회에 대한 순종과 열정은 누구도 막을 수 없었다.

그분과 함께 보조를 맞춘 김인태, 김상철 집사 외 여러 집사(이미, 은퇴 장로가 되었다)도 활활 타는 화덕에 던져진 장작 같았다. 그러나 그분들의 희생적 봉사에도 불구하고, 교회 재정 같은 중요한 자리가 장기간 그분들께 집중되므로 다른 장로들의 불만을 불러와 교회 분립 전·후에 다소 영향을 미친 것은 아쉬운 점이었다.

여러 목사님이 "교회는 죄인들이 오는 곳이다."라고 말씀했으니, 누구나 나름대로 시간과 돈을 들여 충심으로 봉사한다고 하지만, 이런 갈등이 때때로 발생하는 것은 교회도 사람이 모임이라 여간해서는 피하기 어렵다. 이럴 때 서로를 품는 것이 성숙한 성도라고 할 것이다.

10) 참빛교회 여름수련회: 나는 800여명이 참여한 이 수련회에서 시간과 몸을 아끼지 않고 교회의 다른 지체들을 열심히 섬기는 젊은 집사들의 헌신적 모습을 빈번하게 목격했다. 나는 교회에 바른 리더가 있을 때 이보다 훨씬 더 큰 하나님의 일을 할 수 있다고 믿는다.

그 외에도 긴 기간 한결 같이 교회학교 교사로 봉사하다 은퇴하신 장진경 권사님(現, 은퇴), 여전히 교회학교를 지키고 있는 더없이 귀중한 교사들, 칠순이 되도록 성가대에서 찬양하는 권사님, 주방이나 주차관리, 찬양대나 교회당 관리, 재정관리, 의료봉사, 중보기도, 교회당 청소 등 스스로 일을 찾아서 하는 봉사자들이 많았다. 교회의 곳곳에서 봉사하는 여러 성도를 보며 나는 늘 '나도 대학 가기 전에는 열심이었는데 세상에 나오면서 왜 타락의 길을 갔을까! 나는 왜 가장 젊고 패기 있는 시절에 하나님의 나라를 구하지 않고 세상에서 동분서주하며 성공만 쫓아다니고 있었을까? 늦게야 교회로 돌아와서 그것도 보수를 받으며 일하게 되었을까?'때때로 후회했다.

정녕 이런 분들과 함께 하는 교회 생활, 특히 유모차를 놓은 데가 없이 사랑스런 아기와 어린이들이 항상 붐비는 젊은 교회에서 일했던 것은 내 인생의 참 기쁨이었다.

30.
고독사한 후배 이야기

어느 청명한 가을날이었다. 교회 근무하기 전, 나는 중고 건설 중장비 수출업체를 혼자 경영하고 있었다. 송내역 개찰구를 나와 집으로 가려는 데 뒤에서

"형"

하고 부르는 목소리가 들렸다. 돌아다 보니 J생명 기획실에 근무할 때 옆의 과에서 근무하던 직장 후배 C였다. 10년이 넘는 세월 탓에 그런지 얼굴이 좀 마르고 초췌했다. 큰 눈과 희고 선해 보이는 얼굴과 깔끔한 옷매무새는 여전했다. 나는 오랜만에 이렇게 우연히 만난 것이 반가워서

"그래, 어떻게 지냈어? H생명에서 그만둔 건 알고 있는데"

라고 물었다.

"형, 나 일이 많았어요. 형, 시간 있으면 맥주나 한 잔 사주세요."

"어, 그래 시간 있어. 그럼 이 앞에 가서 맥주나 한 잔 하지. 그런데 나하고 잠깐 서점에 들렀다 가지."

나는 그와 함께 송내역 광장 우편에 있는 건물 이 층의 기독교 서점으로 가서 성경책을 한 권 샀다.

"형, 교회에 다녀요?"

"어, 나 교회에 나간 지 좀 됐어."

---

11) 이 이야기는 직장 후배에 대한 전도와 일년이 넘도록 지속된 후배와의 줄다리기와 끝내 그의 고독사로 끝난 슬픈 사랑의 이야기이다. 하나님은 그를 받으셨을 것이라 믿는다.

후배는 더는 캐묻지 않았다. 둘이 음식점에 가서 마주 앉았다. 대화가 계속될수록 나는 마음이 짠해 왔다. 후배가 J생명을 그만두고, 나보다 한참 후에 신설회사인 H생명 기획실로 옮긴 것은 내가 아는 사실이었다. 왜냐하면 그 회사의 H 영업 상무가 내가 처음 옮겼던 C생명의 H 사장 동생이었고, 영업 상무실에 차를 마시러 갔던 적이 있었기 때문이었다. 당시 그 상무님은 인품이 좋아 따르는 사람이 많았고, 그로 인해 영업 필드에 있던 적잖은 동료와 후배들이 그 회사로 이직했다. 그런데 그 상무는 영업을 맡은 지 오래지 않아 암으로 갑자기 사망했다. 그에 따라 그 회사로 이직한 사람들은 끈 떨어진 신세가 되어 서서히 회사를 떠나게 되었다.

그도 그때 회사를 그만두고, 회사 옆 남대문 시장에서 밥집을 했다고 했다. 부인과 둘이서 새벽에 출근하여 밤늦도록 밥 배달도 하면서 이 년간 힘에 겨운 고생을 하였다는 것이었다. 그들은 성균관대 캠퍼스 연인이었다. 결혼을 일찍 하게 되면서 그는 대학원을 그만두고 취직하게 되었다. 그러다 보니 그는 '대학에서 철학을 전공하고 대학원에 다니다 중퇴한 내가 이런 밥장사나 해야 하나?' 하는 자격지심이 들었고, 술을 자주 마시고, 만취 후 실수가 잦아지면서 부부 싸움이 잦아졌다는 것이었다. 말을 하면서 그의 눈에서 눈물이 주르르 떨어졌다.

그는 그 후 아내와 별거하게 되었고, 아이들은 엄마를 따라가고, 아파트와 차는 아내에게 주었다는 것이었다. 그리고 그는 남은 돈으로 월세방에서 살면서 인천 부평구 부개동 외진 골목에서 부동산 중개업소를 한다고 했다. 아내와 애들이 너무 보고 싶은데 만나주지 않는다는 것이었다. 왜 헤어지기까지 했느냐고 물으니, 주량이 유독 약한 그 친구가 술이 만취되어 술을 함께 먹은 여자를 데리고 집에 들어간 것이 화근이 되었다는 것이었다. 그리고 그 여자는 옛날 소장할 때 사원인데 우연히 만나

술을 먹었다는 것이었다. 그리고 술에 약해 정신없이 한 일이지만 그 일은 정말 잘못했고 후회가 된다고 했다.

그와 헤어지면서 나는 그가 알코올 중독[12] 상태임을 알고, 송내역 앞 기독교 서점에 가서 성경 한 권 사서 주면서 교회에 나오기를 권유했다.

예상외로 그는 선뜻 그러겠노라 대답했다. 그리고 약속대로 주일에 교회로 나왔다. 처음 교회에 나왔을 때 그는 말쑥한 모습이었다. 며칠 후 나는 그가 운영한다는 부동산중개업소에 가봤다. 약속했는데도 문이 닫혀 있었다. 이미 그는 알코올 중독 상태여서 일을 거의 손에서 놓은 상태였다. 이미 그는 심각한 중독 상태였다. 그리고 몇 달이 지났다.

내가 간경변으로 인한 식도정맥 출혈로 쓰러져서 순천향 서울병원에서 열흘간 입원했다가 겨우 살아나서 집에 돌아온 지 이틀째 되는 밤이었다.

"혹시 안정희 선생님이세요? C 씨를 아시나요? 여기는 인천 부평경찰서인데요. 혹시 와주실 수 있나요?"

"네 아는데요. 왜 그러시나요? 무슨 일이 있나요?"

"이분이 술이 만취가 되어 민원실에서 행패를 부리고 있는데 빨리 데리고 가셨으면 해서요."

나는 기가 막혔다. 병원에서 엊그제 나와서 내 몸 가누기도 쉽지 않은데 이런 일이라니, 주섬주섬 옷을 입고 나가려는 나를 아내가

"그런 몸으로 어딜 가요?"

하고 말렸다.

경찰서에 가보니 그 친구가 술에 만취되어 정신이 오락가락하는 상태로 경찰들에게 횡설수설하고 있었다. 경찰들에게 고생이 많으시다고 하

---

12) 알코올 중독: 알코올 중독은 본인은 폐인이 되고 가족은 파탄이 나는 무서운 질병이다. 하루에 소주를 한 병 이상 습관적으로 마신다면 이는 알코올 중독의 첫단계이다. 주변에 이런 사람이 있다면 하루빨리 상담과 치료를 받게 하는 것이 그를 살리는 일이다.

면서 미리 사서 가지고 간 음료수를 전해 주고, 그 친구를 부축하고 나와 택시를 타고 그가 산다는 연립주택의 한 방에 그를 데려다주었다. 그의 말끔한 옷매무새와는 달릴 때가 꼬작꼬작한 누런 이불과 살림 도구들이 여기저기 어지럽게 방에 널려져 있었다.

그는 그 후로도 한동안 가끔씩 교회에 나왔다. 나는 병원에서 나온 해의 4월부터 교회에 사무간사로 근무했다. 그는 때로는 인사불성이 되어 사무실로 찾아왔다. 술이 약한데도 어느새 술을 마시고 길에서 쓰러지기도 여러 번 했다. 사람들은 그가 나의 친구인 줄 알고 있었다. 나는 교인들의 그런 추측에 창피한 마음이 들었다. 사랑해야 함을 알면서도 이런 마음이 드는 나 자신이 싫고 부끄러웠다.

나는 후배인 C를 위해 별거하는 그 아내와 여러 번 통화를 통해 통사정하여 둘이 만나도록 약속을 잡았다. 그 부부는 내가 성주산 아래 현대아파트에 살 때 놀러 와서 함께 삼겹살을 구워 먹었던 적이 있어 그 부인은 나를 알고 있었다. 그러나 그는 약속된 그 자리에 마저 술을 먹고 나가 일을 돌이킬 수 없도록 망쳐 놓았다.

결국 이혼 소송을 당한 후배는 나와 동행하여 인천지방법원 법정에서 그토록 보고 싶어 하던 아내와 말도 한 번 나누지 못하고 이혼소송에 합의했다. 그는 그 후에 밤에 술에 취한 채 교회에 와서 겨울의 차디찬 3층 본당 로비 바닥에 꿇어앉아 '아내와 아이들을 보게 해주세요.'라고 여러 번 울며 기도했다. 그러나 끝내 아내와 아이들을 볼 수 없었다.

하루는 교회에 있는데 전화가 왔다. 그가 사는 부개동 집 근처의 슈퍼 주인인데 자기에게 그 친구가 유서를 주었는데 수신인이 나라는 것이었다. 나는 놀라서 그 친구의 방으로 달려갔다. 그 친구는 기진한 상태에서 약에 취해 횡설수설하고 있었다. 열린 화장실의 변기에 먹고 죽으려다 게워 놓은 알약들이 가득했다. 자살을 기도한 것이었다. 유서에는 '형이 나 대신 부모님을 일 년에 한 번이라도 찾아가 주세요.'라고 쓰여 있었다.

나는 그 친구를 이대로 두면 자살하거나 굶어죽겠다 싶어서 구순(九旬)이 훨씬 넘으신 그의 부모님 댁을 찾아가 간청했다.

"아드님을 저대로 두면 죽습니다. 집에 데려와 함께 살게 해주세요."

그 친구의 아버님은 젊을 때 구로동에서 공구상을 오랫동안 하셔서 경제적 여유가 있는 분이었다. 아흔 살이 넘으셨는데도 배드민턴을 칠만치 정정한데다 늘 책을 읽으시는 총명한 분이셨고, 어머니는 음식 솜씨가 너무도 깔끔하고 좋으신 무척 자애로운 분이셨다.

결국 그 친구는 오십이 넘은 나이에 부모님 아파트에 들어가 살게 되었다. 그 친구와 두 분 부모님과 너무도 착한 누나 가족도 교회에 나오게 되었다. 그러나 평화는 일 년을 넘기지 못했다. 수시로 술에 만취되어 들어오는 아들을 구순이 넘으신 두 분이 도저히 감당할 수 없었기 때문이었다. 그사이 처음 믿음을 갖게 된 세 분은 교회에서 세례를 받으셨고 그 아버님은 성경을 즐겨 읽으셨다. (그 부모님은 누이의 보살핌을 받다가 후일 교회 근처의 요양원에서 한 달 차이로 돌아가셨다. 하나님께서 둘째 아들로 인해 평생 마음이 아프셨을 그분들을 품으셨으리라 믿는다)

그러던 어느 날 나는 이 친구를 설득하여 강남 순복음 기도원에 데리고 갔다. 그리고 일주일만 기도하고 오라고 했다. 그런데 사건이 터지고 말았다. 이 친구가 집에 와보니 집주인이 바뀌어 있는 것이었다. 그 새에 부모님이 집을 팔아 큰아들 집에 합가(合家)하신 것이었다. 형과는 왕래기 없이 집도 모르는 상태였다. 아버지의 재산을 상대적으로 많이 받아 비교적 잘 사는 큰아들은, 내가 그를 알코올 치유병원에 입원시키려고 한 번 만난 적이 있었는데, '내게는 그런 동생이 없다.'라고 차갑게 말했던 뱀 같은 사내였다.

　그 후 그 친구의 아버지는 그에게 방 얻을 돈을 보내 주어 나와 함께 방을 구했고, 그 부친은 매월 80만 원씩 생활비를 그 친구가 가진 통장에 보내 주었다. 그 부친께서 나에게 '육천만 원을 드릴 테니 안 집사님께서 그 돈으로 아들을 돌봐주세요.'라고 했지만 내가 돈을 맡는 것은 곤란하다고 거절하고, 통장을 만들어 매월 생활비를 넣어주시는 것이 가장 좋은 방법이라고 말씀드렸기 때문이었다. 왜냐하면 알코올 중독자는 아무리 적은 돈도 관리할 능력이 없고, 경제적 여유가 없는 내가 맡아서 관리하는 것 외에도 여러 이유에서 꺼려졌기 때문이다. 그는 그 후에도 술에 취하여 교회에 왔고, 술을 이기지 못해 길바닥에 늘어졌다. 나는 그런 그를 부축하며 알코올 중독[13]인 후배를 감당하기가 정신적으로 너무 힘들어졌다.

　그러던 어느 겨울이었다. 나는 그에게 '김치라도 가져다주어야지.' 하고 생각만 하고 찾아가지 못한 채 석 달이 흐르고 있었다.

　꿈에 그 친구를 보았다. 그 친구가 말끔한 정장을 입고 작고 멋진 미니 쿠퍼를 타고 가면서 나보고 "형, 같이 가요."라고 했다. 나는 "일이 있어 먼저 가."라고 하며 그를 보냈다.

　꿈을 꾸고 사흘째 되는 날이었다. 그 친구의 아들에게서 전화가 왔다.

　"제가 C 씨 아들인데요. 아버지가 돌아가셨습니다. 여기는 부평경찰서입니다."

　나는 놀라서 대꾸했다.

　"어디서? 왜?"

　"경찰서에서 연락이 왔는데 돌아가신 분이 아버지가 맞냐고 확인을 해서요. 그런데 아버지가 사셨던 곳이 부개동 빌라인가요?"

---

13) 알코올 중독은 결코 가족이 감당할 수 없다. 습관적 음주를 한다면 음주자는 물론 온 가족이 상담과 교육을 받는 것이 좋다. 중독 상태가 깊어지면 암보다도 고치기 어려운 병이 알코올 중독이다. 초기에 치료를 놓치면 온 가족이 빠져나오기 힘든 깊은 수렁에 빠진다.

　나는 '결국, 죽고 말았구나!'라고 생각하며 황망한 중에 경찰이 말하는 위치를 물어보고 거기가 맞을 것이라고 대답했다.

　아들의 이야기를 들으니, 아버지 시신이 썩어 도저히 참을 수 없이 고약한 냄새가 나는 것을 주인이 발견하여 신고했다는 것이었다. 방에는 온통 소주병이 여기저기 뒹굴고 있었고 소주병에는 오줌이 담겨 있었다고 했다. 내 추측으로는 술을 계속하여 먹다가 몸이 점점 약해지고 결국은 끼니를 찾아 먹지 못하여 굶어 죽었다는 생각이 들었다.

　고독사(孤獨死)[14]한 것이다.

　그 아들과 딸이 자식의 도리로 인천의 한림병원 영안실에 아버지를 모셨다. 그날은 싸라기눈이 간간이 날리는 몹시 추운 겨울이었다. 그 부친도, 모친도, 형도, 그토록 그리워하던 아내도, 그 아무도 영안실에 없었다. 오직 시집간 딸과 장가간 아들, 둘이 마치 버려진 고아들처럼 슬픈 얼굴로 어두컴컴한 영안실을 쓸쓸하게 지키고 있었다.

　분향을 한 후 묵도를 하니 눈물이 솟아 나왔다. 딸은 결혼하여 이미 아이가 하나 있다고 했다. 딸이 차려 온 음식에 목이 메었다. 그가 그토록 만나기를 바랐던 아들과 딸을 바라보는 빛바랜 사진 속의 얼굴이 더없이 쓸쓸했다. 그가 그토록 만나기를 바랐던 아내는 죽기 전까지 끝내 만나지 못했다. 연로한 부모님이나 형도 끝내 영안실에 나타나지 않았다. 그의 친구들이나 前 회사 동료들도 소식을 몰라 한 사람도 오지 못했다. 고독사만큼 쓸쓸한 마지막 길이었다.

　나는 그의 영안실에 다녀온 직후부터 이틀 동안 심한 급성 위경련을 겪었다. 병원 계단을 기다시피 올라갔다. 발인(發靷)날 새벽, 같이 가자며 미니 쿠퍼를 타고 가던 후배가 생각났다. 나는 온몸이 아프기도 했지만,

14) 고독사(孤獨死)·2021년 기준 전국 무연고 사망자가 3,488명이다(용혜인 의원실). 고령층 남성 고독사가 여성의 3배수이다. '국민기초 생계 및 의료급여 수급자'가 96.7%(서울시 자료)이다. 2020년 4월부터 '고독사예방법'이 시행됐지만 철저한 돌봄은 아직 미흡하다.

왠지 꺼림직해 발인식에 참석하지 않았다.

후배가 간 지 오래됐지만, 아직도 끝까지 돕지 못했다는 것, 김치 한 통을 제때 가져가지 못한 것은 내내 마음에 죄책감과 슬픔으로 남았다. 그러나 나는 사랑이 많으신 하나님께서 추운 겨울에 교회 로비의 차디찬 대리석 바닥에서 여러 밤 꿇어 앉아 간구하던 그 불쌍한 영혼, 알코올 중독자였던 그의 영혼을 그 따뜻한 품에 거두셨으리라 믿는다. (신약 요한복음 3장 16절 참고)

「알코올 중독으로 죽은 친구 이야기」

공교롭게도 그때 내가 또 한 사람의 알코올 중독자인 친구 Y를 교회에 데리고 나오게 되었다. 얼굴이 상해 쑥 들어간 검은 눈두덩이 친구는 병 자처럼 초췌하여 한눈에 봐도 정상이 아니었다.

그 친구는 야간 효신상업전수학교와 춘천침례교회를 함께 다녔다. 삼 학년 때, 늦여름 날 그 집에 놀러 갔는데 폐병을 앓고 계시던 아버님이 마루에 나와 백일홍이 핀 소담스러운 꽃밭을 바라보며 말씀하셨다.

"자네가 내 아들의 좋은 친구로 평생 내 아들을 잘 돌봐주게."

무척 당황스럽고 송구한 말씀이었다.

국토분단 전 만주를 드나들며 장사를 하셨고, 춘천댐 공사에 자재과장을 하셨고, 기타도 치셨던 그분은 석 달 후에 폐병으로 세상을 떠나셨다. 돌아가실 걸 예견이라도 하셨던 것처럼…….

우리 친한 친구들 몇 명은 모두 힘을 합하여 산역(山役)15)도 하고, 묘비도 세우고, 동사무소의 보조금으로 받아 장례를 치렀다.

친구는 육군 대위로 제대 후 대전에서 가구점을 하다가 아들이 다니는 인천의 I 대학교 건너편 아파트로 이사 왔다. 인천에 이사 오기 전 나와

---

15) 산역(山役): 땅을 파서 시신을 묻어 묘를 만드는 일, 또는 이장하는 일

대전에서 재회할 때까지 동기들과 일절 연락을 끊었던 친구였다. 그런데 친구 아들은 대전고의 수재였다. 아버지가 심한 알코올 중독 상태에서 밤새도록 벽을 보고 횡설수설해도 공부에 집중해 전교 수석을 놓치지 않았고, 의대에 진학하여 한 번의 유급도 없이 공부했다.

친구는 나의 주기장을 찾아와 육군 대위일 때 국군의 날 여의도의 열병식에서 제병 지휘를 했다고 자랑하기도 했다. 친구는 그 후 인천항에서 크레인 운전 교육도 받으며 어떻게 해서든 술을 끊으려 애썼지만 알코올 중독에서 벗어날 수 없었다. 나의 간곡한 권유로 석 달 동안 가끔 교회에 나와 자신을 중독을 고치려 애썼지만, 이미 알코올 중독으로 인한 육체와 정신의 피폐로 교인들과 전혀 어울리지도 적응하지도 못했다.

후에 친구는 전처럼 모든 연락을 끊었다. 아파트에 세 번 찾아갔지만 아무도 문을 열어 주지 않고 전화도 받지 않았다. 몇 년 후 그의 아들을 통해 그의 사망 소식을 듣게 되었다. 나는 결국 그 아버님의 유언을 지키지 못하고 친했던 친구를 잃고 만 것이다. 나는 비록 그가 알코올 중독에 빠졌지만 진심으로 믿음을 가졌었다면 하나님께서 그를 구원하셨을리라 믿는다.

「기초생활수급자[16]였던 알코올 중독사 이야기」

또 한 사람의 알코올 중독자 K의 이야기를 하고 싶다. 왜 자서전에 이런 중독자 이야기를 세 건이나 싣는지 이해가 안 가는 분도 있겠지만 이세 건의 사건은 나에게 큰 정신적인 충격을 주었다. 나는 그들을 사랑하여 알코올 중독에서 구하고 싶었지만, 도저히 그럴 수 없었다. 나는 그과정에서 좌절을 겪었고, 그것은 나에게 한동안 무력감을 안겨주었다.

그는 교회의 교회 전도 용품을 간간이 팔았던 P 집사가 기독교 서점에

16) 기초생활수급자는 현재는 정부에서 최소한의 생계비와 의료비를 지급한다.

서 만나서 전도했다. 그러나 교회에 등록 후 P 집사는 그를 돌보지 못했다. 결국 알코올 중독자인 그는 교제도 보살핌도 받기 어려워 한창 사랑의 은사가 충만(?)한 상태로 있던 내가 전적으로 보살필 사람이 되고 말았다.

술을 먹고도 안먹은 척하며 매일 멀쩡한 사람처럼 수시로 전화하는 그의 기나긴 넋두리는 젊은 부교역자들을 지치게 했다. 그는 결국 친절하게 대하는 나와 통화를 자주 하게 되었다. 나는 그가 상습적 거짓말쟁이란 걸 알게 되었지만, 그런 그가 오히려 불쌍했다. 그때는 세상살이에 고통을 받는 사람을 보면 그가 어떤 사람이든 눈물이 났다. 노숙자와 함께 운 적도 있었다.

나는 그의 알코올 중독을 고쳐보려고 애썼다. 한 번은 교회에 이야기하여 6개월간 월 30만 원씩 구제금을 받아 청주 인근의 알코올 중독자 전문 치료병원인 청주시의 한마음 병원에 입원시키기도 했다. 그 돈은 재정부에서 지출된 돈이 아니었다. 서성준 수석 부목사님(現 참빛은혜교회 담임 목사)은 '집사님은 알려고 하지 말고 그냥 돈을 받아 그를 위해 쓰세요.'라고만 했다. 나는 '아, 이 돈은 담임목사님이 개인적으로 주시는 거구나.'라고 짐작하고 존경과 감사의 마음이 들었다.

그가 병원에서 돌아오기 전 아내와 친한 고희자 권사가 삼산동 영구임대 아파트에 가서 그의 방을 깨끗이 청소하고 새 침구로 갈아주었다. 그는 나에게 여러 번 '형님이 되어 주세요.'라고 했다. 아무리 예수님의 사랑을 실천해야 하지만 나는 그의 형이 될 자신이 없었다. 불쌍하지만 교활하기까지 한 그를 믿을 수 없었고, 가정까지 개방해 그와 밥을 나누고 형제처럼 스스럼없이 대하고, 사랑할 능력도 마음도 생기기 않았기 때문이다.

그러니 '네 이웃을 네 몸과 같이 사랑하라.'라는 말씀을 실천하는 선교

사나 빈민(貧民) 사역을 분들은 얼마나 귀한 사람들인지! 그 후 내가 간이
식 수술을 받느라고 교회의 사무간사를 그만두고 투병하는 동안 그와 연
락이 끊겼다. 나는 퇴원 후 그에게 연락할 용기가 없었다. 나는 내 육신
이 연약한 상태에서 더는 그를 돌볼 긍휼한 마음과 힘이 더는 남아있지
않다고 내심 구차하게 변명했다.

국가나 지자체에서 예산을 확보하여 지역마다 알코올 중독자를 치료하는 전문병동
을 세워서 운영하고, 중·고등학교부터 적극적 금주(禁酒)나 절주(節酒) 캠페인을 할
필요가 있다. 알코올 중독자 모임인 AA(Alcoholics Anonymous)가 있지만 참여는 자유이
고, 실제로 알코올 중독자는 입원 치료를 강제할 필요가 있기 때문이다. 수많은 알
코올 중독자들은 자신을 파괴할 뿐 아니라 이로 인해 가정이 해체되고, 자녀들에게
심각한 악영향을 미친다. 또 잘못된 음주문화는 결국 많은 알코올 중독자를 양산한
다. 혹시 주변에 이런 기미가 있는 분이 있다면 하루 빨리 전문가(병원, 알콜상담센터,
정신보건센터, 보건소)들을 찾아가게 도우시기 바란다.

31.
이별여행 - 아내와 함께 한 서유럽 3개국 여행

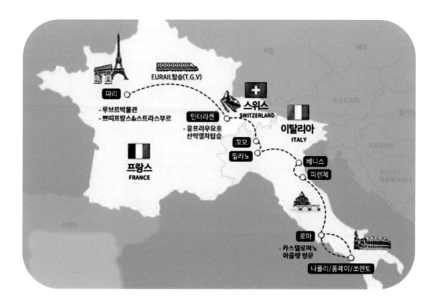

　나는 순천향대학 부천병원에서 진료를 받을 때마다 간경변(肝硬變)[17]을 멈출 방법이 없어서 머지않아 간암이 발생할 것이라고 들었다. 그런 상태에서 나는 죽음이 지척에 와있음을 알게 되었고, 아내가 한 번도 해외여행을 하지 않았다는 것이 마음에 걸렸다. 조금이라도 건강할 때 아내와 서유럽 자유여행을 해야 하겠다는 마음이 들었다. 영어 회화 실력은 모자라지만 오랫동안 베트남에 다닌 경험이 있어 자유여행이 조금은 어렵겠지만 가능하다고 생각했다.

　작은딸의 직장 대한항공에서 육순 축하 항공권이 나와 항공료 부담이

---

17) 간경변증: 간염바이러스나 음주 등에 의해 간의 염증이 오랫동안 지속되면서 간 표면이 우둘투둘해지고 딱딱하게 변하는 증상. 복수(腹水)가 생기며 빈혈, 황달, 전신 쇠약 등이 나타난다. 간경변증은 간암으로 악화되며 간경변 없는 간암보다 치료가 어렵기도 하다.

없었고, 두 딸이 기뻐하며 여행 비용을 보태주어 감사했다. 그러나 나는 마음에 아내 몰래 슬픔을 담고 떠나는 여행이었다.

나는 인터넷서핑과 여행 서적을 보면서 프랑스, 이탈리아, 스위스 3개국 자유여행 계획을 치밀하게 세웠다. 특히 전에 가보았을 때 아름다운 풍광과 맑은 공기에 반했던 스위스 관광에 더 많은 날을 할애했다.

교회에서 휴가 허락을 받고, 호텔, 민박, 유럽 내 이동 항공권, 기차표, 파리 투어, 센강 투어, 로마 투어, 이탈리아 남부 투어 등 모든 것을 예약

했다. 여행사를 이용하지 않는 둘만의 첫 해외 자유여행이었다.

드디어 사랑하는 아내와 함께 2013년 9월 9일 프랑스 샤를 드골 공항에 도착했다. 나만 알고 있는 아내와의 이별 여행이 시작된 것이다. 9월 9일, 프랑스의 드골공항에서 어두컴컴한 조명의 전철을 타고, 2박을 하기로 한 파리 외곽의 작은 Bresil 호텔에 여장을 풀었다. 그리고 예정대로 인근의 뤽상부르 궁전에서 산책했다. 이 궁전은 그리 크진 않았지만 정원이 프랑스 풍이어서 나에게는 새로운 경험으로 다가왔다.

파리 세느강 유람선

다음 날 우리는 생 미첼 역에서 전철을 타고 Versales Rive Gauhe 역
에서 내려, 루이 왕조의 베르사유 궁전[18]을 걸어 다니며 관광했다. 황금
빛 정문의 위용을 자랑하는 궁전도 좋지만, 미로같이 나무를 가꾼 정원
이 볼만했다. 군데 군데 설치한 조각들은 모두 그리스나 로마의 조각품
들과 다름이 없어보였다. 파리 면적이 좁으니 외곽의 넓은 땅에 궁전을
지은 것일까? 날씨가 추웠다 더웠다 변덕을 부려 아내는 거기서 옷을 세
번이나 갈아입었다. 이어 다시 파리 시내로 돌아와 한강보다는 너무도
작은 센강 관광에 나서 배를 타고 가이드의 영어 해설을 들으며, 아름다
운 석조 다리들과 주변의 명소를 관광했다.

다음 날은 유로 자전거 투어를 따라 루브르 박물관, 노트르담 성당, 최
고재판소, 바스티유 광장, 개선문, 콩코드 광장, 에펠탑, 샹젤리제 거리
를 보았다. 파리는 거리 전체가 역사적 볼거리였다.

프랑스 베르사유 궁전

18) 베르사유 궁전(Chateau de Versailles): 파리에서 22km 거리의 베르사유에 있는 바로크 양식의
대궁전으로, "짐이 곧 국가다."라고 말한 태양왕 루이 14세 궁전, 프랑스 절대주의 왕제를 상징하
는 건조물이다. 그러나 루이 14세는 정치와 재정에 실패한 군주였다.

 9월 12일, 우리는 오를리 공항에서 한국에서 미리 예약한 Easzet Air로 이탈리아 로마의 Fiumicino 공항[19])에 내려 테르미니역에 도착했다. 그리고 조식과 저녁밥을 제공하는 카푸치노 민박에서 한밤을 잤다. 젊은 한국의 동숙자들은 공동 식당에서 함께 밥을 먹으며 나이 많은 우리 부부의 자유여행을 놀라워했다. 젊은이들은 한 방에 여섯 명이 투숙해 이층 침대를 사용했고, 우리는 예약대로 독방을 사용했다. 다음 날이 밝자

파리 에펠탑

파리 센강

파리 노트르담 성당

파리 루브르박물관

파리 루브르 박물관

우리는 테르미니역 Moka 커피숍에서 한국인 가이드를 만나 이탈리아 남부 버스 투어에 참여했다. 먼 거리였지만 베수비오 화산 폭발로 묻혔다가 발굴된 폼페이 유적20)과 남부 바닷가의 아말피, 포지타노 언덕, 로마에 물을 끌어왔던 대수로까지 보았다. 아말피는 외국의 스타들이 별장을 둔다는 소문대로 바다와 어울린 풍광이 그림같이 아름다웠다.

다음 날은 한국인 가이드를 따라 걷거나 전철을 타고 로마 시내를 관

19) 레오나르도다빈치 푸미치노 공항(Leonardo da Vinci Fiumicino Airport): 로마-피우미치노(Rome-Fiumicino)국제공항으로도 알려져 있는 이탈리아의 수도 로마 근교에 있는 이탈리아 최대의 국제공항. 로마 도심에서 서쪽으로 34㎞ 떨어진 곳에 있다.

광했다. 콜로세움, 전차경기장, 판테온, 카타콤, 바울 참수터 성당21), 트
레비 분수 등을 보았다. 로마 전역은 인류의 위대한 문화유산이었다. 로
마나 파리는 몇 일동안 걸어다니며 여유있게 그들의 유적과 문화를 맛보
며 관광을 하는 것도 좋을 것 같았다.

9월 15일, 로마를 떠나 기차로 피렌체의 Firenzes S. M. Novella 역에 도착
하여 피렌체 국제 민박에 여장을 풀었다. 그리고 오후에는 한국인 여성 가

로마 콜로세움

로마 전차대경기장

로마-트레비 분수

포로 로마노

로마 바울참수터 성당

로마의 소나무

20) 폼페이(Pompeii) 유적: 기원전 5세기부터 상업 활동으로 번영한 인구 3만 명의 폼페이는 서기 79년
8월 베수비오 화산의 폭발로 한순간에 화산재에 파묻혔고 18세기 중반부터 발굴이 시작되었다. 폼페이
유적 관광은 자연재해에 대한 인간의 무력함을 절감하게 한다.

이드를 따라 침침한 분위기의 우피치 미술관을 관람했다. 어린 예수를 권위
가 있어야 한다며 늙은 얼굴로 표현한 시대의 그림들이 보기 흉했다. 그리
고 가이드와 헤어져 미켈란젤로 언덕에서 시내를 조망하고 우뚝 서있는 다
비드상[22](모조품)을 보았다. 오후 늦게 피렌체 가죽 시장을 둘러보았으나 인
파만 붐빌 뿐 살 것은 별로 없었다. 아마 비싼 물건을 파는 전문점에 들르지
않아서 그럴 것이다.

　9월 17일, 피렌체를 떠나 기차로 Venezia S. Lucia 역에 내려 베네치아 카
니발 민박에 짐을 풀었다. 다음 날은 수상버스 Vaporetto를 타고 관광을 했
다. 곤돌라가 다니는 수로들, 리알토 다리, 탄식의 다리, 산마르코 광장, 산
마르코 성당을 보고 대종루(大鐘樓)에도 올라가 보았다. 오후에는 유람선을
타고 유리 공예로 유명한 부르노 섬에 가서 유리 공예 공장과 화려하고 값
비싼 유리 공예품을 감상했다. 아마 이런 다양한 색감과 모양을 지닌 유리

피렌체 미켈란젤로 언덕

피렌체-우피치 미술관 회랑

피렌체 미켈란젤로언덕 모조 다비드상

21) 바울 참수터 성당(세 분수 교회, TRE FONTANE): 기독교의 가장 위대한 전도자 사도 바울은 로
마의 포장 도로에 있던 돌기둥에 설치된 단두대에서 참수되어 순교했다. 참수된 목이 세 번 튄 곳마다
샘이 터졌다고 한다. 이곳에 바울 참수터 성당이 생겼다. 바울이 참수된 기둥과 참수 전까지 갇혔던 지
하 감옥이 있다.

공예품은 여러 모양과 색감으로 보아 앞으로도 상당 기간동안 수작업(手作業)이 계속될 것이란 생각을 해보았다.

　9월 19일, 베네치아에서 출발하여 기차로 밀라노역, 브리그역을 거쳐 스위스의 산악마을 체르마트에 도착했다. 예약할 때 방이 없어 우리는 산 아래 자그맣고 깨끗한 Le Petit Hotel과 번화가에 있는 어두컴컴한 Helvetia Hotel에서 각각 하루씩 투숙했다.

베네치아 콘돌라

베네치아 대수로

베네치아 탄식의 다리

베네치아 산마르코 광장

부르노섬 유리 공예품

부르노섬 유리공예품 공장

22) 다비드상: 이탈리아 르네상스 시대의 천재적 예술가 미켈란젤로의 대리석 조각 작품, 높이 5.49m, 피렌체의 아카데미아 미술관에 전시되었다. 다비드(David)는 구약성서 상 이스라엘의 제2대 왕이며 시편에 수많은 시를 남겼고, 현자로 알려진 솔로몬 왕의 부친이다.

다음 날 우리는 Sunnegga전망대에 올라갔다가 중간역에 내려 눈 덮인 마터호른(파라마운트 영화사 마크) 사진도 찍으며 폭포도 보면서 앉아서 쉬기도 하면서 여유있게 하이킹을 즐기며 체르마트 시내로 내려왔다.

9월 21일, 체크아웃 후 열차 출발까지 남은 짬에 짐을 체르마트역의 보관소에 맡겨놓고, Gornergrat 전망대에 올라갔다가 내려와 기차로 인터라켄 웨스트역에 도착하여 한국인 모녀가 경영하는 Star B&B 민박에 투숙했다. 한국의 은행 지점장의 미망인이 끓여 내오는 된장국이 반가웠다.

9월 22일, Shilthorn 전망대에 올랐다가 내려오는 길에 알프스의 정원 Schynige Platte와 컴컴한 동굴 속 Trummelbac 폭포를 둘러보았다.

9월 23일, 백조가 한가롭게 노니는 루체른강 가의 희고 아름답고 빛이

23) 빈사의 사자상(Lion Monument): 1792년 프랑스 혁명에서 마지막까지 루이 16세를 지킨 스위스 용병을 기리기 위한 작품. 당시에 산악 지역이 많은 스위스 남성들은 강인하다고 알려졌고, 전쟁에 용병으로 많이 나갔다고 한다. 현재도 전통적으로 교황청의 근위병은 스위스인이다.

환하게 밝은 예수교 교회당 정원에서 간편식으로 점심을 먹고, 온통 꽃
으로 장식한 카펠교(불에 타서 재건했다), 빈사(瀕死)의 사자상[23], 루체른 성
곽 등을 천천이 둘러보았다.

9월 24일, 인터라켄 오스트역을 출발 취리히역에 내려 두어 시간 시내
구경을 하고, 취리히 공항을 떠나 인천공항으로 돌아와 9월 25일, 사랑
하는 아내와 보름간의 행복한 여정을 마무리했다.

※ 이 여행기는 투어 일정 위주로 기록하여 그때 그때의 감정과 역사적 사실 등을 빼고, 사진 나열식으
로 여행기를 써보았습니다. 그래서 여행기적인 재미가 덜합니다. 다만 이런 사진의 나열만으로도 여
행의 추억을 되살릴 수 있을 것입니다.

32.
첫째 딸의 진아의 간을 이식받았다

교회에 근무한 지 10년째 되는 2016년에 들어서면서, 식도정맥류[24] 수술을 한 지 10년이 된 나의 간경변 상태는 무척 악화되었다. 얼굴이 눈에 띄게 검어지면서 검버섯이 피었다. 남모르게 퇴직까지 생각하던 차에 8월 들어 CT 검사에서 간암이 발견되었다.

나는 암 부위를 태우거나 피의 공급을 막아 암세포를 죽이는 간 색전술을 받기로 했다. 아무에게도 알리지 않고 교회에서 여름 휴가를 늦추어 순천향대학 부천병원에 수술일을 예약했다. 내과 과장의 말로는 간경변이 나처럼 심하게 진행된 환자는 색전술을 하더라도 간암이 계속 재발하기 때문에 3~5회 정도만 수술할 수 있고, 길어야 3~5년 정도 생존이 가능하다고 하였다. 그러면서 간이식 수술을 권했다.

나는 우선 간을 공여받을 사람이 없었고, 경제적 사정으로 인해 수술 비용이 걱정되었다. 이런 상황이 나를 슬프게 했다. 그러나 나는 냉엄한 현실을 있는 그대로 받아들이기로 했다.

그런데 소식을 들은 딸들이 집으로 달려오고, 큰딸 진아는 간을 주겠다고 하며 극구 간이식 수술을 권유하였다. 나는 마음속으로 울면서 여

---

24) 식도정맥류: 식도의 정맥이 혹처럼 부풀어 오르는 병, 간경변증 때문에 간문맥에 혈액이 고여 문맥압이 높아지고 그 혈액이 식도 쪽으로 흐르게 되어 생긴다. 이것이 터지면 토혈(吐血)이나 하혈(下血)이 있어 출혈성 쇼크로 사망하는 비율이 12~22%에 달한다.

러 번 거절하였지만 결국은 간이식
수술을 받게 되었다. 다행히 두 해
전부터 보험급여 기준이 바뀌어 암
으로 판정된 경우, 간이식 수술비용
은 5%만 부담하게 되므로 삼천여만
원만 있으면 가능했다. 큰딸 진아는
서울의 큰 병원에서 수술을 받자고
했다. 현대아산병원과 서울대병원을 저울질한 결과 집에서 가까운 서울
대병원을 선택했다.

수술 전 급하게 교회에 사직서를 내고, 입원하기 전까지 하루와 또 반
나절 동안 후임인 S 장로에게 힘겹게 업무인계를 마쳤다. 이어 오후에
는 늦도록 경서신학원의 업무 인계인수를 겨우 마쳤다. 눈이 칠십리나
들어갈 정도로 몸에 상당한 무리가 왔다. 후임자는 후일 나와 대화할 때
'인계받은 일 없고 헌금 봉투 있는 곳만 알려주었어요.'라고 했다. 그 이
야기를 듣고 자초지종을 아는 아내마저 못내 섭섭해 했다.

큰딸과 나의 신체검사가 며칠간 정밀하게 진행된 후 간이식[25]이 가능
하다는 통지가 왔다. 큰딸 진아는 이미 두 딸의 엄마이며 사위의 아내이
기 때문에 사위의 동의가 필요했다. 사위는 수술에 동의했다. 고맙지만
사랑하는 첫 딸 진아의 간을 받는다는 것이 정말 무어라 할 수 없이 마음
이 아프고 기막힌 일이었다.

간담췌 외과 이광웅 교수의 수술 팀이 집도하였고 수술은 성공적으로
끝났다. 전신마취 상태에서 받은 수술이지만 나는 다시는 겪고 싶지 않
은 큰 고통을 받았다. 두 번 다시 겪고 싶지 않은 고통 속에서, 이상하게

25) 간이식: 간경변이나 간암으로 최악의 상태가 된 간을 타인의 생간을 잘라 이식하는 것이다. 현재 간
이식 의료 기술은 우리나라가 세계 최고의 선도국이다. 몇 년 전부터 혈액형이 다른 간도 이식하며, 두
개의 간을 잘라 한 사람에게 이식하기도 한다.

도 나의 고통과는 비교할 수 없이 크고 참혹한 예수님의 십자가의 고통
이 줄곧 생각났다. 예수님은 마취제도 없이 나를 위해 생살이 찢기는 큰
고통을 겪으셨다는 생각이 계속 떠올랐다. 수술이 끝난 후 정신을 차렸
을 때 이미 두 딸의 엄마인 큰딸이 나 때문에 받게된 수술의 고통에 마음
이 생살을 저미듯 아려왔다.

　중환자실에서 면회가 금지되는 간이식 환자 전용 병실로 옮긴 후 정신
이 혼미한 상태에서 내 침대가 광화문 바로 옆에 있다거나, 날아다니며
이단(異端)들을 예수의 이름으로 무찌르거나, 옆 침대 입원자가 병원에서
노숙하고 있다는 착각으로 그를 위해 울면서 기도를 하거나, 이상한 소
리를 듣고, 몸이 진동하고, 침대가 흔들리는 것 같은 환청과 온몸에 이슬
비가 통과해 내려가며 표현하기 어려운 시원함을 주는 섬망증상[26]을 겪
기도 했다.

　그러나 나는 몸이 빠르게 회복되어 수술 2주 만에 간을 준 큰딸 진아
에 이어 비교적 빨리 퇴원 하게 되었다. 물론 'ㄱ'자로 가른 배를 봉합한
스테플러와 피 주머니는 빼지 않은 채로 나왔다. 나에게 간을 준 큰딸과
의사의 손을 통해 나를 살리신 하나님께 감사했다.

　나는 간이식 수술로 인해 어려운 이들을 돕는 후원 단체와 교회와 성
도들, 아내의 친구 등 도움을 준 모든 이들에게 감사하게 되었다. 간을
준 큰딸 진아는 큰돈, L 집사는 백만 원, 친구 Y 목사는 이백만 원을 도와
주었다. 사랑하는 아내의 희생적인 병간호에 가장 감사함은 물론이다.
국가가 암(癌)이면 수술비 등을 5%만 받는 것은 무척 큰 의료복지 혜택
이 아닐 수 없다.

　나는 직장생활을 할 때나 수출업에 종사할 때 의료보험료를 제법 많이

---

26) 섬망증상: 인지기능 저하가 동반되는 의식의 장애, 수시간 수일에 걸쳐 급격히 일어난다. 기분, 지
각, 행동장애도 흔히 나타난다. 시간, 장소에 대한 지남력(指南力) 저하가 특징이며 사람을 알아보는 지
남력은 유지된다. (필자의 경험과 똑같다)

내면서도 병원에 간 적은 없었다. 당시에는 '나는 아프지도 않은데 의료 (건강)보험료만 꼬박꼬박 내고 있구나.' 하고 생각했다. 그런데 내가 이렇게 큰 수술을 하게 되어 혜택을 받고 보니 건강보험제도가 잘 되어있는 한국의 국민이라는 것이 감사하게 생각되었다. 'One for all, All for one' 이라는 보험의 정신을 처음으로 실감하게 되었다. '사람은 서로 기대어 사는 것이다.'라는 명제를 실감하며 의료보험료를 내는 모든 분께 감사하게 되었다.

간이식 하는 동안 나는 몸은 견디기 어렵게 고통스럽지만, 줄곧 일말의 두려움도 없이 지냈다. 세계적으로 간이식 후 환자 생존율이 가장 높다는 서울대 의료진에 대한 신뢰가 컸고, 큰딸 진아에 대한 크나큰 고마움과 함께 '나의 수술은 잘 될 거야.'라고 하나님을 굳게 믿었기 때문이었다.

그러나 이 기간은 또 한 번 결국은 병약(病弱)하고 노쇠하여 죽을 수 밖에 없는 인간이란 존재의 본모습[27], 삶과 죽음과 죽기 전에 이제까지 살아온 삶의 여정을 진지하게 살펴보는 성찰(省察)의 시간이기도 했다. 나는 퇴원 후 2년에 걸쳐 싸나톨로지 협회에서 죽음교육을 이수했고, 각당복지재단에서 죽음교육과 애도상담 교육을 이수했다. 모두 강사 자격증을 받는 교육이었다.

간이식 후 큰딸을 생각하며 시 한 편을 썼다.

---

27) 인간 존재의 본모습: 싯달타는 나고(生), 늙고(老), 병들고(病), 죽는(死) 생로병사를 반복하는 四相이 인간의 본모습인가? 회의로 출가해 부처가 되었다. 성서에서는 인간이 하나님이 흙으로 창조했으니 죽으면 흙으로 돌아간다고 했다. 죽음 이후 영혼과 영생은 더 큰 문제다.

딸아, 네 간으로 내가 살았다 - 詩

딸아, 네 간으로 내가 살았다
배를 가르고 생간을 잘라
애비를 주다니!

_ 창조문예, 2017.9월호

시작노트

나는 아무리 해도 이렇게 짧게 표현할 수 밖에 없었다.

33.
담도 협착 투병기와 회복기

인생의 시련이 한두 번으로 끝난다면 얼마나 좋을 것인가? 간이식 후 1~2년 이내에 다른 이들처럼 바로 건강한 삶을 되찾았다면 참 좋았을 것이다. 그러나 나에게는 간이식 환자의 20% 미만의 사람에게 나타난다는 담도 협착이란 최악의 사태가 기다리고 있었다.

나는 퇴원 둘째 달, 병원에 가기 며칠 전부터 이유를 알 수 없는 고열과 심한 몸살 증상에 시달렸다. 담당 의사인 이광웅 교수가 말했다.

"간 수치와 담도 수치가 상당히 나쁩니다. 항생제를 먹으면 잠시 괜찮을 수도 있지만 결국은 담도시술(내시경적역행담췌관조영술, ERCP)[29])을 받는 것이 좋을 것 같습니다. 어떻게 하시겠습니까?"

나는 그렇다면 담도 시술을 받으면 되겠지 하고 가볍게 생각하고 "그러면 가능하면 빨리 담도 시술을 받겠습니다."라고 대답했다.

입원하여 영상의학과의 시술대에 누웠다. 담도가 기형이라 내시경을 소장에 넣어 시술받지 못하여, 옆구리에 구멍을 뚫어 내시경을 통해 좁아진 담관들을 뚫는 시술(PTBD)이었다. 내과에서 목구멍으로 내시경을 넣어 소장으로 연결된 총담관(총담관의 지름은 0.7㎜ 이하라고 한다)을 통해 시술하려 했으나 좌우 담도 중 하나가 기형으로 꼬부라져 시술할 수 없다

28) 간이식시 담도와 간을 붙였을 때나 그 외에 발생하는 담도 협착은 현대의술의 난제이다.
29) ERCP: 내시경을 소장을 통해 총담관에 넣어 담도계 및 췌관에 조영제를 주입하여 X선 촬영을 하거나 담석이나 슬러지를 긁어내고 스텐트를 넣어 담도를 넓히는 시술 방법

고 하며 내린 조치였다.

부분 마취를 한 상태에서 나는 참기 힘든 고통 속에 영상의학과에서 간담관을 정상화 시키는 시술의 권위자인 한준구 교수에게 시술을 받았다. 간이 검게 투영된 대형 모니터의 화면에 가는 흰 실 바늘 줄 같은 것이 간의 여기저기를 쑤시며 담관의 뿌리(간 내 담관)들을 찾고 있었다. 다행히 담관이 뚫리면 물길이 터진 것 같이 그 뿌리와 실뿌리들이 하얗게 드러났다. 상당한 시간이 흐르고 나는 병실로 실려 왔다.

그날 밤에 나는 세 번이나 피를 토하고 세 번이나 쓰러졌다. 나는 수혈을 원했으나 주치의(인턴)는 수혈하지 않고, 응급으로 각종 검사를 먼저 했다. 뇌 MRI, 근전도 검사, 심장 초음파 검사, 비강암 검사 등이었다. 내가 쓰러진 근본적인 원인을 찾아야 했기 때문이었다. 그들은 내가 많은 토혈(吐血) 때문이라고 말했지만 내 의견과는 상관없이 뇌, 다리 근육, 심장, 비강(鼻腔)의 이상을 확인하려고 MRI, CT, 초음파, 생체 조직검사 등 각종 검사를 강행했다. 이런 의료 행위의 경우에 그 긴급성은 이해하지만, 저항할 수 있는 힘도 없는 환자는 병원에서 철저한 약자(弱者)라는 현실을 다시 한 번 생각하게 되었다.

다음 날, 나의 요청대로 수혈(헌혈하신 분들께 깊이 감사드린다)을 여러 팩 받은 후 나는 겨우 쓰러지지 않을 만치 기력을 되찾았다. 그러나 그것이 고통의 시작이었다. 나에게서는 내출혈이 계속되고 있었다. 배에 박은 배액관에서는 피가 섞여 나왔고 배는 터질 만치 불어 올랐다. 소변 줄이 다시 꽂히고 극심한 고통의 날들이 찾아왔다. 꽂힌 관이 네 개였다. 그 후에도 나는 고통스런 PTBD[30]를 여러 번 받았다. 첫 시술의 부작용에도 불구하고 나는 최고의 의사라는 한준구 교수에게 다시 내 시술을 맡

---

30) PTBD(경피경관담도배액술): 간 가까운 곳의 몸을 뚫어 간을 관통해 담도 내부로 배액관을 넣어 담즙을 빼내주는 시술. 두 번 다시 하고 싶지 않은 지독하게 고통스런 시술이었다.

겼고 그분은 최선을 다해 다시 시술했다.

나는 여러 날 동안 여러 가지 치료에도 불구하고 대변을 한 번도 제대로 보지 못했다. 아내가 여러 차례 수술용 장갑을 끼고 손가락을 넣어 토끼 똥같이 딱딱하게 굳어진 대변을 파내곤 했다. 지금도 그때의 아내를 생각하면 정말 미안하고, 고맙고, 마음이 아프다. 보름이 다 되도록 대변을 못보다가 링거를 단 환자에게는 문 폭이 좁아 황급히 겨우 들어간 환자용 화장실에서 대변을 보게 되었을 때
"예수님, 감사합니다."
바로 울음이 터져 나왔다.

매일 아침 식사 전에 피를 채혈 튜브로 다섯 개씩 뽑혔다. 그들은 매일 신체가 피를 만든다고 안심하라고 이야기했지만 영양을 섭취하지 못하는 환자의 몸에서 피가 얼마나 만들어지겠는가? 나는 지금도 그들이 쇠약한 입원 환자의 피를 매일 습관적으로 뽑아서 검사하는 방법은 환자의 회복력을 약화시키는 습관적이고 잘못된 의료행위라고 생각한다.

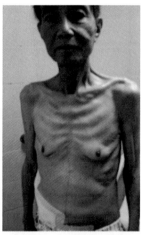

나의 상태는 점점 악화하여 밥을 한 숟가락만 넣어도 구역질이 나서 넘기지 못하고 노란 위액을 토했다. 아내는 밥을 먹어야 산다고 안타깝게 채근했지만 나는 한 숟가락의 밥도 목으로 넘기지 못했다. 링거액으로 들어오는 포도당이 나의 신체를 겨우 유지하고

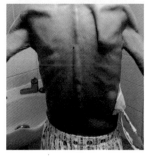

있었다.

나는 밤이면 등에 심한 고통을 느꼈다. 마치 송곳으로 어느 한 곳을 콱 찌르거나 등 전체를 바늘로 찌르는 듯한 심한 고통에 시달렸다. 진통제를 여러 알씩 먹고 마약 진통제를 몸에 붙여도 소용이 없었다. 나는 밤새 도록 한 시간도 잠을 제대로 잘 수 없었다. 한밤 중에 겨우 침대에서 일어나 침대 옆 좁은 평상에서 잠든 아내가 깰까 봐 조심조심 입원실을 나가 휴게실에 나가 앉기를 반복했다.

'하나님은 왜 어릴 때는 중학교도 못 가는 가난한 환경을 주시고, 간염 항체가 안 생기는 체질을 주시고, 장년이 되어서는 식도정맥이 한 번 터지고, 간경변으로 간이식을 하고. 기형의 담도를 주시고, 거기에 더해 담도 협착 시술의 희귀한 부작용 사례의 당사자가 되는 심한 시련을 주시는 것일까?' 나는 하나님의 도우심을 간구하였다. 그러나 고통 속에서 이런 생각이 들었지만, 나는 실패나 병이나 고통스런 일들이 하나님께로부터 온다고는 생각하지 않았다. 왜냐하면 사람은 누구나 나처럼 될 수 있지만, 그래도 하나님은 사랑의 하나님이시기 때문이다.

담당 의사인 이광웅 교수의 집중적이고 친절한 치료에도 불구하고, 나는 사막의 해골 같이 말라가고 있었다. 기도할 수 있는 힘도 없어졌다. 나중에는 걷기 어려운 상태가 되었다. 나는 6인 병실의 창가에 있었는데 장기 입원으로 창문 턱에는 아내가 가져온 살림이 점점 늘어 갔다. 아내는 내가 먹지 못하는 맛도 없는 환자식으로 매끼를 때우면서 지극정성으로 하루도 빼지 않고 나를 병간호했다.

아내는 매일 새벽에 병원 교회에 가서 기도했고, 돌아와서는 때로 병실 환자들 머리맡에 서서 기도했다. 낮에는 대걸레를 가져와 병실 바닥

---

31) 서울대병원은 병실과 인원이 모자란다. 예산을 지원하여 병실을 늘려야 될 것이다. 특히 의사의 당직실은 형편없이 좁고 열악했는데 2022년 하반기에 당직실 공사를 하는 걸 보았다.

을 깨끗이 닦고 창을 열어 환기를 시켰다. 아내로 인해 병실의 분위기는 좋아졌다. 보호자들은 서로 위로하며 음식을 나누어 먹었다.[31]

대개의 환자는 암 환자인 경우에도 수술하면 대개는 일주일, 길어야 열흘 정도면 모두 퇴원하여 집에 돌아갔다. 동병상련의 환자로서 축하할 일이지만 한편으론 부러웠다. 입원할 때 퇴원할 때 보려고 집에 사다 놓은 국화꽃이 피는 것을 보지 못하고 가을이 갔다.

어느새 겨울이 되어 창밖의 병원 지붕에는 눈이 쌓이고 녹기를 반복하였다. 나는 매일 창밖의 지붕 꼭대기에 날아와서 몸을 한껏 부풀리며 암놈 주위를 돌며 구애하다가 교미하는 비둘기들을 지겹게 보았다. '나의 젊은 날 삶도 저들과 다름없구나. 나도 별 볼 일 없는 자신을 한껏 부풀려 과시하며 살아온 것은 아닐까?' 하고 생각했다.

여섯 달이 지나면서 걷기가 힘들어졌다. 화장실 변기에 앉았다가 보조 손잡이를 잡고도 혼자 일어설 수 없었다. 항문을 단 3초도 제어할 수 없어서 침대 위에서 설사를 지린 적이 수도 없었다. 수치스럽기도 했지만, 아내에게는 정말 미안한 일이었다. 그런데도 아내는 불평 한마디 하지 않고 측은함이 가득한 눈으로 나를 정성껏 돌봤다.

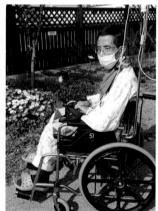

병실에 있는 것 누워 있는 것이 지겨울 때면 아내를 나를 휠체어에 태워 담요를 덮어 본관과 암병원 사이의 복도로 가곤 했다. 그곳은 긴 회랑인데 유리로 덮인 온실처럼 햇살이 포근하고 따뜻했다. 나는 거기서 휴대전화에 저장된 찬송가를 들었다. 그곳에 가면 아내는 나에게 걷기 연습을 시켰다. 나는 모든 근육이 없다시피 약해져서 창문 턱을 잡고도 열댓 발자국밖에 걷지 못했다. 한쪽 창에 걸린 캘리그라피 글이 나를 위로하고 있었다. '사랑이 있는 한 희망이 있다.'

때로는 암병원 6층의 야외정원으로 가곤 했다. 창경궁이 내려다보이는 곳이었다. 녹음이 깊어진 숲, 포근한 갈색과 단풍의 숲, 그리고 눈 덮인 궁(宮)의 격조 높은 지붕과 옷 벗은 숲의 정경을 보았다. 정원의 이름이 하늘 정원이었다. 왜 하늘 정원일까? 천상병의 시 귀천(歸天)이 떠오르는 이름이었다. '나 하늘로 돌아가리라 … (중략) … 가서 아름다웠다고 말하리라'

몸이 쇠약할 대로 쇠약해져서 뼈만 남았지만 내가 죽을 것이라는 생각은 별로 하지 않았다. 그리고 천국의 소망이 있어 죽음은 두렵지 않았다. 다만 나에게 간을 준 큰딸과 아내를 위해서도 살아야 된다는 마음이었다. 그러나 나의 상태는 점점 악화하였다. 알부민 주사를 맞아도 배에 찬 복수는 빠지지 않았다. 의사들은 결국 나의 배 속에 있는 모든 복벽을 뚫어 복수를 빼기로 했다. 나는 복벽이 장기들을 밖으로 나오지 못하도록 싸고 있는 피막이라고 들었다. 그러나 그 조치도 효과가 없었다. 이틀이 못 되어 배에는 여전히 복수가 차올랐다.

치료의 막바지였다. 의사들이 우르르 몰려왔다. 여러 과의 협진 팀이었다. 하루 이틀만 더 경과를 보고, 상태가 나아지지 않으면 담도를 떼어내고 소장(小腸)을 간에 직접 붙이는 수술을 할 수밖에 없다는 것이 그들의 결론이었다. 부작용이 있는 마지막 방법이지만, 문제는 여섯 달이

나 먹지 못한 나의 체력이 수술을 견디지 못할 것이라는 명백한 사실이었다. 그들이 나를 내려다보는 눈길은 심각했다. 간이식 때 나의 담도를 소장에 문합(吻合)했던 이남준 의사(女)의 눈길에는 이제 죽게 될 사람을 보는 듯한 측은함이 담겨 있었다. 그리고 의사들이 깊은 좌절에 빠진 유령처럼 말없이 병실을 빠져나갔다.

나는 비로소 나에게 죽음이 임박했음을 알았다. 그리고 이제는 나의 모든 소망을 접어야 함을 직감했다. 나는 마음으로 기도했다.

"하나님 이제 저를 당신께 맡깁니다. 저는 죽음 앞에서 제가 사랑하는 가족에게조차 아무것도 해줄 수 없음을 압니다. 저는 티끌과 같이 무력하오니, 살리시든지 죽이시든지 주님 뜻대로 하십시오."

주님 앞에 나를 포기할 수밖에 없었다.

이틀 후였다. 펠로우[32] 한 분이 흥분하여 나에게 말했다. 그는 바쁜 가운데서도 서울대 병원 교회에서 매주 수요일이면 기타로 찬송 인도를 하는 믿음의 사람이었다.

"복수가 차는 원인을 발견했습니다. 이제 됐어요. 물주머니 한 개가 숨어있었어요. 그리고 거기에 물이 가득 차서 화면에 검게 보였던 겁니요. 제가 여러 날 찍은 영상을 비교하여 살펴보다가 검은 부분이 미세하지만 조금씩 아래로 내려오는 것을 발견했어요. 한 개의 숨어있던 물주머니에 물이 차서 그런 거였습니다."

나는 다음 날 영상의학과에 실려 가서 그 물주머니를 마저 뚫는 시술을 받았다. 이틀에 걸쳐 배액관을 통해 약 3ℓ 넘는 물이 배에서 빠져나왔다. 할렐루야! 하나님은 그렇게 죽음 직전에 하나님을 믿는 의사의 연민과 책임감을 통해 나를 살리신 것이다. 그분께 감사한다. 아내와 참빛교회의 중보기도대와 많은 지인의 기도가 나를 살린 것이다.

32) 인턴(일반의) → 레지턴트(전문의) → 펠로우(1~2년 공부를 더한 전문의) → 교수

　복수가 빠지자 복수에 눌려 있던 위와 창자들이 기적처럼 기지개를 켜면서 일어났다. 나는 그제야 밥을 먹을 수 있었다. 밥을 먹을 수 있다는 것이 얼마나 소중하고 감사한 일인지! 아내의 친구와 교회의 권사님이 음식을 만들어 가져오기 시작했다. 문병 오셔서 나를 정성껏 주물러 주시는 분(안마가 직업이었다)도 있었다. 나는 배액관을 단 채로 병원에서 서둘러 퇴원을 요청했다. 하루라도 더 있기 싫었다. 오랜 입원으로 환자 평균입원 일수가 늘었다던 병원에서도 바라던 일이었다. 입원 할 때 80kg에 가깝던 몸무게가 46kg이 되어있었다.

　교회에 가니 나를 껴안아 주시는 분이 너무 많았다. 나를 위해 물심양면으로 친절을 베풀었던 분들을 잊을 수 없다. 그들이 나를 보고 흘렸던 눈물을 잊지 못한다. 나를 만져 주었던 손길들을 잊지 못한다. 딸과 아내와 의사들과 간호사들과 사랑을 실천한 많은 분의 기도가 나를 살린 것이다. 모두에게 하나님의 은혜와 평강이 평생 넘치기를 기도한다.

　나는 퇴원 후에도 여러 차례 입원하고 위험한 고비들을 넘겼다. 그러면서 의사가 처방한 대로만 약을 먹고, 신경이 마비된 오른쪽 다리를 위

해 지팡이를 짚고 헬스장에서 가서 끈질기게 재활운동을 했다. 또 체력을 기르기 위해 거의 매일 인천대공원을 걸었다. 힘이 있다 싶으면 대공원에 있는 상아산에도 올랐다. 몸무게도 차츰 늘고 다리 힘도 늘어 상아산 두 배 높이인 소래산에도 두 번 올랐다. 움푹 들어가서 폭삭 늙어보이던 얼굴에도 조금씩 살이 붙어갔다. 이렇게 하나님의 은혜와 아내의 보살핌 속에 다섯 해가 지나면서 겨우 정상인의 외양에 가까워졌다.

이제부터라도 나는 하나님과 딸과 아내로 인해 새 생명을 받았으니, 사는 날까지 건강하기를 힘쓰며 매사에 최선을 다해 살고 싶다. 공자가 칠십이종심소욕불유구(七十而從心所欲不踰矩)라고 한 것 같이 나도 마음을 따라 살더라도 법(도리)를 거슬리지 않는 삶을 살고 싶다. 그러나 늙었다고 무기력하게 손 놓고 허송세월하고 싶지도 않다. 자신을 위해 공부하고 절차탁마(切磋琢磨)하며 늘 기도하며 범사에 감사하며 지족(知足)과 사랑의 기쁨을 누리며 살고 싶다.

삶과 죽음에 대하여

쉬어가는 글입니다. 그냥 편한 마음으로 읽어 주시면 감사 하겠습니다.

저는 병원에서 두 번씩이나 죽음의 고비를 넘으면서 삶과 죽음에 대해 저절로 생각하게 되었습니다. 그리고 자서전 쓰기의 마중물이란 명분으로 제 자서전을 쓰고 고치면서 나는 누구인가? 왜 이렇게 밖에 살아오지 못했나? 하며 삶을 되돌아보고, 어떻게 살까를 생각하게 되었습니다.

나는 엄청난 재산을 쌓아 놓고 죽는 이를 보았고, 들었습니다. 또 죽음이 아주 가까이 다가와도 사람은 알 수 없다는 것을 절감하게 되었습니다. 제가 이 년여 죽음교육을 받으며, 또 죽음에 관한 책을 서른 권 이상 읽으며 알게 된 것은 죽음이 남의 이야기가 아니라는 사실입니다.

죽을 때 후회하지 않도록 지금이라도 버킷리스트를 만들어 실행하고, 가족이나 친지나 이웃들을 사랑하며 살아야 되겠다는 깨우침을 얻었습니다.

저는 크리스찬이어서 천국의 영생을 믿지만, 여러분은 어떠신지요? 死後에 관해 진지하게 생각해 보신 적이 있으신지요?

6 장

사진 자서전 부록

이 장에서 저는 교회 근무, 저와 인연을 맺었던 알코올 중독자들 이야기, 아내와의 여행, 간이식, 담도 협착 투병 그리고 신앙에 대해 이야기 하였습니다. 샘플로 실은 지극히 평범한 사람인 저의 간이 사진 자서전을 이렇게 마무리 하였습니다. 지면 관계로 많은 사건을 생략하였고, 대개의 이야기에는 충분한 설명이나 문학적인 수사를 되도록 자제하고 내용을 줄였습니다.

독자께서 사진 자서전을 쓰신다면 대개 지면은 150~300여 쪽이 될 것이고, 하나 하나의 스토리에 대해 충분한 설명과 여러 차례의 퇴고가 필요하게 될 것입니다. 저는 지면 사정상 사진을 작게 넣었지만 원래 크기로 넣는 경우에는 자연스럽게 지면이 늘어날 것입니다. 저의 경우 가족의 이야기, 친구의 이야기가 별로 없지만, 실제로 자서전을 쓰신다면 가족과 교우, 친구들의 이야기, 사회적으로 관계가 돈독했던 분들과의 일화도 많은 부분을 차지하게 될 것입니다.

모쪼록 좋은 사진 자서전을 쓰시는 데 작은 도움이 되기 바랍니다.

34.
단풍나무 꽃 - 수필

　가을이다. 단풍나무 꽃이 아름답다. 단풍나무 꽃은 아직은 푸른 잎들이나 갈색 잎들과 어울리면서 빨갛게 물들어 간다. 단풍나무 꽃은 꽃이 아니라 슬프게도 선연한 붉은 각혈(咯血)이거나 저가는 태양의 낙조 같은 생의 마지막 이파리다. 한 해를 끝맺는 마지막 인사이며 마지막 생의 불꽃이다. 그래서 단풍나무 꽃은 가슴에서 피고 가슴으로 떨어진다.

　아이들이나 젊은이들은 아직 어려서 단풍나무 꽃의 애절함과 그 빛에 숨어있는 슬픔이라거나 애달픈 추억을 알지 못한다. 산을 좋아하면 이미 늙었다는 말이 있듯이 가을 단풍이 아름다워 보이면 우리의 인생도 이미 늙어가는 것이다.

　가을이 되어 단풍에 물든 산을 보면 아 어느새 이 해도 저물어 가는구나 하고 괜히 서글퍼진다. 끊길 듯 이어지는 바이올린 소리를 듣는 것처럼 가슴에는 또 하나의 아린 금이 그어진다. 삶을 일찍 마치는 것도 슬픈 일이지만, 때론 길게만 느껴지는 우리네 삶도 예외 없이 아침의 안개같이 슬이저 가는 것은 다를 바 없는 일이다. 우리의 삶이 주의 손바닥 길이와 같다고 한 시인이 있었지만 참으로 인생은 쏜살같이 지나간다.

　단풍은 홀로 있으면 아름답지 않다, 왠지 모르게 줄기나 가지가 추워 보이고 곱게 물들지 못한 누런 잎이 눈에 잘 띈다. 길가에 연이어 서 있거나 정원의 다른 나무와 어울려 서 있는 단풍은 아름답다. 하나의 단풍

을 다 보기 전에 우리 눈에 또 다
른 단풍이 들어오기 때문인지
모른다. 형형색색 아름다운 색
의 향연을 보여주는 산속의 나
무들 사이에 어울려, 그저 산으
로 존재하는 그런 단풍은 더 푸
근하고 이름답다. 그린 단풍은

우리를 따뜻이 안아주는 어머니와 같은 산으로 존재하지, 단풍 자체로만
존재하지는 않기 때문이다. 한탄강의 단애(斷崖)에서 꽃을 피우는 단풍
은 숨 막히게 아름답지만 그런 단풍나무가 되기는 쉽지 않은 일이다. 절
벽이라 척박한 바위 틈새에 뿌리내리기도 쉽지 않고 뿌리를 내린다 해도
자라기가 쉽지 않기 때문이다.

이제 젊을 때 꿈은 시들고 정열도 기력과 같이 사라져 감을 느낀다. 딸
애가 안겨준 외손녀 다연을 보며 '아, 나도 늙어가는구나!' 하고 깨닫게
된다. 아직 예순을 바라보기엔 삼 년여 남았지만 아마 이삼 년은 바람과
같이 휙 지나가고 말 것이다. 비록 간이 병들어 경화 상태이긴 하지만 하
나님께서 허락하신다면 인생의 후반부를 아름답게 장식하고 싶다.

아직은 건강한 것을 감사하며 젊을 때보다 오히려 아름다운 단풍 꽃을
피우고 싶다. 젊은이들이 지닐 수 없는 슬픔과 추억과 경험이 깊은 색으
로 배어 나오는 단풍꽃, 사계절을 몇 번이나 겪고 이윽고 온갖 풍상을 간
직한 그런 색깔의 꽃을 피우고 싶다.

오랫동안 우정을 같이해 온 친구와 내 주변의 이웃과 함께, 큰 산 숲속

자서전에 각양각색의 주제를 다룬 수필이나 단문을 넣는 것이 또 하나의 좋은 방편
이 될 수 있습니다. (간이식 전에 쓴 글입니다)

에 묻힌 단풍나무처럼 그렇게 잘 어울리는 색이 되고 싶다. 아내를 사랑하며 기도하며 약간은 기품 있고 푸근하게 물들어 가고 싶다. 있으면서도 없는 듯 그러나 있으므로 인해 산이 조금은 아름다워지는 그런 단풍꽃을 피우고 싶다.

35.
내가 좋아하는 것들

내가 어떤 사람인지 사람들에게 소개하라고 한다면 어쩔 수 없이 내가 좋아하는 것을 이야기하게 된다. 식도락을 그리 즐기지 못하는 나는 거기에 대해 이야기할 것이 별로 없다. 나는 사진 자서전에 미처 쓰지 못한 내가 좋아하는 노래와 음악과 미술, 그리고 시에 대해 조금 이야기하고 싶다.

「노래 듣기를 좋아했다.」

나는 나이가 마흔이 되도록 노래와 춤과 음악에는 문외한이었다. 나는 마흔 살이 되어서야 가요라는 것을 알게 되었다. 양희은의 '아침 이슬', '이루어질 수 없는 사랑', 패티김의 '초우', '가을을 남기고 간 사람', '9월의 노래', 정태춘과 박은옥의 '떠나가는 배', '시인의 마을', 노사연의 '만남', 이선희의 'J에게', 조영남의 '제비', 송창식의 '당신은 누구시길래 이렇게', 장사익의 '하늘 가는 길'등을 즐겨 들었다.

내가 대중가요 가수에 대한 그릇된 인식을 바꾼 것은 제일생명 뒤의 대형술집에서 가수 인순이의 공연을 본 후였다. 땀을 뻘뻘 흘리면서 무대에서 최선을 다하는 모습이 나에게 전율로 다가왔기 때문이다. 어떤 분야에서건 정상에 오른다는 것이 얼마나 어려운지 왜 그런 분들을 존중해야 하는지를 알게 된 것이다.

　나중에는 인순이의 '거위의 꿈'과 고음을 마음껏 구사하는 소향의 CCM 들도 좋아하는 노래가 되었다. 최근에는 포레스텔라 같은 성악가 그룹의 노래와 마음 깊은 곳을 울리는 임영웅의 노래도 좋아하게 되었다. 가곡 중에서는 박인수의 '가고파(이은상 詩)', 오현명의 '그 집 앞', 파바로티의 'O sole mio', 슈베르트의 '겨울 나그네', 조영남의 '기다리는 마음', 엄정행의 '희망의 나라로', 이동원의 '향수(정지용 詩)', 송창식의 '푸르른 날(서정주 詩)', 오페라 중에는 베르디의 '축배의 노래', 모짜르트의 '피가로의 결혼'등을 가끔 들었다. 그러나 실은 나는 오페라에는 문외한으로 들어도 노랫말을 모르니 갑갑할 뿐이다.

　나는 동시대에 음악을 즐기는 일부 음악 애호가들처럼 팝송이나 샹송과는 별로 친하지 못했다. 듣기는 좋아하면서도 영어나 불어로 부르는 노랫말의 뜻을 몰랐고, 알려고도 하지 않아 덜 친숙했다.

　그러나 나는 나름대로 귀동냥으로 듣게 된 프랭크 시내트라의 'My Way', 비틀스의 'Yesterday', 사이먼 & 가펑클의 'The Sound Of Silence', 존 레넌의 'Imagine', 플래시도 도밍고 & 존 덴버의 'Perhaps Love', 휘트니 휴스턴이 부른 'I'll Be There', 엘비스 프레슬리의 'Love Me Tender', Nana Mouskouri의 'Only Love' 등 노래를 좋아했다. 특히 나나 무스쿠리의 노래는 음색이 맑고 고와 뜻도 모르면서 CD를 시서 차에 가지고 다니면서 들었다.

「클래식 연주 감상을 좋아했다.」

　대학을 졸업할 때까지도 나는 클래식 음악에 철저한 문외한이있다.

　가난한 나의 집에는 전축도 없었고 LP판도 없었다. 그러나 결혼 하고 나서 세월이 가면서 음악테이프와 CD 등을 사게 되어, 클래식의 음률과 피아노, 바이올린, 첼로 등의 음색이 나의 감성 깊은 곳을 파고들어

왔다. 그러나 나는 음악에 기초가 없고 이해가 부족하여 주로 내가 듣기에 좋은 음악만을 골라 들었다. 비록 콘서트에 가거나 고가의 오디오 시스템을 갖추지는 못했지만 요한 슈트라우스 2세의 아름답고 푸른 '다뉴브', 모차르트의 '터키행진곡', 드보르자크의 '유머레스크', 베르디의 '히브리 노예들의 합창' 등과 기타로 연주된 '알람브라의 궁전', '로망스'등을 좋아했고, 정경화의 바이올린 연주와 누구의 연주인지는 몰라도 첼로로 연주하는 솔베이지 노래의 가라앉은 듯한 슬픔과 깊고 어두운 음색을 좋아했다.

오케스트라보다는 현악 사중주 같은 것을 좋아했고, 특히 바이올린 같은 현악기의 끊어질 듯 이어지는 가녀린 음의 떨림이나 심장을 긋는 듯이 날카로우면서도 섬세한 소리를 좋아했다.

음악에 대해 내가 가장 아쉽게 생각하는 것은 청소년기에 악보 없이 그냥 불었던 하모니카 외에는 다루는 악기가 하나도 없다는 것이다. 나는 삼십여 년 만에 청소년기에 아주 친하게 지냈던 연극회란 친구를 만나게 되었다. 그는 빈손으로 시작하여 지금은 여러 대의 대형 트레일러를 두고 철판 코일 운수업을 하고 있었다. 나는 친구가 자수성가(自手成家)한 것이 좋았다. 정작 더 좋았던 것은 친구가 색소폰을 오랫동안 불어서 여기저기에서 연주로 봉사활동을 하고 있고, 드럼과 전자피아노 연주까지 할 수 있다는 것이 너무 부러웠고 한편으로는 그런 친구가 자랑스러웠다.

「미술에 관심이 많았다.」

나는 어려서부터 미술에 관심이 많았다. 어릴 때 로댕과 같은 조각가의 꿈을 품었기 때문인지도 모른다. 나는 로댕의 「칼레의 시민들」, 「청동시대」, 「생각하는 사람」 등을 좋아했고, 로댕의 천재성에 매료되었다. 처음에는 인체를 살아있는 듯이 매끈하고 실감 나게 조각한 솜씨에 매료되었으나, 시간이 가면서 「칼레의 시민들」, 「발자크상」 같은 조각에서 표현되는 시대와 인간에 대한 깊은 통찰에도 매료되었다. 한편 나는 로댕과 한때 연인관계였던 로댕의 제자인 여류조각가 카미유 클로델의 전기와 작품과 영화를 관심 깊게 보았다.

나는 미켈란젤로의 「다비드상」과 아들 예수의 주검을 안고 슬퍼하는 마리아의 애통을 조각한 「피에타」, 부르델의 「활 쏘는 사람」의 공간적 긴장을 좋아했다. 파리에 여행 때 시간에 쫓겨 전철로 쉽게 가볼 수 있는 로댕 미술관과 부르델 미술관을 못 본 것은 큰 아쉬움이 되었다.

그리고, 화가로는 불꽃 같은 삶을 산 반 고흐와 그의 「해바라기」, 「까마귀가 있는 보리밭」 등 몸부림치며 타오르는 듯한 그림을 좋아했고, 그가 동생 레오에게 보낸 고뇌가 담긴 편지에서 가난에 시달리며 좌절하는 고흐의 마음과 아픔을 함께 느끼기도 했다.

물론 나는 목가적이고 몽환적인 아름다움을 보이는 샤갈의 그림도 좋아했다. 그리고 피카소의 「게르니카」나 시계가 축 늘어진 초현실적인 그림 기억의 고집을 과감하게 선보인 살바도르 달리의 천재성과 아내 갈라에 대한 지극한 사랑에 감탄했다. 나는 그들 외에도 잘 알려진 세계적 유명 화가들의 그리 비싸지 않은 보급판 화보를 사고 그들의 이야기를 담은 책을 사서 읽었다. 화가의 작품 못지않게 그들의 치열하고 고통스러운 창작, 그 생애가 궁금했기 때문이었다.

나는 사실 국내 화가의 미술 전시회에 갈 시간도 열의도 없었다. 그리고 국내 현대 화가들에 대해서는 문외한이다. 그러니 국내 미술에 관심이 있다고 말하는 것은 다소 무리일지도 모른다. 다만 국내의 화가 중에는 김환기의 우리가 어디서 무엇이 되어 다시 만나랴, 김창렬의 물방울

그림, 박수근의 서민 생활의 정감이 가라앉은 질박한 질감의 그림을 좋아했다. 양구의 박수근 미술관에 가보기도 했다.

나는 특히 이중섭의 그림은 모두 좋아하여 서귀포의 이중섭 미술관을 관람했다. 황소를 비롯하여 황소와 아이들이 우마차에 탄 그림, 물가에서 게와 놀고 있는 아이까지 유화에서 은지화(銀紙畵)까지 모두 좋았다. 내가 그의 그림을 좋아하는 것은 그의 천재성 때문이기도 하지만 그의 그림 속에 담긴 그리움과 사랑이 너무도 애절하게 마음에 다가왔기 때문이었다. 그의 아내 마사코 야마모토와 대한해협에 가로막혀 서로를 그리워한 애달픈 사랑 이야기가 너무 슬펐기 때문이다.

나는 또한 남농 허소치 선생의 미술관에 가서 본 매화 그림에서 기운생동(氣韻生動)이란 말을 실감하게 되었다. 한편 나는 청주에서 바보산수로 유명한 운보 김기창 화백의 그림에서 단순하면서도 힘 있고 유연한 선과 천진성을 좋아했고, 섬세하게 그린 어여쁘고 기품있는 미인도에도 감탄했다. 나는 김홍도의 서민의 모습을 그린 여러 민속화, 안평대군의「몽유도원도」, 신윤복의 해학이 넘치는 그림, 나중에는 더할 수 없이 생략된 여백의 미와 꿋꿋하면서도 외롭고 쓸쓸한 선비의 마음이 담겨 있는 추사 김정희의「세한도(歲寒圖)」[1]도 좋아했다.

「시를 읽고 창작하기 좋아했다.」

끝으로 나의 시에 대한 편력을 조금 써보고자 한다.

내가 시라는 것을 알게 된 것은 춘천초등학교 5학년 때 전교 글짓기 대회에서 '정원'이란, 주어진 시제(詩題)로 시를 써서 장원한 것이 시작이었다. 그리고 학교에 다니지 못했던 청소년기에 공부는 할 수 없으니 형

---

[1] 세한도(歲寒圖): 세한도(歲寒圖)는 추사(秋史) 김정희(金正喜, 1786~1856)의 대표작으로 1844년 (헌종 10) 제주도에 유배되었을 때 북경에서 귀한 책을 구해다 준 제자 이상적(李尙迪, 1804~1865)에게 그려 준 작품이다. 국보 제180호, 국립중앙박물관 소장.

의 방에 있던 시조집을 즐겨 보며 성삼문, 이조년, 황진이, 정철 등 수 많은 옛시인을 만나게 되었고, 송욱의『시학평전』을 통해 청소년기에 시라는 말을 조금이나마 알고 밤을 새워 쓰기도 하였다.

　그 후 대학 1학년 때「닭이 울어라」라는 시를 써서 호평을 받았으나 나는 시인이 될 생각을 하지는 않았다. 그러나 내 속에 있던 무엇인가가 계속하여 내가 시를 읽게 하고 취향에 맞는 시집과 유명 시인의 시선집을 사게 했다. 그리고 취미로 가끔 시를 쓰게 되었다.

　나는 십 육칠 세 때 처음 형이 보던 현대문학에 연재된 송욱 교수의『시학평전(詩學評傳)』에서 엘리엇이나 말라르메의 시를 접하게 되었고 '현대문학'과 '사상계'를 통해 여러 시인의 시를 읽게 되었다. 그리고 점차 한용운의「알 수 없어요」, 조지훈의「승무」, 허의녕의「사월에 핀 베고니아꽃」, 천상병의「귀천」, 서정주의「푸르른 날」,「춘향 유문」,「상리과원(上里果園)」, 신경림의「파장(罷場)」, 김종삼의「북 치는 소년」, 김현승의「가을의 기도」,「당신마저도」, 김춘수의「샤갈의 마을에 내리는 눈」,「꽃」, 백석의「남신의주 박씨봉방」 등을 여러 번 읽게 되었고, 문태준, 기형도, 이성복, 안도현, 김용택, 정호승 등 시인들의 시와 김희보의『한시선(漢詩選)』,『세계의 名詩』그리고『한국의 名詩』도 즐겨 읽게 되었다.

　시란 것이 쓱 유닝한 시인의 시만 좋은 것이 아니라 가끔은 반가운 친구의 음성 같거나, 산에서 발견한 고운 야생화 같거나, 순간 세상을 환하게 하는 번개 같거나, 비명을 지르는듯한 여러 얼굴의 시를 보게 되는 것이니 시를 읽는 기쁨은 이런 데에 있다고 할 수 있을 것이다.

　그렇게 시를 읽다 보니 오십 세가 되기 전에 일부 그리 잘 알려지지 않은 문인들의 인터넷카페인 '펜넷'의 회원이 되었고, 아마추어 시인으로 쌈쌈이 시를 쓰면서 펜넷에 참여하다가 육십에 들어서 계간『시와 산문』을 통해 등단하게 되었다. 등단하려는 마음을 갖게 된 것은 아내의 갑작스러운 권유에 의한 것이었고, '시와 산문사'[2]의 주간이셨던 故 이충이 시인께서 친구 신현봉 시인이 아는 원로 시인을 통해서 보낸 열 편의 시를 보시고 바로 추천을 해주셨기 때문이다.

이충이 시인은 순수문학을 주장하시는 분으로 '시와 산문사'를 운영하시기 위해 개인재산을 털어 평생을 바쳐오신 귀한 분이었다. 내가 그분께 감사의 표시를 한 것은 고작 조촐한 저녁 한 끼뿐이었다. 그분은 현대문학사에서 문학강연을 오래동안 하신 적이 있다고 하셨다.

그리고 기독교 문학 월간지 '창조문예사'의 주간이신 시인 박이도 선생님(前 경희대 국문과 교수)을 뵙게 되어 두어 번 가르침을 받고 『창조문예』[3]에 시를 여러 편 싣기도 했다. 신현봉 시인과 함께 뵈었는데, 인품이 시와 같이 맑으셨고, 소탈하고 겸손하신 존경받으실 만한 시인이셨다.

나는 시를 발표한 것은 겨우 20여 편, 써 놓은 것은 백여 편이 되지만 아직 한 권의 시집도 내지 못했다. 투병(鬪病)에 심신이 지쳤던 탓도 있지만, 내가 보기에 수준 미달에다 창작 편수도 적기 때문이다. 다만 내심으로는 조금 더 좋은 시를 몇 편 더 써서 그래도 읽을 만한 시집을 한 권 내고 세상을 떠나는 것이 나의 작은 소망이다.

내가 굳이 짧게 가려 뽑은 자서전에 이런 글을 넣은 것은 음악가나 가수, 미술가나 시인들의 예술적 성취가 나의 삶의 한 켠을 풍요롭게 하고, 때로는 적잖은 위로를 받았기 때문이다. 이런 자잘한 기쁨들이 행복하게 하고 있다는 것을 자서전을 쓰면서 다시 한 번 깨닫게 되었기 때문이다.

---

2) 시와 산문사: 1994년 창간한 계간 순수문학지 『시와 산문』 발행사. 故 이충이 시인(1943년생, 시집 빛의 파종 외 다수, 윤동주 문학상, 한국기독교문학상 등 수상)이 사재를 털어가면서 오로지 순수문학을 위해 지켜왔다. https://cafe.daum.net/kpoetry
3) 창조문예: 창조주이신 하나님께 드리는 신앙고백으로 출발한 문학지. 문학을 통해 하나님 나라의 확장과 그리스도의 통치 영역 확대를 목적으로 1997.2. 창간. 2002.9. 창조문예사 설립, 박이도 시인은 최근까지 창조문예사 주간이셨다. http://www.cjmy.co.kr/

36.
후손들에게 남기고 싶은 말

1. 하나님을 경외하고, 성경을 지침으로 삼아 기도하며 살아가는 신앙의 사람, 기쁨과 감사의 사람, 유익한 사람이 되었으면 좋겠다.

2. 세상에 하나 밖에 없는 귀중한 존재인 자신을 소중히 여기며, 포기하지 말고 스스로 격려하며 건강하게 살아가는 사람이 되었으면 좋겠다.

3. 세상 사람은 제각기 자기에게 부어진 천분(天分)이나 재능을 가지고 산다. 그러니 자기의 천분이 무엇인가를 잘 발견하고, 자기의 재능을 잘 계발하여 그 길을 꾸준히 가서 정상에 이르기를 바란다.

4. 자기만 아는 사람은 매력이 없다. 인정없는 사람도 마찬가지다. 가능하면 상대를 존중하고, 이웃에게 도움을 주며, 내가 있어 이웃들과 세상의 귀중한 존재들이 다함께 행복한 삶을 살면 좋겠다.

5. 인간은 태어나서 자라고, 결혼하고, 후손을 세상에 남긴다. 나의 후손들은 특별한 사정이 없다면 혼자 살지말고, 결혼하여 행복한 가정을 이루고 가족을 소중히 지키며 오순도순 살기를 바란다.

사서선의 끝에 이렇게 후손들에게 남기고 싶은 말이나 교훈을 쓰는 그것도 좋을 것입니다. 또는 인천상륙작전과 아버지의 기도로 유명한 맥아더 장군의 기도와 같이 자녀나 손주들을 위한 기도문을 남기는 것도 좋겠지요.

사실 이 글은 너무 긴 것 같습니다. 성실한 삶으로 보여주는 것이 가장 좋고, 삶과 일치하는 짧은 몇 마디 글이 더 좋을 수 있을 것입니다.

37.
나의 사랑하는 아내

　나는 아내를 사랑한다. 연애하던 시절에는 화숙이 세상에서 가장 예쁘다고 생각했다. 화숙은 약속을 잘 지키는 사람이었다. 부끄러운 고백이지만 젊은 남성인 나는 그런 화숙과 떨어져 있기 싫어서 함께 있자는 약속을 받기 위해 여러 번 강청을 하곤 했다. 나는 연애 8년을 하루같이 화숙을 열렬히 연모했고, 결혼 후에도 잠든 아내가 너무 아름다워서 그 이마에 3년 정도는 매일 밤 살짝 키스했다. 아내는 결혼 전에 강원도청과 국방과학연구소[4]에 근무했지만 결혼 후에는 주부로 돌아왔다. 당시만 해도 결혼하면 직장을 그만두는 것이 상례였고, 나 자신도 아내가 일하는 것을 원하지 않았다. 나는 열심히 살았지만, 아내에게 한 번도 풍족한 삶의 여유를 주지 못하여 늘 마음이 아팠고, 죄스러웠다. 아내는 여섯 살 터울의 사랑스러운 두 딸을 키우며 알뜰하게 넉넉지 못한 삶을 꾸려갔다. 그러나 아이들에게는 피아노나 발레를 가르치려 했고, 나 역시 전인적인 삶을 사는 아이들을 만들고 싶어 했다. 그러나 첫째 딸은 피아노도 수영도 배우기 싫어하여 가르치지 못했다. 둘째 딸은 그

4) 국방과학연구소(Agency for Defense Development): 1970년 故 박정희 대통령이 대통령령으로 기본 병기의 국산화, 유도무기의 개발을 착수하기 위해 설립했다. 현재는 천마(대공유도무기), K9 자주포, 백상어(중어뢰), 솔개(무인항공기) 등 선진무기를 개량·개발하고 있다.

런대로 피아노도 배우고, 수영도 했다. 물론 둘 다 자전거와 롤러스케이
트는 탈 줄 알았다. 아이들은 고맙게도 한 번도 탈선하지 않고 잘 성장해
주었다. 아마 아내의 기도의 힘이었을 것이다.

　내 집이라고 부천 성주산 아래 현대아파트의 작은 평수에 산 것이 삼
십 대 중반이었으니, 그전에는 춘천, 원주, 서울의 단칸방이나 반지하방
에서 사글세와 전세를 전전했다.

　그 후에도 오십을 앞두고 아파트까지 은행에 담보로 잡히고 창업한 나
의 무모한 중고 중장비수출업 도전과 실패로 아내는 고생을 너무 많이
했다. 또 나의 탈선으로 한때 깊은 속앓이를 한 적도 있었다. 그것은 아
내가 지금까지 내보이지는 않지만, 평생 큰 상처로 남아있을 터라 나를
부끄럽게 한다. 그러나 아내는 이 상처를 혼자 간직한 채 아무에게도 말
하지 않았다. 아내는 나의 큰 실수나 흠을 항상 덮어 주었다. 나는 그 덕
으로 언제나 모범생인 양 고개를 들고 살 수 있었다. 생각하면 할수록 너
무도 미안하면서도 고마운 일이다.

　돈키호테적 사고와 행동의 소유자인 나와는 달리 아내는 한결같이 검
소하고 현실적인 사람이었다. 그런 성격 탓으로 우리는 가끔 부딪혔다.
그럴 때면 아내는, 대화 하다보면 이상하게 잘못을 자기가 뒤집어 쓰는

데도, 당신의 잘못을 마음껏 말로 항변하
지 못해 항상 억울하다고 나에게 말하곤
했다. 그 후에 돌이켜보면 '나는 왜 이리
아내의 마음을 아프게 하는 품이 넓은 사
내가 아닌 소인배[5]일까!' 하는 자괴감이
들곤 했다.

한편 아내는 부천 어머니 합창단으로
4~5년 동안 활동했다. 아내는 가끔 무심
코 '나는 무재주라서 노래나 하고 살아야
할 사람'이라고 자신을 표현하곤 하지만,
남편인 내가 그리할 수 있도록 해주었다
면, 아내가 좀 더 행복했을 거라는 마음과
함께 사업의 실패가 아픈 기억으로 되살
아나곤 했다. 아내는 부천의 삼광교회에서 마흔 살 이전에 권사가 되었
다. 아내는 신앙에 있어서는 나의 멘토이고 감독자이다. 사실 이것은 내
가 연애 시절 편지로 아내에게 '내가 믿음의 길에서 벗어나지 않도록 도
와달라'고 한 부탁을 끝까지 지키고 있는 그것으로 생각한다. 아내는 찬
송가 부르는 것을 좋아한다. 밥을 짓거나 설거지할 때도 찬송을 한다. 아
내는 오랫동안 알토 파트에서 활동했다. 아내는 언제나 예배와 기도와
구역장의 직분을 소홀히 하지 않는다. 아내는 예순 살이 되어서도 교회
에서 "예쁜 권사님" 소리를 많이 들었다. 주로 싼 가격의 옷을 입은 아내
가 교회의 행사가 있을 때 모처럼 한복을 차려입은 모습은 가장 아름다
웠다. 그럴 때면 문득 '나보다 더 나은 사람을 만날 기회도 있었고, 또 그

---

5) 소인배(小人輩): 마음 씀씀이가 좁고 간사한 사람들이나 그 무리. 『논어』에서 공자는 제자 자하(子
夏)에게 "너는 군자인 선비(君子儒)가 되어야지 소인인 선비(小人儒)가 되어서는 안된다"라고 가르쳤
다. 다만 하늘에서 보면 사람은 모두 소인이다(天之小人)이란 말도 있다.

랬다면 지금 풍요롭고 더 행복한 삶을 살았을 텐데' 하고 미안한 마음이 들었다. 아내는 끈기가 있는 사람이고, 겸손한 사람이다. 그리고 마음이 착한 사람이다. 남을 헐뜯는 것을 본 적이 없다. 아내는 마음이 약해 폭력적인 영화는 보지 않는다. 아내는 아주 검소하고, 분수를 알며, 적은 돈도 소중히 여기는 사람이다. 그러나 하나님께 드리는 헌금에는 인색하지 않다. 가끔 지인들이 준 옷을 많이 입지만, 아내는 언제나 그 옷보다 더 아름답다. 아내는 늘 나의 건강을 챙기고, 세끼 밥과 반찬을 잘 차려 주려고 애쓴다. 나는 아내의 말과 행동에서 늘 사랑을 느낀다. 그래서 나름 안분지족(安分知足)하며 감사한 삶을 살 수 있다. 아내와 인천대공원을 사철 내내 산책하는 것은 참 감사하고 즐거운 일과다. 한편 장인(故 宋仁植)이 돌아가신 후 6·25 참전용사 보상금이 나왔는데 장모님(강홍구)은 그 돈을 즉시 두 처님과 아내에게 나누어 주셨다. 내가 가장 어려울 때 그 돈은 나에게 큰 도움이 되었다. 파산 후 건강이 무너져 이가 빠졌을 때 틀니를 해넣었고, 회사 퇴직시 일시불로 받아 썼던 연금보험료를 퇴직 후 적립한 보험료에 추가하여 지금은 생활에 도움이 되고 있다.

사랑하는 아내를 주신 하나님은 참 좋으신 분이다. 나는 몇 번 죽을 고비를 넘은 신앙인이라 죽음이 두렵지 않지만, 내가 먼저 가고 혼자 남을 무서움을 타는 아내가 항상 걱정된다. 그 이전에 아내의 바람대로 힘이 닿는 대로 남향의 빛 잘 드는 아담한 아파트로 이사하고 싶다.

하나님이 지켜주시겠지만. 무서움을 잘 타는 아내를 생각할 때면 건강하게 함께 오래 살았으면 좋겠다고 생각하곤 한다. 그리고 하나님께 그렇게 해달라고 떼쓰듯 기도한다.

38.
나의 사랑하는 딸들과 손주들

　　나는 딸들을 사랑한다. 세상에 딸
을 사랑하지 않는 아빠가 어디 있
으랴마는 나는 딸로 인해 행복했
다. 아기 때 자면서 웃는 모습은 마
치 어린 천사 같았다. 옹알이하는
모습이 좋아 코앞까지 다가가 까꿍
까꿍을 많이도 했다. 아기 때는 엄
마가 작고 앙증스러운 몸을 만질 수 없어 내가 안아 들고 아내가 씻어 주
며 목욕을 시켰다. 딸들은 여자아이라서 예쁜 색의 옷을 입힐 수 있어서
좋았다. 딸들은 남자아이와는 달리 조심스러워서 나뭇잎 하나 꽃잎 하
나라도 덥석 쥐지 않고 조심조심 가까이하는 모양이 너무 사랑스럽다.
딸들이 뛰어갈 때 나 예쁜 치마가 팔락이는 건 아들을 둔 아빠들이 가질
수 없는 소소한 행복 중의 하나이다. 또 아빠! 하고 뛰어와 안길 때면 나
는 세상에서 내 딸들만 예뻐 보이는 딸바보가 되었다. 두 딸은 이릴 때부
터 예뻤다. 엄마를 닮은 것이다. 데리고 나가면 사람들로부터 예쁘다는
소리를 많이 들었다. 나는 어디를 갈 때면 딸을 목말을 태워 양손에 짐
을 들고 다녔다. 물론 처음에는 첫 딸 그리고 둘째 딸 순(順)이었다. 저희

가 커서 싫다 할 때까지 목마를 태웠다. 둘은 성장하면서 각기 타고난 성격과 품성이 나타났다. 큰딸 진아는 마음이 여리고 인정이 많았다. 그러면서도 엉뚱한 데가 있었다. 진아가 열 살 때쯤인지 제 생일 축하를 한다면서 국기에 경례하고 마치 예식을 집행하듯이 축사를 만들어 읽는 것을 보며 우리 부부는 얼마나 웃었는지 모른다. 작은딸 민아는 조금 야무진 아이였다. 언니처럼 여섯 살쯤 한글을 깨쳤는데 친구들을 성별, 나이별로 구분한 표를 만든 것을 보고 이 애는 수학자나 통계학자가 될 기질이 있나! 하고 놀란 적이 있었다. 나는 아이들이 자전거도 탈 줄 알고, 수영도 하고, 피아노도 칠 수 있는 사람이 되기를 원했으나 첫딸 진아는 둘째 민아와 달리 피아노도 발레도 배우지 않았다. 진아는 네다섯 살 때쯤인가 자두를 사면서

"조금 싸게 팔면 사람들이 더 많이 사서 돈을 많이 벌 텐데"

라고 말해 박리다매(薄利多賣)를 이야기한 적이 있었다. 그래서인지 진아는 대학 졸업 후 인터넷 여성 의류 판매, 애완견 옷 제작 판매를 거쳐 지금은 직원들과 함께 뷰티샵을 잘 경영하고 있다. 빈손으로 세운 사업이 이미 자리를 잡았지만 나날이 더 크게 번창하기를 늘 기도한다.

두 딸은 모두 자전거와 롤러스케이트, 빙상 스케이트를 탈 줄 안다. 다

만 진아는 물을 무서워하여 민아처럼 수영을 배우지는 못했다. 나는 작은딸 민아가 대학의 전공대로 반도체 제작이나 의료기기 제작에 필요한 나노 광공학자가 되기를 원했으나, 자기 소신대로 KAL에서 국제선을 타는 스튜어디스로 일하고 있다. 민아는 대학 입학안내서 모델도 했고, 4년간 학비도 아르바이트로 벌고, 빈손으로 결혼해 둘이 아파트를 마련해 살고 있다.

진아는 다연, 다예 두 딸을 두었다. 다연은 심지가 깊고 다예는 자기 주장이 강하다. 둘은 모두 착한 성품을 지녔다. 아직은 천분(天分)을 알 수 없지만, 주님이 이들을 주신 재능대로 좋은 길로 인도하실 것이다. 각기 좋아하는 분야에 천착(穿鑿)하면 성공하리라 기대한다. 나는 사랑스런 두 손녀를 사랑하며 늘 위하여 기도한다.

민아는 아들 시율과, 딸 다은을 두었다. 시율은 아직 체구는 비교적 작지만, 친할아버지가 김진수 시인(동갑, 골프 코치)인 친가(親家)를 닮아 명석하고 지기 싫어하는 성격을 지녔다. 다은이는 영리하고 예쁘고 야무지다. 나는 손주들의 밝은 미래를 기대하고 있다. 딸들이나 손주들이나 속을 썩인 적은 없었다. 나는 이들이 가치 있고 행복한 삶을 살기를 원한다. 하나님을 잘 믿기를 원한다. 그리고 어려운 이웃을 도울 줄 아는 좋은 사람의 삶을 살게 되기를 늘 기도한다.

아가에게 (다연에게) - 詩

아가야 너는 알 수 있겠니? 이 추운 겨울, 나무들이 밖으로 통하는 문을 걸어 잠그고 하는 비밀스러운 일이 무엇인지? 여름부터 땅속을 헤매고 다니다 실뿌리에 기대어 잠든 어린 물방울이거나, 천길만길 깊은 곳에서 콸콸 흐르는 물길이거나, 물길들과 이어진 바다의 출렁거림, 물고기의 두런거림, 만 길보다 더 깊은 감옥에서 몸부림치는 불덩이의 으르렁거림을 너는 알 수 있겠니? 아가야 너는 볼 수 있겠니? 저 흰 눈 덮인 겨울의 산들이 푸르러지고 어린 잎사귀들이 햇살과 함께 발가벗고 춤추는 것을, 천만 가지 들꽃으로 피어난 색들이 예쁘고 앙증맞게 여기저기 앞다투어 잔치를 벌이는 것을, 맛있는 과실을 훔쳐 먹는 벌레의 사각거림, 지렁이, 풍뎅이, 방아깨비, 무당벌레, 달팽이, 청개구리, 반딧불이, 멧새, 다람쥐 같은 친구들의 이름을 외울 수 있겠니? 그 귀여운 것들과 오순도순 이야기할 수 있겠니? 봄날의 따사로운 햇살, 숯불 발갛게 피워대며 우쭐거리는 여름, 휘영청 밝은 달빛, 추수를 기다리는 누런 벌판, 쓸쓸한 가을바람, 밤하늘 철새 울음, 두둥실 떠가는 구름, 여름밤 우렛소리, 사르르 눈 내리는 소리를 덮고 꿈꾸며 잘 수 있겠니? 아가야 네가 기어 다니고 일어서고 뛰는 어느 날 할아비가 깊은 잠에 빠지게 될 것을 너는 알 수 있겠니? 내가 너를 사랑하는 마음의 끈이 너의 엄마와 이어지고 그 끈이 아빠와 이어지고 그 아빠의 엄마 아빠와 이어지고 삼촌과 이어지고 사촌과 오촌과 그리고 먼먼 사람들과 이어진 것을 네가 언제 볼 수 있겠니? 슬픔과 미움, 괴로움, 애모, 사랑, 기다림 같은 오래된 이름들을 언제 알 수 있겠니? 아가야 오늘도 이 별을 당겨서 지 별과 이어주고 그 별과 이어준 끈이 저 은하의 끝을 지나 또 다른 은하와 볼 수 없는 별에 이어졌듯이 나의 사랑은 너와 이어지고 너의 엄마인 내 딸과 이어지고 내 친구들과 이어지고 할아비의 어머니와 그 어머니의 아버지와 저 오랜 옛날 아버지 어머니와 이어진 것을 너는 알 수 있겠니? 너를 사랑하는 할아비가 너에게 온통 행복과 사랑만을 주고 싶었다는 것을 너는 알 수 있겠니?

39.
나 죽으면 성탄 찬송을 들려다오 - 詩

나 죽으면
성탄 찬송을 들려다오.

세상 살면서 쌓은 미움과 원망
잘못을 내려놓고

이 아름다운 세상을 떠나고 싶다.

말구유에 누인 아기가
죽기까지 사랑한 이웃들을 보며
나도 당신들을 사랑하였노라
감히 말할 수는 없지만

내 영혼, 낮고 귀한 말구유 아래
여장을 풀고
부끄러운 경배와 찬양을
아기 예수께 드리고 싶다.

- 『창조문예』, 2014년 8월호

시를 쓰고 싶더라도 전업 시인이 아니라면 한 권의 시집을 내는 것은 쉬운 일이 아닙니다. 이런 경우 자서전의 말미에 부록으로 틈틈이 써 둔 시를 몇 편 넣는 것도 좋은 방법이 될 수 있을 것입니다. 마음 가는대로 부담없이 시를 써서 실어보시기 바랍니다.

| 에필로그 |

내려갈 때 보았네
올라갈 때 보지 못한
그 꽃
- 고은 시집, 「순간의 꽃」 중

한 세상 살아가느라 바쁘셨는데, 이제 육순 고개나 칠순 고개를 넘으면서 보니 어떠신지요?
올라갈 때 보지 못한 꽃을 내리막 길에서 보셨는지요?

우리의 년수가 칠십이요 강건하면 팔십이라도 그 년수의 자랑은 수고와 슬픔 뿐이요 신속히 가니 우리가 날아 가나이다.

_ 구약성서 시편 90:10

쏜살같이 가버린 세월 속에 보람 있고 기쁜 일이 많으셨는지요? 감사한 적이 많으셨는지요? 혹시 슬프기니 외롭지는 않으셨는지요?

저는 이 책이 독자 여러분들이 자서전을 쓰면서 삶을 회상하고, 중간 결산하고, 다시 시작하는 작은 계기가 되기를 바랍니다. 이 책이 사진 자서전을 쓰시는 데 조금이라도 참고가 되고, 기억의 샘을 퍼올리는 마중물이 되기를 바랍니다.

그리고, 인생의 남은 날들이 건강하고, 활기차고, 풍성하고, 보람있고, 감사하고, 평안하시기를 기도합니다.